DIE VOLL STRECKER

ROBIN COOK

DIE VOLL STRECKER

Deutsch von Claus Fischer

Weltbild

Originaltitel: *Godplayer*

Originalverlag: *Putnam's Sons, New York*
Dieses Buch ist 1985 erstmalig unter dem
Titel »Gottspieler« im Goldmann Verlag erschienen.

Besuchen Sie uns im Internet:
www.weltbild.de

Der Autor

Robin Cook, Jahrgang 1946, ist Absolvent der medizinischen Fakultät der Columbia University. Als es ihm schon mit seinem ersten Roman gelang, die internationalen Bestsellerlisten zu erobern, ließ er sich von seinen Aufgaben beim »Massachusetts Eye and Ear Institute« beurlauben. Einige seiner Bestseller wurden verfilmt. Heute lebt Robin Cook mit seiner Frau Barbara in Florida. Von Robin Cook erschienen im Weltbild Buchverlag bereits die Romane *Virus, Tödliche Nebenwirkung, Das andere Kind* und *Der Fluch der Sphinx*.

Weltbild Taschenbuch

Für Barbara und Fluffy,
meine ständigen Begleiter
und
stets willigen Zuhörer

Prolog

Bruce Wilkinson erwachte so plötzlich aus tiefstem Schlaf, daß er ein Gefühl überwältigender Angst empfand, ähnlich einem Kind, das aus einem Alptraum hochschreckt. Er wußte nicht, was ihn geweckt hatte, nahm aber an, daß es sich um ein Geräusch oder eine Bewegung gehandelt haben mußte. Er überlegte, ob ihn etwas berührt haben konnte. Reglos lag er im Bett, hielt den Atem an, starrte in die Dunkelheit rings umher und lauschte. Zuerst fiel es ihm schwer, sich zu orientieren, denn sein Gesichtsfeld war begrenzt, und er vermochte nur Schemen wahrzunehmen. Doch dann erinnerte er sich, daß er im Boston Memorial war, genauer gesagt, auf Zimmer 1832. Ungefähr im gleichen Moment begriff er auch, daß es mitten in der Nacht sein mußte. Im ganzen Krankenhaus herrschte Totenstille.

Er hielt sich nicht zum erstenmal im Boston Memorial auf. Vor gut einem Monat hatte er nach einer völlig unerwarteten Herzattacke drei Wochen einige Stockwerke weiter unten gelegen, und jetzt verbrachte er bereits über eine Woche hier oben damit, sich von einer Bypassoperation zu erholen. Er war also durchaus an den Krankenhausalltag gewöhnt. Manche Einzelheiten wie das Quietschen des Medikamentenwagens der Schwester auf dem Gang, der ferne Signalton einer näherkommenden Ambulanz, selbst die metallisch verzerrte Lautsprecherstimme, die einen der Ärzte ausrief, übten auf ihn eine geradezu beruhigende Wirkung aus. Tatsächlich gelang es ihm nicht selten, anhand dieser Geräusche die genaue Tageszeit festzustellen, ohne auf die Uhr zu schauen. Jedes von ihnen bedeutete, daß man im Notfall auf sofortige medizinische Betreuung zählen konnte.

Bruce Wilkinson hatte sich nie viele Gedanken über seine Gesundheit gemacht, obwohl er an Multipler Sklerose litt. Vor fünf Jahren, als sein Sehvermögen schlechter geworden war, hatte er zum erstenmal in seinem Leben einen Arzt aufgesucht, die Diagnose aber gleich anschließend wieder vergessen, denn Ärzte und Krankenhäuser jagten ihm Angst ein, und seine Augen waren von selbst wieder besser geworden. Dann war aus heiterem Himmel die Herzattacke gekommen, die anschließende Einlieferung in die Klinik und der nicht unerhebliche chirurgische Eingriff, dem er sich soeben unterzogen hatte. Wenn er den Ärzten glauben durfte, bestand keine Verbindung zwischen seinen Schwierigkeiten mit dem Herzen und der Multiplen Sklerose, aber er konnte diese Auskunft kaum als sonderlich trostreich oder ermutigend bezeichnen.

Jetzt, da er mitten in der Nacht erwacht war und keine der üblicherweise so beruhigend wirkenden Krankenhausgeräusche vernahm, kam ihm die Klinik als bedrohlicher Ort der Einsamkeit vor, der eher Furcht als Hoffnung erweckte. Die Stille ängstigte ihn, zumal sie keine unmittelbare Erklärung für sein plötzliches Erwachen bot. Er fühlte sich wie gelähmt, niedergedrückt von namenlosem Entsetzen.

Die Sekunden verstrichen, und sein Mund wurde trokken, genau wie fünf Tage zuvor infolge der Medikamente, mit denen man ihn auf die Operation vorbereitet hatte. Diesmal aber lag es an seiner Angst, die immer stärker wurde, während er sich nicht zu rühren wagte und alle Sinne strapazierte, um das Beunruhigende zu orten. Als kleiner Junge hatte er sich genauso verhalten, wenn er aus einem bösen Traum aufgewacht war. *Beweg dich nicht, dann übersehen die Ungeheuer dich vielleicht...* Auf dem Rücken liegend, konnte er nicht viel vom Zimmer sehen, da die einzige Beleuchtung aus einem kleinen Nachtlicht in Bodenhöhe hinter dem Bett bestand. Alles, was er zu erkennen vermochte, war der undeutliche Übergang von den Wänden zur Decke, auf der sich als vergrößerter Schatten die Silhouette des Infusionsgerätes mit Flasche und Schlauch abzeichnete. Die Flasche schien leicht hin und her zu schwingen.

In einem Versuch, seiner Angst Herr zu werden, begann Bruce, die Botschaften seines Körpers zu entziffern. Zuerst die wichtigste Frage, die sich drohend vor ihm auftat: Ist alles in Ordnung mit mir? Nachdem sein Organismus ihm mit der Herzattacke bereits einen derart üblen Streich gespielt hatte, lag der Gedanke natürlich nicht fern, daß er von einer neuerlichen inneren Katastrophe geweckt worden war. Sollten sich die Nähte geöffnet haben? Das war eine seiner größten Ängste direkt nach der Operation gewesen. Ob sich der Bypass gelockert hatte?

An den Schläfen hämmerte der Puls, und trotz eines schwachen Feuchtigkeitsfilms auf der Haut und eines etwas unangenehmen Drucks hinter der Stirn, den Bruce auf leichtes Fieber zurückführte, fühlte er sich gut. Wenigstens verspürte er keine Schmerzen, vor allem nicht diese unerbittlich stampfenden Schläge, mit denen sein Herz während des Anfalls verrückt gespielt hatte.

Zögernd holte er Luft. Obwohl ihm dies schwerer zu fallen schien als sonst, gab es nicht diesen stechenden Schmerz, als hätte man ihm ein Messer in die Brust gestoßen.

Ein kehliges, schleimfeuchtes Husten zerriß das Schweigen des halbdunklen Raums. Eine Sekunde lang wurde Bruce von neuem Entsetzen gepackt; dann fiel ihm ein, daß er ja nicht allein lag. Wahrscheinlich war es auch der Husten von seinem Zimmergenossen, Mr. Hauptmann, gewesen, der ihn geweckt hatte, dachte Bruce und fühlte sich etwas erleichtert. Der alte Mann hustete noch einmal, dann drehte er sich geräuschvoll im Schlaf um.

Bruce spielte mit dem Gedanken, die Nachtschwester zu

rufen, um nach Mr. Hauptmann zu sehen – mehr um der Gelegenheit willen, ein paar Worte mit ihr zu wechseln, als weil er wirklich an ein Problem geglaubt hätte. Mr. Hauptmann hustete nämlich immer so.

Das unangenehme fiebrige Gefühl wurde stärker und begann sich auszubreiten. Bruce konnte es wie eine heiße Flüssigkeit in seiner Brust spüren. Die Sorge, daß »da drinnen« etwas schiefgelaufen sein könnte, kehrte zurück.

Bruce versuchte den Knopf für die Nachtschwester zu finden. Seine Augen bewegten sich, aber sein Kopf war schwer. Aus den Augenwinkeln nahm er ein rhythmisches Glitzern wahr und blickte zu der Infusionsflasche hoch. Die Infusionsflüssigkeit tropfte in rascher Folge aus der Mikroporkammer, und die Nachtbeleuchtung verlieh Tropfen und Luftbläschen ein explosives Funkeln.

Eigenartig! Bruce wußte, daß seine Infusionsflasche nur für den Notfall dort hing und sich normalerweise ganz langsam leerte. Auf keinen Fall durfte die Flüssigkeit so schnell durch den Schlauch laufen wie im Moment. Er konnte sich erinnern, das Gerät wie jeden Abend überprüft zu haben, bevor er die Leselampe ausgeschaltet hatte.

Wieder versuchte er, den Knopf für die Nachtschwester zu erreichen. Aber er konnte sich nicht bewegen. Es war, als hätte sein rechter Arm den Auftrag gar nicht erhalten. Ein weiterer Versuch endete mit demselben Ergebnis.

Er spürte, wie seine Angst sich in Panik verwandelte. Jetzt war er sicher, daß etwas Schreckliches mit ihm vorging! Um ihn herum gab es die bestmögliche medizinische Fürsorge, aber er war unfähig, sich bemerkbar zu machen. Er brauchte Hilfe, und zwar sofort! Es war wie ein Alptraum, aus dem er nicht zu erwachen vermochte.

Bruce riß den Kopf vom Kissen hoch und schrie nach einer Schwester. Überrascht stellte er fest, wie schwach seine Stimme war. Er hatte beabsichtigt zu brüllen, doch es war nur ein Flüstern geworden. Gleichzeitig merkte er, daß sein Kopf sich unsäglich schwer anfühlte und daß es ihn seine ganze Kraft kostete, nicht wieder ins Kissen zurückzusinken. Die Anstrengung ließ ihn so heftig zittern, daß sein ganzes Bett zu rattern begann.

Mit einem kaum hörbaren Seufzer ließ er sich wieder zurückfallen. Als er noch einmal zu schreien versuchte, vernahm er lediglich ein unverständliches Zischen, das praktisch keinerlei stimmlichen Laut mehr enthielt. Was immer mit ihm nicht stimmte, es verstärkte sich zusehends. Er hatte ein Gefühl, als breitete jemand eine unsichtbare Decke aus Blei über seinen Körper, so daß er flach gegen die Matratze gepreßt wurde. Seine Versuche, Luft zu schnappen, führten zu einem erbarmungsheischenden unkontrollierbaren Wogen seiner Brust. Ihn packte das Grauen bei der Überzeugung, ersticken zu müssen.

Irgendwie gelang es ihm, seine Panik so weit in den Griff zu bekommen, daß er sich wieder des Knopfes für die Nachtschwester entsann. Es kostete ihn eine übermenschliche Anstrengung, den rechten Arm vom Bett zu heben und unter beinahe spastischem Zucken über seinen Bauch zu zerren. Es war, als hätte man ihn in eine klebrige Flüssigkeit versenkt. Seine Finger streiften über das Bettgestänge, und er tastete nach dem Knopf. Vergebens, der Knopf war nicht da. Unter letzter Kraftaufbietung rollte Bruce sich auf die linke Seite und prallte gegen das Gitter. Einer der kalten Eisenstäbe drückte auf seinen rechten Augapfel, so daß er halbseitig blind war. Mit dem linken Auge erspähte er den Notknopf. Er lag auf dem Boden, darunter die wie eine Schlange zusammengerollte Schnur.

Hoffnungslosigkeit breitete sich in ihm aus, während das niederdrückende Gewicht auf seinem Körper weiter zunahm und jegliche Bewegung verhinderte. Er hatte jetzt die entsetzliche Gewißheit, daß etwas mit seinem Herzen passierte; möglicherweise waren alle Nähte auf einmal geplatzt. Das Gefühl des Erstickens wuchs; jede Zelle seines

Gehirns schrie nach Sauerstoff, doch seinem vom Todeskampf gelähmten Mund entfuhr nur ein röchelndes Seufzen, während er verzweifelt zu atmen versuchte. Seine Sinne indes waren schärfer denn je, sein Verstand erfüllt von schmerzlicher Klarheit. Er wußte, daß er starb. In seinen Ohren hallte ein Klingeln nach, er hatte den Eindruck, sich zu drehen, Übelkeit stieg in ihm auf. Dann wurde ihm schwarz vor Augen...

Über ein Jahr lang hatte Pamela Breckenridge von elf Uhr abends bis sieben Uhr morgens gearbeitet. Es war keine besonders beliebte Schicht, aber ihr gefiel sie. Sie gab ihr das Gefühl, mehr Freiheit zu haben. Im Sommer ging sie tagsüber an den Strand und schlief am Abend, im Winter blieb sie bis zum späten Nachmittag im Bett. Ihrem Körper bereitete die Umstellung keine Probleme, solange sie regelmäßig ihre sieben Stunden Schlaf bekam. Und was ihre Arbeit anging, so zog sie Nachtdienst ohnehin vor. Man mußte sich einfach nicht soviel herumärgern. Tagsüber kam sich eine Schwester manchmal wie ein Verkehrspolizist vor zwischen all den Ärzten, Pflegern, Besuchern und Patienten, die sich auf dem Weg zu oder von den zahlreichen Röntgenuntersuchungen, EKGs, Labortests und Operationen befanden. Davon abgesehen gefiel Pamela die Verantwortung, die sie als alleinige Schwester auf der Station hatte.

Als sie in dieser Nacht den verwaisten, abgedunkelten Korridor hinunterging, hörte sie nichts anderes als hier und dort ein unterdrücktes Murmeln, das Zischen eines Respirators und ihre eigenen Schritte. Es war drei Uhr fünfundvierzig. Um diese Zeit hielt sich kein Arzt in unmittelbarer Nähe auf. Pamela arbeitete mit zwei praktischen Schwestern, beides ausgesprochen fähige Veteranen der Station. Alle drei hatten sie gelernt, mit jeder nur möglichen Katastrophe fertig zu werden.

Als sie an Zimmer 1832 vorbeikam, blieb sie stehen. In ihrem Rapport zum Schichtwechsel hatte die Tagesschwester erwähnt, der Pegel in Bruce Wilkinsons Infusionsflasche sei so weit gesunken, daß wahrscheinlich noch vor Morgengrauen eine neue Flasche aufgehängt werden mußte. Pamela zögerte. Eigentlich hätte sie diese Aufgabe an jemand anderen delegieren können, aber da sie schon mal direkt vor dem Zimmer stand und außerdem keine Kleinigkeitskrämerin war, beschloß sie, es selbst zu tun.

Als sie den schwach erleuchteten Raum betrat, wurde ihr mit einem feuchten Husten ein rasselnder Gruß entboten, der den Wunsch in ihr weckte, sich zu räuspern. Leise trat sie an Wilkinsons Bett. Der Pegelstand der Flasche war tatsächlich sehr niedrig, und Pamela fiel auf, daß die Flüssigkeit viel zu schnell durch den Schlauch rann. Auf dem Nachttisch stand eine frische Flasche. Als sie die alte gegen die neue austauschte und die Geschwindigkeit regulierte, spürte sie plötzlich etwas Hartes unter ihrem rechten Fuß. Sie blickte hinunter und entdeckte den Klingelknopf. Erst als sie sich bückte, um ihn wieder an seinen Platz zu hängen, nahm sie den Patienten genauer in Augenschein und bemerkte das gegen die Gitterstäbe gepreßte Gesicht. Irgend etwas stimmte nicht. Sanft drehte sie Bruce Wilkinson wieder auf den Rücken. Statt des erwarteten Widerstands kippte der Körper herum wie eine Stoffpuppe. Die rechte Hand blieb in einer völlig unnatürlichen Haltung liegen. Pamela beugte sich über sein Gesicht. Der Patient atmete nicht.

Sofort drückte Pamela auf den Klingelknopf, knipste die Nachttischlampe an und zog das Bett von der Wand fort. In dem grellen, fluoreszierenden Licht sah sie, daß die Haut des Patienten ein tiefes, grau angehauchtes Blau zeigte, den Farbton kostbaren chinesischen Porzellans. Sie schloß daraus, daß Wilkinson etwas verschluckt hatte und daran erstickt war. Pamela neigte sich zu ihm hinab, drückte ihm mit der linken Hand das Kinn nach unten, bedeckte seine Nase mit der rechten Hand und blies ihm dann mit aller Kraft in den Mund. Sie hatte ein Hindernis in der Luftröhre erwartet und war daher erstaunt, als sich die Brust des Patienten anstandslos aufs blähte. Sollte er an etwas erstickt sein, dann befand es sich offenbar nicht mehr in seiner Trachea.

Sie tastete nach seinem Handgelenk, um den Puls zu fühlen: nichts. Sie versuchte es an der Halsschlagader: ebenfalls nichts. Sie zog das Kissen unter seinem Kopf hervor und versetzte ihm einen Schlag mit der flachen Hand auf die Brust. Dann probierte sie es noch einmal mit Mund-zu-Mund-Beatmung.

Die beiden anderen Schwestern stürzten fast gleichzeitig in den Raum. Pamela sagte nur ein Wort: »Atemstillstand«, und sie legten los, als befanden sie sich auf dem Exerzierplatz. Rose gab den Notfall rasch über Lautsprecher durch, während Trudy das massive, siebzig mal neunzig Zentimeter große Brett besorgte, das während einer Herzmassage unter den Patienten gelegt wurde. Kaum daß Bruce auf dem Brett lag, stieg Rose zu ihm aufs Bett und begann seine Brust zusammenzupressen. Nach jeder vierten Kompression blies Pamela dem Patienten Luft in die Lungen. In der Zwischenzeit lief Trudy los, um die fahrbare Patientenüberwachungseinheit samt EKG-Gerät zu holen.

Als vier Minuten später der diensthabende Arzt, Jerry Donovan, eintraf, hatten Pamela, Rose und Trudy die EKG-Einheit installiert und in Betrieb genommen. Unglücklicherweise zeichnete sie nur eine gerade, einförmige Linie auf. Andererseits hatte sich die Farbe des Patienten gebessert und ein wenig von ihrem vorherigen bläulichen Grau verloren.

Jerry bemerkte die durchgehende gerade Linie, die erkennen ließ, daß in Bruce Wilkinson keinerlei elektrische Aktivitäten mehr vorgingen, und versetzte dem Patienten einen Schlag auf die Brust, genau wie Pamela vorher. Keine Reaktion. Er überprüfte die Pupillen; übermäßig geweitet und starr. Der Assistenzarzt hinter ihm, ein Mann namens Peter Matheson, kletterte aufs Bett und löste Rose ab. In der Tür stand ein verstörter Medizinstudent mit langem Haar.

»Wie lange ist er schon in diesem Zustand?« fragte Jerry.

»Ich habe ihn erst vor fünf Minuten gefunden«, antwortete Pamela. »Aber wann der Stillstand eingetreten ist, weiß der Himmel. Er war nicht an den Monitor angeschlossen. Seine Haut war dunkelblau.«

Jerry nickte. Einen Sekundenbruchteil lang überlegte er, ob sie überhaupt mit der Wiederbelebung fortfahren sollten. Er vermutete, daß der Gehirntod des Patienten schon eingetreten war. Aber er hatte sich noch nicht daran gewöhnt, die Behandlung in einem solchen Moment abzubrechen; es war einfacher, weiterzumachen.

»Ich brauche zwei Ampullen Bikarbonat und eine Ampulle Epinephrin«, bellte er, während er einen Endotrachealtubus von dem Überwachungswagen nahm. Er trat hinter das Bett und ließ Pamela noch einmal Luft in die Lungen des Patienten blasen. Dann führte er das Laryngoskop ein und anschließend den Endotrachealschlauch, an dem er eine Gummimanschette befestigte, die er wiederum mit dem Sauerstoffspender in der Wand verband. Er legte sein Stethoskop an die Brust des Patienten und bat Peter, einen Augenblick innezuhalten, während er die blasebalgähnliche Manschette zusammendrückte. Sofort hob sich die Brust des Patienten.

»Wenigstens steckt nichts in der Luftröhre«, meinte er sowohl zu sich selbst als auch zu den anderen.

Er injizierte erst das Bikarbonat und dann das Epinephrin.

»Vielleicht sollten wir ihm noch etwas Calciumchlorid geben«, meinte er, während er zusah, wie das Gesicht des

Patienten langsam wieder zu einem normalen Rosaton zurückkehrte.

»Wieviel?« fragte Trudy.

»Fünf Kubikzentimeter in einer zehnprozentigen Lösung.« An Pamela gewandt, fragte er: »Weswegen ist er hier?«

»Er hat sich einen Bypass legen lassen«, gab Pamela Auskunft. Rose hatte ihr das Krankenblatt gebracht, das sie jetzt aufschlug. »Die Operation war vor vier Tagen. Er hatte alles gut überstanden.«

»Bis jetzt«, korrigierte Jerry. Bruce Wilkinsons Farbe war beinahe wieder normal, aber die Pupillen blieben übermäßig geweitet, und der Schreiber des EKG-Geräts zeichnete weiterhin eine Linie ohne Kurven oder Zacken.

»Muß eine schwere Herzattacke gehabt haben«, sagte Jerry. »Vielleicht eine Lungenembolie. Er war blau, als Sie ihn gefunden haben, sagten Sie?«

»Dunkelblau«, bestätigte Pamela.

Jerry schüttelte den Kopf. Keine seiner beiden Diagnosen hätte eine so starke Zyanose erklärt. Das Eintreffen des diensthabenden Chirurgen, der noch benommen vom Schlaf war, unterbrach seinen Gedankengang.

Jerry erklärte dem Chirurgen, wie er vorging. Während er sprach, hielt er eine Spritze mit Epinephrin hoch, um die Luftbläschen herauszudrücken, dann stieß er sie Bruce in die Brust, senkrecht zur Haut. Es gab ein hörbares Schnappen, als die Nadel eine Muskelhülle durchbrach. Das einzige andere Geräusch verursachte das EKG-Gerät, das den Papierstreifen mit der geraden Linie abspulte. Jerry zog den Kolben zurück, Blut stieg in die Spritze. Nun wußte er, daß er sich im Herzen befand, und injizierte die Lösung. Mit einem Kopfnicken bedeutete er Peter, dem Patienten wieder die Brust zusammenzupressen, und Pamela, ihm weiter Luft in die Lungen zu blasen.

Noch immer keine Herzaktivität. Während Jerry die äußere Hülle eines sterilen Päckchens öffnete, in dem sich eine

Elektrode für den transvenösen Schrittmacher befand, wünschte er sich, gar nicht erst mit alledem angefangen zu haben. Intuitiv wußte er, daß der Patient schon viel zu weit weg war. Aber nun, da er A gesagt hatte, mußte er auch B sagen.

»Ich brauche einen vierzehner Intubationskatheter«, sagte er. Mit einem in Pethedin getauchten Baumwollschwamm begann er, die Eintrittsstelle links am Hals des Patienten zu präparieren.

»Wollen Sie, daß ich das mache?« meldete sich der diensthabende Chirurg zum erstenmal zu Wort.

»Ich glaube, wir haben alles unter Kontrolle«, sagte Jerry und versuchte, mehr Sicherheit auszustrahlen, als er tatsächlich empfand.

Pamela half ihm in ein Paar Operationshandschuhe. Sie standen gerade im Begriff, den Patienten zuzudecken, als eine weitere Gestalt im Türrahmen erschien und sich an dem langhaarigen Studenten vorbeischob. Jerrys Aufmerksamkeit wurde von der Reaktion des diensthabenden Chirurgen abgelenkt: der Arschkriecher überschlug sich geradezu, fast hätte er salutiert. Sogar die Schwestern zeigten auf einmal sichtlich mehr Haltung, seit Thomas Kingsley, der angesehenste Herzchirurg des Krankenhauses, den Raum betreten hatte.

Er trug einen grünen Kittel, eine Papierkappe und um den Hals die Gesichtsmaske; offenbar kam er direkt aus dem OP. Er trat an das Bett und legte Bruce sanft die Hand auf den Unterarm, als könnte er das Problem allein durch diese göttliche Geste lösen.

»Was haben Sie vor?« fragte er Jerry.

»Ich hänge ihn an einen transvenösen Schrittmacher«, sagte dieser, von Dr. Kingsleys Anwesenheit gleichzeitig erschreckt und beeindruckt. Ärzte in seiner Position tauchten für gewöhnlich nicht bei einem Herzstillstand auf, schon gar nicht mitten in der Nacht.

»Sieht aus, als hätten die Eigenimpulse völlig aufgehört«, sagte Dr. Kingsley und ließ einen Abschnitt des EKG-Papiers durch die Hand laufen. »Nicht die geringsten Anzeichen für irgendwelche AV-Blöcke. Die Wahrscheinlichkeit, daß Sie da mit einem transvenösen Schrittmacher etwas ausrichten können, ist unendlich gering. Ich glaube, Sie verschwenden nur Ihre Zeit.« Dann tastete er nach dem Puls in der Leistengegend des Patienten. Er warf Peter, der inzwischen zu schwitzen begonnen hatte, einen Blick zu und sagte: »Der Puls ist deutlich spürbar. Sie haben hervorragende Arbeit geleistet.« An Pamela gewandt, sagte er: »Größe acht, bitte.«

Pamela reichte ihm die Handschuhe, ohne auch nur eine Sekunde zu zögern. Dr. Kingsley streifte sie über und bat um ein Skalpell aus dem Instrumentenkorb des Überwachungswagens.

»Würden Sie bitte den Verband abnehmen«, bat Dr. Kingsley Peter. An Pamela gewandt, erklärte er, daß er eine große sterile Verbandsschere benötigte.

Peter streifte Jerry mit einem fragenden Seitenblick, dann hörte er mit seiner Massage auf und begann das Durcheinander aus Adhäsionsverbänden und Gaze vom Brustbein des Patienten zu zerren. Dr. Kingsley trat näher ans Bett, das Skalpell in der rechten Hand. Ohne Zeit zu verlieren, grub er die Spitze der Messerklinge ins obere Ende der Wunde und zog sie entschlossen bis zum unteren Ende hinunter. Als er die transparenten blauen Nylonfäden durchtrennte, gab es jedesmal ein deutlich hörbares Schnappen. Peter rutschte vom Bett, um nicht im Weg zu sein.

»Schere«, sagte Dr. Kingsley ruhig, während sein Publikum in erschrockenem Schweigen zusah. Jeder unter ihnen hatte irgendwann von einer solchen Szene gelesen; gesehen hatte sie noch keiner.

Dr. Kingsley zerschnitt die Drähte, die das geöffnete Brustbein zusammenhielten. Dann stieß er mit beiden Händen in die Wunde und zog das Brustbein gewaltsam auseinander. Ein scharfes Knacken hing in der Luft. Jerry Donovan versuchte, einen Blick in die Brust des Patienten zu werfen, aber Dr. Kingsley verdeckte ihm die Sicht. Das einzige, was er erkennen konnte, war, daß es praktisch kein Blut gab.

Dr. Kingsley schob seine rechte Hand vorsichtig in Bruce Wilkinsons Brust und bedeckte die Herzspitze mit den Fingern. Vorsichtig begann er sie rhythmisch zusammenzudrücken, wobei er Pamela immer mit einem Nicken bedeutete, wann sie dem Patienten Luft in die Lunge blasen sollte. »Überprüfen Sie den Puls noch einmal«, sagte er.

Peter trat gehorsam vor. »Kräftig«, sagte er.

»Geben Sie mir etwas Epinephrin«, verlangte Dr. Kingsley. »Es sieht noch immer nicht gut aus. Ich glaube, der Stillstand ist schon vor einiger Zeit eingetreten.«

Jerry Donovan überlegte, ob er sagen sollte, daß er denselben Eindruck hatte, entschied sich dann aber dagegen.

»Rufen Sie das EEG-Labor an«, sagte Dr. Kingsley, ohne mit der Herzmassage aufzuhören. »Mal sehen, ob er überhaupt noch irgendwelche Gehirnaktivitäten aufweist.«

Trudy ging zum Telefon.

Dr. Kingsley injizierte das Epinephrin, stellte aber fest, daß es nicht den geringsten Einfluß auf das EKG hatte. »Wessen Patient ist er eigentlich?« erkundigte er sich dann.

»Dr. Ballantines«, antwortete Pamela.

Dr. Kingsley beugte sich vor und spähte in die Wunde. Jerry nahm an, daß er die chirurgische Nachversorgung taxierte. Jeder in der Klinik wußte, daß auf einer Skala von eins bis zehn, soweit es Operationstechnik anging, Kingsley die Zehn darstellte, während Ballantine – trotz der Tatsache, daß er der Leiter der Herzchirurgie war – allenfalls eine Drei darstellte.

Dr. Kingsley blickte abrupt auf und starrte den Medizinstudenten an, als sähe er ihn zum erstenmal. »Woran kann man auf der Stelle erkennen, daß es sich hierbei nicht um einen AV-Block handelt, Doktor?«

Alle Farbe wich aus dem Gesicht des Studenten. »Ich weiß nicht«, brachte er schließlich hervor.

»Unverfängliche Antwort«, kommentierte Dr. Kingsley mit einem Lächeln. »Ich wünschte, ich hätte als Medizinstudent den Mut gehabt, zuzugeben, daß ich etwas nicht wußte.« Er wandte sich an Jerry und fragte: »Wie steht's mit seinen Pupillen?«

Jerry hob das linke Augenlid des Patienten an. »Unverändert.«

»Geben Sie ihm noch eine Ampulle Bikarbonat«, ordnete Dr. Kingsley an. »Ich nehme an, Sie haben bereits Calcium injiziert?«

Jerry nickte.

Ein paar Minuten lang herrschte Schweigen, während Dr. Kingsley mit seiner Herzmassage fortfuhr. Dann erschien ein Labortechniker mit einem altmodischen EEG-Gerät in der Tür.

»Ich möchte lediglich wissen, ob es in seinem Kopf irgendwelche elektrischen Aktivitäten gibt«, sagte Dr. Kingsley. Der Techniker brachte die Kopfschwarten-Elektroden an und nahm das Gerät in Betrieb. Die Gehirnstromkurve verlief flach, genau wie das EKG.

»Ich fürchte, das wär's«, meinte Dr. Kingsley, zog seine Hand aus dem Brustkorb des Patienten zurück und streifte die Handschuhe ab. »Meiner Meinung nach sollte langsam jemand Dr. Ballantine anrufen. Ich danke Ihnen für Ihre Hilfe.« Er verließ den Raum.

Einen Moment lang bewegte sich niemand, kein Wort fiel. Der EEG-Techniker brach den Bann. Verlegen verkündete er, daß er wohl besser wieder ins Labor ginge. Er sammelte seinen Krimskrams ein und verschwand.

»So was habe ich noch nie gesehen«, sagte Peter und starrte auf Bruce Wilkinsons klaffende Brust.

»Ich auch nicht«, pflichtete Jerry ihm bei. »Irgendwie bleibt einem die Luft weg.«

Beide Männer traten dicht ans Bett heran und blickten in die Wunde.

Jerry räusperte sich. »Ich weiß nicht, was man mehr braucht, wenn man jemand auf solche Weise aufschneidet – Qualifikation oder Selbstvertrauen.«

»Beides«, sagte Pamela und zog den Stöpsel des EKG-Geräts heraus. »Wie wär's, wenn ihr zwei Knaben uns ein bißchen Platz machen würdet, damit wir den Raum wieder in Ordnung bringen können? Ach übrigens, ich habe noch etwas vergessen. Als ich Mr. Wilkinson fand, lief seine Infusion viel zu schnell. Die Flasche war fast leer, obwohl sie eigentlich noch kaum angebrochen sein durfte.« Sie zuckte mit den Schultern. »Ich weiß nicht, ob das irgendeine Bedeutung hat, aber ich wollte es Ihnen wenigstens gesagt haben.«

»Danke«, sagte Jerry geistesabwesend. Er hatte kaum hingehört. Zögernd steckte er seinen Zeigefinger in die Wunde und berührte Bruce Wilkinsons Herz. »Manche Leute behaupten, Dr. Kingsley sei ein arroganter Hundesohn, aber eins ist mal sicher, wenn ich mich morgen einer Bypassoperation unterziehen müßte, würde ich zu Dr. Kingsley gehen.«

»Amen«, sagte Pamela und schob sich zwischen Jerry und das Bett, um sich der Leiche anzunehmen.

Mr. Hauptmann hatte sich während der ganzen Zeit nicht einmal gerührt.

1

»Letzte Nacht hatten wir nur einen Neuzugang«, sagte Cassandra Kingsley und konsultierte ihr vorläufiges Aufnahmeblatt. Es war ihr ganz offensichtlich nicht geheuer, so plötzlich in den Mittelpunkt der frühmorgendlichen Belegschaftskonferenz der Psychiatrischen Station, Clarkson Zwei, gerückt zu sein. »Sein Name ist Colonel William Bentworth. Er ist achtundvierzig Jahre alt, weiß, männlichen Geschlechts, dreimal geschieden, und wurde nach einer Meinungsverschiedenheit in einer Schwulenbar in die Notaufnahme eingeliefert. Er war vollkommen betrunken und dem Personal der Notaufnahme gegenüber außergewöhnlich beleidigend.«

»Mein Gott!« lachte Jacob Levine, der Oberarzt der Psychiatrie. Er riß sich die Brille mit ihren runden, metallgerahmten Gläsern von der Nase und rieb sich heftig die Augen. »Das erstemal haben Sie nachts Bereitschaftsdienst, und schon geraten Sie an Bentworth!«

»Feuerprobe bestanden«, verkündete Roxanne Jefferson, die schwarze Oberschwester von Clarkson Zwei, mit der nicht zu spaßen war. »Niemand kann sagen, die Psychiatrie im Boston Memorial sei ein Hort der Langeweile.«

»Den vollkommenen Patienten habe ich mir jedenfalls anders vorgestellt«, gab Cassi mit einem schwachen Lächeln zu. Die Kommentare von Jacob und Roxanne hatten sie etwas erleichtert und ihr das Gefühl gegeben, daß sie auf Verständnis stoßen würde, wenn sie sich hier vor versammelter Mannschaft zum Narren machte. Bentworth war auf Clarkson Zwei offenbar kein Unbekannter.

Cassi gehörte noch nicht einmal eine Woche zum Ärzteteam der Psychiatrie. Normalerweise war November nicht gerade der Monat, in dem man in einer neuen Station anfing, aber Cassi hatte erst einige Zeit nach Beginn des medizinischen Jahres im Juli beschlossen, von der Pathologie auf die Psychiatrie umzusatteln, und es war ihr auch nur deswegen möglich gewesen, weil einer der Ärzte nach seinem ersten Jahr hier ebenfalls in eine neue Abteilung wollte. Damals hatte Cassi geglaubt, ungeheures Schwein gehabt zu haben. Jetzt war sie sich dessen nicht mehr so sicher. Der einzige Anfänger unter lauter erfahrenen Kollegen zu sein, war schwieriger, als sie es sich vorgestellt hatte. Die anderen, die hier ebenfalls ihr erstes Jahr Dienst taten, waren schon fast fünf Monate weiter.

»Ich wette, Bentworth hatte einige ausgesucht höfliche Worte für Sie parat, als Sie aufgetaucht sind«, meinte Joan Widiker, die bereits seit drei Jahren ihren Dienst im Boston Memorial versah und den psychiatrischen Beratungsdienst leitete, voller Anteilnahme.

»Ich könnte sie nicht wiederholen, ohne rot zu werden«, gab Cassi nickend zu. »Tatsächlich hat er sich geweigert, überhaupt mit mir zu reden, außer um mich seine höchstpersönliche Meinung über Psychiatrie und Psychiater wissen zu lassen. Er bat um eine Zigarette, die ich ihm auch gegeben habe, weil ich dachte, es würde ihm helfen, sich zu entspannen, aber statt sie zu rauchen, hat er sich das glühende Ende immer wieder in den Unterarm gedrückt. Bevor ich jemand zu Hilfe rufen konnte, hatte er sich bereits an sechs verschiedenen Stellen Verbrennungen zugefügt.«

»Ja, er ist wirklich ein ganz besonderes Früchtchen«, sagte Jacob. »Sie hätten mich rufen lassen sollen, Cassi. Um wieviel Uhr wurde er eingeliefert?«

»Um halb drei«, antwortete Cassi.

»Ach so, dann nehme ich alles zurück. Sie haben absolut richtig gehandelt.«

Alle lachten, einschließlich Cassi. Zum erstenmal schlug

ihr nicht mehr jenes feindselige Konkurrenzdenken entgegen, das sie während all der Jahre ihrer Ausbildung begleitet hatte. Und auch die halb respektvollen, halb neidischen Kommentare, die seit ihrer Heirat mit Thomas Kingsley für sie zum täglichen Brot im Boston Memorial gehört hatten, waren verstummt. Cassi hoffte, daß sie eines Tages in der Lage sein würde, sich für diese Unterstützung zu revanchieren.

»Wie auch immer«, sagte sie und versuchte, sich wieder zu konzentrieren. »Mr. Bentworth, oder vielleicht sollte ich besser sagen: Colonel Bentworth, US Army, eingeliefert mit akuter Alkoholvergiftung, Angstanfällen, die sich mit Depressionen abwechselten, Wutausbrüchen, einer Tendenz zur Selbstverstümmelung und einer acht Pfund schweren Krankengeschichte.«

Wieder brach die ganze Gruppe in Gelächter aus.

»Eins muß man Colonel Bentworth zugute halten«, meinte Jacob, »er hat einer ganzen Generation von Psychiatern in der Ausbildung als Fallstudie gedient.«

»Das Gefühl hatte ich auch«, gab Cassi zu. »Ich habe versucht, mich durch die wichtigsten Teile dieser Krankengeschichte zu arbeiten. Ich glaube, sie ist mindestens so lang wie *Krieg und Frieden*. Wenigstens hat sie mich davor bewahrt, mich zum Narren zu machen, indem ich auf gut Glück eine Diagnose stelle. In der Akte steht, er befinde sich an der Grenze zur Persönlichkeitsspaltung und erleide gelegentlich psychotische Schübe.

Die physische Untersuchung ergab zahlreiche Quetschungen im Gesicht und einen leichten Riß in der Oberlippe. Ansonsten erbrachte die Untersuchung – mit Ausnahme der selbst zugefügten Brandwunden – keinerlei Anomalien. Beide Handgelenke wiesen dünne Narben auf. Er weigerte sich, einer kompletten neurologischen Untersuchung zuzustimmen, wußte aber genau, wer er war und wo er sich befand, selbst die Uhrzeit. Da die gegenwärtige

Aufnahme, was die Symptome angeht, fast identisch mit der letzten war und da die Behandlung mit Amylnatrium bei der vorangegangenen Gelegenheit so gut angeschlagen hatte, wurde er auch diesmal intravenös langsam mit einem halben Gramm versorgt.«

Fast im selben Moment, in dem sie ihren Bericht beendet hatte, erklang Cassis Name aus dem Kliniklautsprecher. Ganz automatisch wollte sie aufstehen, aber Joan hielt sie zurück; im Schwesternzimmer würde man den Anruf für sie entgegennehmen.

»Hatten Sie den Eindruck, Colonel Bentworth könnte eventuell dazu neigen, sich umzubringen?« fragte Jacob.

»Nicht wirklich«, sagte Cassi in dem Bewußtsein, auszuweichen. Sie war sich genau im klaren darüber, daß ihre Fähigkeit, ein mögliches Selbstmordrisiko richtig einzuschätzen, ungefähr genauso groß war wie die eines x-beliebigen Mannes auf der Straße. »Daß er sich mit der Zigarette verbrannt hat, schien mir mehr auf eine Tendenz zur Selbstverstümmelung als zur Selbstzerstörung zu deuten.«

Jacob spielte mit einer Locke seines gekräuselten Haars und blickte zu Roxanne hinüber, die länger als jeder andere auf Clarkson Zwei ihren Dienst versah und daher als unbestrittene Autorität galt. Das war ein weiterer Grund, weshalb Cassi die Arbeit hier genoß. Die steife, hierarchische Struktur, an deren Spitze die Ärzte standen und die überall sonst im Krankenhaus herrschte, hatte hier keine Gültigkeit. Ärzte, Schwestern, Pfleger, alle gehörten zum Clarkson-Zwei-Team und wurden als solche respektiert.

»Ich habe bisher immer dazu geneigt, auf eine Unterscheidung zwischen beiden Begriffen zu verzichten«, sagte Roxanne, »obwohl es vermutlich Verschiedenheiten gibt. Trotzdem sollten wir im Fall Bentworth vorsichtig sein. Er ist ein außergewöhnlich komplizierter Mensch.«

»Was man noch als Untertreibung bezeichnen kann«, sagte Jacob. »Der militärische Aufstieg des Burschen war kometenhaft, besonders während seiner Dienstzeit in Vietnam. Er ist mehrmals ausgezeichnet worden. Als ich mir seine Armeeakte angesehen habe, wollte mir allerdings scheinen, als wäre eine unverhältnismäßig große Anzahl seiner Männer gefallen. Seine psychiatrischen Probleme zeigten sich erst, als er seinen derzeitigen Rang erhielt. Es war, als hätte der Erfolg ihn ruiniert.«

»Um auf die Selbstmordgefahr zurückzukommen«, sagte Roxanne an Cassi gewandt, »so glaube ich, daß der wichtigste Punkt im Grad der Depression liegt.«

»Es handelte sich nicht um eine typische Depression«, sagte Cassi und wußte, daß sie sich auf dünnes Eis begab. »Er sagte, er fühle sich eher leer als traurig. In der einen Minute wirkte er deprimiert, in der nächsten schäumte er vor Wut und benutzte beleidigende Worte. Er war absolut unbeständig.«

»Da haben wir's«, sagte Jacob. Es war eine seiner Lieblingsbemerkungen, und ihre Bedeutung lag darin, wie er die Worte betonte. In diesem Fall schien er erfreut zu sein. »Wenn man sich für ein Wort entscheiden müßte, um einen solchen Grenzfall zu kennzeichnen, so wäre, glaube ich, der Begriff ›Unbeständigkeit‹ der zutreffendste.«

Cassi nahm das Lob erfreut entgegen. In der vorangegangenen Woche hatte ihr Ego nicht allzuviel Nahrung erhalten.

»Nun gut«, fuhr Jacob fort, »wie sehen Ihre Pläne bezüglich Colonel Bentworth aus?«

Cassis Euphorie ließ nach.

Einer der anderen Ärzte sagte: »Ich glaube, Cassi sollte ihm erst mal das Rauchen abgewöhnen.«

Das erneute Gelächter schwemmte ihre Nervosität hinweg.

»Meine Pläne für Colonel Bentworth«, sagte Cassi, »sind...«, sie hielt inne, »daß ich übers Wochenende eine Menge zu lesen habe.«

»Klingt vernünftig«, sagte Jacob. »In der Zwischenzeit würde ich ihn vorübergehend auf ein starkes Beruhigungsmittel setzen. Grenzfälle eignen sich nicht für eine langfristige medikamentöse Behandlung, oft kann man ihnen damit aber über einen momentanen psychotischen Zustand hinweghelfen. Gut, was ist letzte Nacht sonst noch vorgefallen?«

Susan Cheaver, eine der Schwestern, fuhr fort. Mit der ihr eigenen Tüchtigkeit faßte Susan alle signifikanten Ereignisse zusammen, die sich seit dem späten Nachmittag des vergangenen Tages abgespielt hatten. Das einzige darunter, das von der Routine abwich, war ein Fall von körperlicher Mißhandlung, begangen an einer Patientin namens Maureen Kavenaugh. Ihr Mann war zu einem seiner unregelmäßigen Besuche aufgetaucht, und eine Zeitlang schien alles friedlich verlaufen zu sein, bis es zu einem wütenden Wortwechsel kam, gefolgt von einer Reihe heftiger Ohrfeigen, die Mr. Kavenaugh seiner Frau verpaßt hatte. Die Szene spielte sich mitten im Aufenthaltsraum der Patienten ab und hatte einige der anderen Anwesenden sehr erregt. Mr. Kavenaugh hatte überwältigt und aus der Station eskortiert werden müssen. Seine Frau war mit einem Sedativum behandelt worden.

»Ich habe mehrmals versucht, mich mit dem Mann zu unterhalten«, sagte Roxanne. »Er ist Lastwagenfahrer und hat wenig, um nicht zu sagen, gar kein Verständnis für die Verfassung seiner Frau.«

»Und was schlagen Sie vor?« fragte Jacob.

Roxanne sagte: »Ich meine, man sollte Mr. Kavenaugh ermutigen, seine Frau weiterhin zu besuchen, aber nur wenn jemand dabei ist. Ich glaube nicht, daß Maureens inneres Gleichgewicht wiederhergestellt werden kann, ohne daß er auf die eine oder andere Weise an der Therapie teilnimmt, und es wird nicht einfach werden, ihn dazu zu bringen.«

Cassi beobachtete und hörte zu, genau wie jedes andere Mitglied der Belegschaft. Nachdem Susan fertig war, erhielten nach und nach auch die anderen Ärzte Gelegenheit, über ihre Patienten zu sprechen. Anschließend meldeten sich noch der Beschäftigungstherapeut und der für die Wiedereingliederung der Patienten in die Gesellschaft zuständige Sozialarbeiter zu Wort. Schließlich fragte Dr. Levine, ob es noch irgendwelche anderen Probleme gebe. Niemand reagierte.

»Okay«, sagte Dr. Levine, »wir sehen uns auf der Nachmittagskonferenz.«

Cassi erhob sich nicht sofort. Sie schloß die Augen und holte tief Luft. Die Angst vor der Belegschaftskonferenz hatte ihre Erschöpfung verdrängt, aber jetzt, wo alles vorüber war, kehrte sie stärker als zuvor zurück. Sie hatte nur knapp drei Stunden geschlafen. Und Cassi brauchte ihre Nachtruhe. Wie schön wäre es jetzt, einfach den Kopf auf ihren rechten Arm sinken zu lassen und gleich hier am Konferenztisch einzuschlafen.

»Ich möchte wetten, Sie sind hundemüde«, sagte Joan Widiker und legte Cassi die Hand auf den Arm.

Cassi brachte ein schwaches Lächeln zustande. Joans Interesse an ihren Mitmenschen kam von Herzen. Mehr als jeder andere hatte sie sich für Cassi Zeit genommen und ihr damit die erste Woche in der Psychiatrie soweit wie möglich erleichtert.

»Ich schaff's schon«, sagte Cassi. Dann fügte sie hinzu: »Hoffe ich.«

»Sie schaffen es bestimmt«, versicherte Joan ihr. »Sie haben sich heute morgen großartig gehalten.«

»Finden Sie?« Cassis braune Augen leuchteten.

»Absolut. Sie haben Jacob sogar eine Art Kompliment entlockt. Es hat ihm gefallen, daß Sie Colonel Bentworth als unbeständig bezeichnet haben.«

»Erinnern Sie mich nicht daran«, sagte Cassi verloren.

»In Wahrheit würde ich einen Schizophrenen wie ihn nicht einmal erkennen, wenn ich mit ihm zum Essen verabredet wäre.«

»Wahrscheinlich nicht«, pflichtete Joan ihr bei. »Den meisten Menschen würde es ebenso ergehen, vorausgesetzt der Patient erleidet nicht gerade einen psychotischen Schub. Solche Grenzfälle können sich außerordentlich gut unter Kontrolle halten. Sehen Sie sich Bentworth doch an. Er hat es bis zum Colonel gebracht.«

»Darüber habe ich mir ja auch den Kopf zerbrochen«, sagte Cassi. »Es läßt sich irgendwie nicht miteinander in Einklang bringen.«

»Bentworth kann jedem Kopfzerbrechen bereiten«, sagte Joan und drückte Cassis Arm. »Kommen Sie, ich spendiere Ihnen einen Kaffee in der Cafeteria. Sie sehen aus, als könnten Sie einen gebrauchen.«

»Gebrauchen kann ich ihn, weiß Gott«, meinte Cassi. »Aber ich weiß nicht, ob ich mir die Zeit nehmen soll.«

»Auf Anordnung des Arztes«, verfügte Joan und stand auf. Während sie über den Korridor gingen, setzte sie hinzu: »Ich hatte auch mit Bentworth zu tun, als ich hier anfing, und ich habe die gleichen Erfahrungen gemacht wie Sie. Ich weiß also, wie Sie sich fühlen.«

»Ehrlich?« fragte Cassi ermutigt. »In der Konferenz wollte ich es nicht zugeben, aber der Colonel hat mir regelrecht Angst eingejagt.«

Joan nickte. »Bentworth bedeutet immer Ärger. Er ist bösartig und gerissen. Irgendwie gelingt es ihm sofort, die Achillesferse eines Menschen zu finden. Diese Gabe, kombiniert mit der aufgestauten Wut und seiner Feindseligkeit, kann sich verheerend auswirken.

»Er hat mir das Gefühl gegeben, nicht einen Pfifferling wert zu sein«, sagte Cassi.

»Als Psychiater«, korrigierte Joan.

»Als Psychiater«, stimmte Cassi zu. »Aber das ist immerhin mein Beruf. Vielleicht finde ich irgendwo einen ähnlich gelagerten Fall, in den ich mich einlesen kann.«

»Darüber gibt es jede Menge Literatur«, sagte Joan. »Viel zuviel. Aber es ist im Grunde dasselbe wie mit dem Radfahren. Man kann jahrelang alles über Fahrräder lesen, aber wenn man dann eines Tages eins davon besteigt und zu fahren versucht, schafft man es doch nicht. Psychiatrie ist sowohl Prozeß als auch Wissenschaft, zu gleichen Teilen. Kommen Sie, jetzt genehmigen wir uns erst mal den Kaffee.«

Cassi zögerte. »Vielleicht sollte ich doch lieber an meine Arbeit gehen.«

»Sie haben doch jetzt nicht gleich Sprechstunde, oder?« fragte Joan.

»Nein, aber ...«

»Dann kommen Sie mit.« Joan ergriff sie am Arm, und sie gingen weiter.

Cassi ließ sich mitziehen. Sie wollte sich ein wenig mit Joan unterhalten. Es war mindestens so aufbauend wie lehrreich. Vielleicht würde Bentworth jetzt zu einem normalen Gespräch bereit sein, nachdem er eine ruhige Nacht verbracht hatte.

»Ich will Ihnen mal was über Bentworth sagen«, begann Joan, als hätte sie Cassis Gedanken gelesen. »Jeder, den ich kenne und der sich um ihn gekümmert hat, war überzeugt, ihn heilen zu können, inklusive meiner Person. Aber Grenzfälle im allgemeinen und Colonel Bentworth im besonderen lassen sich nicht heilen. Sie lernen vielleicht, immer besser zu kompensieren, aber sie werden nicht geheilt.«

Als sie das Schwesternzimmer passierten, legte Cassi das Aufnahmeblatt des Colonels in einen Korb und erkundigte sich, warum man sie ausgerufen hatte. »Es war Dr. Robert Seibert«, sagte die Helferin. »Er bat Sie, so schnell wie möglich zurückzurufen.«

»Wer ist Dr. Seibert?« fragte Joan.

»Ein Kollege aus der Pathologie«, antwortete Cassi. »So schnell wie möglich – hört sich an, als sollten Sie ihn jetzt gleich anrufen.«

»Würde es Ihnen was ausmachen?«

Joan schüttelte den Kopf, und Cassi trat um das Wandpult herum ans Telefon. Roxanne gesellte sich zu Joan und sagte: »Sie ist ein nettes Mädchen. Ich glaube, sie wird uns hier eine echte Hilfe sein.« Joan nickte. Sie waren sich beide darin einig, daß Cassis Unsicherheit und Nervosität eine Folge ihrer Hingabe und des Eifers waren, mit dem sie sich der neuen Aufgabe widmete.

»Etwas macht mir allerdings etwas Kopfzerbrechen«, fügte Roxanne hinzu. »Sie scheint sehr verletzlich zu sein.«

»Ich glaube, sie wird ihren Weg gehen«, sagte Joan. »Und ganz so schwach kann sie ja kaum sein, wenn sie mit Thomas Kingsley verheiratet ist.«

Roxanne grinste, dann verschwand sie den Gang hinunter. Sie war eine große, elegante schwarze Frau, deren Intellekt und Sinn für Stil Respekt verlangten. Sie hatte ihr Haar in Rastazöpfen getragen, lange bevor es Mode geworden war.

Während Cassi den Hörer wieder zurück auf die Gabel legte, unterzog Joan sie einer genauen Musterung. Roxanne hatte recht: Cassi wirkte tatsächlich empfindsam und zerbrechlich. Vielleicht lag es an ihrer blassen, beinahe durchscheinenden Haut. Sie war schlank, grazil und nur wenig größer als ein Meter siebzig. Ihr feines Haar wechselte in der Farbe zwischen glänzendem Walnußbraun und blond, je nach Beleuchtung und Blickwinkel. Bei der Arbeit trug sie es lässig hochgesteckt, gehalten von kleinen Kämmen und Nadeln. Wegen ihrer zarten Beschaffenheit fanden aber einige Strähnen immer wieder ihren Weg aus der Frisur und umspielten das Gesicht wie Sommerfäden im Wind. Cassis Gesichtszüge waren sanft und schmal und die Augen an den äußeren Winkeln leicht nach oben gezogen, so daß sie ihr einen etwas exotischen Anflug verliehen. Sie benutzte kaum Make-up und wirkte daher jünger als ihre achtundzwanzig Jahre. Ihre Kleidung war stets sauber und gepflegt, selbst wenn sie den größten Teil der Nacht darin verbracht hatte; heute trug sie eine ihrer vielen hochgeschlossenen weißen Blusen. Auf Joan wirkte Cassi immer wie eine junge Frau auf einer alten viktorianischen Daguerreotypie.

»Was halten Sie davon, mich auf einige Minuten in die Pathologie zu begleiten?« fragte sie jetzt voller Begeisterung.

»Pathologie?« wiederholte Joan mit leisem Mißbehagen.

»Ich bin sicher, dort kriegen wir auch einen Kaffee«, meinte Cassi, als wäre das der Grund für Joans Zögern gewesen. »Geben Sie sich einen Ruck, vielleicht finden Sie's ja sogar ganz interessant.«

Joan ließ zu, daß Cassi sie ins Schlepptau nahm. Sie gingen hinunter auf den Hauptkorridor und zu der massiven Feuertür, die zum eigentlichen Krankenhaus führte. In Clarkson Zwei gab es keine verschlossenen Türen. Es war eine »offene« Station. Vielen der Patienten war es nicht gestattet, das Stockwerk zu verlassen, aber es lag an ihnen, ob sie gehorchten oder nicht. Sie wußten, daß sie damit rechnen mußten, ins State Hospital verlegt zu werden, wenn sie die Anweisungen mißachteten. Dort herrschte ein weit weniger angenehmes Klima.

Als die Tür hinter ihr ins Schloß fiel, verspürte Cassi eine Welle der Erleichterung. Im Gegensatz zur Psychiatrie bereitete es hier keine Schwierigkeiten, Ärzte und Schwestern von den Patienten zu unterscheiden. Die Ärzte hatten entweder Anzugjacketts oder ihre weißen Kittel an, die Schwestern ihre weißen Uniformen und die Patienten ihre Morgenröcke und Schlafanzüge. In Clarkson Zwei trug jeder ganz normale Alltagskleidung.

Während sie auf die Fahrstühle zumarschierten, fragte Joan: »Hat es Ihnen eigentlich in der Pathologie gefallen?«

»Es war absolut wunderbar«, antwortete Cassi. »Ich hoffe, Sie fühlen sich jetzt nicht beleidigt«, sagte Joan lachend, »aber ich finde, Sie sehen nicht gerade wie eine Pathologin aus.«

»Da haben Sie die Geschichte meines Lebens«, sagte Cassi. »Zuerst wollte niemand glauben, daß ich Medizin studiere, dann sagten sie, ich sähe zu jung aus für eine Ärztin, und letzte Nacht hatte Colonel Bentworth die Freundlichkeit, mir zu erklären, daß ich nicht im geringsten seiner Vorstellung von einem Psychiater entspräche. Wie sehe ich Ihrer Meinung nach denn aus?«

Joan antwortete nicht. Die Wahrheit wäre gewesen, daß Cassi eher wie eine Tänzerin oder wie ein Fotomodell aussah als wie eine Ärztin.

Sie gesellten sich zu der Menschenmenge, die bereits vor den Fahrstuhlschächten wartete. Es gab nur sechs Aufzüge für den ganzen Haupttrakt – eine architektonische Fehlkalkulation, die dazu führte, daß man manchmal bis zu zehn Minuten auf eine Kabine warten mußte, die dann noch fast auf jedem Stockwerk dazwischen haltmachte.

»Warum haben Sie denn dann die Abteilungen gewechselt?« erkundigte sich Joan, bereute die Frage aber, kaum daß sie ihr über die Lippen gekommen war. »Sie brauchen mir nicht zu antworten, wenn Sie nicht wollen. Ich will meine Nase nicht in Ihre Angelegenheiten stecken. Wahrscheinlich war das wieder mal der Psychiater in mir.«

»Sie brauchen sich nicht zu entschuldigen«, antwortete Cassi gleichmütig. »Tatsächlich gibt es eine ganz einfache Erklärung. Ich leide seit frühester Jugend an Diabetes. Als ich mich für mein medizinisches Spezialgebiet entschied, mußte ich mich dieser Realität stellen. Ich habe versucht, es zu ignorieren, aber es ist und bleibt ein Handicap.«

Joans Verlegenheit wurde durch Cassis Offenheit noch gesteigert. Dennoch, so unwohl ihr auch zumute war, es wäre falsch gewesen, Cassis Ehrlichkeit unbeantwortet zu lassen. »Ich hätte gedacht, unter diesen Umständen wäre Pathologie eine gute Wahl gewesen.«

»Das habe ich zuerst auch geglaubt«, sagte Cassi. »Unglückseligerweise habe ich im letzten Jahr Schwierigkeiten mit den Augen bekommen. Tatsächlich kann ich mit meinem linken Auge momentan sogar nur Hell und Dunkel unterscheiden. Ich bin sicher, Sie haben schon von Retinopathie diabetica gehört. Ich bin nicht gerade ein Pessimist, aber wenn alle Stricke reißen, könnte ich meinen Beruf als Psychiater sogar vollkommen blind ausüben. Ganz im Gegensatz zur Pathologie. Kommen Sie, wir nehmen gleich den ersten Aufzug.«

Cassi und Joan wurden in den Fahrstuhl gedrängt. Die Tür ging zu, der Lift setzte sich in Bewegung.

Joan hatte sich schon seit Jahren nicht mehr so unwohl gefühlt, aber sie hatte den Drang, nachhaken zu müssen. »Wann genau hat Ihre Diabetes angefangen?«

Die einfache Frage versetzte Cassi zurück in das Jahr, als sie acht wurde und ihr ganzes Leben sich zu ändern begann. Bis zu jenem Zeitpunkt hatte ihr die Schule immer Spaß gemacht. Sie war ein folgsames, begeisterungsfähiges Kind gewesen, das immer nach neuen Horizonten Ausschau zu halten schien. Aber mitten in der dritten Klasse wurde alles anders. Früher war sie immer pünktlich für den Schulweg fertig gewesen; nun mußte sie angetrieben und gebeten werden. Ihre Konzentration ließ nach, und Cassis Mutter erhielt besorgte Briefe von ihrer Klassenlehrerin. Immer öfter mußte sie auf die Toilette, was anfangs nicht einmal ihr selbst klar wurde. Nach einiger Zeit verbot die Lehrerin, Miss Rossi, ihr das häufige Austreten, weil sie vermutete, daß die Gänge zur Toilette nur ein Vorwand waren, um nicht arbeiten zu müssen. Damals wurde Cassi von der grauenhaften Angst heimgesucht, sie könnte die Kontrolle über ihre Blase verlieren. Vor ihrem geistigen Auge entstand das Bild eines »Unfalls« – Urin, der von ihrem Stuhl tropfte und sich unter dem Pult zu einer gelblichen Pfütze sammelte. Aus der Angst wurde Wut, die Wut wiederum führte zu Aufsässigkeit, die mit Strafen geahndet wurde. Die anderen Kinder begannen, sich über Cassi lustig zu machen.

Als sie zu Hause einmal ihr Bett naß machte, waren sowohl sie selbst als auch ihre Mutter entsetzt. Mrs. Cassidy verlangte eine Erklärung, aber Cassi hatte keine. Als Mr. Cassidy vorschlug, den Hausarzt zu Rate zu ziehen, lehnte Mrs. Cassidy diese Demütigung rundweg ab – überzeugt wie sie war, daß es sich bei der Bettnässerei um etwas durch und durch Unanständiges handelte.

Die verschiedensten Strafen blieben erfolglos. Wenn überhaupt, dann verschlimmerten sie das Problem noch. Cassi begann, plötzlich Wutanfälle zu bekommen, verlor die wenigen noch verbliebenen Freundinnen und hielt sich die meiste Zeit in ihrem Zimmer auf.

Anfang Frühling kulminierten die Ereignisse. Cassi konnte sich noch lebhaft an den Tag erinnern. Nur eine halbe Stunde nach der Pause verspürte sie gleichzeitig das dringende Bedürfnis, ihre Blase zu entleeren, und heftigen Durst. Da sie sich vorstellen konnte, wie Miss Rossi reagieren würde, wenn sie so kurz nach der Pause schon wieder zur Toilette wollte, versuchte sie vergebens, bis zum Ende der Stunde durchzuhalten. Sie rutschte auf ihrem Stuhl hin und her und ballte die Hände zu Fäusten. Ihr Mund wurde so trocken, daß sie kaum zu schlucken vermochte, und all ihren Bemühungen zum Trotz spürte sie, wie sie einige Tropfen Urin verlor.

Entsetzt schlich sie auf Zehenspitzen zu Miss Rossi und bat, austreten zu dürfen. Ohne aufzublicken, schickte Miss Rossi sie an ihren Platz zurück. Cassi drehte sich um und ging direkt zur Tür. Miss Rossi hörte, wie die Klinke hinuntergedrückt wurde, und hob den Kopf.

Cassi rannte zur Toilette, dicht gefolgt von Miss Rossi.

Ehe die Lehrerin sie einholen konnte, hatte sie ihr Höschen heruntergezerrt und den Rock in ihren Armen zusammengerafft. Voller Erleichterung sank sie auf die Toilettenbrille. Miss Rossi baute sich vor ihr auf, stemmte die Fäuste in die Taille und wartete, während ihre Miene verkündete: *Gnade dir Gott, wenn ich jetzt nicht was zu sehen kriege…*

Sie bekam etwas zu sehen. Cassi begann zu urinieren und hörte eine Ewigkeit lang nicht wieder auf. Miss Rossis finstere Miene erhellte sich ein wenig. »Warum bist du denn nicht in der Pause gegangen?« fragte sie.

»Bin ich doch«, antwortete Cassi kläglich.

»Das glaube ich nicht«, sagte Miss Rossi. »Und weil ich dir nicht glaube, werden wir beide heute nachmittag nach der Schule in Mr. Jankowskis Büro marschieren.«

Wieder im Klassenzimmer, setzte Miss Rossi Cassi in eine Bank für sich allein. Noch heute konnte sie die Benommenheit spüren, die plötzlich über sie gekommen war. Es begann damit, daß sie die Tafel nicht mehr erkennen konnte. Dann wurde ihr ganz komisch zumute, und sie glaubte, sich übergeben zu müssen. Aber statt sich zu übergeben, wurde sie ohnmächtig. Das nächste, was Cassi wußte, war, daß sie sich in einem Krankenhaus befand. Ihre Mutter beugte sich über sie und erklärte ihr, daß sie zuckerkrank sei.

Cassi blickte Joan an und versuchte, sich wieder auf die Gegenwart zu konzentrieren. »Mit neun kam ich ins Krankenhaus«, sagte sie hastig und hoffte, daß Joan ihren kurzen Tagtraum nicht bemerkt hatte. »Damals wurde die Diagnose gestellt.«

»Das war bestimmt keine leichte Zeit für Sie«, sagte Joan.

»Es hielt sich in Grenzen«, sagte Cassi. »In mancher Hinsicht war es eine Erleichterung, zu wissen, daß die Symptome, die ich aufwies, eine physische Basis hatten. Und als die Ärzte erst meinen Insulinbedarf stabilisiert hatten, ging es mir bald wieder besser. Ein paar Jahre später hatte ich mich dann sogar schon daran gewöhnt, mir selbst zweimal am Tag meine Insulinspritze zu geben. Ah, wir sind da.«

Sie verließen den Fahrstuhl. »Ich bin beeindruckt«, sagte Joan. »Ich bezweifle, daß ich in der Lage gewesen wäre, mit dem Medizinstudium fertig zu werden, wenn ich Diabetes gehabt hätte.«

»Natürlich hätten Sie das geschafft«, sagte Cassi. »Wir alle können mehr einstecken, als wir gemeinhin für möglich halten.«

Joan war nicht unbedingt derselben Meinung, äußerte sich aber nicht dazu. »Und Ihr Ehemann? Ich habe in meinem Leben den einen oder anderen Chirurgen kennengelernt und kann nur hoffen, daß er Verständnis hat und Ihnen eine Stütze ist.«

»O ja, das ist er«, sagte Cassi, aber die Antwort kam Joans analytischem Verstand etwas zu schnell.

Die Pathologie war eine eigene Welt, vom Rest des Krankenhauses isoliert. Joan war bereits über drei Jahre im Boston Memorial und hatte der Abteilung bisher noch nicht einen einzigen Besuch abgestattet. Innerlich hatte sie sich auf etwas Ähnliches wie die düstere, scheinbar noch aus dem 19. Jahrhundert stammende pathologische Abteilung der medizinischen Fakultät ihrer Studentenzeit eingestellt, komplett mit schäbigen Glastürschränken voller Einmachgläser, die entsetzliche Dinge in gelbem Formalin enthielten. Statt dessen fand sie sich in einer weißen, futuristischen Welt aus Kacheln, Kunststoff, rostfreiem Stahl und Glas wieder. Es gab keine Einmachgläser, kein Durcheinander und keine merkwürdigen, abstoßenden Gerüche. Am Eingang saßen mehrere Sekretärinnen mit Kopfhörern an Bildschirmen und tippten. Linkerhand befanden sich Büros, und in der Mitte des riesigen Raums stand ein langer weißer Kunststofftisch mit einer Reihe eindrucksvoller Forschungsmikroskope.

Cassi führte Joan in das erste Büro, wo ein elegant gekleideter junger Mann bei ihrem Eintritt von seinem Schreibtisch aufsprang und Cassi mit einer herzlichen, gänzlich unprofessionellen Umarmung begrüßte. Dann schob er sie ein Stück von sich weg, um sie ansehen zu können.

»Gott, siehst du gut aus«, sagte er. »Sag mal, du hast dir doch nicht etwa die Haare gefärbt?«

»Ich wußte, daß es dir auffallen würde«, lachte Cassi. »Von den anderen hat's keiner gemerkt.«

»Natürlich fällt mir so was auf. Die Bluse ist auch neu, oder nicht?«

»Doch.«

»Sehr schön.« Er betastete das Material. »Ganz aus Baumwolle. Steht dir ausgezeichnet.«

»Ach, du meine Güte«, entfuhr es Cassi, als ihr Joan wieder einfiel. Rasch holte sie die Vorstellung nach. »Joan Widiker, Robert Seibert.«

Joan ergriff Roberts ausgestreckte Hand. Sein aufrichtiges, gewinnendes Lächeln gefiel ihr. Seine Augen funkelten, und Joan konnte sich des Gefühls nicht erwehren, daß sie einer genauen Musterung unterzogen wurde.

»Robert und ich haben zusammen studiert«, erklärte Cassi, während Robert ihr wieder den Arm um die Hüfte legte. »Und dann sind wir beide rein zufällig hier in der Pathologie des Boston Memorial gelandet.«

»Wenn man euch so ansieht, könnte man euch für Bruder und Schwester halten«, sagte Joan.

»Das sagt fast jeder«, meinte Robert sichtlich geschmeichelt. »Wir haben uns auch auf Anhieb gemocht, nicht zuletzt wegen der Tatsache, daß wir beide ernste Kinderkrankheiten hatten. Cassi hatte Diabetes und ich Gelenkrheumatismus.«

»Und wir haben beide Angst vor Operationen«, ergänzte Cassi, worauf Robert und sie in Gelächter ausbrachen.

»Eigentlich ist es gar nicht so komisch«, sagte Cassi.

»Anstatt uns gegenseitig aufzubauen, haben wir uns noch mehr Angst eingejagt. Robert sollte sich eigentlich seine Weisheitszähne ziehen lassen, und bei mir müßte endlich mal was mit der Blutung in meinem linken Auge geschehen.«

»Ich habe beschlossen, bald zum Zahnarzt zu gehen – jetzt, wo du mir nicht mehr im Pelz sitzt«, sagte Robert mit geschwellter Brust.

»Das glaube ich erst, wenn's soweit ist«, lachte Cassi.

»Wart's nur ab«, sagte Robert. »Aber in der Zwischenzeit möchte ich, daß du mir bei einer Autopsie Gesellschaft leistest. Ich habe extra gewartet, bis deine Konferenz vorbei war. Ich muß nur noch den Kollegen rufen, der die Wiederbelebungsversuche unternommen hat.«

Robert ging zu seinem Schreibtisch, um zu telefonieren.

»Eine Autopsie!« entfuhr es Joan entsetzt. »Das war nicht abgemacht. Ich bezweifle, ob ich dem gewachsen bin.«

»Es könnte ganz interessant werden«, sagte Cassi unschuldig, als sei die Teilnahme an einer Autopsie ein amüsanter Zeitvertreib. »Während meiner Zeit in der Pathologie sind Robert und ich auf eine Reihe von Fällen gestoßen, denen wir die Bezeichnung PPT gegeben haben, für Plötzlicher Postoperativer Tod. Es handelte sich ausschließlich um Herzpatienten, die weniger als eine Woche nach ihren Operationen gestorben sind, obwohl die meisten von ihnen sich gut erholten und bei der Autopsie keine anatomischen Ursachen für ihren Tod feststellbar waren. Wären es nur wenige gewesen, hätte man es noch hingehen lassen können, aber nach unseren Unterlagen waren es siebzehn in den letzten zehn Jahren. Der Fall, den Robert jetzt untersuchen möchte, könnte Nummer achtzehn werden.«

Robert legte den Hörer auf, erklärte, daß Jerry Donovan jeden Augenblick da sein müsse, und bot seinen Gästen Kaffee an. Bevor sie auch nur einen Schluck trinken konnten, war Jerry bereits in den Raum gestürzt. Als erstes riß er Cassi in die Arme. Dann schlug er Robert auf die Schulter und sagte: »Prima, Mann, danke für den Anruf.«

Robert zuckte unter der Wucht des Schlags zusammen und zwang sich zu einem Lächeln. Jerry war gekleidet wie ein durchschnittlicher Anstaltsarzt. Sein weißes Sakko, schmutzig und zerknittert, hatte jegliche Form verloren und wurde zusätzlich noch von einem prallen schwarzen Notizbuch in der rechten Tasche ausgebeult. Seine Hose war in Schenkelhöhe mit Blutflecken übersät. Neben Robert wirkte er, als arbeitete er in einem Schlachthof.

»Jerry hat mit Robert und mir zusammen studiert«, erklärte Cassi.

»Gehen wir an die Arbeit«, sagte Robert. »Ich habe eine der Autopsiekammern für uns freihalten lassen.«

Er ging voran, gefolgt von Joan. Jerry trat beiseite, um Cassi vorbeizulassen, dann holte er wieder auf und sagte: »Du kommst nie darauf, wen ich gestern nacht bei seiner großen Nummer beobachten durfte!«

»Ich würd's nicht mal versuchen«, antwortete Cassi, da sie mit einem von Jerrys seltsamen Scherzen rechnete.

»Deinen Mann! Dr. Thomas Kingsley.«

»Wirklich?« fragte Cassi. »Was hat ein Medizinmann wie du im OP zu suchen?«

»Nichts«, sagte Jerry. »Ich war auf der Krankenstation und habe versucht, den Patienten wiederzubeleben, den Robert gleich untersucht. Dein Mann ist auf unseren Notruf hin gekommen. Ich war mehr als beeindruckt. Ich glaube, eine solche Entschlossenheit habe ich noch nie in meinem Leben gesehen. Er hat dem Burschen praktisch die Brust aufgerissen und ihm gleich auf dem Bett eine Herzmassage verpaßt. Es war einfach sagenhaft. Ist er zu Hause eigentlich auch so beeindruckend?«

Cassi bedachte Jerry mit einem scharfen Seitenblick. Hätte jemand anderer diese Bemerkung gemacht, wäre ihr wahrscheinlich eine scharfe Antwort entfahren. Aber schließlich hatte sie ja mit einem von Jerrys seltsamen Scherzen gerechnet, und das war wieder so einer. Warum also aus einer Mücke einen Elefanten machen? Sie beschloß, die Sache auf sich beruhen zu lassen.

Ohne sich um Cassis alles andere als positive Reaktion zu kümmern, fuhr Jerry fort: »Was mich am meisten beeindruckt hat, war nicht, wie er Wilkinsons Brust aufgeschnitten hat, sondern in erster Linie die Entscheidung, es überhaupt zu tun. Eine solche Entscheidung wird mir immer unbegreiflich bleiben. Ich gerate schon in Panik, wenn ich nur überlege, ob man einen Patienten auf Antibiotika setzen soll oder nicht.«

»Chirurgen sind an solche Sachen gewöhnt«, meinte Cassi. »Für sie haben derartige Entscheidungen manchmal schon den Charakter eines Tonikums. In gewisser Weise genießen sie das.«

»Genießen?« fragte Jerry ungläubig. »Klingt fast unvorstellbar, aber vermutlich hast du recht; sonst gäbe es wohl keine Chirurgen. Der größte Unterschied zwischen einem Internisten und einem Chirurgen ist wahrscheinlich die Fähigkeit, unwiderrufliche Entscheidungen zu treffen.«

In der Autopsiekammer schnürte Robert sich eine schwarze Gummischürze um und schlüpfte in ebenfalls schwarze Gummihandschuhe. Die anderen gruppierten sich um den bleichen Körper, dessen Brust noch immer offenstand. Die Wundränder waren dunkler geworden und getrocknet. Abgesehen von dem Endotrachealschlauch, der aus seinem Mund ragte, wirkte das Gesicht des Patienten friedlich. Die Augen waren erfreulicherweise geschlossen.

»Zehn zu eins, daß es eine Lungenembolie war«, sagte Jerry überzeugt.

»Ich setze einen Dollar dagegen«, antwortete Robert und brachte das Mikrophon, das von der Decke hing, mittels eines Fußpedals in die richtige Höhe. »Du hast mir selbst gesagt, daß der Patient anfangs stark zyanotisch war. Ich glaube nicht, daß wir auf eine Embolie stoßen werden. Wenn ich mich nicht sehr irre, wird es sogar so aussehen, daß wir überhaupt nichts finden.«

Während Robert die Untersuchung vornahm, diktierte er seine Beobachtungen gleich ins Mikrophon. »Wir haben es mit einem gut entwickelten, wohlgenährten männlichen Weißen zu tun, Gewicht etwa hundertsechsundfünfzig Pfund, Größe etwa hundertfünfundsiebzig Zentimeter, vermutliches Alter zweiundvierzig ...«

Joan blickte zu Cassi hinüber, die in aller Gemütsruhe ihren Kaffee trank. Dann warf sie einen Blick in ihre eigene Tasse. Bei dem Gedanken, sie an den Mund zu setzen, drehte sich ihr der Magen um.

»Waren denn all diese PPT-Fälle gleich gelagert?« fragte sie. Auf dem Autopsietisch legte Robert Skalpelle, Scheren und Knochenzangen bereit, um alles zur Hand zu haben, wenn er den Körper öffnete und auszuweiden begann.

Cassi schüttelte den Kopf. »Nein. Einige waren zyanotisch wie dieser Patient, ein paar sahen aus, als wären sie an Herzstillstand gestorben, andere schienen erstickt zu sein, und wieder andere wurden das Opfer von Krampfanfällen.«

Robert legte den bei Autopsien üblichen Y-Schnitt an, begann oben bei den Schultern und stellte dann die Verbindung zu der klaffenden Brustwunde her. Joan konnte hören, wie die Klinge über die Knochen kratzte.

»Und welcher Art waren die vorangegangenen Operationen?« fragte Joan. Sie hörte Rippen brechen und schloß die Augen.

»Sie waren alle am offenen Herzen operiert worden, allerdings nicht alle aus den gleichen Gründen. Wir haben nicht die geringsten Verbindungen zwischen ihnen gefunden, obwohl wir allem nachgegangen sind – Narkose, Dauer der künstlichen Beatmung, ob Hypothermie angewandt wurde oder nicht und so weiter. Es war ausgesprochen frustrierend.«

»Ja, aber warum wolltet ihr sie denn überhaupt miteinander in Verbindung bringen?«

»Gute Frage«, meinte Cassi. »Wahrscheinlich liegt das im Wesen eines Pathologen begraben. Es ist außerordentlich unbefriedigend, auch nach einer Autopsie noch immer keine genaue Todesursache zu haben. Und wenn es sich dann nicht mehr um einen Einzelfall handelt, sondern um eine ganze Serie, dann wird es demoralisierend. In der Pathologie ist nicht das Rätsel der Preis, sondern die Lösung.«

Widerstrebend streifte Joan den Tisch mit einem raschen Blick. Bruce Wilkinson sah aus, als hätte man einen Reißverschluß in seiner Brust aufgezogen. Die Haut und das darunterliegende Geflecht aus Muskeln und Sehnen waren wie die Blätter eines riesigen Buches auseinandergeschlagen. Joan hatte das Gefühl zu schwanken.

»Es zählt nur, was man weiß«, fuhr Cassi fort, ohne auf Joan und ihre Schwierigkeiten zu achten. »Schließlich können zukünftige Patienten davon profitieren, wenn wir feststellen, daß eine Todesursache vermeidbar gewesen wäre. In unserem Fall haben wir darüber hinaus noch einen alarmierenden Trend festgestellt. Die ersten PPT-Patienten waren älter und sehr viel schwerer erkrankt als die nachfolgenden. Die meisten von ihnen lagen im Koma, und es bestand wenig Hoffnung, daß sie noch einmal erwachen würden. Später jedoch starben schon Patienten, die unter fünfzig und rundum gesünder waren, wie etwa Mr. Wilkinson hier. Joan, was haben Sie denn?«

Cassi hatte sich umgedreht und endlich bemerkt, daß ihre Kollegin im Begriff stand, in Ohnmacht zu fallen.

»Ich denke, ich werde draußen warten«, sagte Joan und wandte sich zur Tür.

Cassi hielt sie am Arm fest. »Ist alles in Ordnung mit Ihnen?«

»Keine Sorge«, sagte Joan. »Ich muß mich nur einen Augenblick hinsetzen.« Im nächsten Moment war sie durch die Tür aus rostfreiem Stahl verschwunden.

Cassi wollte ihr gerade nachgehen, als Robert nach ihr rief. Er deutete auf eine kleine Quetschung auf der Herzoberfläche.

»Was hältst du davon?« fragte er.

»Wahrscheinlich eine Folge der Wiederbelebungsversuche«, sagte Cassi.

»Der Meinung bin ich auch«, sagte er, während er seine Aufmerksamkeit wieder Atmungssystem und Kehlkopf widmete. Geschickt legte er die Atemwege frei. »Keinerlei Hindernis weit und breit. Somit haben wir auch keine Erklärung für die tiefe Blaufärbung.«

Jerry grunzte und sagte: »Ich sag ja, es läuft auf eine Lungenembolie hinaus.«

»Darauf würde ich nach wie vor nicht wetten«, antwortete Robert mit einem Kopfschütteln.

Er drang tiefer ein und begann, die Lungengefäße und das Herz selbst genauer zu untersuchen. »Hier könnt ihr die Nähte der künstlichen Gefäße sehen.« Er lehnte sich zurück, damit Cassi und Jerry freie Sicht hatten.

Dann hob er sein Skalpell und sagte: »Okay, Mr. Donovan, legen Sie schon mal Ihr Geld auf den Tisch.« Er beugte sich vor und öffnete die Lungenarterien. Keine Klümpchen, kein Gerinnsel weit und breit. Als nächstes öffnete er die rechte Herzkammer. Auch hier war das Blut flüssig. Endlich wandte er sich der Hohlvene zu. Das Gewebe leistete ein wenig Widerstand, aber auch hier gab es keine Spur einer Embolie.

»Mist!« sagte Jerry verärgert.

»Womit du mir zehn Dollar schuldig wärst«, sagte Robert selbstzufrieden.

»Woran, zum Teufel, ist dieser Bursche denn dann eingegangen?« wollte Jerry wissen.

»Ich glaube, das werden wir nie herausfinden«, bekannte Robert.

»Sieht ganz so aus, als hätten wir es hier mit Fall Nummer achtzehn zu tun.«

»Wenn wir überhaupt etwas finden«, schaltete Cassi sich ein, »dann nur in seinem Kopf.«

»Wie meinst du das?« fragte Jerry.

»Wenn der Patient tatsächlich zyanotisch war«, antwortete Cassi, »und wir im Gebiet der Sauerstoffzirkulation nichts gefunden haben, dann muß das Problem im Gehirn liegen. Der Patient hat aufgehört zu atmen, aber das Herz hat weiterhin Blut gepumpt, es war nur kein Sauerstoff darin. Das könnte die Zyanose erklären.«

»Wie heißt doch der alte Spruch?« meinte Jerry. »Pathologen wissen alles und können alles, sie kommen nur immer zu spät.«

»Den ersten Teil hast du leider vergessen«, sagte Cassi. »Chirurgen wissen nichts und tun alles, Internisten wissen alles und tun nichts. Dann erst kommt der Satz über die Pathologen.«

»Und was ist mit den Psychiatern?« fragte Robert.

»Das ist leicht«, lachte Jerry. »Psychiater wissen nichts und tun auch nichts!«

Rasch führte Robert die Autopsie zu Ende. Das Gehirn schien auch bei genauem Hinsehen normal.

Kein Anzeichen für ein Gerinnsel oder ein anderes Trauma.

»Nun?« fragte Jerry und starrte auf die glitzernden Windungen des Gehirns. »Fällt euch beiden Intelligenzbestien nicht noch was anderes ein?«

»Im Moment nicht«, sagte Cassi. »Vielleicht entdeckt Robert Anzeichen für eine Herzattacke.«

»Selbst wenn«, meinte Robert, »dann hätten wir noch immer keine Erklärung für die Zyanose.«

»Stimmt«, sagte Jerry und kratzte sich am Kopf. »Vielleicht hat die Schwester sich geirrt. Vielleicht war der Bursche bloß aschfarben.«

»Diese Schwestern da oben in der Herzchirurgie sind verdammt fähig«, wandte Cassi ein. »Wenn sie gesagt hat, der Patient war dunkelblau, dann war er auch zweifelsohne dunkelblau.«

»Also muß ich mich wohl geschlagen geben«, bekannte Jerry, zückte eine Zehndollarnote und schob sie Robert in die Brusttasche seines weißen Jacketts.

»Behalt dein Geld«, sagte Robert. »Ich habe doch bloß einen Witz gemacht.«

»Quatsch«, gab Jerry zurück. »Wenn es eine Lungenembolie gewesen wäre, hätte ich dein Geld ja auch eingesteckt.« Er nahm sein Sakko vom Haken und schlüpfte hinein.

»Herzlichen Glückwunsch, Robert«, sagte Cassi. »Sieht so aus, als hättest du Fall Nummer achtzehn. Verglichen mit der Gesamtzahl der Operationen am offenen Herzen im Lauf der letzten zehn Jahre gewinnt das schon fast statistische Bedeutung. Bald kannst du eine Abhandlung daraus machen.«

»Was soll das heißen, ›ich‹?« fragte Robert. »Du meinst doch ›wir‹, oder nicht?«

Cassi schüttelte den Kopf. »Nein, Robert. Die ganze Geschichte war von Anfang an deine Idee. Davon abgesehen kann ich jetzt, wo ich in der Psychiatrie arbeite, meinen Teil der Arbeit ohnehin nicht mehr leisten.«

Robert nickte niedergeschlagen.

»Na, komm«, sagte Cassi. »Wenn die Abhandlung erst erscheint, wirst du froh sein, die Urheberschaft nicht mit einem Psychiater teilen zu müssen.«

»Ich hatte gehofft, diese Untersuchung könnte dich dazu verleiten, häufiger hier heraufzukommen.«

»Sei doch nicht albern«, meinte Cassi. »Ich komme dich auch so besuchen, besonders, wenn du einen neuen PPT-Fall hast.«

»Gehen wir, Cassi?« rief Jerry ungeduldig und hielt die Tür mit dem Fuß offen.

Cassi gab Robert einen flüchtigen Kuß auf die Wange und lief aus dem Raum.

Jerry versuchte ihr einen spielerischen Schlag auf den Allerwertesten zu versetzen, als sie an ihm vorbeihuschte, aber sie war schneller. Lachend zog sie kurz, aber kräftig an seinem Schlips.

»Wo ist denn deine Freundin geblieben?« erkundigte sich Jerry, als sie den Hauptraum der Pathologie durchquerten. Er nestelte noch immer an seiner verrutschten Krawatte herum.

»Wahrscheinlich in Roberts Büro. Sie sagte, sie müßte sich dringend hinsetzen. Ich glaube, die Autopsie war etwas viel für sie.«

Joan hatte sich mit geschlossenen Augen ausgeruht. Als sie Cassi hörte, kam sie unsicher auf die Füße. »Nun, was habt ihr herausgefunden?«

»Nicht viel«, antwortete Cassi. »Alles in Ordnung mit Ihnen, Joan?«

»Mein Stolz ist tödlich verletzt, sonst geht's mir bestens. Was mußte ich mir auch eine Autopsie ansehen!«

»Es tut mir schrecklich leid...«, begann Cassi.

»Seien Sie nicht albern«, unterbrach Joan sie. »Schließlich bin ich freiwillig mitgekommen. Aber ich würde genauso gern wieder gehen, wenn Sie soweit sind.«

Sie marschierten zu den Fahrstühlen, wo Jerry beschloß, die Treppe zu nehmen, da es nur vier Stockwerke bis zu den Krankenstationen waren.

Er winkte ihnen zu und verschwand dann im Treppenhaus.

»Joan, es tut mir wirklich leid, daß ich Sie dazu gezwungen habe, mich hierher zu begleiten«, sagte Cassi noch einmal. »Ich habe mich während meiner Zeit in der Pathologie so an Autopsien gewöhnt, daß ich ganz vergessen hatte, wie schrecklich sie sein können. Ich hoffe, es hat Ihnen nicht allzuviel ausgemacht.«

»Sie haben mich nicht gezwungen«, sagte Joan. »Davon abgesehen ist meine Zimperlichkeit allein mein Problem, nicht Ihres. Die Sache ist mir schlicht und einfach peinlich. Man sollte doch annehmen, daß ich im Laufe meiner Karriere gelernt hätte, sie zu überwinden. Wie auch immer, am besten hätte ich es von vornherein zugegeben und in Roberts Büro auf euch gewartet, statt mich wie ein Idiot zu benehmen. Ich weiß selbst nicht, was ich eigentlich beweisen wollte.«

»Am Anfang waren Autopsien für mich auch nicht immer einfach«, sagte Cassi, »aber mit der Zeit ging's dann. Es ist erstaunlich, an was man sich alles gewöhnen kann, wenn man es lang genug tut, vor allem, wenn man es intellektuell erst verarbeitet hat.«

»Sicherlich«, sagte Joan, darauf erpicht, das Thema zu wechseln. »Übrigens, Ihre männlichen Bekannten scheinen ja ein beträchtliches Spektrum zu umfassen. Dieser Jerry Donovan, ist der eigentlich noch zu haben?«

»Ich glaub schon«, sagte Cassi und drückte noch einmal auf den Fahrstuhlknopf. »Während des Physikums war er noch verheiratet, aber später hat er sich dann scheiden lassen.«

»Davon habe ich gehört«, sagte Joan.

»Ich habe keine Ahnung, ob er ein festes Verhältnis hat«, sagte Cassi, »aber ich kann's gern herausfinden. Wären Sie interessiert?«

»Wenn man ihn dazu bringen könnte, sein Macho-Medizinmann-Gehabe abzulegen, hätte ich nichts dagegen, mal mit ihm essen zu gehen.«

Cassi lachte. »Ich verstehe, was Sie meinen.«

»Und Robert?« Joan dämpfte ihre Stimme, als sie in den Aufzug traten. »Ist er schwul?«

»Ich nehme es an«, sagte Cassi. »Allerdings haben wir

nie darüber gesprochen. Wir waren von Anfang an so gute Freunde, daß es nie eine Rolle gespielt hat. Während des Physikums hat er jeden meiner männlichen Freunde einer genauen Prüfung unterworfen, und bis ich meinen Mann kennenlernte, habe ich auch immer auf ihn gehört, weil er sich nie irrte. Er muß ziemlich eifersüchtig auf Thomas gewesen sein, weil er ihn nie leiden konnte.«

»Ist das jetzt immer noch so?« wollte Joan wissen.

»Keine Ahnung«, sagte Cassi. »Darüber haben wir uns nämlich auch nie unterhalten.«

2

»Der Patient wartet auf Sie in Herzkatheterraum drei«, sagte die Röntgenassistentin. Sie kam gar nicht erst ins Büro, sondern streckte nur ihren Kopf durch die Tür. Als sich Dr. Joseph Riggin umdrehte, war sie bereits wieder verschwunden.

Seufzend nahm er die Füße vom Schreibtisch, warf die Zeitung, in der er gelesen hatte, aufs Bücherregal und trank einen letzten Schluck aus seiner Kaffeetasse. Er nahm seine Bleischürze von einem Haken hinter der Tür und legte sie an.

Um halb elf Uhr morgens erinnerte die Röntgenstation Joseph immer an ein großes Kaufhaus zur Ausverkaufszeit. Es wimmelte von Leuten, die in Rollstühlen, auf Bänken und Bahren warteten, bis sie an der Reihe waren. Ihre Gesichter wirkten gleichzeitig leer und erwartungsvoll. Ein Gefühl von Langeweile überfiel Joseph. Er arbeitete jetzt bereits seit vierzehn Jahren als Röntgenologe und mußte sich eingestehen, daß es ihn längst nicht mehr so reizte wie am Anfang. Ein Tag war wie der andere. Wenn nicht vor ein paar Jahren mit der Einführung der Computer-Tomographie eine umwälzende Entwicklung stattgefunden hätte, wäre er vielleicht längst in einem anderen Beruf tätig geworden. Als er die Tür zu Nummer drei aufstieß, fragte er sich, was er wohl tun könnte, wenn er nicht mehr als Röntgenologe arbeitete. Unglücklicherweise hatte er keine einzige brauchbare Idee.

Raum drei war der größte der fünf für Herzkatheterisierung geeigneten Räume. Er verfügte über die neuesten technischen Errungenschaften und hatte seine eigene Leuchtwand. Joseph fiel sofort auf, daß an der Wand noch die Röntgenbilder von jemand anderem hingen. Er hatte seinen Mitarbeitern tausendmal gesagt, daß er keine alten Filme mehr in seinem Raum herumliegen haben wollte, wenn er eine Untersuchung vornahm. Und dann merkte er, daß keine Assistentin da war.

Joseph spürte, wie sein Blutdruck zu steigen begann. Es war eine Kardinalregel, daß ein Patient niemals unbeaufsichtigt bleiben durfte. »Verdammt!« fluchte Joseph leise. Der Patient lag auf dem Untersuchungstisch, bedeckt mit einem dünnen weißen Tuch. Er schien etwa fünfzehn Jahre alt zu sein, hatte ein breites Gesicht und borstenkurz geschnittene Haare. Seine dunklen Augen beobachteten jede von Josephs Bewegungen. Neben dem Tisch war ein Infusionsständer aufgebaut, der Schlauch verschwand unter der Decke.

»Hallo«, sagte Joseph und zwang sich zu einem Lächeln.

Der Patient regte sich nicht. Als Joseph sich das Krankenblatt ansah, bemerkte er, daß der Hals des Jungen kräftig und muskulös war. Ein weiterer Blick auf das Gesicht des Jungen sagte ihm, daß er es hier nicht mit einem normalen Patienten zu tun hatte. Seine Augen waren abnorm verdreht, und seine Zunge, die ein gutes Stück zwischen seinen Lippen hervorsah, war riesig.

»Nun, was haben wir denn hier?« sagte Joseph mit einem Anflug von Unbehagen. Er wünschte sich, der Junge möge etwas sagen oder wenigstens woanders hinblicken. Er klappte das Krankenblatt auf und las die beiliegende Notiz.

»Sam Stevens ist ein zweiundzwanzigjähriger männlicher Weißer mit ausgeprägter Muskulatur, der sich seit seinem vierten Lebensjahr wegen undiagnostizierter geistiger Zurückgebliebenheit in Anstaltsverwahrung befindet. Eingeliefert zur operativen Behandlung eines Geburtsfehlers an der Herzscheidewand...«

Die Tür zum Röntgenraum flog auf, und Sally Marcheson kam herein, in der Hand einen Stapel Kassetten. »Hallo, Dr. Riggin«, rief sie.

»Warum ist der Patient alleingelassen worden?«

Sally blieb kurz vor dem Röntgenapparat stehen. »Allein?«

»Allein«, wiederholte Joseph deutlich verärgert.

»Wo ist denn Gloria? Sie sollte eigentlich ...«

»Um Himmels willen, Sally«, brüllte Joseph. »Patienten dürfen niemals alleingelassen werden. Geht das nicht in Ihren Schädel?«

Sally zuckte mit den Schultern. »Ich bin doch nur fünfzehn oder zwanzig Minuten fort gewesen.«

»Und was ist mit den Röntgenbildern da? Warum sind sie noch nicht abgenommen?«

Sally warf einen Blick auf die Leuchtwand. »Keine Ahnung. Als ich wegging, waren sie noch nicht da.«

Rasch begann Sally die Röntgenbilder abzunehmen und in ein Kuvert zu stopfen, das auf dem Tisch darunter gelegen hatte. Es handelte sich um ein Coronarangiogramm, und sie hatte keine Ahnung, warum die Aufnahmen hier herumhingen.

Joseph öffnete einen sterilen Kittel und fuhr hinein, wobei er leise vor sich hin brummelte. Ein Seitenblick zeigte ihm, daß der Junge sich noch immer nicht bewegt hatte. Die verdrehten Augen folgten ihm, wohin er auch ging.

Mit einem fürchterlichen Krachen rammte Sally die Kassetten in den Apparat, ehe sie das sterile Tuch von der Katheterschale nahm.

Während Joseph sich die Gummihandschuhe überstreifte, trat er dicht an den Untersuchungstisch. »Na, wie fühlst du dich, Sam?« Aus irgendeinem Grund meinte er, lauter als normal sprechen zu müssen, jetzt, da er wußte, daß der Junge geistig zurückgeblieben war. Aber Sam reagierte nicht.

»Alles in Ordnung, Sam?« rief Joseph. »Ich muß dich jetzt mit einer kleinen Nadel pieksen, einverstanden?«

Sam verhielt sich, als wäre er aus Granit gehauen.

»Ich möchte, daß du ganz stillhältst, ja?« beharrte Joseph.

Sam regte sich nicht. Joseph stand gerade im Begriff, seine Aufmerksamkeit wieder der Instrumentenschale zuzuwenden, als sein Blick plötzlich auf Sams Zunge fiel. Der hervorstehende Teil war rissig und ausgetrocknet. Joseph beugte sich vor und konnte sehen, daß die Lippen in keinem besseren Zustand waren. Der Junge sah aus, als wäre er tagelang in der Wüste herumgeirrt.

»Möchtest du etwas trinken, Sam?« erkundigte sich Joseph.

Er blickte zu der Infusionsflasche hoch und stellte fest, daß die Flüssigkeit nicht lief. Er öffnete den Verschluß. Schließlich hatte es keinen Sinn, wenn der Junge austrocknete.

Dann trat er an die Katheterschale und griff nach dem bereitliegenden Wattebäuschchen.

Ein schriller, unmenschlicher Schrei zerriß die Stille im Röntgenraum. Joseph wirbelte herum. Sein Herz raste.

Sam hatte seine Decke abgeworfen und zerkratzte sich den Arm, in dem die Infusionsnadel steckte. Seine Füße begannen auf dem Untersuchungstisch herumzuhämmern. Dabei stieß er immer wieder den gleichen schrillen Schrei aus.

Joseph fing sich wieder soweit, daß er die Fluoroskopie-Einheit aus dem Bereich von Sams um sich schlagenden Beinen in Sicherheit brachte. Dann legte er Sam die Hände auf die Schultern, um ihn wieder auf die Tischplatte hinunterzudrücken. Doch Sam packte seinen rechten Arm mit solcher Gewalt, daß Joseph ein überraschter Laut des Schmerzes entfuhr. Außerstande, es zu verhindern, mußte er entsetzt mit ansehen, wie Sam seine Hand an den Mund zerrte und die Zähne in seinen Daumenballen grub.

Jetzt war es Joseph, der einen heftigen Schrei ausstieß. Verzweifelt versuchte er, seinen Arm aus Sams Griff zu befreien, aber der Junge war viel zu stark. Schließlich stemmte er einen Fuß gegen den Untersuchungstisch und zog mit aller Kraft. Er stolperte rückwärts und fiel, der Junge landete auf seinem Brustkorb.

Joseph spürte, wie Sam seinen Arm losließ. Einen Sekundenbruchteil später schloß sich die stahlharte Faust um seine Kehle. Sein Kopf drohte zu zerplatzen, als der Junge zudrückte. Er versuchte, die Hände des Jungen zu lockern, aber genausogut hätte er sich gegen einen Schraubstock zur Wehr setzen können. Der Raum begann sich zu drehen. Joseph mobilisierte seine letzten Reserven, riß das rechte Knie hoch und rammte es dem Jungen in die Leistengegend.

Fast im gleichen Moment bäumte sich Sams Körper unter einem plötzlichen Muskelkrampf auf, dem sofort danach ein zweiter folgte und dann ein dritter. Der Junge erlitt einen epileptischen Anfall, und Joseph lag unter dem zuckenden, um sich schlagenden Körper begraben.

Endlich erholte sich Sally von ihrem Schock und half Joseph, sich zu befreien. Sams Augen waren so verdreht, daß man die Pupillen nicht mehr sehen konnte. Blut sprühte in einer stetig größer werdenden Fontäne aus der zerfetzten Zunge.

»Holen Sie Hilfe«, keuchte Joseph, während er seine eigene Blutung zu stoppen versuchte, indem er das Gelenk der verletzten Hand umklammerte. Zwischen den gezackten Wundrändern konnte er weiß ein Stück Knochen sehen.

Noch bevor Hilfe eintraf, wurden Sams Krämpfe und die heftigen Verrenkungen schwächer und hörten schließlich ganz auf. Als das Erste-Hilfe-Team endlich da war, hatte der Junge aufgehört zu atmen. Fieberhaft arbeiteten sie an einer Wiederbelebung – ohne Erfolg. Nach einer Viertelstunde ließ sich Dr. Joseph Riggin zögernd wegführen, damit seine Hand genäht werden konnte, während Sally Marcheson die liegengebliebenen Röntgenbilder wegräumte.

Während Thomas Kingsley sich die Hände wusch, spürte er die Erregung, die ihn vor jeder Operation erfüllte, in sich aufsteigen. Seit dem Tag, an dem er das erstemal im OP assistiert hatte, war ihm klar gewesen, daß seine Berufung in der Chirurgie lag, und binnen kürzester Zeit hatte sich sein Talent überall in der Klinik herumgesprochen. Inzwischen war er der beste Herzgefäßchirurg des Boston Memorial und damit ein Mann von internationaler Reputation.

Er spulte die Seifenlauge ab, wobei er darauf achtete, daß ihm kein Wasser die Arme hinunterlief. Mit der Hüfte öffnete er die Tür zum OP und konnte hören, wie die Unterhaltung im Raum ehrfürchtigem Schweigen wich. Teresa Goldberg, die Springschwester, reichte ihm ein Handtuch. Eine Sekunde lang trafen sich ihre Augen über den Gesichtsmasken. Er mochte Teresa. Sie hatte einen hinreißenden Körper, den selbst der weite grüne Kittel nicht ganz verbarg. Darüber hinaus konnte er sie anbrüllen, wenn ihm danach war, ohne daß sie gleich in Tränen ausbrach. Vor allem aber war sie intelligent genug, in Thomas nicht nur den besten Chirurgen des Memorial zu sehen, sondern ihm das auch zu sagen.

Mechanisch trocknete Thomas sich die Hände ab, während er die Lebenssignale des Patienten kontrollierte. Dann marschierte er wie ein General, der seine Truppen inspiziert, durch den Raum. Mit einem Kopfnicken begrüßte er Phil Baxter, den Perfusionisten, der hinter seiner Herz-Lungen-Maschine stand. Die Maschine war eingeschaltet und summte vor sich hin, bereit, das Blut des Patienten mit Sauerstoff zu versehen und es durch den Körper zu pumpen, während Thomas seine Arbeit tat.

Als nächsten begrüßte er den Anästhesisten, Terence Halainen.

»Alles in Ordnung«, sagte Terence, wobei er in rhythmischen Abständen den Blasebalg zusammendrückte.

»Gut«, sagte Thomas.

Er warf das Handtuch auf einen Tisch und ließ sich von Teresa in einen sterilen Kittel helfen. Dann streifte er sich braune Gummihandschuhe über. Wie aufs Stichwort blickte Dr. Larry Owen, Oberarzt der Herzchirurgie, vom Operationsfeld auf.

»Mr. Campbell steht zu Ihrer Verfügung«, sagte er und trat beiseite, um Thomas an den Operationstisch zu lassen. Der Patient lag mit weit geöffnetem Brustkorb bereit für den berühmten Dr. Kingsley und den künstlichen Gefäßersatz, den dieser ihm einsetzen sollte. Am Boston Memorial war es üblich, daß der dienstälteste Oberarzt solche Operationen einleitete und abschloß.

Thomas trat an die rechte Seite des Patienten. Wie er es immer in dieser Phase tat, griff er sacht in die Wunde und berührte das klopfende Herz. Die nasse Oberfläche seiner Gummihandschuhe bot keinen Widerstand. Durch das dünne Material konnte er das Leben in dem geheimnisvoll pulsierenden Organ spüren.

Der Kontakt mit dem schlagenden Herzen ließ seine Gedanken zurückwandern zu seinem ersten großen Fall in der Brustchirurgie ganz am Anfang seiner Karriere. Zwar hatte er schon vorher eine ganze Reihe von Operationen mitgemacht, aber immer nur als erster oder zweiter Assistent, was einen deutlichen Mangel an Autorität mit sich brachte. Dann war eines Tages ein Patient namens Walter Nazzaro eingeliefert worden. Nazzaro hatte eine schwere Herzattacke hinter sich und hätte eigentlich längst tot sein müssen. Aber er lebte noch. Er hatte nicht nur die Herzattacke überstanden, sondern auch die rigorosen Untersuchungen, denen er bei der Aufnahme ausgesetzt worden war. Das Untersuchungsergebnis war beeindruckend. Jeder fragte sich, wie Walter Nazzaro überhaupt so lange hatte leben können. Er hatte einen Verschluß der Hauptkranzarterie links, der für seine Herzattacke verantwortlich gewesen war. Des weiteren hatte er einen Verschluß der rechten Kranzarterie, die Anzeichen eines früheren Herzanfalls erkennen ließ. Er hatte einen Herzklappenfehler und litt unter Aorteninsuffizienz. Als wäre es damit noch nicht genug, hatte Walter Nazzaro auch noch infolge seiner letzten Attacke ein akutes Herzwandaneurysma entwickelt. Schließlich und endlich litt er unter Herzrhythmusstörungen, zu hohem Blutdruck und einem Nierenleiden.

Da Walter Nazzaro eine solche Fundgrube anatomischer und physiologischer Krankheitsbilder war, wurde er auf allen Konferenzen vorgeführt, und jeder gab eine andere Meinung ab. Der einzige Aspekt, über den sich alle einig waren, lag in der Tatsache, daß Nazzaro eine wandelnde Zeitbombe darstellte. Niemand wollte ihn operieren, mit Ausnahme eines jungen Chirurgen namens Thomas Kingsley, der die Meinung vertrat, daß eine Operation Nazzaros einzige Chance war, dem Tod von der Schippe zu springen. Thomas gab keine Ruhe, bis die Leute es nicht mehr hören konnten. Endlich erlaubte ihm der Direktor der Herzchirurgie, den Fall zu übernehmen.

Am Tag der Operation führte Thomas, der mit einer experimentellen Methode zur Stützung der Herzfunktionen gearbeitet hatte, einen heliumbetriebenen Gegenpulsballon in Nazzaros Aorta ein. Da er Schwierigkeiten mit der linken Herzkammer des Patienten erwartete, wollte er auf alles vorbereitet sein. Erst nachdem die Operation bereits angefangen hatte, dämmerte ihm der Ernst der Situation. Als er den Plan, den er sich im Geist zurechtgelegt hatte, in die Tat umzusetzen begann, war seine Angst in Erregung übergegangen. Nie würde er das Gefühl vergessen, das ihn durchlief, als er Nazzaros Herzschlag zum Stehen brachte und die zitternde Masse kranker Muskulatur in der Hand hielt. In diesem Moment wußte er, daß es in seiner Macht lag, Leben zu spenden. Den Gedanken an ein mögliches Versagen nicht einmal in Betracht ziehend, pflanzte er Nazzaro zunächst einen künstlichen Umgehungsweg, den sogenannten Bypass ein, was in jenen Tagen noch kaum erprobt war. Dann entfernte er das Aneurysma aus Nazzaros Herzwand, wobei er die Lücke mit mehreren Reihen kräftiger Seidenfäden vernähte. Und schließlich ersetzte er die defekte Herzklappe und den Klappenansatzring der Aorta.

Kaum war die Operation gelaufen, versuchte Thomas den Patienten von der Herz-Lungen-Maschine zu nehmen. Ohne daß er es gemerkt hatte, war in der Zwischenzeit ein beträchtliches Publikum zusammengekommen. Ein trauriges Murmeln erklang, als offenbar wurde, daß Nazzaros Herz nicht über die Kraft verfügte, das Blut durch den Kreislauf zu pumpen. Unerschrocken nahm Thomas den Gegenpulsballon in Betrieb, den er vor der Operation eingesetzt hatte.

Was für ein Moment freudiger Erregung, als Walter Nazzaros Herz reagierte! Nicht nur konnte der Patient von der Herz-Lungen-Maschine abgenommen werden, drei Stunden später im Genesungszimmer wurde nicht einmal mehr das Gegenpulsgerät benötigt. Thomas fühlte sich, als hätte er das Geheimnis des Lebens entdeckt. Die Erregung wirkte wie eine Droge. Noch Monate hinterher war eine Operation am offenen Herzen das hinreißendste Erlebnis, das er sich vorstellen konnte. Hineinzugehen, das Herz zu berühren, den Tod mit den eigenen zwei Händen zu besiegen – es war, als spielte man Gott. Bald merkte er, daß er von schweren Depressionen heimgesucht wurde, wenn er pro Woche nicht mehrere solcher Operationen durchführen konnte. Als er genug Übung hatte, setzte er jeden Tag mindestens zwei, drei derartige Eingriffe auf den Stundenplan. Sein Ruf war inzwischen so ungeheuer, daß ein endloser Strom von Patienten seiner harrte. Solange die Klinik ihm ausreichend Zeit im OP erlaubte, war Thomas über die Maßen glücklich. Wenn aber eine andere Abteilung oder die Kollegen von der akademischen Medizin seine Operationszeit beschränken wollten, wurde er so angespannt und aggressiv wie ein Drogensüchtiger, dem man seine tägliche Dosis wegzunehmen versucht. Um überleben zu können, mußte er operieren. Um sich nicht als Versager betrachten zu müssen, brauchte er das Gefühl, gottähnlich zu sein. Er brauchte den ehrfürchtigen Beifall der anderen Menschen, die unkritische Bewunderung, die in Larry Owens Augen stand, als er fragte: »Haben Sie sich schon entschieden, ob Sie einen doppelten oder einen dreifachen Bypass anlegen?«

Die Frage holte Thomas wieder in die Gegenwart zurück.

»Die Ausgangssituation ist gut«, sagte Thomas, während er Larrys Arbeit einer beifälligen Musterung unterzog. »Wir können genausogut gleich drei Umgehungen anlegen, vorausgesetzt, Sie haben genug Vena saphena.«

»Mehr als genug«, verkündete Larry. Vor der Eröffnung von Campbells Brust hatte er dem linken Unterschenkel des Patienten fast fünfzig Zentimeter Rosenvene entnommen.

»In Ordnung«, sagte Thomas voller Autorität, »dann wollen wir mal. Ist die Pumpe bereit?«

»Alles bereit«, antwortete Phil Baxter nach einem prüfenden Blick auf seine Armaturen.

»Pinzette und Skalpell«, sagte Thomas.

Rasch, doch ohne Hast begann er zu arbeiten. Innerhalb weniger Minuten war der Patient auf Herz-Lungen-Maschine geschaltet. Thomas operierte überlegt und mit knappen Bewegungen. Seine Kenntnis der menschlichen Anatomie konnte man nur enzyklopädisch nennen, ebenso sein Gefühl für das Operationsmaterial. Wenn er eine Wunde vernähte, waren seine Bewegungen von derart präziser Ökonomie, daß es eine Freude für angehende Chirurgen war, ihm zuzusehen. Jeder Stich war perfekt plaziert. Er hatte schon so viele Bypassoperationen durchgeführt, daß seine Hände in der Lage gewesen wären, fast mechanisch zu funktionieren, aber die Erregung, die sich aus der Arbeit am Herzen ergab, verfehlte ihre Wirkung nie.

Als er fertig war und sich überzeugt hatte, daß alle Umgehungen funktionierten und keine unnatürlichen Blutungen existierten, trat Thomas vom Operationstisch zurück und zerrte sich die Handschuhe von den Fingern.

»Ich nehme an, Sie sind in der Lage, die Brustwand wieder so herzurichten, wie Sie sie vorgefunden haben, Larry«, sagte er und wandte sich zum Gehen. »Rufen Sie mich, wenn es Schwierigkeiten gibt.« Als er den Raum verließ, hörte er ein deutliches Murmeln der Anerkennung von der Operationsmannschaft.

Der Gang vor dem OP wimmelte von Leuten. Um diese Tageszeit, mitten am Nachmittag, waren die meisten der sechsunddreißig Operationssäle noch immer besetzt. Auf fahrbaren Liegen wurden Patienten von oder zu ihren Eingriffen gerollt, manche begleitet von Pflegern, Schwestern oder Ärzten. Thomas schob sich durch die Menge, wobei er gelegentlich jemand seinen Namen flüstern hörte.

Als er an der großen Uhr vor dem Hauptversorgungsraum vorbeikam, merkte er, daß er weniger als eine Stunde für Campbell gebraucht hatte. Tatsächlich hatte er an diesem Tag drei Bypass-Fälle in einer Zeit behandelt, in der die meisten Chirurgen bestenfalls einen oder zwei geschafft hätten.

Er sagte sich, daß es eigentlich möglich gewesen wäre, noch eine weitere Operation anzusetzen, obwohl er wußte, daß es nicht stimmte. Der Grund, aus dem er heute nur drei Eingriffe durchführen konnte, war die lästige neue Regel, daß alle Chirurgen an der jeden Freitagnachmittag stattfindenden Konferenz der Herzchirurgie teilzunehmen hatten, einer relativ neuen Erfindung von Dr. Norman Ballantine, dem Leiter der Abteilung. Thomas ging hin, nicht weil man es ihm befohlen hatte, sondern weil auf dieser Konferenz beschlossen wurde, wer wann wieviel Zeit im OP bekam. Er versuchte, sich nicht zu intensiv mit der Situation zu beschäftigen, denn wann immer er es tat, sah er rot.

»Dr. Kingsley«, rief eine scharfe Stimme und unterbrach so seinen Gedankengang.

Priscilla Grenier, die herrische OP-Verwalterin, winkte ihm mit einem Kugelschreiber. Thomas wußte, daß sie hart arbeitete; es war keine Kleinigkeit, die sechsunddreißig Operationssäle des Boston Memorial so reibungslos zu koordinieren, wie es ihr gelang. Trotzdem konnte er es nicht ausstehen, wenn sie sich in seine Angelegenheiten mischte, worauf sie ausgesprochen erpicht zu sein schien. Immer hatte sie irgendeinen Befehl oder eine Anweisung für ihn.

»Dr. Kingsley«, rief Priscilla noch einmal. »Im Wartezimmer sitzt die Tochter von Mr. Campbell. Sie sollten hinuntergehen und mit ihr sprechen, bevor Sie sich umziehen.« Ohne auf eine Antwort zu warten, drehte sie sich wieder zu ihrem Schreibtisch um.

Nur mit Mühe gelang es Thomas, seinen Unmut im Zaum zu halten; er ging weiter, ohne sich zu ihrer Bemerkung zu äußern. Die Euphorie, die er im OP empfunden hatte, ließ bereits nach. In letzter Zeit hielt das Vergnügen an jedem chirurgischen Erfolg immer kürzer an.

Im ersten Moment dachte er daran, Priscillas Aufforderung zu ignorieren, sich umzuziehen und dann erst mit Campbells Tochter zu sprechen. Nichtsdestoweniger blieb die Tatsache, daß er sich verpflichtet fühlte, seinen Kittel anzubehalten, bis der Patient das Genesungszimmer erreicht hatte – für den Fall, daß es unvorhergesehene Komplikationen gab.

Er stieß die Tür zum Vorbereitungsraum auf und suchte im Kittelschrank nach einem langen weißen Mantel, den er über sein grünes Chirurgengewand ziehen konnte. Während er hineinschlüpfte, dachte er über die unnötigen Frustrationen nach, die ihm tagtäglich aufgezwungen wurden. Die Qualität der Schwestern war definitiv schlechter geworden. Und dann Priscilla Grenier! Vor gar nicht allzu langer Zeit hatten solche Personen noch gewußt, wo sie hingehörten. Ganz zu schweigen von obligatorischen Freitagnachmittagskonferenzen ...

Du meine Güte!

Zerstreut ging Thomas den langen Gang zum Wartezimmer hinunter. Es handelte sich um eine relativ neue Erweiterung der Klinik, die durch den Umbau eines alten Lagerraums entstanden war. Als die Zahl der in der Abteilung vorgenommenen Bypassoperationen ins Astronomische wuchs, wurde beschlossen, einen angrenzenden Raum einzurichten, in dem Familienmitglieder sich aufhalten konnten, während ihre Angehörigen im OP waren. Es war das geistige Kind eines der stellvertretenden Verwaltungsdirektoren und hatte sich als wahre Goldgrube für die PR-Abteilung erwiesen.

Als Thomas das geschmackvoll mit blaßblauen Wänden und weißem Mobiliar ausgestattete Zimmer betrat, wurde seine Aufmerksamkeit von einem Gefühlsausbruch in einer der Ecken abgelenkt.

»Warum nur, warum?« schrie eine kleine, aufgewühlte Frau.

Ein Arzt, Dr. George Sherman, versuchte sie zu beruhigen. »Aber, aber. Ich bin sicher, sie haben alles getan, um Sam zu retten. Wir wußten doch, daß sein Herz nicht normal funktionierte. Es hätte jederzeit und überall passieren können.«

»Aber er war so glücklich in dem Heim. Wir hätten ihn dort lassen sollen. Warum habe ich mich nur von Ihnen dazu überreden lassen, ihn hierher zu bringen. Sie haben mir gesagt, daß es riskant werden könnte, wenn er operiert wird, aber Sie haben mir nicht gesagt, daß schon die Katheterisierung ein Risiko bedeutet. Oh, mein Gott.«

Die Frau wurde von Tränen überwältigt. Sherman ergriff ihren Arm.

Thomas sprang Sherman bei und stützte die Frau auf der anderen Seite. Er wechselte einen Blick mit dem Kollegen, der nur leicht die Augen verdrehte. Thomas hatte keine allzu hohe Meinung von Sherman, aber unter diesen Umständen fühlte er sich verpflichtet, ihm zu helfen. Gemeinsam beruhigten sie die trauernde Mutter. Sie schlug die Hände vor's Gesicht und beugte sich vor, wobei ihre Schultern unter einem neuen Tränenausbruch zuckten.

»Ihr Sohn ist auf der Röntgenstation während einer Herzkatheterisierung gestorben«, flüsterte Sherman. »Er war geistig völlig zurückgeblieben und hatte darüber hinaus physische Probleme.«

Bevor Thomas etwas dazu sagen konnte, betraten ein Priester und ein weiterer Mann, offenbar der Ehemann der Frau, den Raum und umarmten sie, was ihr neue Kraft zu geben schien. Zusammen verließen die drei das Wartezimmer.

Sherman richtete sich auf. Es war nicht zu übersehen, daß der Zwischenfall ihn mitgenommen hatte. Thomas hätte am liebsten die Frage der Frau noch einmal wiederholt, nämlich warum der Junge aus seinem Heim, in dem er sich anscheinend wohl gefühlt hatte, herausgenommen worden war, aber dann brachte er es doch nicht über sich.

»Was für ein Beruf«, seufzte Sherman und zog sich ebenfalls zurück.

Thomas musterte die Gesichter der übrigen Anwesenden. Sie betrachteten ihn mit einer Mischung aus Anteilnahme und Furcht. Jeder von ihnen hatte zur Zeit einen Angehörigen im Operationssaal, und eine Szene wie die eben erlebte war außerordentlich beunruhigend.

Campbells Tochter saß am Fenster, blaß und erwartungsvoll, die Arme auf die Knie gestützt, Hände gefaltet. Er hatte sie bereits einmal in seinem Büro gesehen und wußte, daß sie Laura hieß. Sie war eine hübsche Frau um die dreißig, mit schönem hellbraunem Haar, das ihr in einer langen Ponyfrisur aus der Stirn fiel.

»Der Eingriff ist erfolgreich verlaufen«, sagte Thomas leise.

Laura sprang auf, warf ihm die Arme um den Hals und preßte sich an ihn. »Danke«, sagte sie und brach in Tränen aus, »vielen Dank.«

Thomas ließ den Gefühlsausbruch steif über sich ergehen. Damit hatte er zuallerletzt gerechnet. Er wußte, daß die anderen sie beobachteten, und versuchte, sich von Laura zu lösen, aber sie ließ ihn nicht los. Er erinnerte sich, daß Walter Nazzaros Familie seinerzeit von derselben hysterischen Dankbarkeit gewesen war. Aber damals hatte Thomas ihr Glück geteilt. Die ganze Familie war ihm um den Hals gefallen, und er hatte sie genauso intensiv umarmt. Er entsann sich noch genau der Ergebenheit und des tiefen Respekts, die sie ihm entgegengebracht hatten. Es war ein berauschendes Erlebnis gewesen, das noch heute manchmal nostalgische Gedanken in ihm erweckte, denn in der Zwischenzeit waren seine Reaktionen viel komplizierter geworden. Nicht selten nahm er bis zu fünf Eingriffe an einem Tag vor, und meistens wußte er wenig bis gar nichts über den Patienten, mit Ausnahme der Untersuchungsergebnisse vor der Operation. Campbell war ein gutes Beispiel dafür.

»Ich wünschte, ich könnte etwas für Sie tun«, flüsterte Laura, ohne seinen Hals loszulassen. »Was immer Sie wollen.«

Thomas blickte hinunter auf die Kurve ihrer runden Pobacken, die von dem enganliegenden Seidenkleid noch unterstrichen wurde. Ihre Oberschenkel preßten sich gegen die seinen, und er wußte, daß sie so nicht stehenbleiben konnten.

Er griff nach ihren Oberarmen und löste sie mit sanfter

Gewalt von seinem Hals. »Morgen früh können Sie mit Ihrem Vater sprechen«, sagte er.

Sie nickte, plötzlich von ihrem eigenen Benehmen peinlich berührt.

Thomas gab ihr die Hand und verließ den Raum, erfüllt von einer vagen Angst, die er nicht verstand. Er fragte sich, ob er vielleicht einfach erschöpft war, wenn er sich auch nicht wirklich müde fühlte. Dennoch, immerhin hatte er wegen der Notoperation in der letzten Nacht kaum geschlafen. Er hängte den weißen Mantel wieder in den Kittelschrank und versuchte, seine Niedergeschlagenheit abzuschütteln.

Bevor er zur Konferenz ging, unternahm er noch einen Abstecher ins Genesungszimmer. Seine beiden vorherigen Fälle, Victor Marlborough und Gwendolyn Hasbruck, waren stabil und erholten sich gut, wie erwartet, aber als er ihre Gesichter betrachtete, spürte er, wie seine Angst zunahm. Obwohl er erst vor wenigen Stunden ihre Herzen in der Hand gehalten hatte, würde er ihre Gesichter auf der Straße kaum wiedererkennen.

Die forcierte Kameraderie im Genesungszimmer war irritierend und lenkte ihn ab, so daß er beschloß, das Casino aufzusuchen. Er machte sich eigentlich nichts aus Kaffee, trotzdem schenkte er sich eine Tasse ein und nahm sie mit zu einem der straff gepolsterten Ledersessel in der Ecke. Auf dem Boden lag der Feuilletonteil des *Boston Globe,* und er hob ihn auf, mehr um sich dahinter zu verstecken als der Lektüre wegen. Er hatte keine Lust, sich mit einem der Anwesenden vom OP-Personal zu unterhalten. Aber der Plan funktionierte nicht.

»Danke für Ihre Unterstützung im Wartezimmer.«

Thomas senkte die Zeitung und blickte auf, direkt in das breite Gesicht von George Sherman. George hatte einen starken Bartwuchs, so daß er jetzt, mitten am Nachmittag, schon aussah, als hätte er vergessen, sich morgens zu rasieren. Er war ein kräftiger, athletisch wirkender Mann, nur zwei oder drei Zentimeter kleiner als Thomas mit seinen eins achtzig, aber dank seines dichten, gelockten Haars konnte er als gleichgroß durchgehen. Er hatte sich bereits umgezogen und trug jetzt unter anderem ein zerknittertes blaues Button-down-Hemd, das offenbar noch nie mit der erhitzten Fläche eines Bügeleisens in Kontakt geraten war, eine gestreifte Krawatte und ein Kordsamtsakko, das an den Ellbogen leicht durchgescheuert war.

George Sherman gehörte zu den wenigen unverheirateten Chirurgen. Was ihn darunter so einzigartig machte, war die Tatsache, daß er mit vierzig auch noch nie verheiratet gewesen war. Alle anderen Junggesellen im Memorial waren entweder geschieden oder lebten in ständiger Trennung von der Ehefrau. Aus diesem Grund erfreute George sich vor allem bei den jüngeren Schwestern größter Beliebtheit; sie wurden nicht müde, mit ihm zu flirten und immer wieder Spitzen auf seinen Familienstand anzubringen. George, überlegen und selbstsicher wie er war, ließ sich davon nicht im geringsten irritieren. Im Gegenteil, er genoß jede Minute und lehnte nur selten ein Angebot ab. Thomas fand all das außerordentlich ärgerlich und provozierend.

»Die arme Frau war ziemlich aufgeregt«, sagte er. Wieder lag es ihm auf der Zunge, eine Bemerkung darüber zu machen, ob es wirklich ratsam war, einen solchen Fall in die Klinik zu holen, und wieder schwieg er. Statt dessen hob er die Zeitung, zum Zeichen, daß die Unterhaltung für ihn beendet war.

»Es handelte sich um eine unerwartete Komplikation«, fuhr George ungerührt fort. »Ich nehme an, die gutaussehende Kleine im Wartezimmer war die Tochter eines Ihrer Patienten?«

Thomas ließ die Zeitung wieder sinken. »Es ist mir nicht aufgefallen, daß sie besonders attraktiv gewesen wäre«, sagte er.

»Warum geben Sie mir dann nicht einfach ihren Namen und ihre Telefonnummer?« fragte George mit einem vergnügten Lachen. Als Thomas nicht reagierte, wechselte er taktvoll das Thema. »Haben Sie gehört, daß einer von Ballantines Patienten letzte Nacht an Herzstillstand gestorben ist?«

»Ist mir bekannt, ja«, sagte Thomas.

»Der Knabe war schwul, nach eigenem Bekunden«, sagte George.

»Das wußte ich nicht«, antwortete Thomas desinteressiert und fuhr fort: »Ich wußte auch nicht, daß die Frage, ob jemand homosexuell ist oder nicht, bei Routineuntersuchungen vor einer Herzoperation eine Rolle spielt.«

»Sollte sie aber«, sagte George.

»Und warum sind Sie dieser Überzeugung?« fragte Thomas.

»Das werden Sie schon noch herausfinden«, sagte George und zog eine Augenbraue hoch. »Morgen, bei der Großen Konferenz.«

»Ich kann's kaum erwarten«, sagte Thomas.

»Na, dann bis später, Kumpel«, sagte George und versetzte Thomas einen spielerischen Schlag auf die Schulter, ehe er davonschlenderte.

Es ärgerte Thomas, solcherart berührt und angefaßt zu werden. Es war so pubertär. George gesellte sich zu einer Gruppe von Ärzten und OP-Schwestern, die sich auf den Stühlen am Fenster herumlümmelten. Gelächter und erhobene Stimmen erfüllten den Raum. In Wahrheit konnte Thomas George Sherman nicht ausstehen. Er war überzeugt, daß der Kollege sich nur aus einem Grund so mit den Insignien des Erfolgs schmückte, nämlich um seine grundlegende Mittelmäßigkeit zu verbergen, besonders auf chirurgischem Gebiet. All das war Thomas nur zu vertraut. Eins der scheinbar unabwendbaren Übel einer Universitätsklinik war, daß die Berufungen oft mehr aus politischen als aus fachlichen Erwägungen stattfanden. Und George war vom Scheitel bis zur Sohle ein politischer Taktierer. Er besaß wachen Verstand, führte glänzend Konversation und war ein guter Gesellschafter. Schon früh hatte er gelernt, daß es für seinen Erfolg im Memorial wichtiger war, sich mit Macchiavelli auszukennen als mit Halstead, und so fühlte er sich in der Treibhausatmosphäre personalpolitischer Klinikintrigen wie zu Hause.

Thomas wußte, die Wurzel des Problems lag in der unausgesprochenen Feindschaft zwischen Chirurgen wie ihm selbst, die eine Privatpraxis führten und ihren Lebensunterhalt damit bestritten, ihren Patienten Rechnungen zu schreiben, und Ärzten wie George Sherman, die ganztägig Angestellte der Medizinischen Fakultät waren und ein Gehalt statt eines Honorars bezogen. Die Privatärzte hatten ein bedeutend höheres Einkommen und genossen mehr Freizeit, vor allem aber brauchten sie sich keiner höheren Instanz unterzuordnen. Die angestellten Ärzte hatten eindrucksvollere Titel und einen bequemeren Zeitplan, aber es gab immer noch jemand über ihnen, der ihnen sagte, was sie zu tun und zu lassen hatten.

Die Klinikleitung stand zwischen den Fronten. Einerseits freute sie sich über die hohe Zahl der Patienten und das Geld, das die Privatärzte dem Haus brachten, andererseits genoß sie den Kredit und den Status, den es bedeutete, Teil der Universitätslandschaft zu sein.

»Campbells Brust ist geschlossen«, sagte Larry neben Thomas und riß ihn damit aus seinen Gedanken. »Die Assistenten sind gerade dabei, die Haut zu vernähen. Alle Lebenssignale sind stabil und normal.«

Thomas ließ die Zeitung sinken, stand auf und folgte Larry in den Umkleideraum. Als sie an George vorbeikamen, konnte Thomas hören, wie er davon redete, ein neues Lehrkomitee ins Leben zu rufen. Es hörte nie auf! Ebensowenig, wie der Druck, den George als Direktor des Lehrkörpers und Ballantine als Leiter der Herzchirurgie auf ihn ausübten, damit er seine Praxis aufgab und sich ins Angestelltenverhältnis begab. Sie versuchten ihn damit zu lokken, daß sie ihm eine Professur anboten, und obwohl es einmal eine Zeit gegeben hatte, zu der er daran durchaus interessiert gewesen wäre, hatte ein solches Angebot nunmehr nicht mehr die geringste Attraktivität für ihn. Er würde seine Praxis behalten, seine Unabhängigkeit, sein Einkommen und seine Gesundheit. Er wußte, wenn er erst zu den festangestellten Ärzten gehörte, wäre es nur noch eine Frage der Zeit, bis man ihm vorschrieb, wen er operieren durfte und wen nicht. Über kurz oder lang würde man ihm so lächerliche Fälle wie jenes arme, zurückgebliebene Kind im Röntgenraum übertragen.

Er trat in den Umkleideraum und öffnete seinen Spind. Als er aus seinem grünen Operationsgewand fuhr, dachte er daran, wie sich Laura Campbells schmiegsamer Körper angefühlt hatte. Es war eine angenehme Erinnerung, die ihm Beruhigung seiner strapazierten Nerven verhieß.

»Sie haben heute wieder mal hervorragende Arbeit geleistet«, sagte Larry, um Thomas aufzuheitern, nachdem er seine grimmige Miene bemerkt hatte.

Thomas antwortete nicht. Früher hätte er sich über ein derartiges Kompliment gefreut, heute war es ihm egal.

»Es ist zu schade, daß die Leute nicht auch die vielen Kleinigkeiten zu schätzen wissen«, fuhr Larry fort, während er sich das Hemd zuknöpfte. »Sie hätten eine gänzlich andere Vorstellung von der Chirurgie. Und vor allem würden sie genauer darauf achten, von wem sie sich operieren lassen.«

Thomas sagte noch immer nichts, obwohl die in Larry's Worten enthaltene Wahrheit ihm ein Nicken abrang. Als er in die Ärmel seines Hemds schlüpfte, dachte er an Norman Ballantine, diesen weißhaarigen, freundlichen alten Doktor, den jeder mochte und mit Beifall bedachte. In Wahrheit sollte Ballantine vielleicht gar nicht mehr in den Operationssaal gehen, obwohl niemand den Mut aufbrachte, ihm das ins Gesicht zu sagen. Jeder in der Abteilung wußte, daß einer der Brustchirurgen mehr oder weniger nichts anderes zu tun hatte, als sich in allen Fällen, die Ballantine übernahm, als Assistent zur Verfügung zu stellen, damit er dem Chef beispringen konnte, wenn er pfuschte. Soviel zum Thema akademische Medizin, dachte Thomas. Dank seiner Assistenten konnte Ballantine akzeptable Ergebnisse vorweisen, und seine Patienten und deren Familien verehrten ihn trotz allem, was im OP vorging, sobald der Patient anästhesiert war.

Thomas war mit Larry völlig einer Meinung. Es wäre in der Tat nur recht und billig gewesen, wenn er, Dr. Thomas Kingsley, die Abteilung geleitet hätte. Schließlich führte er die meisten Operationen durch. Er und niemand sonst war es gewesen, der aus dem Boston Memorial das Krankenhaus gemacht hatte, für das man sich als erstes entschied, wenn man einen Eingriff am Herzen durchführen lassen wollte. Sogar *Time* hatte sich in diesem Sinne geäußert.

Trotzdem wußte Thomas nicht zu sagen, ob er eigentlich noch die Leitung der Herzchirurgie übernehmen wollte. Es hatte einmal eine Zeit gegeben, in der er an nichts anderes denken konnte. Es war eins der wichtigsten Ziele seines Lebens gewesen, hatte ihn zu immer größeren Anstrengungen und immer mehr persönlichen Opfern getrieben. Es war ihm logisch erschienen, und den meisten seiner Kollegen auch – selbst als er noch ganz am Anfang gestanden hatte. Aber das lag jetzt schon einige Jahre zurück, bevor dieser ganze administrative Unsinn sein häßliches Haupt erhoben und ihm gezeigt hatte, wie er ihn in der Ausübung seiner Kunst zu behindern vermochte.

Thomas hielt in seinen Bewegungen inne und starrte vor sich hin. Er fühlte sich leer. Die Erkenntnis, daß ein derart lang verfolgtes Ziel möglicherweise nicht mehr von Bedeutung für sein Leben sein könnte, war deprimierend, besonders wenn dieses Ziel sich endlich in Reichweite befand. Vielleicht gab es künftig nichts mehr, um das es sich zu kämpfen lohnte... vielleicht hatte er den Gipfel seiner Karriere erreicht. Gott, was für ein entsetzlicher Gedanke!

»Es tut mir so leid, das von Ihrer Frau zu hören«, sagte Larry, als er sich hinsetzte, um in seine Schuhe zu fahren. »Wirklich eine Schande.«

»Was soll das heißen?« fragte Thomas und betonte jede Silbe, denn er empfand solcherlei Vertraulichkeiten von Untergebenen als Affront.

Larry, blind für die Reaktion seines Gesprächspartners, beugte sich vor und begann, die Schnürsenkel zu verknoten. »Ich meine das mit ihrer Diabetes und diese Augengeschichte. Ich habe gehört, sie muß sich einer Vitrektomie unterziehen lassen. Das ist schrecklich.«

»Die Operation ist nicht endgültig«, schnappte Thomas.

Larry hörte den Ärger in Thomas' Stimme und blickte auf. »Ich wollte nicht ausdrücken, daß sie notwendigerweise endgültig sein muß«, sagte er hastig. »Entschuldigen Sie bitte, daß ich damit angefangen habe. Es muß schwierig für Sie sein. Ich wollte nur der Hoffnung Ausdruck geben, daß es ihr bald wieder besser geht.«

»Meiner Frau geht es blendend«, sagte Thomas wütend. »Darüber hinaus glaube ich nicht, daß ihr Gesundheitszustand Sie auch nur das geringste angeht.«

»Es tut mir leid.«

In ungemütlichem Schweigen zogen die beiden Männer sich fertig an. Thomas schlang einen Knoten in seine Krawatte und massierte sich mit raschen, ungehaltenen Bewegungen ein Eau de toilette von Yves St. Laurent in die Haut. »Wo haben Sie dieses Gerücht gehört?« fragte er schließlich.

»Von einem Kollegen in der Pathologie«, antwortete Larry. »Robert Seibert.« Er schloß seinen Spind und sagte, er sei im Genesungszimmer zu finden, wenn er gebraucht würde.

Thomas fuhr sich mit dem Kamm durchs Haar und versuchte, sich zu beruhigen. Er hatte heute einfach keinen guten Tag. Jeder schien es darauf anzulegen, ihn auf die Palme zu bringen. Die Vorstellung, daß der Gesundheitszustand seiner Frau offenbar in aller Munde war, verdroß ihn. Außerdem fand er es demütigend.

Er legte den Kamm in den Spind zurück, direkt neben ein kleines Plastikdöschen mit beigem Verschluß. Er öffnete das Döschen. Er nahm eine der darin enthaltenen gekerbten gelben Tabletten heraus, zerteilte sie und schob sich eine der beiden Hälften in den Mund. Nach kurzem Zögern und weil er einen Anflug von Kopfschmerz verspürte, nahm er auch noch die zweite. Immerhin hatte er es sich verdient.

Die Tabletten schmeckten bitter, und er brauchte einen Schluck Wasser, um sie hinunterzuspülen. Danach aber ging es ihm sofort besser, und seine Angst ließ nach.

Die Freitagnachmittagskonferenz der Herzchirurgie fand im Turner-Hörsaal gegenüber der Intensivstation statt. Er war von der Frau eines gewissen J. P. Turner gestiftet worden, der um 1940 das Zeitliche gesegnet hatte, und die Einrichtung ließ an die große Zeit des Art déco denken. Es gab sechzig Sitzplätze, was in jenen Jahren ungefähr die Hälfte einer Klasse ausmachte. Am Kopfende befand sich ein erhöhtes Podium, dahinter eine staubige Tafel und ein stehendes Skelett. Über allem schwebten einige veraltete Anatomie-Lehrkarten an der Wand.

Es war Dr. Norman Ballantine gewesen, der darauf bestanden hatte, daß die Freitagnachmittagskonferenz im Turner-Saal stattfand, weil er sich in der Nähe der Station befand, und, wie Dr. Ballantine sich ausdrückte, »der Patient kommt immer an erster Stelle«. Aber die kleine Gruppe der zwölf jetzt hier versammelten Ärzte wirkte verloren inmitten des Meers von leeren Stühlen, und außerdem fühlten sie sich hinter den spartanischen Schreibpulten mehr als unwohl.

»Meine Herren, ich denke, wir können anfangen«, sagte Ballantine laut. Die Ärzte hörten auf, sich zu unterhalten, und nahmen Platz. Anwesend an diesem Freitagnachmittag waren sechs der acht zur Abteilung gehörigen Herzchirurgen, darunter, außer Ballantine, die Herren Sherman und Kingsley, mehrere andere Ärzte und Verwaltungsangestellte sowie eine erstaunliche Neuerwerbung namens Rodney Stoddard: ein Philosoph!

Thomas beobachtete Stoddard, wie er sich hinsetzte. Der Bursche sah aus, als wäre er kaum dreißig, obwohl er fast kahl war und das verbliebene Haar sich farblich kaum von der hellen Haut abhob, so daß man Mühe hatte, es überhaupt zu bemerken. Er trug eine Brille mit stahlgerahmten Gläsern und ein außerordentlich selbstzufriedenes Lächeln, das ständig zu sagen schien: »Frag mich nach deinen Problemen, denn ich habe die Antwort.«

Stoddard war auf Betreiben der Universität angestellt worden. Bis vor kurzem waren die Ärzte verpflichtet gewesen, jedem ihrer Patienten nach bestem Vermögen zu helfen, aber jetzt, in der Zeit der Transplantationen, der künstlichen Organe und Operationen am offenen Herzen, mußten die Krankenhäuser eine Auswahl treffen und sich genau überlegen, wer in den Genuß solcher lebenswichtigen Eingriffe kam, denn zumindest im Moment waren all diese Techniken wegen ihrer außergewöhnlichen Kosten und des Aufwands, der bei der Nachversorgung betrieben werden mußte, nur begrenzt einsetzbar. Im allgemeinen tendierten die Klinikärzte dazu, Patienten mit übergreifenden Krankheitsbildern den Vorzug zu geben, obwohl diese nicht immer die besten Genesungschancen hatten, wohingegen Privatärzte wie Thomas lieber ansonsten gesunde, produktive Mitglieder der Gesellschaft in den Genuß der teuren medizinischen Errungenschaften kommen lassen wollten.

Ein ironisches Lächeln stahl sich über sein Gesicht, als er Stoddard musterte. Er fragte sich, wieviel von der Selbstzufriedenheit des Philosophen wohl übrigbleiben würde, wenn er das Herz eines Menschen in der Hand halten müßte. Das war nämlich die Stunde der Entscheidung, nicht der Diskussion. Was Thomas betraf, so war Stoddards Anwesenheit bei der Konferenz ein weiteres Indiz für die bürokratische Suppe, in der die Medizin zu ertrinken drohte.

»Ehe wir anfangen«, sagte Dr. Ballantine und streckte die Arme mit gespreizten Händen aus, als wollte er eine Menschenmenge zur Ruhe bringen, »möchte ich mich vergewissern, daß jeder von Ihnen den Artikel in der *Time* von dieser Woche gelesen hat, demzufolge das Boston Memorial als *das* Zentrum für Herzgefäßchirurgie gilt. Ich denke, wir verdienen diesen Ruf wirklich, und ich möchte mich bei jedem von Ihnen dafür bedanken, daß er mitgeholfen hat, diese Position zu erreichen.« Ballantine klatschte, gefolgt von George Sherman, und schließlich fielen auch die anderen ein.

Thomas, der dicht an der Tür saß – für den Fall, daß er ins Genesungszimmer gerufen werden sollte –, warf dem Redner einen finsteren Blick zu. Ballantine und die anderen applaudierten einander gegenseitig für etwas, das hauptsächlich sein Verdienst und in etwas geringerem Maß das von zwei anderen, gerade nicht anwesenden privaten Chirurgen war. Am Anfang seiner Ausbildung hatte er geglaubt, sich später nicht mit all den Nichtigkeiten herumschlagen zu müssen, die andere Berufe so unerträglich machten. Nur er und der Patient gegen die Krankheit! Aber als er sich jetzt im Raum umsah, wurde ihm klar, daß fast jeder der Anwesenden sich in seine Angelegenheiten mischen konnte, und zwar wegen eines einzigen ärgerlichen

Problems – der begrenzten Bettenzahl in der Herzchirurgie und der entsprechend begrenzten OP-Zeit. Das Memorial war so berühmt geworden, daß es schien, als wollte einfach jeder sich hier seiner Bypassoperation unterziehen. Die Leute mußten buchstäblich anstehen, besonders in der Praxis von Thomas Kingsley. Man gab ihm den OP nur noch neunzehnmal in der Woche, und er war über einen Monat im Rückstand.

»Während George den Zeitplan für die nächste Woche austeilt«, fuhr Dr. Ballantine fort und reichte Sherman einen Stapel Blätter, »möchte ich gern die vergangene rekapitulieren.«

Thomas ließ ihn weiter vor sich hinplappern und wandte seine Aufmerksamkeit dem Zeitplan zu. Seine eigenen Patienten wurden von seiner Sprechstundenhilfe eingeteilt, die die nötigen Informationen beschaffte und diese dann an Ballantines Sekretärin weiterreichte, und zwar in Form einer kurzgefaßten Krankengeschichte für jeden Patienten, einer Liste signifikanter diagnostischer Daten und einer knappen Begründung, warum der chirurgische Eingriff notwendig war. Dahinter stand der Gedanke, daß sich jeder der bei der Konferenz anwesenden Ärzte ein Bild davon machen konnte, ob die angesetzten Operationen wirklich notwendig oder ratsam waren. Tatsächlich diskutiert wurde darüber so gut wie nie – außer in Abwesenheit des besten Herzchirurgen. Einmal, als Thomas bei der Konferenz fehlte, hatte die Anästhesiologie mehrere seiner Fälle gestrichen, was zu einem Krach führte, den so schnell niemand hier vergessen sollte. Thomas hörte erst auf, die Blätter durchzusehen, als Ballantine etwas von Todesfällen sagte.

»Unglücklicherweise hat es diese Woche zwei postoperative Todesfälle gegeben«, sagte Ballantine. »Der erste Fall war Albert Bigelow, ein zweiundachtzigjähriger Gentleman, der nach einer doppelten Herzklappenoperation nicht mehr von der Herz-Lungen-Maschine genommen werden konnte. Er war als Notfall eingeliefert worden. Haben wir das Ergebnis der Autopsie schon vorliegen, George?«

»Noch nicht«, sagte George. »Ich muß darauf hinweisen, daß Mr. Bigelow ohnehin ein sehr kranker Mann war. Seine Sauferei hatte ihm die ganze Leber kaputtgemacht. Es war uns bekannt, daß die Operation ein Risiko darstellen würde. Mal gewinnt man, mal verliert man.«

Niemand sagte etwas. Bitter dachte Thomas, daß es solche Fälle waren, deretwegen seine Patienten warten mußten. Als noch immer niemand sprach, fuhr Ballantine fort: »Der zweite Tote war mein eigener Patient, Bruce Wilkinson. Er starb gestern nacht, heute morgen wurde die Autopsie durchgeführt.«

Thomas sah, wie Ballantine George einen Blick zuwarf, der letzteren zu einem fast nicht wahrnehmbaren Kopfschütteln veranlaßte.

Ballantine räusperte sich und verkündete, daß beide Fälle auch bei der nächsten Exituskonferenz diskutiert würden.

Diese wortlose Kommunikation verwunderte Thomas. Es erinnerte ihn an die eigenartige Bemerkung, die George im Casino gemacht hatte. Zwischen Ballantine und George schien irgend etwas vorzugehen, das ihm nicht behagte. Ballantine nahm im Klinikum einen besonderen Platz ein. Als Leiter der Herzchirurgie hatte er einen Lehrstuhl an der Universität und erhielt somit ein Gehalt. Er besaß aber auch eine Privatpraxis und war daher gewissermaßen ein Überbleibsel aus der Vergangenheit, eine Brücke zwischen den fest angestellten Ärzten wie George und Privatärzten wie Thomas. In letzter Zeit hatte Thomas den Eindruck gewonnen, daß Ballantine, dessen Fähigkeiten ganz offensichtlich nachließen, das Prestige einer Professur höher zu schätzen begann als die Einkünfte aus seiner Privatpraxis. Wenn das der Wahrheit entsprach, konnte es einigen Ärger verursachen, indem es das Zünglein an der Waage, das bisher immer ein wenig zugunsten der privaten Ärzte ausgeschlagen hatte, womöglich entgegengesetzt beeinflußte.

»Wenn sich jetzt bitte alle der letzten Seite der Mappen zuwenden würden, sagte Dr. Ballantine. »Ich möchte darauf hinweisen, daß es eine wichtige Änderung in der Nutzung der Operationsräume gegeben hat.«

Raschelnd blätterte jeder bis zur letzten Seite. Sie wies vier vertikale Spalten auf, entsprechend den vier Operationssälen, die für Eingriffe am offenen Herzen reserviert waren. Horizontal war die Seite in die fünf Tage der Arbeitswoche unterteilt. In jedem der sich so ergebenden Kästchen standen die Namen der für diesen Tag eingeteilten Chirurgen. OP Nr. 18 war Thomas Kingsleys Saal. Als schnellster und meistbeschäftigter Arzt wurden ihm vier Fälle pro Tag zugestanden, mit Ausnahme von Freitag, wo er wegen der Konferenz nur drei behandeln konnte. Das erste, worauf sein Blick fiel, als er die Seite überflog, war OP-Nr. 18. Er traute seinen Augen nicht. Dem Plan nach hatte man ihm nur noch drei Fälle pro Tag eingeräumt, von Montag bis Donnerstag durchgehend.

»Die Universität hat uns die Genehmigung erteilt, den Lehrkörper um einen weiteren festangestellten Kollegen zu erweitern«, sagte Dr. Ballantine stolz, »und wir haben bereits angefangen, nach einem Kinderherzchirurgen Ausschau zu halten. Natürlich bedeutet das einen großen Fortschritt für die Abteilung. Um die neue Situation entsprechend vorzubereiten, erweitern wir die OP-Nutzungszeit des Lehrkörpers um vier Fälle pro Woche.«

»Dr. Ballantine«, meldete sich Thomas zu Wort, wobei er sich Mühe gab, seine Erregung zu verbergen. »Dem Plan nach sieht es so aus, als wären alle vier Fälle von meiner Zeit abgezogen worden. Darf ich davon ausgehen, daß es sich dabei um einen einmaligen Vorgang handelt, der nur für die nächste Woche Geltung hat?«

»Nein«, antwortete Dr. Ballantine, »der Plan, den Sie vor sich haben, gilt bis auf ausdrücklichen Widerruf.«

Thomas atmete langsam aus, bevor er neuerlich ansetzte. »Dagegen muß ich protestieren. Man kann es kaum als fair bezeichnen, daß ich der einzige sein soll, der OP-Zeit abgeben muß.«

»Tatsache ist, daß Sie ungefähr vierzig Prozent der gesamten OP-Zeit kontrolliert haben, Dr. Kingsley«, schaltete sich George ein. »Und das, obwohl es sich um eine Universitätsklinik handelt.«

»Leiste ich etwa keinen Beitrag zum Lehrbetrieb?« schnappte Thomas.

»Natürlich«, sagte Ballantine beruhigend. »Sie dürfen das nicht persönlich nehmen. Es ist lediglich eine Frage der gerechteren Verteilung der OP-Zeit.«

»Ich bin mit meinen Patienten bereits über einen Monat im Rückstand«, sagte Thomas. »Der Bedarf an Lehrfällen ist überhaupt nicht so groß. Es gibt kaum genug Patienten für die Demonstrationsoperationen, die Sie vorgesehen haben.«

»Keine Sorge«, sagte George. »Wir finden die Fälle.«

Thomas wußte genau, wohin der Hase wirklich lief. George und die meisten anderen waren eifersüchtig auf die Zahl der Fälle, die er behandelte, und auf das Geld, das er verdiente. Er hatte nicht übel Lust, aufzuspringen und George einen Kinnhaken zu verpassen. Ein Blick in die Runde zeigte ihm, daß alle anderen Anwesenden plötzlich mit ihren Notizen oder Schreibgeräten beschäftigt waren. Er konnte mit keinem von ihnen rechnen.

Dr. Ballantine sagte: »Wir alle müssen verstehen, daß wir Teil des Universitätssystems sind, dessen vornehmstes Ziel der Lehrauftrag ist. Wenn Sie sich von einigen Ihrer Privatpatienten zu sehr unter Druck gesetzt fühlen, könnten Sie die Eingriffe ja in anderen Krankenhäusern vornehmen.«

Thomas war so wütend und frustriert, daß es ihm schwerfiel, einen klaren Gedanken zu fassen. Er wußte – wie es jeder wußte –, daß er nicht einfach seinen Kram nehmen und in einer anderen Klinik operieren konnte. Die Arbeit am Herzen erforderte ein erfahrenes und eingespieltes Team. Thomas hatte mitgeholfen, das System des Boston Memorial aufzubauen, und er hing seinerseits davon ab.

Priscilla Grenier meldete sich zu Wort und sagte, es wäre vielleicht möglich, einen weiteren Operationssaal zu schaffen, wenn sie die Genehmigung für die Anschaffung einer zusätzlichen Herz-Lungen-Maschine erhielten und einen Perfusionisten zu ihrer Bedienung einstellen dürften.

»Das ist ein Gedanke«, meinte Dr. Ballantine. »Thomas, vielleicht wären Sie bereit, den Vorsitz eines Komitees zu übernehmen, das die Ratsamkeit einer solchen Erweiterung untersucht.«

Thomas dankte Dr. Ballantine, wobei er sich bemühte, seinen Sarkasmus auf ein Minimum zu reduzieren. Er sagte, daß es ihm bei seiner derzeitigen Arbeitsbelastung leider nicht möglich sei, das Angebot auf der Stelle anzunehmen, aber er wolle darüber nachdenken. Im Augenblick hätte er sich darum zu sorgen, daß er Patienten vertrösten und hinhalten müsse, die möglicherweise die Wartezeit bis zur Operation nicht überleben würden. Patienten, die eine neunundneunzigprozentige Chance hätten, ein langes, produktives Leben zu führen, wenn ihre OP-Zeit nicht irgendeinem sklerotischen Volltrottel geopfert würde, mit dem das Lehrpersonal zu experimentieren wünschte.

Nach diesem Einwurf wurde die Konferenz vertagt.

Thomas drängte zum Podium, doch George kam ihm zuvor.

Es gelang Thomas nur mit Mühe, seine Selbstbeherrschung zu bewahren.

»Kann ich Sie eine Sekunde sprechen, Dr. Ballantine?«

fragte er, ohne darauf zu achten, daß George gerade etwas sagen wollte.

»Natürlich«, antwortete Ballantine.

»Allein«, sagte Thomas knapp.

»Ich wollte sowieso los«, sagte George liebenswürdig. »Ich bin in meinem Büro, falls Sie mich brauchen.«

Für Thomas entsprach Ballantine genau der Hollywoodvorstellung von einem Arzt mit seinem vollen weißen Haar, das er aus der Stirn zurückgekämmt trug, und dem zerfurchten, aber sonnengebräunten, angenehmen Gesicht. Das einzige, was den Gesamteindruck ein wenig schmälerte, waren die Ohren. Sie waren schlicht und einfach riesig. Im Augenblick hatte Thomas große Lust, sie zu packen und Ballantines Kopf daran hin und her zu schütteln.

»Hören Sie, Thomas«, sagte Ballantine schnell, »ich möchte nicht, daß Sie sich wegen dieser Geschichte gleich verfolgt vorkommen. Sie müssen wissen, daß die Universität einigen Druck auf mich ausgeübt hat, damit mehr OP-Zeit in den Dienst des Lehrauftrags gestellt wird, speziell nach diesem Artikel in *Time*. Diese Art von Publizität wirkt wahre Wunder für das Subventionsprogramm. Und wie George sagte, haben Sie einen unverhältnismäßig hohen Stundenanteil gehabt. Es tut mir leid, daß Sie es auf diese Weise erfahren mußten, aber ...

»Aber was?« fragte Thomas.

»Sie haben eine Privatpraxis. Wenn Sie sich einverstanden erklären, ganz für uns zu arbeiten, könnte ich Ihnen eine Professur garantieren und ...«

»Mein Titel als Assistant Clinical-Professor reicht mir vollauf«, sagte Thomas. Plötzlich begriff er: Der neue Zeitplan war ein weiterer Versuch, ihn zur Aufgabe seiner Privatpraxis zu zwingen.

»Thomas, Sie wissen doch, daß mein Nachfolger als Direktor der Herzchirurgie in jedem Fall ganztags im Dienst der Klinik stehen muß.«

»Es bleibt mir also nichts anderes übrig, als mich mit dieser Kürzung meiner OP-Zeit abzufinden«, sagte Thomas, ohne auf Ballantines Andeutung einzugehen.

»Ich fürchte, Thomas. Es sei denn, wir erhalten einen weiteren Operationssaal, aber wie Sie wissen, brauchen solche Dinge Zeit.«

Abrupt wandte Thomas sich zum Gehen.

»Sie überlegen es sich doch noch einmal, nicht wahr?« rief Ballantine ihm nach.

»Ich lasse es mir durch den Kopf gehen«, antwortete Thomas und wußte, daß er log.

Er verließ den Hörsaal und ging die Treppe hinunter. Auf dem ersten Absatz blieb er stehen. Er griff nach dem Geländer, schloß die Augen und gestattete seinem Körper vor schierer Wut zu zittern. Aber nur einen Moment lang, dann hatte er sich wieder unter Kontrolle. Schließlich fand er sich nicht zum erstenmal im Kampf mit der bornierten Bürokratie. Er hatte schon vermutet, daß Ballantine und George etwas im Schilde führten, und jetzt wußte er, was. Aber er fragte sich, ob das alles war, denn er wurde das Gefühl nicht los, daß da noch mehr vorging, worüber er Bescheid wissen sollte.

3

Cassi empfand immer eine gewisse Besorgnis, wenn sie den Teststreifen in ihren Urin tauchte. Bestand doch jederzeit die Möglichkeit, daß die Farbe des Streifens sich veränderte, weil sie wieder Zucker verlor. Nicht daß etwas Zukker im Urin gleich die Welt gewesen wäre, zumal wenn es nur hin und wieder passierte. Ihre Besorgnis hatte mehr gefühlsmäßige Ursachen; wenn sie Zucker ausschied, war irgend etwas nicht in Ordnung. Der psychologische Aspekt spielte eine große Rolle.

Die Toilettenbeleuchtung war so schlecht, daß Cassi die Tür ihrer Kabine öffnen mußte, um den Teststreifen genau in Augenschein nehmen zu können. Die Farbe hatte sich nicht verändert. Nachdem sie letzte Nacht kaum zum Schlafen gekommen war und sich erst am Nachmittag ein Fruchtjoghurt gegönnt hatte, wäre sie über etwas Zucker auf dem Streifen nicht erstaunt gewesen. Sie freute sich, daß die Insulinmenge, die sie sich injizierte, und ihre Diät ausbalanciert waren. Ihr Internist, Dr. Malcolm McInery, sprach gelegentlich davon, sie an ein Insulin-Infusionsgerät anschließen zu lassen, aber Cassi lehnte jedesmal ab. Es widerstrebte ihr, ein System zu ändern, das funktionierte. Sie hatte sich längst daran gewöhnt, sich jeden Tag zwei Injektionen zu geben, eine vor dem Frühstück und eine vor dem Abendessen. Es bereitete keinerlei Umstände mehr.

Cassi schloß das rechte Auge und betrachtete den Teststreifen mit dem linken. Sie nahm nur einen schwachen Lichtschein wahr, als blickte sie durch eine schmutzige Glaswand. »Dieses verflixte Auge!« fluchte sie leise. Der Gedanke, blind zu werden, ängstigte sie mehr als die Vorstellung, sterben zu müssen. Die Tatsache des Todes konnte sie ignorieren, genau wie jeder andere. Die Möglichkeit, blind zu werden, war schon schwerer zu verdrängen, wenn man ein Auge hatte, das einen Tag für Tag darauf stieß. Das Problem war ganz plötzlich aufgetaucht. Man hatte ihr erklärt, daß ein Äderchen geplatzt sei und die Linsenhöhle sich mit Blut gefüllt habe.

Während sie sich die Hände wusch, warf sie einen Blick in den Spiegel. Die einsame Deckenlampe schmeichelte ihr, wie sie fand; sie gab ihrem Teint mehr Farbe, als er wirklich hatte. Sie betrachtete ihre Nase. Zu klein für den Rest des Gesichts. Und dann die Augen: Sie waren an den äußeren Winkeln unnatürlich nach oben gebogen, als hätte sie das Haar zu straff zurückgezogen. Anschließend versuchte sie, sich im Ganzen zu betrachten, ohne den Akzent auf einen bestimmten Teil des Gesichts zu legen. War sie wirklich so attraktiv, wie die Leute immer sagten? Sie war sich nie hübsch vorgekommen. Oft glaubte sie, jeder könnte ihr auf den ersten Blick ansehen, daß sie Diabetes hatte – ein gravierender Makel, der ihr in Leuchtbuchstaben quer über der Stirn geschrieben stand.

Allerdings war das nicht immer so gewesen. In der High-School hatte sie das Problem auf einen kleinen Teil ihres Lebens zu reduzieren versucht, etwas, das sich in einem Fach verschließen und vergessen ließ. Obwohl sie ihre Medizin nahm und Diät hielt, wollte sie nicht darüber nachdenken.

Verständlicherweise fanden ihre Eltern, besonders die Mutter, diese Einstellung besorgniserregend. Sie waren der Meinung, daß Cassi nur dann fähig sein würde, die Disziplin aufzubringen, die sie brauchte, um zu überleben, wenn sie ihren Alltag ganz auf die Krankheit abstimmte. So jedenfalls hätte Mrs. Cassidy gehandelt.

Kurz vor dem Abitur begann die Krise sich zuzuspitzen.

Cassi kam völlig außer sich vor Freude und Aufregung nach Hause. Die Abiturfeier sollte in dem vornehmen örtlichen Country Club abgehalten werden. Nach einem Frühstück in der Schule sollte die ganze Klasse nach New Jersey fahren und den Rest des Wochenendes am Meer verbringen.

Völlig unerwartet war Cassi von Tim Bartholomew, einem der begehrtesten Jungen an der Schule, zum Abiturball eingeladen worden. Er hatte sich schon vorher ein paarmal mit ihr unterhalten, weil sie beide Physik als Wahlfach betrieben; er hatte sie aber nie zum Ausgehen eingeladen, so daß die Einladung ganz überraschend kam. Die Vorstellung, mit einem so umschwärmten Jungen zum größten gesellschaftlichen Ereignis des Jahres zu gehen, war fast mehr, als Cassi erfragen konnte.

Cassis Vater erfuhr die große Neuigkeit als erster. Als eher verknöcherter Geologieprofessor an der Columbia University konnte er ihre Begeisterung nur teilweise nachvollziehen, freute sich aber, daß sie so glücklich war.

Ihre Mutter brachte weniger Enthusiasmus auf. Sie erlaubte ihr zwar die Teilnahme an den Feierlichkeiten, verlangte aber, daß sie anschließend nach Hause kam, statt zu dem Frühstück zu gehen.

»Bei solchen Gelegenheiten ist die Küche nicht auf Diabetiker abgestimmt«, sagte sie, »und was das Wochenende an der Küste und den Ball betrifft, so kommt das schon auf gar keinen Fall in Frage!«

Da sie mit einer so ablehnenden Reaktion nicht im mindesten gerechnet hatte, brach Cassi in Tränen aus. Schluchzend wies sie darauf hin, daß sie immer ihre Medizin genommen und ihre Diät eingehalten habe; niemand könne ihr das Recht streitig machen, so wie alle anderen auch an der Feier teilzunehmen.

Doch Mrs. Cassidy blieb hart wie Stein und erklärte ihrer Tochter, daß sie nur um ihr Wohlergehen besorgt sei. Dann fügte sie hinzu, Cassi müsse sich an die Tatsache gewöhnen, daß sie nicht normal sei.

Cassi schrie, daß sie sich sehr wohl als normal empfinde, worauf ihre Mutter sie an den Schultern packte und erbarmungslos sagte: »Cassi, du hast ein chronisches Leiden, das dich bis an dein Lebensende begleiten wird, und je eher du diese Tatsache akzeptierst, desto besser für dich.«

Cassi flüchtete in ihr Zimmer und verschloß die Tür. Bis zum nächsten Tag weigerte sie sich, mit irgend jemand zu sprechen. Als sie ihr Schweigen endlich brach, geschah es nur, um ihre Mutter darüber zu informieren, daß sie Tim angerufen und ihm erklärt hätte, warum sie seine Einladung zum Ball nicht annehmen könne, nämlich weil sie krank sei. Sie sagte, Tim sei ganz überrascht gewesen, weil er nicht gewußt hätte, daß sie Diabetikerin sei.

Und jetzt stand sie in der Toilette des Boston Memorial, starrte ihr Spiegelbild an und kehrte langsam in die Gegenwart zurück. Sie fragte sich, bis zu welchem Grad sie ihr Leiden geistig wirklich verarbeitet hatte. Oh, natürlich wußte sie inzwischen eine Menge darüber, kannte Zahlen und Zitate. Aber war dieses Wissen das Opfer wert gewesen? Die Antwort darauf fiel ihr nicht leicht; vielleicht würde es nie eine geben.

Sie seufzte. Ihr Haar war ein einziges Durcheinander. Sie nahm die Kämme und Nadeln heraus und schüttelte den Kopf. Dann strich sie es mit geübten Händen zurück und steckte es wieder hoch. Als sie die Toilette verließ, fühlte sie sich etwas frischer.

Die wenigen Dinge, die sie für die Übernachtung im Krankenhaus benötigt hatte, paßten leicht in ihre Schultertasche aus beigem Leinen, obwohl darin bereits ein ganzer Stapel fotokopierter medizinischer Artikel lag. Die Tasche stammte noch aus ihrer Studienzeit; sie war schmutzig und an einigen Stellen schon fast durchscheinend, aber trotzdem – oder gerade deshalb – hing sie daran wie an einem alten Freund. Auf einer der beiden Seiten prangte ein großes rotes Herz. Zwar hatte sie zum Medizinexamen einen Aktenkoffer geschenkt bekommen, aber sie zog die Leinentasche vor. Der Aktenkoffer schien ihr zu großspurig. Außerdem ging in die Tasche mehr hinein.

Cassi warf einen Blick auf die Uhr. Es war halb sechs, genau die richtige Zeit. Sie wußte, daß Thomas jetzt gerade die letzten Patienten empfing. Das Schöne an ihrem Job in der Psychiatrie war die regelmäßige Arbeitszeit. In der Pathologie oder auf den Stationen wurde im allgemeinen nicht vor halb sieben oder sieben Schluß gemacht, manchmal arbeitete man sogar bis acht oder halb neun. In der Psychiatrie konnte sie davon ausgehen, nach der Nachmittagskonferenz von vier bis fünf fertig zu sein, vorausgesetzt, sie hatte keinen Bereitschaftsdienst.

Sie trat auf den Korridor und wunderte sich, daß er so leer war, bis ihr einfiel, daß gerade das Abendessen serviert wurde.

Als sie am Gemeinschaftsraum vorbeiging, konnte sie die Patienten vor dem Fernsehapparat sitzen sehen, das Tablett auf dem Schoß. In ihrem winzigen Büro sammelte sie die Krankenblätter ein, mit denen sie sich am Nachmittag beschäftigt hatte. Es waren nur vier, darunter das von Colonel Bentworth, denn mehr Patienten waren ihr noch nicht zugeteilt worden. Für jeden hatte sie fein säuberlich eine Karteikarte mit Auszügen aus den Krankenblättern angelegt.

Mit den Krankenblättern im Arm und der Leinentasche über der Schulter begab sie sich zum Schwesternzimmer. Joel Hartmann, der diese Nacht Bereitschaftsdienst hatte, saß auf dem Schreibtisch und plauderte mit zwei Stationsschwestern. Cassi ordnete die Krankenblätter wieder ein und wünschte allen einen schönen Abend. Joel wünschte ihr ein schönes Wochenende, und sie solle sich keine Sorgen machen, denn bis Montag hätte er ihre Patienten alle geheilt.

Als sie zum ersten Stock hinunterging, spürte sie, wie ihre

Anspannung nachließ. Die erste Woche in der Psychiatrie war anstrengend und mühsam gewesen – nichts, was sie gern noch einmal erlebt hätte.

Sie nahm den Fußweg zum Behandlungsgebäude und fuhr dort in den dritten Stock hinauf, wo Thomas sein Büro hatte. Auf der polierten Eichenholztür stand in schimmernden Messingbuchstaben *Dr. Thomas Kingsley, Herz- und Brustchirurgie*. Stolz wallte in ihr auf.

Das Wartezimmer war geschmackvoll mit Chippendale-Reproduktionen möbliert. An den blau tapezierten Wänden hingen Originalgemälde zeitgenössischer Künstler. Die Tür zum Sprechzimmer wurde von einem Mahagonischreibtisch bewacht, an dem Doris Stratford, Thomas Kingsleys Sprechstundenhilfe, Dienst tat. Als Cassi eintrat, blickte sie kurz von ihrer Schreibmaschine auf, tippte aber sofort weiter, als sie sah, um wen es sich handelte.

Cassi trat an den Schreibtisch. »Wie geht's Thomas?«

»Gut«, sagte Doris, ohne aufzublicken.

Doris sah Cassi niemals in die Augen. Aber im Lauf der Jahre hatte Cassi sich damit abgefunden, daß ihre Krankheit manche Menschen verunsicherte. Doris war offensichtlich einer davon.

»Würden Sie ihm bitte sagen, daß ich da bin?« bat Cassi.

Kurz streiften die braunen Augen der Sprechstundenhilfe über Cassis Kinnpartie, wobei ihre Miene einen Anflug von Gereiztheit bekam. Nicht genug, daß Cassi Anlaß gehabt hätte, sich zu beschweren, aber doch ausreichend, um erkennen zu lassen, daß Doris die Unterbrechung als störend empfand. Statt zu antworten, drückte Doris auf den Knopf ihrer Gegensprechanlage und verkündete, daß Dr. Kingsley-Cassidy eingetroffen sei. Dann beugte sie sich sofort wieder über ihre Schreibmaschine.

Cassi setzte sich auf die rosafarbene Couch und holte die fotokopierten Artikel über Grenzfälle der Verhaltenspsychologie aus ihrer Tasche. Sie dachte nicht daran, sich von Doris irritieren zu lassen. Sie begann zu lesen, überraschte sich aber immer wieder dabei, wie sie der Sprechstundenhilfe über den Rand der Bogen hinweg kritische Blicke zuwarf.

Sie fragte sich, warum Thomas sie behielt. Gut, sie war vielleicht tüchtig, aber offenbar auch launisch und reizbar – kaum die Eigenschaften, die sich ein Arzt in seiner Praxis wünschen konnte. Sie war vorzeigbar, aber nicht übermäßig attraktiv. Sie hatte ein breites Gesicht mit derben Zügen und mausgraues Haar, das im Nacken zu einem Knoten gerafft war. Allerdings hatte sie eine gute Figur, wie Cassi zugeben mußte.

Cassi widmete sich wieder ihrer Lektüre und zwang sich zur Konzentration.

Über die polierte Platte seines fast leeren Schreibtisches hinweg musterte Thomas seinen letzten Patienten für heute, einen zweiundfünfzigjährigen Rechtsanwalt namens Herbert Lowell. Er hatte Mr. Lowell bereits mehrmals untersucht und sich auch ausführlich mit den Coronararteriogrammen beschäftigt, die unter der Aufsicht von Lowells Kardiologen, Dr. Whiting, entstanden waren. Für ihn lag die Sache klar auf der Hand. Mr. Lowell litt unter Angina pectoris, hatte kürzlich eine kleinere Herzattacke gehabt, und seine Blutzirkulation war beeinträchtigt. Er mußte dringend operiert werden, und das hatte Thomas ihm auch mitgeteilt.

Aber Mr. Lowell zögerte noch. »Es ist eine so endgültige Entscheidung«, sagte er.

»Aber dennoch eine Entscheidung, die getroffen werden muß«, sagte Thomas, stand auf und schloß Mr. Lowells Akte. »Unglücklicherweise stehe ich unter Zeitdruck. Sollten Sie noch Fragen haben, können Sie mich ja anrufen.« Thomas ging zur Tür wie ein gewiefter Geschäftsmann, der zu verstehen geben will, daß er die Verhandlungen als abgeschlossen betrachtet.

»Wäre es nicht ratsam, vielleicht noch eine zweite Meinung einzuholen?« fragte Mr. Lowell zögernd.

»Mr. Lowell«, sagte Thomas, »Sie können so viele Meinungen einholen, wie Sie wollen. Ich werde Sie mit meinen Untersuchungsergebnissen an Dr. Whiting zurücküberweisen, und Sie können die Sache dann mit ihm besprechen.« Er öffnete die Tür zum Wartezimmer. »Tatsächlich möchte ich Ihnen sogar empfehlen, noch einen weiteren Chirurgen zu befragen, denn ich arbeite nicht gern gegen, sondern mit meinen Patienten. Wenn Sie mich jetzt bitte entschuldigen würden.«

Damit schloß er die Tür hinter Mr. Lowell, überzeugt, daß der Anwalt den notwendigen Eingriff vornehmen lassen würde. Er setzte sich wieder an seinen Schreibtisch und suchte das Material zusammen, das er für die morgige Große Konferenz benötigte, ehe er die Briefe zu unterzeichnen begann, die Doris ihm hingelegt hatte.

Als er mit der abgezeichneten Korrespondenz hinausging, war er nicht im geringsten überrascht, Mr. Lowell noch im Wartezimmer vorzufinden. Er bedachte Cassi mit einem knappen Nicken, dann wandte er sich seinem Patienten zu.

»Dr. Kingsley, ich habe beschlossen, die Operation durchführen zu lassen.«

»Sehr gut. Wenn Sie Miss Stratford nächste Woche anrufen, wird sie Ihnen einen Termin geben.«

Mr. Lowell bedankte sich bei Thomas und ging, wobei er leise die Tür hinter sich schloß.

Cassi hielt ihre Berichte in der Hand, als sei sie mit der Lektüre beschäftigt, in Wirklichkeit aber beobachtete sie ihren Mann, der mit Doris zusammen einige Notizen durchging. Es war ihr nicht entgangen, wie geschickt er Mr. Lowell behandelt hatte. Nie schien er zu zögern. Er wußte, was getan werden mußte, und tat es. Von jeher hatte sie seine Fassung bewundert, eine Eigenschaft, die ihr völlig abging, wie sie fand. Sie lächelte, als ihre Augen die scharfen Konturen seines Profils nachzeichneten, über sein sandfarbenes Haar strichen und seinen athletischen Körper verschlangen. Sie fand ihn außergewöhnlich attraktiv.

Nach den Fährnissen des Tages oder, genauer, der ganzen Woche wäre sie am liebsten auf ihn zugestürzt, um sich an ihn zu schmiegen, aber sie spürte instinktiv, daß er von einem solchen Gefühlsausbruch jetzt nicht gerade begeistert wäre, schon gar nicht in Anwesenheit von Doris. Und sie wußte, daß er recht hatte. Das Büro war für ein derartiges Verhalten nicht der geeignete Ort. Statt dessen schob sie die Berichte wieder in die Mappe und die Mappe zurück in die Leinentasche.

Thomas beendete seine Instruktionen, wartete aber noch, bis sich die Tür des Sprechzimmers hinter ihnen geschlossen hatte, ehe er sich ihr zuwandte.

»Ich muß noch auf die Intensivstation«, sagte er ausdruckslos. »Du kannst mich begleiten oder im Foyer warten, das überlasse ich dir. Es wird nicht lange dauern.«

»Ich begleite dich«, sagte Cassi. Sie merkte bereits, daß er keinen leichten Tag gehabt hatte, und ging etwas schneller, um mit ihm Schritt zu halten.

»Gab es Schwierigkeiten bei den Operationen heute?« fragte sie vorsichtig.

»Nicht die geringsten.«

Cassi beschloß, nicht weiter in ihn zu dringen. Es war ohnehin schwierig, sich miteinander zu unterhalten, während sie sich zum Sherington-Gebäude durchschlängelten. Davon abgesehen wußte sie aus Erfahrung, daß es besser war, wenn Thomas von sich aus zu erzählen begann, vor allem, wenn ihn etwas aufgeregt hatte.

Im Fahrstuhl hielt er seine Augen unverwandt auf die

Stockwerkanzeige gerichtet. Er wirkte verkrampft und geistesabwesend.

»Ich freue mich schon darauf, wenn wir heute abend zu Hause sind«, sagte Cassi. »Endlich mal wieder ausschlafen.«

»Deine Verrückten haben dich letzte Nacht wohl nicht zur Ruhe kommen lassen?«

»Bitte, Thomas, fang jetzt bloß nicht mit deinen Chirurgenansichten über Psychiatrie an«, sagte Cassi.

Er antwortete nicht, dafür geisterte ein ironisches Lächeln über sein Gesicht, und er schien sich etwas zu entspannen.

Im siebzehnten Stock stiegen sie aus. Trotz all der Jahre, die Cassi bereits in Krankenhäusern verbracht hatte, spürte sie immer wieder das gleiche Unbehagen, wenn sie über den Operationsflur ging. Es war nicht direkt Angst, aber auch nicht weit davon entfernt. Hier hatte sie immer das Gefühl, in eine permanente Krise hineinzugeraten, und dieses Gefühl unterlief das mühsam ausgeklügelte System, das sie entwickelt hatte, um sich nicht mit der eigentlichen Bedeutung ihres Leidens auseinandersetzen zu müssen. Seltsamerweise erging es ihr nicht so, wenn sie einen ihrer Kollegen in den Stationen besuchte, wo sie unweigerlich auf Patienten mit diabetesbedingten Komplikationen stieß.

Als Cassi und Thomas sich der Intensivstation näherten, wurde der Arzt von mehreren der wartenden Verwandten erkannt. Sofort drängten sie sich um ihn wie um einen Filmstar oder einen Sänger. Eine alte Frau berührte sein Gewand, als wäre er ein Gott in Menschengestalt. Thomas ließ sich nicht aus der Fassung bringen; er beantwortete ihre Fragen, erklärte, daß alle Operationen zufriedenstellend verlaufen seien und daß sie sich wegen weiterer Auskünfte an das Pflegepersonal halten müßten. Mit einiger Mühe gelang es ihm schließlich, sich zu befreien und in die

Intensivstation zu flüchten, wohin ihm außer Cassi niemand zu folgen wagte.

Der Anblick der zahlreichen Maschinen, Monitore und Verbände verstärkte Cassis unausgesprochene Ängste. Und tatsächlich sah es so aus, als hätte man die Patienten inmitten all der Überwachungsgeräte völlig vergessen. Die Ärzte und Schwestern schienen sich in erster Linie ihren Geräten zu widmen.

Thomas ging von Bett zu Bett. Auf der Intensivstation hatte jeder Patient seine eigene, speziell ausgebildete Schwester, mit der Thomas sich unterhielt, ohne dem Patienten selbst mehr als einen flüchtigen Blick zu gönnen, es sei denn, die Schwester wies ihn auf irgendeine Anomalie hin. Er studierte die Lebenszeichen, soweit sie auf Registrierpapier festgehalten worden waren, überprüfte den Flüssigkeitsausgleich, hielt Röntgenbilder gegen die Lampe an der Decke und informierte sich über die Blutgaswerte. Cassi wußte genug, um zu wissen, was sie alles nicht wußte.

Wie Thomas versprochen hatte, brauchte er nicht lange. Keiner seiner Patienten bereitete Probleme, und selbst wenn, unter Larry Owens Oberkommando würde das Personal mit ihnen fertig werden. Als Thomas und Cassi wieder vor der Intensivstation auftauchten, stürzten sich die Verwandten neuerlich auf ihn. Er bedauerte, ihnen nicht mehr Zeit widmen zu können, betonte aber noch einmal, daß es allen gut ginge.

»Ist es nicht sehr erhebend, soviel Anteilnahme und Dankbarkeit zu erleben?« fragte Cassi, als sie zurück zum Fahrstuhl gingen.

Thomas antwortete nicht sofort. Bei Cassis Bemerkung war ihm wieder das Vergnügen eingefallen, das ihm die Nazzaros vor Jahren mit ihrer Freude bereitet hatten. Ihre Dankbarkeit hatte ihm noch etwas bedeutet! Dann dachte er an die Tochter von Mr. Campbell und warf einen Blick über die Schulter, weil er sie eben überhaupt nicht bemerkt hatte.

»Ach ja, natürlich ist es nett, daß die Verwandten Anteil nehmen«, antwortete er schließlich ohne große Begeisterung. »Aber so wichtig ist es auch wieder nicht. Es hat jedenfalls nichts damit zu tun, weswegen ich operiere.«

»Natürlich nicht«, sagte Cassi. »Das wollte ich auch nicht unterstellen.«

Der Aufzug hielt, und sie stiegen ein.

»Das Dumme dabei ist«, fuhr Thomas fort, »jetzt bin ich der Lehrer.«

Cassi blickte auf. Zu ihrer Überraschung hatte seine Stimme eine gänzlich unerwartete Wehmut, die sie bei ihm nicht kannte. Sie betrachtete ihn genauer und stellte fest, daß er träumend ins Leere starrte.

Thomas ließ seine Gedanken zurückwandern zu seiner Anfangszeit in der Brustchirurgie, als alles noch neu, abenteuerlich und ungeheuer aufregend gewesen war. Er wußte noch, daß er drei Jahre lang praktisch nur in der Klinik gelebt und sein düsteres Zweizimmerappartement lediglich aufgesucht hatte, um ein paar Stunden zu schlafen. Um aus der Masse der anderen Ärzte herauszuragen, hatte er härter gearbeitet, als er es je für möglich gehalten hätte. Und tatsächlich war er am Ende Oberarzt geworden und hatte damit in gewisser Weise, aus heutiger Sicht betrachtet, die Krönung seiner Karriere erfahren. Es war ihm gelungen, sich an die Spitze einer Gruppe hochtalentierter junger Ärzte zu setzen, von denen jeder genauso ehrgeizig und engagiert war wie er selbst. Nie würde er den Augenblick vergessen, in dem jeder seiner Kollegen einzeln auf ihn zugetreten war, um ihm zu gratulieren. Es konnte kein Zweifel daran bestehen, daß die Arbeit und das Leben im allgemeinen damals einfach mehr Spaß gemacht hatten. Dankbare Verwandte waren nett, konnten jene Zeit aber auf keinen Fall ersetzen.

Als Cassi und Thomas das Krankenhaus verließen, traf sie der feuchte Bostoner Abend wie ein Schlag ins Gesicht. Es regnete in Strömen, Windstöße peitschten das Wasser über die Straße. Um Viertel nach sechs war es bereits dunkel. Allein die tief dahintreibenden Wolken mit dem schwachen Widerschein der Lichter der Stadt spendeten etwas Helligkeit. Cassi legte Thomas den Arm um die Hüfte, und gemeinsam rannten sie auf die nahe Parkgarage zu.

Sobald sie Schutz gefunden hatten, stampften sie sich die Nässe von den Füßen und stiegen die Rampe hinauf. Der feuchte Zement hatte eine überraschend scharfe Ausdünstung. Thomas benahm sich noch immer nicht wie sonst, und Cassi überlegte, was ihm wohl durch den Kopf gehen mochte. Sie wurde das unangenehme Gefühl nicht los, daß es etwas mit ihr zu tun hatte. Aber sie konnte sich nicht vorstellen, was. Seit sie Donnerstagmorgen zusammen in die Klinik gefahren waren, hatten sie sich nicht mehr gesehen, und damals war noch alles in Ordnung gewesen.

»Hat die Operation letzte Nacht dich sehr angestrengt?« erkundigte sie sich.

»Ja, wahrscheinlich. Ich habe nicht darüber nachgedacht.«

»Und deine Fälle? Alles in Ordnung?«

»Ich habe dir gesagt, daß alles in Ordnung ist«, sagte Thomas. »Tatsächlich hätte ich sogar noch einen weiteren Eingriff durchführen können, wenn man mir mehr OP-Zeit zugestanden hätte. Ich habe drei Fälle in der gleichen Zeit behandelt, in der George Sherman gerade zwei schafft und Ballantine, unser furchtloser Chef, maximal einen.«

»Klingt, als solltest du dich darüber freuen«, sagte Cassi.

Vor einem anthrazitfarbenen Porsche 928 mit Metalliclackierung blieben sie stehen. Thomas zögerte und warf Cassi über das Wagendach einen Blick zu. »Ich freue mich aber nicht. Wie üblich bin ich wieder mit zahllosen Kleinigkeiten behelligt worden, die mir die Arbeit erschweren.

Mit dem Memorial wird es immer schlimmer, statt besser. Langsam reicht's mir wirklich. Zu allem Überfluß hat man mich heute auf der Nachmittagskonferenz auch noch darüber informiert, daß ich pro Woche auf vier Fälle verzichten muß, damit George Sherman mehr OP-Zeit für seine gottverdammten Lehrfälle bekommt. Dabei haben sie nicht einmal genug Lehrfälle, um die Zeit auszufüllen, die sie jetzt schon beanspruchen, auch ohne daß sie Patienten in die Klinik holen, die einfach kein Anrecht auf den kostbaren Platz haben.«

Er sperrte den Schlag auf, stieg ein und langte hinüber, um Cassi die Tür zu öffnen.

»Außerdem habe ich das Gefühl, daß im Memorial noch etwas anderes vorgeht«, fuhr er fort und startete den Wagen. »Irgend etwas zwischen George und Norman Ballantine. Gott, wie mich das alles anödet!«

Er gab Gas, rammte den Rückwärtsgang ins Getriebe, schoß zurück und dann mit quietschenden Reifen wieder nach vorn. Cassi mußte sich am Armaturenbrett festhalten, um nicht die Balance zu verlieren. Als er anhielt, um seine Karte in den Schlitz für das automatische Tor zu schieben, griff sie hinter sich und legte ihren Sicherheitsgurt an. »Thomas, du solltest dich ebenfalls anschnallen«, sagte sie.

»Um Himmels willen«, schrie Thomas. »Hör auf, an mir herumzunörgeln.«

»Entschuldige«, sagte Cassi rasch in der Überzeugung, daß sie in gewisser Weise an der schlechten Laune ihres Mannes mitschuldig war.

Thomas fuhr wie ein Berserker, schnitt andere Fahrzeuge, setzte zu wahnwitzigen Überholmanövern an. Cassi hielt den Mund, um ihn nicht noch mehr zu verärgern. Sobald sie die Stadt hinter sich hatten, wurde der Verkehr dünner. Obwohl Thomas immer noch mindestens hundert fuhr, ließ Cassis Anspannung nach.

»Es tut mir leid, daß ich dir auf die Nerven gegangen bin, besonders nachdem du so einen harten Tag hattest«, sagte sie schließlich.

Thomas antwortete nicht, aber sein Gesicht verlor etwas von seiner Härte, und die Hände packten das Lenkrad nicht mehr ganz so fest. Ein paarmal setzte Cassi zu der Frage an, ob sie für seine schlechte Laune verantwortlich sei, konnte aber die richtigen Worte nicht finden. Eine Zeitlang blickte sie einfach auf die regennasse Fahrbahn, die ihnen entgegenschoß. »Habe ich etwas getan, weswegen du mir böse bist?« fragte sie zu guter Letzt.

»Das hast du in der Tat«, schnappte er.

Einige Minuten fuhren sie schweigend. Cassi wußte, daß er früher oder später mit der Sprache herausrücken würde.

»Es sieht so aus, als wäre Larry Owen bestens über unsere medizinischen Privatangelegenheiten informiert«, sagte Thomas schließlich.

»Es ist kein Geheimnis, daß ich an Diabetes leide«, wandte Cassi ein.

»Es ist kein Geheimnis, weil du es jedem auf die Nase bindest«, sagte Thomas. »Ich finde, je weniger die Leute wissen, desto besser. Ich hasse es, im Mittelpunkt von Klatschgeschichten zu stehen.«

Cassi konnte sich nicht erinnern, mit Larry Owen über ihren Gesundheitszustand gesprochen zu haben, aber darum ging es natürlich auch nicht. Sie hatte mehreren Leuten von ihrer Krankheit erzählt, unter anderem erst heute mittag Joan Widiker. Thomas schien, wie ihre Mutter, der Ansicht zu sein, daß ihre Diabetes kein Thema war, nicht einmal im Gespräch mit Freunden.

Sie warf ihm einen Seitenblick zu. Die Scheinwerferstrahlen der Wagen auf der Gegenfahrbahn streiften über sein Gesicht, doch seine Miene ließ sich nicht deuten.

»Ich schätze, ich habe einfach nie darüber nachgedacht, daß es uns vielleicht schaden könnte, wenn ich mit jemand darüber spreche«, sagte sie. »Es tut mir leid. Ich werde besser aufpassen.«

»Du weißt ja, wie schnell sich solcher Klatsch in einer Klinik verbreitet«, meinte Thomas. »Am besten gibt man niemand einen Anlaß, sich das Maul über einen zu zerreißen. Larry war nicht nur über deine Zuckerkrankheit informiert, sondern auch darüber, daß du dich vielleicht einer Augenoperation unterziehen mußt. Er sagte, er hätte es von deinem Freund Robert Seibert gehört.«

Jetzt verstand Cassi. Sie wußte doch, daß sie Larry Owen gegenüber kein Wort hatte verlauten lassen. »Mit Robert habe ich in der Tat darüber gesprochen«, gab sie zu. »Es schien mir nur natürlich. Wir kennen uns jetzt schon so lange, und er hat mir auch von seiner eigenen Operation erzählt. Er muß sich zwei eingeklemmte Weisheitszähne ziehen lassen, und weil er zu Gelenkrheumatismus neigt, muß er stationär behandelt und intravenös mit Antibiotika versorgt werden.«

Sie bogen in Richtung Norden von der Route 128 ab und hielten auf den Ozean zu. Eine Nebelbank lag auf der Straße, und Thomas fuhr langsamer.

»Ich bin trotzdem der Meinung, daß man über solche Punkte nicht sprechen sollte«, sagte Thomas und kniff die Augen zusammen, als könnte er so den Nebel besser durchdringen. »Vor allem nicht mit jemand wie Robert Seibert. Es geht mir sowieso über den Horizont, wie du einen Mann tolerieren kannst, der sich so offen zu seinen homosexuellen Neigungen bekennt.«

»Über diese Neigungen haben wir noch nie ein Wort verloren«, sagte Cassi scharf.

»Ich frage mich, wie es euch gelungen ist, das Thema zu vermeiden.«

»Robert ist ein sensibler, intelligenter Mensch und ein verdammt guter Pathologe.«

»Ich wußte doch, daß er zum Ausgleich auch die eine

oder andere gute Eigenschaft haben mußte«, sagte Thomas und war sich darüber im klaren, daß er seine Frau quälte.

Cassi schluckte die Antwort hinunter. Sie wußte, daß Thomas wütend war und sie zu provozieren versuchte. Sie wußte auch, daß die Situation nicht gerade entschärft wurde, wenn sie jetzt auch noch die Geduld verlor. Nach einem kurzen Schweigen streckte sie die Hand aus und massierte Thomas den Hals. Anfangs blieb er steif, aber nach ein paar Minuten spürte sie, wie er sich lockerte.

»Es tut mir leid, daß ich mit jemand über meine Diabetes gesprochen habe«, sagte sie, »und es tut mir leid, daß ich über den Zustand meines Auges gesprochen habe. Okay?«

Während sie ihm weiter den Hals massierte, starrte sie blicklos aus dem Fenster. Voll kalter Furcht fragte sie sich, ob Thomas vielleicht ihres Leidens müde war. Vielleicht hatte sie sich zu oft beklagt, vor allem in der chaotischen Zeit, in der sie von der Pathologie zur Psychiatrie gewechselt war. Jetzt, wo sie darüber nachdachte, mußte Cassi zugeben, daß Thomas sich in den letzten Monaten etwas von ihr zurückgezogen hatte, daß er weniger Toleranz und mehr Impulsivität an den Tag legte. Sie schwor sich, nicht mehr soviel über ihr Leiden zu sprechen. Sie wußte besser als jede andere, unter welchen Druck Thomas sich selbst setzte, und sie wollte es nicht noch schlimmer machen.

Während sie ihre Hand weiter seinen Hals hinaufwandern ließ, überlegte sie, daß es vielleicht klüger war, das Thema zu wechseln. »Hat irgend jemand etwas zu dir gesagt, weil du drei Operationen vornimmst, während die anderen nur eine oder zwei durchführen?«

»Nein. Es ist immer dasselbe. Niemand kann etwas sagen, weil es niemand gibt, an dem ich mich messen könnte.«

»Wie wär's, wenn du dich am besten weit und breit messen würdest: an dir selbst!« sagte Cassi lächelnd.

»O nein!« rief Thomas. »Bitte, komm mir jetzt nicht mit deiner Pseudopsychologie.«

»Ist Konkurrenz denn an einem solchen Punkt noch von Bedeutung? Reicht es nicht, die Befriedigung zu haben, daß man Menschen wieder zu einem aktiven Leben verhilft?«

»Es ist kein schlechtes Gefühl«, gab Thomas zu. »Aber es verhilft mir nicht zu mehr Betten oder OP-Zeit, obwohl die Patienten, die ich vorschlage, vom körperlichen Zustand wie auch unter soziologischen Aspekten diejenigen sind, die beides am nötigsten brauchen. Ihre Dankbarkeit wird mich nicht einmal zum Direktor der Abteilung machen, wenn ich mir auch nicht klar darüber bin, ob ich den Posten überhaupt noch will. Um dir die Wahrheit zu sagen, nach einer Operation hält die Euphorie längst nicht mehr so lange an wie früher. In letzter Zeit habe ich häufig so ein Gefühl der Leere.«

Das Wort Leere erinnerte Cassi an etwas. War es ein Traum gewesen? Sie blickte sich im Inneren des Wagens um, nahm den charakteristischen Geruch des Leders auf, lauschte dem rhythmischen Klappen der Scheibenwischer und ließ ihre Gedanken schweifen. Was war das für eine Assoziation gewesen? Dann fiel es ihr ein – »Leere« war das Wort, mit dem Colonel Bentworth sein Leben in den letzten Jahren zu beschreiben versucht hatte. Wütend und leer, das hatte er gesagt.

Sie ließen den kahlen Wald hinter sich, rechts und links zogen Salzdünen vorbei. Durch die regennasse Windschutzscheibe gewann Cassi flüchtige Eindrücke von der düsteren Novemberlandschaft. Der Herbst war vorüber, der Regen hatte das letzte farbige Aufflammen von den nackten Ästen der Bäume gewischt. Der Winter stand vor der Tür; die feuchtkalten Nächte der letzten Wochen hatten ihn bereits ahnen lassen.

Sie folgten der letzten Kurve, donnerten über eine Holzbrücke und die Zufahrt zu ihrem Grundstück hinauf. Im

Licht der tanzenden Scheinwerferkegel konnte Cassi die Konturen ihres Hauses erkennen. Es war um die Jahrhundertwende erbaut worden und ursprünglich nur als Sommerhaus einer reichen Bostoner Familie gedacht gewesen. In den vierziger Jahren hatte sein damaliger Besitzer es winterfest herrichten lassen, ohne etwas an dem für Neuengland typischen Stil zu verändern. Dank seiner unregelmäßigen Dachführung und der großzügigen Bauweise besaß es eine geradezu einzigartige Silhouette. Cassi liebte das Haus, im Sommer vielleicht etwas mehr als im Winter. Das Beste daran war die Lage. Es erhob sich direkt an einer kleinen Bucht mit Blick auf die See. Obwohl die Fahrt nach Boston fast vierzig Minuten dauerte, fand Cassi, daß der Weg sich lohnte.

Als sie die lange Zufahrt hinaufrollten, fiel ihr wieder ein, wie Thomas und sie sich während ihres Praktikums im Boston Memorial kennengelernt hatten. Eines Tages war er in ihrer Station aufgetaucht, im Schlepptau eine Gruppe von Ärzten, die wie junge Hunde hinter ihm herliefen, um sich einen Mann mit einer akuten Herzattacke anzusehen. Fasziniert hatte Cassi ihn beobachtet. Sie hatte schon von ihm gehört und war erstaunt, daß er so jung aussah. Sie fand ihn ungewöhnlich anziehend, wäre aber nie auf den Gedanken gekommen, daß jemand von solcher Bedeutung ihr einen zweiten Blick schenken könnte – es sei denn, um ihr eine verwirrende medizinische Frage zu stellen. Wenn sie Thomas an jenem Tag ebenfalls aufgefallen war, so hatte er zumindest kein Wort darüber verloren.

Nachdem sie erst einmal in die Klinikgemeinschaft eingegliedert war, fand Cassi den Betrieb längst nicht so einschüchternd, wie sie anfangs befürchtet hatte. Sie arbeitete hart und stellte zu ihrer großen Überraschung fest, daß sie mit jedem gut auskam. Vorher hatte sie keine Zeit für Verabredungen gehabt, aber im Boston Memorial verschmolzen Arbeit und Gesellschaftsleben. Ungefähr die Hälfte des männlichen Personals verfolgte sie mit mehr oder weniger frivolen Anträgen, und wenig später gesellten sich sogar einige der jüngeren Fachärzte dazu, darunter ein gutaussehender Augenarzt, für den ein Nein einfach keine Antwort war. Cassi hatte noch niemand kennengelernt, der so zäh und dabei so ausschließlich auf eine Sache fixiert war, speziell wenn man sich vor seinem Kamin in Beacon Hill befand. Aber all das war mehr oder weniger harmlos gewesen, bis George Sherman sie um ein Rendezvous gebeten hatte. Ohne große Ermutigung von ihrer Seite schickte er ihr Blumen, kleine Präsente und bat sie schließlich, aus heiterem Himmel, um ihre Hand.

Sie gab ihm nicht sofort einen Korb. Sie mochte ihn gern, wenn sie auch nicht glaubte, daß jemals Liebe daraus werden könnte. Während sie noch überlegte, wie sie sich am besten aus der Affäre zog, geschah etwas, das sie noch viel weniger erwartet hatte: Thomas Kingsley bat sie ebenfalls um ein Rendezvous.

Cassi erinnerte sich noch genau der tiefen Erregung, die sie in Thomas' Gegenwart empfunden hatte. Er strahlte eine Selbstsicherheit aus, die andere vielleicht einfach als Arroganz bezeichnet hätten. Aber nicht Cassi. Sie spürte, daß er einfach wußte, was er wollte, und Entscheidungen daher auch schneller als jeder andere zu treffen vermochte. Als sie zu Beginn ihrer Beziehung einmal über ihre Diabetes zu sprechen versuchte, winkte er ab und ließ ihr das Leiden wie ein Problem aus der Vergangenheit erscheinen. Er gab ihr all das Selbstvertrauen, das ihr seit der dritten Klasse gefehlt hatte.

Es war Cassi ziemlich schwergefallen, George gegenüberzutreten und ihm zu sagen, daß sie nicht nur seinen Antrag ablehnen müsse, sondern auch noch die Frau seines Kollegen werden würde. George trug die Nachricht scheinbar mit Fassung und sagte, er wäre trotzdem gern weiterhin mit ihr befreundet. Wenn sie ihn später zufällig in der

Klinik getroffen hatte, schien er sich jedesmal mehr Gedanken über ihr Glück als seinen Laufpaß zu machen.

Thomas war charmant, rücksichtsvoll und galant, ganz anders als sie ihn sich vorgestellt hatte. Der Klatsch wollte wissen, daß der Herzspezialist zu intensiven, aber kurzen Beziehungen neigte. Doch wenn er ihr auch nie ausdrücklich sagte, daß er sie liebte, so zeigte er es ihr doch ohne Unterlaß. Er nahm Cassi mit auf wichtige Visiten und holte sie in den OP, um ihr bestimmte Fälle vorzuführen. An ihrem ersten gemeinsamen Weihnachtsfest schenkte er ihr ein antikes Diamantcollier. Am darauffolgenden Silvesterabend bat er sie, seine Frau zu werden.

Cassi hatte nie beabsichtigt zu heiraten, während sie noch in der Ausbildung war. Aber Thomas Kingsley gehörte zu den Männern, auf die sie nicht einmal im Traum zu hoffen gewagt hätte. Vielleicht traf sie nie wieder jemanden wie ihn, und da er selbst Mediziner war, würde er ihr bei der Arbeit nicht hinderlich sein, daran glaubte sie fest. Sie sagte ja, und Thomas geriet ganz aus dem Häuschen.

Auf dem Rasen vor dem alten Haus mit Blick auf die See wurden sie getraut. Die meisten ihrer Kollegen waren eingeladen und bezeichneten es später als das gesellschaftliche Ereignis des Jahres. Cassi konnte sich noch an jeden Augenblick jenes herrlichen Frühlingstages erinnern. Der Himmel war schwachblau gewesen, nicht unähnlich den Augen ihres Mannes, die See schmiegte sich relativ ruhig in die Bucht, und die Wellen trugen kleine weiße Schaumkappen.

Der Hochzeitsempfang war gänzlich von einem Partyunternehmen ausgerichtet worden: Auf dem Rasen standen mehrere mittelalterlich wirkende Zelte, deren flatternde Fahnen alte Heraldiksymbole trugen. Cassi fühlte sich glücklicher als je zuvor in ihrem Leben, und Thomas platzte fast vor Stolz.

Als die letzten Gäste aufgebrochen waren, gingen Cassi und Thomas am Strand spazieren, ohne sich um die eisige Gischt zu kümmern, die über ihre Füße schwappte.

Sie verbrachten die Nacht im Ritz-Carlton in Boston, bevor sie in die Flitterwochen nach Europa flogen. Nach ihrer Rückkehr setzte Cassi ihr Studium fort, und nun hatte sie einen mächtigen Fürsprecher. Thomas half ihr, wo immer er konnte. Sie war von jeher eine gute Studentin gewesen, aber mit seiner Unterstützung und Ermutigung übertraf sie sich selbst in einem Ausmaß, wie sie es nie für möglich gehalten hätte. Auch jetzt noch ließ er sie gelegentlich in den OP kommen, um ihr besonders interessante Fälle vorzuführen, und als sie turnusmäßig in der Chirurgie volontierte, ließ er sie assistieren, eine Erfahrung, von der andere Studenten nur träumen konnten. Zwei Jahre später, als sie auf das Examen zusteuerte, bewarb die Pathologie sich um sie, nicht umgekehrt.

Zutiefst gerührt war sie an dem Wochenende nach ihrem Examen gewesen. Thomas wirkte schon den ganzen Vormittag in Gedanken versunken und abwesend, was Cassi auf einen komplizierten Fall zurückführte, einen Patienten, von dem er ihr am Vorabend beim Essen erzählt hatte und der im Lauf des Tages von außerhalb eingeflogen werden sollte. Er hatte sich dafür entschuldigt, daß es ihm wahrscheinlich nicht möglich sein würde, sie nach der überstandenen Prüfung zum Festessen zu begleiten, und obwohl sie einen leichten Stich der Enttäuschung fühlte, besaß sie volles Verständnis für seine Lage.

Während der Zeremonie war Thomas wie ein kleiner Junge hinter ihr her zum Podium gelaufen und hatte mit seiner Blitzlichtkamera mindestens dreihundert Fotos gemacht. Anschließend, als Cassi damit rechnete, daß er nun sofort ins Krankenhaus zu seiner Operation müsse, führte er sie über den Rasen zu einem großen schwarzen Cadillac. Verwirrt stieg sie ein. Auf dem Rücksitz erwarteten sie zwei langstielige Gläser und eine eisgekühlte Flasche Dom Pérignon.

Wie in einem phantastischen Traum wurden sie zum Logan Airport gefahren, wo sie an Bord eines Pendelflugzeugs nach Nantucket eilten. Cassi versuchte zu protestieren, schließlich hatte sie nichts anzuziehen und mußte in jedem Fall zuerst nach Hause, aber Thomas versicherte ihr, daß er sich um alles gekümmert hätte, und so war es auch. Er zeigte ihr eine Tasche mit ihren Schminksachen, ihrer Medizin und einigen neuen Kleidern, darunter ein rosa Seidenkleid von Ted Lapidus, das erotischer wirkte als alles, was sie bisher gesehen hatte.

Sie blieben nur eine einzige Nacht fort, aber was für eine Nacht! Ihre Suite nahm fast das ganze obere Stockwerk in dem ehemaligen Landsitz eines Kapitäns ein, der nun in ein anheimelndes Gasthaus verwandelt worden war. Die Einrichtung war frühviktorianisch, mit entsprechenden Tapeten und einem riesigen Himmelbett. Es gab keinen Fernsehapparat und, noch wichtiger, kein Telefon. Cassi hatte das herrliche Gefühl, völlig isoliert und von aller Welt abgeschnitten zu sein.

Noch nie war sie so verliebt gewesen, und noch nie hatte Thomas sich so aufmerksam gezeigt. Sie verbrachten den Nachmittag damit, per Fahrrad auf malerischen Landstraßen entlangzugondeln und an der Küste spazierenzugehen. Zu Abend speisten sie in einem nahegelegenen französischen Restaurant. Ihr von Kerzenschein erhellter Tisch stand im Schutz einer Dachfensternische, von der aus man einen herrlichen Ausblick auf den Hafen von Nantucket hatte. Die Lichter der vor Anker liegenden Segelboote spiegelten sich auf dem Wasser wie das Funkeln edler Steine. Die Krönung des Abendessens war Cassis Examensgeschenk, das Thomas ihr zwischen Dessert und Kaffee überreichte. Es handelte sich um eine kleine, mit blauem Samt ausgeschlagene Schachtel, in der die schönste dreireihige

Perlenkette lag, dic für sie jemals das Licht der Welt erblickt hatte. Vorne wurde sie von einem großen Smaragd gesichert, der Wiederum einen Kranz aus Diamanten trug. Als Thomas ihr die Kette umlegte, erklärte er, daß die Schließe ein altes Familienerbstück sei, das seine Urgroßmutter aus Europa mitgebracht hatte.

Später, in der Nacht, entdeckten sie, daß das imposante Himmelbett in ihrer Suite einen gravierenden Makel hatte: Es quietschte erbärmlich, wann immer sie sich bewegten. Sie ließen sieh dadurch ihr Vergnügen aber nicht schmälern; im Gegenteil, sie brachen immer wieder in unkontrolliertes Gelächter aus, und Cassi hatte eine weitere wunderbare Erinnerung an dieses Wochenende.

Ihre Träumerei wurde abrupt unterbrochen, als Thomas den Porsche mit einem Ruck vor der Garage zum Stehen brachte. Er beugte sich an ihr vorbei, griff ins Handschuhfach und drückte den Knopf für das automatische Tor.

Der wie das Hauptgebäude mit verwitterten Schindeln gedeckte Garagenbau stand etwas abseits. Im oberen Geschoß befand sich eine kleine Wohnung, die ursprünglich für Dienstboten gedacht war, und in der jetzt Thomas' verwitwete Mutter, Patricia Kingsley, residierte. Am Tag nach der Hochzeit war sie vom Herrenhaus hierher umgezogen.

Der Porsche donnerte in die Garage, wo der Motor mit einem letzten Röhren den Geist aufgab. Cassi stieg vorsichtig aus, um nicht mit der Tür an ihren eigenen kleinen Chevy zu stoßen, der neben dem Porsche stand. Thomas liebte seinen Wagen fast so sehr wie seinen rechten Arm. Sie achtete auch darauf, die Tür nicht zu heftig zu schließen, obwohl sie daran gewöhnt war, Autotüren einfach zuzuknallen, was bei dem alten Ford Sedan ihrer Familie unumgänglich gewesen war. Zu lebhaft stand ihr vor Augen, wie aschbleich Thomas jedesmal wurde, wenn sie trotz seiner Belehrungen über das ausgeklügelte Innenleben des Porsche in ihre alte Gewohnheit zurückfiel.

»Wurde aber auch Zeit«, verkündete Harriet Summer, ihre Haushälterin, als sie in die Diele traten. Um ihr Mißvergnügen zu unterstreichen, achtete sie darauf, daß Cassi und Thomas nicht übersehen konnten, wie sie auf ihre Armbanduhr blickte. Harriet Summer hatte bereits für die Kingsleys gearbeitet, als Thomas noch gar nicht geboren war. Sie war die treue Dienerin der Familie, wie sie im Buche steht, und als solche wollte sie auch behandelt werden. Cassi hatte das sehr schnell gelernt.

»In einer halben Stunde steht das Essen auf dem Tisch. Wenn Sie nicht pünktlich sind, wird es kalt. Heute abend kommt meine Lieblingsshow im Fernsehen, Thomas, ich verschwinde also um halb neun, komme was da wolle.«

»Keine Sorge, wir sind pünktlich«, sagte Thomas und legte den Mantel ab.

»Und hängen Sie den Mantel auf den Bügel«, sagte Harriet. »Ich habe keine Lust, dauernd hinter Ihnen herzuräumen.«

Thomas tat wie geheißen.

»Wie geht's Mutter?« fragte Thomas.

»Es geht ihr, wie's ihr immer geht«, sagte Harriet. »Sie hatte ein gutes Mittagessen und wartet darauf, zum Abendessen herübergerufen zu werden, also sputen Sie sich!«

Thomas und Cassi gingen die Treppe zum ersten Stock hinauf. Wie immer wunderte Cassi sich über die Veränderung, die sie bei ihrem Mann beobachtet hatte. In der Klinik erschreckte er alle mit seiner herrischen, aggressiven Art, aber kaum hatten Harriet oder seine Mutter einen Auftrag für ihn, gehorchte er sofort wie ein braver Junge.

Oben angelangt, wandte Thomas sich seinem Arbeitszimmer zu und sagte: »Bis nachher.« Er wartete ihre Antwort gar nicht erst ab, was Cassi nicht sonderlich überraschte. Sie ging weiter, den Gang hinunter zu ihrem gemeinsamen Schlafzimmer. Sie wußte, wie sehr er sein Arbeitszimmer liebte, das fast identisch mit seinem Büro in der Klinik war – die gleichen waldgrünen Wände, der gleiche echte Chippendale-Schreibtisch, der gleiche kostbare Teppich. Lediglich der Blick auf die Garage und die Salzdünen dahinter war anders. Allerdings behagte es ihr nicht, daß Thomas anfing, immer mehr Zeit dort zu verbringen und gelegentlich sogar auf der Couch übernachtete. Sie hatte nichts dazu gesagt, denn sie wußte, daß er an Schlaflosigkeit litt. Aber diese Nächte wurden zunehmend häufiger, und sie lag allein im Bett und sorgte sich.

Das Hauptschlafzimmer lag ganz am anderen Ende des Gangs auf der nordöstlichen Seite des Hauses. Französische Türen führten auf einen Balkon, von dem aus man einen überwältigenden Blick auf den Rasen und die See hatte. Neben dem Schlafzimmer lag ein Frühstückszimmer, das nach Osten hinausging. An schönen Tagen strömte die Sonne durch die Fenster bis in das Badezimmer, das zwischen den beiden Räumen lag.

Der einzige Teil des Hauses, den Cassi neu eingerichtet hatte, war die Schlafzimmer-Suite. Die weißen geflochtenen Verandamöbel, die sie schmählich verlassen in der Garage gefunden hatte, waren gerettet und repariert worden. Dazu passend hatte sie Decken, Sitzkissen und Vorhänge aus hellem Chintz ausgesucht. Die Schlafzimmerwände waren in viktorianischem Stil mit senkrechten Streifen tapeziert, die des Frühstückszimmers in blassem Gelb gestrichen worden. Die Kombination war leuchtend und fröhlich und stand in scharfem Kontrast zu den dunklen und schweren Tönen im Rest des Hauses.

Mittlerweile diente der Frühstücksraum Cassi als Arbeitszimmer, da Thomas nicht die geringste Neigung gezeigt hatte, ihn mit ihr gemeinsam zu benutzen. Im Keller hatte sie einen alten Bauernschreibtisch gefunden und weiß gestrichen, der zusammen mit ein paar ebenfalls weiß gestrichenen Bücherregalen aus Kiefernholz fast das einzige Mobiliar darstellte. Einem der Bücherschränke war noch eine zusätzliche Aufgabe zugedacht; er diente dazu, einen kleinen Kühlschrank zu verbergen, in dem Cassi ihre Medizin aufbewahrte.

Nachdem sie ihren Urin ein weiteres Mal untersucht hatte, ging Cassi zu diesem Kühlschrank und nahm eine Ampulle normales Insulin und eine mit Insulin Lente heraus. Dann zog sie eine Spritze bis zur Hälfte mit zehn Kubikzentimeter U 100 und zur Hälfte mit weiteren zehn Kubikzentimeter U 100 Lente auf. Da sie sich am Morgen die Spritze in den linken Oberschenkel gesetzt hatte, entschied sie sich jetzt für eine Stelle am rechten Oberschenkel. Die ganze Prozedur nahm nicht mehr als fünf Minuten in Anspruch.

Nach einem kurzen Duschbad klopfte sie an die Tür von Thomas' Arbeitszimmer. Als sie eintrat, merkte sie sofort, daß seine Spannung nachgelassen hatte. Er war gerade in ein frisches Hemd geschlüpft und knöpfte es zu, wobei er am Ende mehr Knöpfe als Knopflöcher übrigbehielt.

»Du bist mir ja ein Chirurg«, zog Cassi ihn auf, während sie ihm beisprang und das Problem in Sekundenschnelle gelöst hatte. »Ich habe heute einen jungen Arzt getroffen, auf den du gestern nacht einen unerhörten Eindruck gemacht hast. Ich bin froh, daß er dich nie beim Anziehen gesehen hat.«

»Wer war das?« fragte Thomas.

»Du hast ihm bei einem Wiederbelebungsversuch geholfen.«

»Dann kann der Eindruck ja nicht so unerhört gewesen sein. Der Mann ist gestorben.«

»Ich weiß«, sagte Cassi. »Ich war heute vormittag bei der Autopsie dabei.«

Thomas setzte sich auf die Couch und fuhr in seine Hausschuhe.

»Wieso um alles in der Welt schaust du dir eine Autopsie an?« fragte er.

»Weil es sich um einen postoperativen Todesfall mit ungeklärter Ursache handelte.«

Thomas stand auf und begann sich das nasse Haar zu kämmen. »Hat die ganze psychologische Abteilung diesem Schauspiel beigewohnt?«

»Natürlich nicht«, sagte Cassi. »Robert hat mich angerufen und gebeten ...«

Sie hielt inne. Bei der Erwähnung von Robert war ihr das Gespräch wieder eingefallen, das sie im Auto geführt hatten. Glücklicherweise fuhr Thomas fort, sich zu kämmen.

»Er meinte, daß wir es vielleicht mit einem weiteren Fall aus der PPT-Serie zu tun hatten. Du erinnerst dich doch, ich habe dir schon einmal davon erzählt.«

»Plötzlicher postoperativer Tod«, rezitierte Thomas wie auf die Frage einer Lehrerin.

»Und er hatte recht«, fuhr Cassi fort. »Es gab keine klar zutage liegende Todesursache. Der Mann hatte sich nach einer Bypassoperation bei Dr. Ballantine ...«

»Ich würde sagen, das reicht als Todesursache völlig aus«, unterbrach Thomas sie. »Der alte Mann hat seine Nähte wahrscheinlich mitten durch die Koronararterien gelegt und damit die Blutversorgung des Herzens unterbrochen. Wäre nicht das erstemal gewesen.«

»War das der Eindruck, den du bei dem Wiederbelebungsversuch gewonnen hast?«

»Es kam mir in den Sinn«, sagte Thomas. »Beispielsweise könnte es sich um akute Arhythmie gehandelt haben.«

»Die Schwester hat berichtet, der Patient sei stark blau verfärbt gewesen, als sie ihn fand.«

Thomas legte den Kamm aus der Hand und gab zu erkennen, daß er bereit sei zum Abendessen. »Das erstaunt mich nicht«, meinte er. »Infolge des Unterdrucks hat die Lunge vielleicht einen festen oder flüssigen Fremdkörper angesaugt, an dem er erstickt ist.«

Cassi ging voran. Die Autopsie hatte bereits gezeigt, daß die Lungen und Atemwege des Patienten frei gewesen waren, was bedeutete, daß Thomas sich irrte. Da sein Ton aber zu erkennen gab, daß ihn das Thema nicht weiter interessierte, behielt sie ihr Wissen für sich.

»Ich hatte eigentlich gedacht, die Arbeit in einer neuen Abteilung würde dich auslasten«, sagte Thomas, als er neben ihr die Treppe hinunterging. »Selbst wenn es nur die Psychiatrie ist. Geben sie dir dort nicht genug zu tun?«

»Mehr als genug«, sagte Cassi. »Noch nie in meinem Leben habe ich mich so überfordert gefühlt. Aber Robert und ich sind diesen PPT-Fällen über ein Jahr lang nachgegangen. Wir wollten unsere Ergebnisse am Ende sogar veröffentlichen. Ich habe der Pathologie zwar dann den Rücken gekehrt, glaube aber immer noch, daß Robert einer heißen Sache auf der Spur ist. Wie auch immer – als er mich heute vormittag anrief, habe ich mir die Zeit genommen, ihm einen Besuch abzustatten und der Autopsie beizuwohnen.«

»Chirurgie ist ein gefährliches Handwerk«, sagte Thomas. »Besonders die Herzchirurgie.«

»Ich weiß«, sagte Cassi, »aber Robert hat inzwischen siebzehn solcher Fälle, vielleicht achtzehn mit diesem. Vor zehn Jahren trat PPT nur bei Patienten im Koma auf, aber neuerdings scheinen sogar Patienten, die die Operation mit fliegenden Fahnen hinter sich gebracht haben, plötzlich und ohne jeden Grund draufzugehen.«

»Wenn du dir überlegst, wie viele Herzoperationen im Memorial durchgeführt werden, muß dir doch klar sein, wie lächerlich gering der Prozentsatz ist, über den du da sprichst«, sagte Thomas. »Die Sterbequote im Memorial liegt weit unter dem Durchschnitt, wahrscheinlich ist sie sogar die niedrigste im ganzen Land.«

»Das weiß ich schon«, sagte Cassi. »Aber es ist trotzdem interessant, vor allem, wenn man die Tendenz bedenkt.«

Thomas packte Cassis Arm. »Hör mal, ich finde es schon

schlimm genug, daß du dich auf Psychiatrie spezialisieren willst, aber versuch jetzt nicht noch, die chirurgische Abteilung mit ihren Fehlern zu kompromittieren. Wir wissen selbst sehr genau, wann wir etwas falsch gemacht haben. Deshalb haben wir auch eine Exituskonferenz.«

»Es war nie meine Absicht, dir Schwierigkeiten zu bereiten«, sagte Cassi. »Davon abgesehen ist die PPT-Studie Roberts Baby. Heute vormittag habe ich ihm gesagt, daß er ohne mich weitermachen müßte. Ich finde es lediglich interessant.«

»Das Konkurrenzdenken innerhalb der Medizin läßt die Fehler anderer immer außerordentlich interessant erscheinen«, sagte Thomas, wobei er Cassi sanft durch den Türbogen ins Eßzimmer führte, »egal, ob es sich tatsächlich um Fehler handelt oder um Gottesfügung.«

Cassi wurde es auf einmal mulmig, als sie über das wahre Wesen ihres Mannes nachdachte. In diesem Licht hatte sie ihn noch nie gesehen, und ein häßlicher moralischer Zweifel ließ nicht locker.

Als sie das Eßzimmer betraten, warf Harriet ihnen einen mürrischen Blick zu und nörgelte, sie hätten sich verspätet.

Patricia Kingsley hatte bereits am Tisch Platz genommen. »Wurde auch langsam Zeit, daß ihr zwei aufkreuzt«, krächzte sie mit ihrer lauten, heiseren Stimme. »Ich bin eine alte Frau. Ich kann nicht so lange auf mein Abendessen warten.«

»Warum hast du nicht schon früher gegessen?« fragte Thomas und setzte sich.

»Ich bin jetzt zwei Tage ganz allein gewesen«, beklagte sich Patricia. »Ich wollte mal wieder unter Menschen sein.«

»Ich bin demnach kein menschliches Wesen?« erkundigte sich Harriet verdrossen. »Endlich ist die Wahrheit ans Tageslicht gekommen.«

»Du weißt genau, was ich meine, Harriet«, sagte Patricia mit einem flatternden Wink ihrer linken Hand.

Harriet verdrehte die Augen und begann das Essen zu servieren.

»Thomas, wann läßt du dir endlich wieder mal das Haar schneiden?« fragte Patricia.

»Sobald ich eine freie Minute habe«, gab er zurück.

»Und wie oft soll ich dir noch sagen, daß die Serviette nicht zum Vergnügen auf dem Tisch liegt?«

Thomas zog die Serviette aus dem Silberring und warf sie sich auf den Schoß.

Patricia Kingsley schob sich einen Happen in den Mund und begann zu kauen. Ihren hellblauen Augen entging keine Bewegung der Anwesenden, und sie wartete nur auf den kleinsten Ausrutscher. Ihr angenehmes Äußeres und das grauweiße Haar konnten nicht darüber hinwegtäuschen, daß sie einen eisernen Willen hatte. Tiefe Falten führten von ihrem Mund hinunter zum Kinn wie die Speichen eines Rads. Sie war ganz offensichtlich einsam, und Cassi fragte sich immer wieder, warum sie nicht irgendwo hinzog, wo sie Freunde in ihrem Alter hatte. Natürlich war der Gedanke nicht ganz uneigennützig. Nachdem sie drei Jahre lang fast jeden Abend in Gesellschaft von Patricia Kingsley gegessen hatte, sehnte Cassi sich nach einem etwas romantischeren Tagesende. Aber obwohl diese Sehnsucht sehr stark war, sagte sie kein Wort, denn seit dem ersten Tag hatte sie sich von der alten Frau eingeschüchtert gefühlt. Sie wollte sie auf keinen Fall vor den Kopf stoßen, denn damit hätte sie sich unweigerlich den Zorn ihres Mannes zugezogen.

Im großen und ganzen aber kam Cassi gut mit Mrs. Kingsley aus, wenigstens von ihrem Standpunkt aus gesehen, und sie empfand sogar etwas Mitleid mit der alten Frau, die da mitten im Nichts über der Garage ihres Sohnes wohnte.

Nachdem Harriet mit dem Auftragen fertig war, verlief das Essen in Schweigen, abgesehen von dem Klirren des Silberbestecks gegen die Porzellanteller. Erst als alle fast fertig waren, ergriff Thomas das Wort: »Meine Operationen heute sind ausgesprochen erfolgreich verlaufen.«

»Ich will von Tod und Krankheit nichts hören«, sagte Mrs. Kingsley. Sie wandte sich an Cassi und fuhr fort: »Thomas ist genau wie sein Vater, immer will er über seinen Beruf reden. Noch nie habe ich aus seinem Mund etwas von Bedeutung gehört. Manchmal denke ich mir, daß ich besser drangewesen wäre, wenn ich nie geheiratet hätte.«

»Das meinen Sie doch nicht im Ernst«, sagte Cassi. »Dann hätten Sie ja niemals einen so außergewöhnlichen Sohn gehabt.«

»Ha!« rief Patricia Kingsley. Ihr plötzlicher Ausbruch hallte im Zimmer nach und ließ den Waterford-Kronleuchter erzittern. »Das einzige wirklich Außergewöhnliche an Thomas ist, wie sehr er seinem Vater ähnelt. Er wurde sogar mit einem Klumpfuß geboren, genau wie mein Mann.«

Cassi ließ ihre Gabel sinken. Darüber hatte Thomas nie gesprochen. Sie stellte ihn sich als Baby mit einem verdrehten, anormal geschwollenen Fuß vor, und eine Welle der Sympathie stieg in ihr auf, obwohl seine Miene keinen Zweifel daran ließ, wie wütend er über die Enthüllung seiner Mutter war.

»Er war ein hinreißendes Baby«, fuhr Patricia Kingsley fort, blind für den unterdrückten Zorn ihres Sohns. »Und später ein hübsches, hinreißendes Kind. Wenigstens bis zur Pubertät.«

»Mutter«, warnte Thomas sie mit leiser Stimme. »Ich denke, du hast genug gesagt.«

»Du hast den Mund zu halten. Ich bin zwei Tage lang hier allein gewesen, mit Ausnahme von Harriet, und ich sollte reden dürfen, wenn mir danach ist.«

Mit einem wütenden Blick beugte Thomas sich wieder über sein Essen.

»Thomas«, rief seine Mutter nach kurzem Schweigen, »bitte nimm die Ellbogen von der Tischplatte.«

Thomas stieß seinen Stuhl zurück und stand auf, das Gesicht zornig gerötet. Ohne ein weiteres Wort warf er seine Serviette auf den Tisch und verließ den Raum. Cassi hörte ihn die Treppe hinaufstampfen. Die Tür zu seinem Arbeitszimmer knallte. Der Kronleuchter klirrte leise.

Wieder einmal befand sich Cassi zwischen den Fronten. Sie zögerte und wußte nicht, wie sie sich am besten verhalten sollte. Dann stand sie auf, um Thomas zu folgen.

»Cassandra«, sagte Patricia scharf. Dann fügte sie in beinahe kläglichem Tonfall hinzu: »Bitte setzen Sie sich. Lassen Sie das Kind in Ruhe. Essen Sie. Ich weiß, daß Diabetiker essen müssen.«

Verwirrt setzte Cassi sich wieder.

Thomas marschierte in seinem Arbeitszimmer auf und ab und konnte seinen Ärger nur schwer unterdrücken. Nach einem harten, frustrierenden Tag in der Klinik mußte er sich in seinem eigenen Haus auch noch maßregeln lassen wie ein Schuljunge. Und statt zu ihm zu halten, blieb Cassi unten bei seiner Mutter! Einen Moment lang erwog er, in die Klinik zurückzufahren und nach Mr. Campbells Tochter zu sehen. Sie würde ihm Respekt erweisen und alles für ihn tun, wie sie es ihm ins Ohr geflüstert hatte.

Aber der kalte Regen, der gegen das Fenster trommelte, ließ den Gedanken nicht sehr verlockend erscheinen. Also griff er lediglich nach einer Zeitschrift, die ganz oben auf dem Turm von Büchern und Heften neben seinem Schreibtisch lag, und ließ sich in den burgunderfarbenen Ledersessel vor dem Kamin fallen.

Er versuchte zu lesen, aber seine Gedanken irrten immer wieder ab. Er fragte sich, warum seine Mutter ihn nach all den Jahren immer noch so aufregen konnte. Dann dachte er an Cassi und die PPT-Reihe, an der sie mit Robert Seibert gearbeitet hatte. Er war überzeugt, daß eine solche Studie nicht gerade die beste Wirkung auf das öffentliche Bild der Klinik haben würde. Er wußte vor allem, daß es Robert lediglich darum ging, seinen Namen gedruckt zu sehen. Wen er dabei verletzte, war ihm völlig gleichgültig.

Thomas warf das Journal ungelesen beiseite und ging in das kleine Badezimmer nebenan. Er starrte in den Spiegel und musterte seine Augen. Er hatte immer geglaubt, jünger auszusehen, als er war, aber heute ließ sich das nicht gerade behaupten. Seine Augen hatten dunkle Ringe, und die Lider waren rot und geschwollen.

Er ging zurück ins Arbeitszimmer, setzte sich an den Schreibtisch und öffnete die zweite Schublade von oben. Er nahm ein beiges Plastikdöschen heraus, schob sich eine gelbe Pille in den Mund und nach einem kurzen Zögern eine zweite. An der kleinen Bar neben der Tür zum Bad schenkte er sich einen Whisky ein, ehe er sich wieder in den Ledersessel setzte, der einmal seinem Vater gehört hatte. Kurz darauf spürte er bereits, wie seine Anspannung nachließ. Wieder griff er nach der Zeitschrift und versuchte zu lesen.

Aber er vermochte sich noch immer nicht zu konzentrieren. Er erinnerte sich daran, wie er in seiner ersten Woche als Chefarzt in der Herzchirurgie mit dem Problem konfrontiert worden war, daß zwei Oberärzte für ihre Patienten freie Betten auf der Intensivstation brauchten, die Station aber voll belegt war. Ohne freie Betten kam der gesamte chirurgische Kreislauf zum Stillstand.

Thomas erinnerte sich, wie er in die Intensivstation gegangen war und jeden Patienten genau untersucht hatte, um zu sehen, ob einer von ihnen verlegt werden konnte. Schließlich entschied er sich für zwei »Zombies« – Patienten, die im Koma lagen und nie wieder daraus erwachen würden. Sicher, sie brauchten rund um die Uhr Spezialbetreuung, die nur auf der Intensivstation gewährleistet werden konnte; genauso sicher aber war, daß sie nie wieder genesen würden. Doch als er anordnete, sie zu verlegen, wurden ihre Ärzte leichenblaß, und das Pflegepersonal weigerte sich, den Befehl auszuführen.

Thomas wußte noch genau, wie gedemütigt er sich vorgekommen war, als das Pflegepersonal die Oberhand behalten hatte und die beiden Gehirntoten auf der Intensivstation geblieben waren. Außer ihm schien niemand zu verstehen, daß eine Operation, genauso wie die teure Unterbringung auf der Intensivstation, für Patienten gedacht war, die genesen würden, nicht für die lebenden Toten.

Er ging zur Bar und schenkte sich Whisky nach. Das Eis war geschmolzen, es hatte den Scotch verdünnt und sein Aroma abgeschwächt. Beim Blick auf den burgunderfarbenen Ledersessel fiel Thomas sein Vater ein, der Geschäftsmann. Er fragte sich, was der alte Mann wohl von ihm gehalten hätte, wäre er noch am Leben. Die Antwort darauf fiel nicht leicht, denn wie seine Frau Patricia hatte auch Kingsley senior nie ein Wort der Anerkennung ausgesprochen und war statt mit Unterstützung immer schnell mit Kritik bei der Hand gewesen. Ob Cassi ihm gefallen hätte? Thomas vermutete, daß sein Vater wahrscheinlich nicht sehr viel von einem Mädchen mit Diabetes gehalten hätte.

Seit Thomas vom Tisch aufgestanden und in sein Arbeitszimmer gegangen war, konnte Cassi kaum noch stillsitzen. Nachdem er schon vorher schlechte Laune gehabt hatte, fürchtete sie, daß er jetzt wie ein gefangener Tiger auf und ab ging und schäumte. Verzweifelt versuchte sie, sich mit seiner Mutter zu unterhalten, konnte Patricia aber lediglich ein »Ja« oder »Nein« entlocken. Mrs. Kingsley tat fast so, als sei sie froh darüber, ihren Sohn aus dem Speisezimmer verscheucht zu haben.

»War das damals schlimm mit dem Klumpfuß von Thomas?« fragte Cassi in der Hoffnung, Mrs. Kingsley aus ihrer Einsilbigkeit herauslocken zu können.

»Schrecklich. Genau wie bei seinem Vater, der sein Leben lang verkrüppelt geblieben ist.«

»Ich hatte ja keine Ahnung. Man sieht überhaupt nichts mehr davon.«

»Natürlich nicht. Im Gegensatz zu seinem Vater ist er ja auch behandelt worden.«

»Gott sei Dank«, sagte Cassi voller Inbrunst. Sie versuchte sich Thomas hinkend vorzustellen. Der Gedanke, daß er als Baby verkrüppelt gewesen war, schien für sich allein schon unerträglich.

»Nachts mußten wir dem Jungen Fußklammern anlegen«, sagte Patricia, »und das war nicht gerade ein Kinderspiel, denn er schrie wie am Spieß und hörte nicht wieder auf, als ob wir ihn folterten.« Sie tupfte sich die Lippen mit der Serviette ab.

Cassi sah den kleinen Thomas vor sich, die Füße in einengenden Stützklammern. Zweifellos war es in gewisser Weise eine Folter gewesen.

Patricia erhob sich abrupt vom Tisch. »Nun, warum gehen Sie nicht hinauf und sehen nach ihm? Offensichtlich braucht er jemanden. Trotz seines aggressiven Benehmens ist er nicht so stark, wie er denkt. Ich würde ja gehen, aber zweifellos zieht er Sie vor. Die Männer sind alle gleich. Man gibt ihnen alles, und dafür lassen sie einen im Stich. Gute Nacht, Cassandra.«

Verblüfft von Patricia Kingsleys plötzlichem Abgang, blieb Cassi noch einen Moment am Tisch sitzen. Sie hörte die alte Frau ein paar Worte mit Harriet wechseln, dann fiel die Haustür ins Schloß. Das Haus war still, mit Ausnahme des Quietschens der Schaukel auf der Veranda, die im Wind hin und her schwang.

Cassi stand auf und stieg die Treppe hinauf. Der Gedanke, daß Thomas und sie beide ernste Kinderkrankheiten gehabt hatten und diese gemeinsame Erfahrung ein weiteres Band zwischen ihnen darstellte, ließ ein Lächeln auf ihre Züge treten. Sie klopfte an die Tür des Arbeitszimmers und fragte sich, in welcher Stimmung er wohl sein mochte, wobei sie mit dem Schlimmsten rechnete. Aber als sie eintrat, wurde ihr sofort leichter zumute. Thomas saß in seinem Lieblingssessel, ein Bein über die Seitenlehne gehängt, eine medizinische Zeitschrift in der einen Hand und ein Glas Whisky in der anderen. Er wirkte gelöst und ausgeglichen; vor allem aber lächelte er.

»Ich hoffe, du und Mutter seid nett zueinander gewesen«, sagte er und zog eine Augenbraue hoch, als könnte das Gegenteil eingetreten sein. »Es tut mir leid, daß ich mich so abrupt zurückgezogen habe, aber die alte Frau war auf dem besten Weg, mich rasend zu machen. Und mir stand der Sinn gerade nicht nach einer Szene.«

»Du bist so berechenbar unberechenbar«, sagte Cassi lächelnd. »Deine Mutter und ich haben uns ausgezeichnet unterhalten. Thomas, ich habe gar nicht gewußt, daß du einen Klumpfuß hattest. Warum hast du mir nie davon erzählt?«

Sie setzte sich auf die Armstütze seines Sessels, so daß er wieder eine normale Position einnehmen mußte. Er antwortete nicht, konzentrierte sich ganz auf seinen Drink.

»Wie du weißt, bin ich ja eine Expertin, was Kinderkrankheiten angeht«, sagte Cassi. »Ich finde es beruhigend, daß wir gemeinsame Erfahrungen gemacht haben. Ich finde, man hat dann mehr Verständnis füreinander.«

»Ich kann mich an keinen Klumpfuß erinnern«, sagte Thomas. »Soweit ich weiß, hatte ich auch nie einen. Die ganze Sache ist ein Hirngespinst von Mutter. Sie will dich nur damit beeindrucken, wie schwer es für sie war, mich großzuziehen. Sieh dir meine Füße an: entdeckst du auch nur die kleinste Deformation?«

Thomas zog seine Schuhe aus und hob die Füße. Cassi mußte zugeben, daß alle beide absolut normal aussahen. Sie wußte, daß Thomas keinerlei Schwierigkeiten beim Gehen hatte und im College ein bewunderter Athlet gewesen war. Trotzdem war sie nicht sicher, wer von beiden die Wahrheit gesprochen hatte.

»Ist es nicht unwahrscheinlich, daß deine Mutter sich so was aus den Fingern saugen sollte?« Obwohl sie den Gedanken als Frage formuliert hatte, nahm Thomas ihn als Behauptung.

Er feuerte die Zeitschrift in die Ecke und sprang auf, wobei er Cassi beinahe zu Boden gestoßen hätte. »Hör zu, es ist mir völlig schnuppe, wem du glaubst und wem nicht«, sagte er. »Meine Füße sind in Ordnung und waren schon immer in Ordnung, und ich möchte nie wieder was von einem Klumpfuß hören.«

»Gut, gut«, sagte Cassi beruhigend. Mit professionellem Blick erkannte sie, daß er leichte Gleichgewichtsstörungen hatte, seine Bewegungen waren nicht von der gewohnten Präzision. Darüber hinaus sprach er undeutlich, fast nuschelnd. Diese Anzeichen waren ihr in den vorangegangenen Monaten schon ein paarmal aufgefallen, aber sie hatte sie immer ignoriert. Es war sein gutes Recht, sich hin und wieder einen ordentlichen Schluck zu genehmigen, und sie wußte, daß er Scotch gerne trank. Es überraschte sie nur, daß er in der kurzen Zeit, seitdem er das Eßzimmer verlassen hatte, schon soviel zu sich genommen haben sollte. Er mußte ein Glas nach dem anderen in sich hineingeschüttet haben.

Mehr als alles andere wollte sie, daß er Ruhe und Entspannung fand. Wenn die Diskussion über den hypothetischen Klumpfuß ihn aufregte, war sie absolut bereit, das Thema für immer fallenzulassen. Sie stand auf und legte ihm den Arm um die Schulter.

Er wehrte sie ab und trank trotzig einen weiteren Schluck

Scotch. Er sah aus, als wartete er nur darauf, daß sie einen Streit anfing. Von nahem stellte Cassi fest, daß sich seine Pupillen zu winzigen schwarzen Punkten inmitten der hellblauen Iris zusammengezogen hatten. Sie unterdrückte ihren eigenen Ärger darüber, daß sie zurückgewiesen worden war, und sagte: »Thomas, du mußt ja völlig erschöpft sein. Du gehörst längst ins Bett.« Diesmal ließ er es zu, daß sie ihm den Arm um den Hals legte. »Komm, laß uns schlafen gehen.«

Thomas seufzte, sagte aber nichts. Er stellte sein Glas ab und Cassi führte ihn den Korridor hinunter zum Schlafzimmer. Er fing an, sich das Hemd aufzuknöpfen, aber sie schob seine Hände beiseite und nahm ihm die Arbeit ab. Langsam zog sie ihn aus. Seine Kleider landeten achtlos auf dem Boden. Kaum daß er im Bett lag, legte sie rasch ihre eigenen Kleider ab und schlüpfte zu ihm zwischen die Laken. Es war herrlich, das kühle, frisch gewaschene Leinen auf der Haut zu spüren, das behagliche Gewicht der Decke und die Wärme des männlichen Körpers neben ihr. Vor dem Fenster heulte der Novemberwind und wirbelte das japanische Glockenspiel auf dem Balkon durcheinander.

Cassi fing an, Thomas zu massieren, zuerst Hals und Schultern, dann arbeiteten ihre Hände sich langsam seinen Körper hinunter. Sie spürte, wie er sich lockerte und auf ihre Berührung reagierte. Er regte sich und nahm sie in die Arme. Sie küßte ihn und ließ ihre Hand sacht zwischen seine Beine wandern. Er war schlaff und klein.

Im selben Moment, in dem Thomas Cassis Berührung spürte, setzte er sich auf und stieß sie zurück. »Ich finde es nicht gerade fair, ausgerechnet heute nacht von mir zu erwarten, daß ich dich befriedige.«

»Es ging mir um dein Vergnügen«, sagte Cassi sanft, »nicht um meins.«

»Sicher, jede Wette!« sagte er böse. »Versuch nicht, mich mit deinem Psychiaterquatsch einzuwickeln.«

»Thomas, es ist doch völlig egal, ob wir miteinander schlafen oder nicht.«

Er stieg aus dem Bett und suchte mit unkoordinierten, ruckartigen Bewegungen seine auf dem Boden verstreuten Kleider zusammen. »Und das soll ich dir glauben?«

Er verließ das Zimmer und schlug die Tür so heftig hinter sich zu, daß die Sturmfenster erzitterten.

Cassi blieb zurück, allein in der Dunkelheit. Der heulende Wind, der ihr noch vor wenigen Minuten ein so anheimelndes Gefühl der Sicherheit gegeben hatte, jagte ihr jetzt Angst ein. Die alte Furcht, verlassen zu werden, überfiel sie erneut. Trotz der Wärme der Laken zitterte sie. Was war, wenn Thomas von ihr ging? Verzweifelt versuchte sie, nicht daran zu denken, denn die Vorstellung allein schien ihr unerträglich. Vielleicht war er einfach nur betrunken. Sie erinnerte sich seiner Gleichgewichtsstörungen und der nuschelnden Sprechweise. In der kurzen Zeit, während der sie sich mit Patricia unterhalten hatte, konnte er unmöglich soviel Alkohol zu sich genommen haben, daß solche Symptome auftraten, aber wenn sie darüber nachdachte, mußte sie zugeben, daß es in den letzten drei oder vier Monaten mehrere derartige Vorkommnisse gegeben hatte.

Cassi lag auf dem Rücken und starrte die Decke an. Das Licht einer Lampe im Garten drang durch die Äste eines unbelaubten Baums vor dem Fenster und schuf ein Schattenmuster, das an ein riesiges Spinnennetz erinnerte. Das Bild jagte ihr einen Schreck ein, so daß sie sich auf die Seite drehte, nur um auf der Wand gegenüber dem Fenster denselben furchteinflößenden Schatten zu entdecken. Ob Thomas irgendwelche Drogen nahm? Nachdem sie diese Möglichkeit nun einmal eingeräumt hatte, wurde ihr klar, daß sie die Anzeichen monatelang übersehen hatte. Es konnte sich nur um ein weiteres Symptom dafür handeln, daß Thomas unglücklich mit ihr war und ihr Leben sich drastisch verändert hatte.

Im Badezimmer neben seinem Arbeitsraum stand Thomas vor dem Spiegel und starrte seinen nackten Körper an. So ungern er es zugab: er sah älter aus. Beunruhigender als das aber war sein zusammengeschrumpftes Glied. Wenn er sich selbst berührte, fühlte er sich fast taub an, und dieses Fehlen jeglichen Gefühls jagte ihm Angst ein. Irgend etwas war mit ihm sexuell nicht in Ordnung, aber was? Als Cassi ihn massiert hatte, war der Drang in ihm erwacht, sich von seiner sexuellen Spannung erlösen zu lassen. Aber ganz offensichtlich hatte sein Glied andere Vorstellungen.

Es mußte an Cassi liegen, sagte er sich halbherzig, während er ins Arbeitszimmer zurückging und sich wieder anzog. Er frischte seinen Drink auf und setzte sich an den Schreibtisch. Fast automatisch kam der Griff nach der zweiten Schublade auf der rechten Seite, in der sich ganz hinten, verborgen unter seinem Briefpapier, eine Reihe kleiner Plastikdöschen befand. Wenn er in dieser Nacht überhaupt Schlaf finden wollte, brauchte er noch eine Pille. Nur eine! Er schob sie sich in den Mund und spülte sie mit Scotch hinunter. Es war erstaunlich, wie schnell er die beruhigende Wirkung verspürte.

4

Am nächsten Morgen injizierte Cassi sich ihr Insulin und frühstückte, ohne Thomas zu Gesicht bekommen zu haben. Um acht fing sie an, sich Sorgen zu machen. Normalerweise gingen sie samstags um Viertel nach acht aus dem Haus, damit Thomas noch einen Blick auf seine Patienten werfen konnte, bevor die Große Konferenz begann, und Cassi genug Zeit für ihre eigene Arbeit blieb.

Sie legte den Artikel, den sie beim Frühstück gelesen hatte, aus der Hand, zog den Gürtel ihres Hausmantels fest und ging vom Frühstückszimmer den Korridor hinunter bis zur Tür des Arbeitszimmers, wo sie stehenblieb und lauschte. Nicht das geringste Geräusch. Sie klopfte leise und wartete. Noch immer nichts. Sie drückte die Klinke hinunter. Die Tür war unversperrt. Thomas lag in tiefstem Schlaf auf der Couch, den Wecker in der Hand. Offenbar hatte er ihn ausgeschaltet und war gleich anschließend wieder eingeschlafen.

Cassi schüttelte ihn sanft. Er reagierte nicht. Sie schüttelte ihn etwas fester, und die geschwollenen Lider seiner rotgeränderten Augen öffneten sich, aber er schien Cassi nicht zu erkennen.

»Entschuldige, daß ich dich wecke, aber es ist schon nach acht, und du willst doch bestimmt an der Großen Konferenz teilnehmen, oder?«

»Große Konferenz?« fragte Thomas verwirrt. Dann schien er zu begreifen. »Natürlich will ich daran teilnehmen. Ich bin in ein paar Minuten fertig. Spätestens um zwanzig nach können wir los.«

»Ich fahre nicht mit in die Klinik«, sagte Cassi, so munter sie konnte. »In der Psychiatrie werde ich heute nicht gebraucht, und ich muß noch unheimlich viel lesen. Ich habe mir einen ganzen Berg Fotokopien nach Hause mitgebracht.«

»Mach's dir gemütlich«, sagte Thomas. »Ich habe heute abend Bereitschaftsdienst, so daß ich noch nicht weiß, wann ich nach Hause komme. Ich rufe dich an und sage dir Bescheid, ja?«

Cassi nickte. Dann ging sie in die Küche, um Thomas etwas herzurichten, das er im Auto essen konnte.

Thomas blieb noch einen Moment auf der Couch sitzen. Der Raum drehte sich um ihn. Er wartete, bis er wieder scharf sah. Jeder Pulsschlag drohte seinen Kopf zu sprengen. Er stolperte zu seinem Schreibtisch, wo er eins seiner Plastikdöschen aus der Schublade nahm. Dann verschwand er im Badezimmer.

Während er eine der kleinen orangefarbenen, dreieckigen Pillen aus dem Behälter zu schütteln versuchte, vermied er es, in den Spiegel zu sehen. Erst nachdem er mehrere Pillen fallen gelassen hatte, gelang es ihm, eine davon in den Mund zu schieben und hinunterzuschlucken. Nun endlich wagte er es, sein Spiegelbild zu betrachten. Er sah gar nicht so schlecht aus, wie er befürchtet hatte, nicht einmal so schlecht, wie er sich fühlte. Er nahm eine weitere Pille, stellte sich unter die Dusche und ließ das kalte Wasser auf sich niederprasseln.

Vom Wohnzimmerfenster aus sah Cassi zu, wie Thomas in der Garage verschwand. Sogar durch das dicke Glas konnte sie hören, wie der Porsche aufröhrte. Sie fragte sich, wie dieses Geräusch wohl in Patricias Wohnung direkt darüber klingen mochte. Bei dem Gedanken fiel ihr auf, daß sie Mrs. Kingsley nie besucht hatte; nicht ein einziges Mal während der drei Jahre, die sie nun schon hier lebte.

Sie beobachtete, wie der Porsche aus der Garage rollte,

die Zufahrt hinunter beschleunigte und schließlich in dem feuchten Morgennebel über den Salzdünen verschwand. Selbst als der Wagen dem Blick entzogen war, konnte sie noch gelegentlich sein Motorengeräusch hören, wenn Thomas die Gänge wechselte. Endlich war auch dieser Klang verweht, und die Stille des leeren Hauses senkte sich auf Cassi.

Sie blickte auf ihre Handflächen und merkte, daß sie feucht waren. Zuerst glaubte sie, einen leichten Insulinschock zu durchlaufen. Aber dann wurde ihr klar, daß sie nervös war, weiter nichts. Sie stand im Begriff, in das Arbeitszimmer ihres Mannes einzudringen. Zwar war sie immer der Meinung gewesen, daß Vertrauen und Privatsphäre ebenso zu einer guten Beziehung gehörten wie Liebe und Verständnis, aber sie mußte einfach wissen, ob Thomas Beruhigungstabletten oder andere Drogen nahm. Monatelang hatte sie ihre Augen vor der Wirklichkeit verschlossen – in der Hoffnung, daß ihre Ehe von sich aus besser werden würde. Jetzt wußte sie, daß sie es nicht länger so weiterlaufen lassen konnte.

Als sie die Tür zum Arbeitszimmer öffnete, fühlte sie sich wie ein Einbrecher, genauer gesagt, wie ein sehr schlechter Einbrecher. Jedes kleine Geräusch im Haus ließ sie zusammenfahren.

»Mein Gott«, sagte sie laut, »stell dich nicht an wie ein Volltrottel!«

Der Klang ihrer Stimme beruhigte sie. Als Frau von Thomas hatte sie das Recht, jeden Raum im Haus zu betreten. Dennoch kam sie sich in mancher Hinsicht wie eine Besucherin vor.

Im Arbeitszimmer herrschte einige Unordnung. Das Couchbett stand noch offen, die Laken bildeten einen kleinen Berg auf dem Fußboden. Cassi musterte gerade den Schreibtisch, als ihr die offene Badezimmertür auffiel. Sie öffnete das Medizinschränkchen und sah sich jedes Schächtelchen und jede Dose genau an, fand aber nichts, was ihren Verdacht erhärtet hätte. Lediglich eine Dose Rasierschaum, mehrere alte Zahnbürsten, eine Packung Antibiotika, deren Verfallsdatum längst überzogen war, und noch eine Handvoll anderer frei verkäuflicher Medikamente.

Sie wollte gerade gehen, da bemerkte sie einen farbigen Punkt auf dem weißgekachelten Boden. Sie bückte sich und hob eine kleine dreieckige, orangefarbene Pille auf, die den Stempel »SKF-E-19« trug. Form und Farbe kamen ihr bekannt vor, sie vermochte sie aber nicht auf Anhieb einzuordnen. Wieder im Arbeitszimmer, suchte sie die Bücherregale nach einem Exemplar von *Chemie für Mediziner* ab. Da sie keins entdeckte, begab sie sich in den Frühstücksraum und nahm ihre eigene Ausgabe zur Hand. Rasch hatte sie die entsprechende Produktidentifizierung gefunden. Es handelte sich um Dexedrine!

Sie hielt die Pille in der Hand und starrte auf die See hinaus. Ein langes Segelboot durchpflügte die Dünung, etwa eine Viertelmeile weit draußen. Sie beobachtete das Boot einen Moment lang, während sie ihre Gedanken in den Griff zu bekommen versuchte. Sie verspürte eine eigentümliche Mischung aus Erleichterung und gesteigerter Angst. Die Angst rührte daher, daß sie nun in gewisser Weise die Bestätigung hatte – Thomas nahm Drogen. Die Erleichterung war eine Folge der Tatsache, daß es sich bei Dexedrine um ein relativ harmloses Aufputschmittel handelte. Cassi konnte sich gut vorstellen, daß ein Leistungsfetischist wie Thomas gelegentlich ein Aufputschmittel nahm, um sein fast übermenschliches Pensum absolvieren zu können. Sie wußte, wie viele Operationen er tagtäglich durchführte. Und sie konnte durchaus verstehen, wie man in einer solchen Situation nach einer Pille griff, um der Erschöpfung Herr zu werden. Irgendwie paßte es zu seiner Persönlichkeit. Aber so sehr sie sich auch zu beruhigen versuchte, die Angst ließ sich nicht vertreiben. Die Gefahren von Amphetaminmißbrauch waren ihr vertraut, und sie fragte sich, inwieweit sie Schuld daran trug, daß Thomas die Pillen brauchte, und seit wann er sich ihrer schon bediente.

Sie stellte das Buch wieder ins Regal. Einen Moment lang bereute sie es, das Arbeitszimmer betreten und die Pille gefunden zu haben. Es wäre vielleicht doch leichter gewesen, die Situation zu ignorieren. Aller Wahrscheinlichkeit nach handelte es sich letzten Endes doch nur um ein temporäres Problem, und wenn sie etwas zu ihm sagte, würde er sich nur aufregen.

»Du mußt etwas tun«, sagte sie halblaut und versuchte einen Entschluß zu fassen. So lächerlich es schien: der einzige Mensch, der für Thomas eine gewisse Autorität besaß, war seine Mutter. Obwohl es Cassi widerstrebte, mit irgend jemand über die Angelegenheit zu sprechen, konnte sie bei Patricia wenigstens sichergehen, daß sie nie gegen das Interesse ihres Sohns handeln würde. Nachdem sie die Vor- und Nachteile abgewogen hatte, beschloß Cassi, mit ihrer Schwiegermutter zu reden. Wenn Thomas schon längere Zeit von der Droge abhängig war, sollte man etwas unternehmen.

Als erstes mußte sie sich präsentabel machen. Sie zog Morgenrock und Nachthemd aus und ging unter die Dusche.

Es machte Thomas Spaß, auf der Großen Konferenz – oder genauer: der Großen Runde – Fallstudien zu präsentieren. An diesem Samstagmorgentreffen nahmen nicht nur die gesamte Innere Medizin und die Chirurgie teil, sondern auch alle Assistenten und Studenten. Heute war das MacPherson-Amphitheater so voll, daß die Leute sogar auf den Stufen saßen, die vom Podium zu den Ausgängen des Hörsaals hinaufführten. Thomas war immer für einen Massenauflauf gut, selbst wenn er sich, wie heute, die Zeit mit George Sherman teilen mußte.

Als Thomas seinen Vortrag mit dem Titel »Langfristige Nachversorgung von Patienten mit künstlichen Gefäßen im Gebiet der corona cordis« beendete, brach das gesamte Publikum in frenetischen Beifall aus. Allein das Volumen seiner Arbeit reichte schon aus, um jeden zu beeindrucken; wenn man dann aber noch seine hervorragenden Ergebnisse in Betracht zog, schien er eine geradezu übermenschliche Bilanz vorlegen zu können.

Als der Applaus verklungen war, fügte Thomas ergänzend hinzu: »Ich denke, nach den Statistiken, die ich Ihnen heute vorgelegt habe, kann es nicht mehr die geringsten Zweifel an der Effektivität von Bypassoperationen im Gebiet der Coronargefäße geben.«

Er sammelte seine Papiere zusammen und setzte sich auf einen Stuhl an dem Tisch hinter dem Podium, gleich neben George Sherman. George sprach zum Thema »Ein interessanter Lehrfall«.

Kaum hatte er den Titel gehört, entfuhr Thomas ein lautloses Stöhnen, und er blickte sehnsüchtig zum Ausgang hinüber. Seit seiner Ankunft in der Klinik wurde er von stechenden Kopfschmerzen geplagt, deren Intensität von Minute zu Minute zunahm. Was für ein albernes Thema, dachte er. Mit wachsender Gereiztheit sah er zu, wie George ans Podium trat und ins Mikrophon blies, um sicherzugehen, daß es funktionierte. Damit nicht genug, klopfte er auch noch mit dem Siegelring seiner linken Hand gegen die Membrane. Endlich zufriedengestellt, begann er seinen Vortrag.

Bei dem interessanten Fall handelte es sich um einen achtundzwanzigjährigen Mann namens Jeoffry Washington, der seit seinem zehnten Lebensjahr an Gelenkrheumatismus litt und während der Anfangszeit dieses schweren Leidens längere Zeit im Krankenhaus gewesen war. Nach Abklingen der akuten Symptome hatte der behandelnde Arzt ein lautes, holosystolisches Herzflimmern festgestellt, das auf eine ernsthafte Schädigung der Mitralklappe schließen ließ. Im Laufe der Jahre war das Leiden immer stärker geworden, bis zu dem Punkt, an dem sich eine Operation nicht mehr umgehen ließ.

Jetzt wurde Jeoffry Washington in den Hörsaal gerollt und dem versammelten Auditorium vorgeführt. Es handelte sich um einen schmächtigen Farbigen mit scharfgeschnittenen Gesichtszügen, leuchtenden Augen und eichenholzfarbener Haut. Er hatte den Kopf in den Nacken gelegt und starrte zu den zahllosen Gesichtern hoch, die auf ihn herabsahen.

Als der junge Farbige wieder hinausgerollt wurde, kreuzte sich sein Blick zufällig mit dem von Thomas. Jeoffry nickte und lächelte. Thomas nickte ebenfalls. Der junge Mann tat ihm leid, aber seine Geschichte war bei aller Tragik keinesfalls ungewöhnlich. Er selbst hatte Hunderte von Patienten mit der gleichen Krankengeschichte behandelt.

Nachdem Jeoffry verschwunden war, kehrte George Sherman wieder ans Rednerpult zurück. »Mr. Washington war für eine Herzklappentransplantation vorgesehen, doch bei der Voruntersuchung stießen wir auf eine interessante Tatsache. Der Patient war vor etwa einem Jahr an interstitieller plasmazellulärer Pneumonie, das heißt, einer in fünfzig Prozent der Fälle tödlich verlaufenden Lungenentzündung, erkrankt.«

Ein aufgeregtes Murmeln lief durch das Publikum.

»Ich brauche Sie wohl nicht extra daran zu erinnern«, legte sich George Shermans Stimme auf das Raunen, »daß eine solche Erkrankung auf AIDS schließen läßt, also auf ein nicht mehr funktionsfähiges Immunsystem, was wir bei Mr. Washington auch in der Tat feststellen konnten. Wie sich weiter herausstellte, gehört Mr. Washington zu jenen Homosexuellen, deren Veranlagung und Lebensstil früher oder später zu dieser Form von Immunsuppression führen.«

Jetzt verstand Thomas, was George gestern nachmittag im

Casino gemeint hatte. Er schloß die Augen und versuchte, seinen aufsteigenden Ärger zu unterdrücken. Ganz offensichtlich handelte es sich bei Jeoffry Washington um die Art von Fall, dessentwegen seine Patienten nicht genug Betten und OP-Zeit erhielten. Diesmal allerdings war er nicht allein mit seinen Vorbehalten, was eine Operation an Jeoffry Washington betraf. Einer der anwesenden Internisten hob die Hand, und als George ihn aufrief, sagte er: »Ich möchte ernsthafte Zweifel anmelden, daß eine solche Herzoperation bei einem von AIDS befallenen Patienten auch nur den geringsten Sinn hat.«

»Ein Einwand, der zu bedenken wäre«, pflichtete George bei. »Ich kann aber sagen, daß Mr. Washington immunologisch gesehen noch kein allzu abnormes Bild bietet. Wir haben den Eingriff für nächste Woche angesetzt, werden bis dahin aber seine T-Zellen und die gesamte zytotoxische T-Zellen-Population in seinem Körper beobachten. Dr. Sorenson von der Immunologie ist der Meinung, daß AIDS zu diesem Zeitpunkt noch nicht unbedingt gegen eine Operation sprechen muß.«

Jetzt schoß eine Anzahl Hände in die Höhe, und während George einen Zuhörer nach dem anderen aufrief, entspann sich eine heiße Diskussion, so daß die Konferenz länger dauerte als üblich. Selbst als sie offiziell zu Ende war, standen hier und dort noch Leute in kleinen Gruppen zusammen und diskutierten weiter.

Thomas versuchte sich sofort zu verdrücken, aber Ballantine verstellte ihm den Weg. »Hervorragende Konferenz«, strahlte er.

Thomas nickte. Er wollte nichts als fort. Sein Kopf fühlte sich an, als wäre er in einen Schraubstock gespannt.

George Sherman gesellte sich zu ihnen und schlug Thomas auf den Rücken. »Denen haben wir beide heute aber wirklich was geboten«, sagte er. »Eigentlich hätten wir Eintritt verlangen sollen.«

Thomas drehte sich langsam zu George um und starrte in das selbstzufriedene, grinsende Gesicht. »Um Ihnen die Wahrheit zu sagen, für mich war die ganze Konferenz eine einzige gottverdammte Farce.«

Ein ungemütliches Schweigen breitete sich aus, während die beiden Männer sich inmitten der Menge mit Blicken maßen.

»Okay«, meinte George schließlich. »Ich nehme an, hier darf jeder denken, was er will.«

»Ich hätte mal eine Frage. Soll dieser arme Kerl, Jeoffry Washington, den Sie da eben vorgeführt haben wie einen Freak aus einer Monstrositätenschau, etwa ein Bett in der Herzchirurgie bekommen?«

»Natürlich«, antwortete George, jetzt ebenfalls wütend. »Wo würden Sie ihn denn hinlegen, in die Cafeteria?«

»Jetzt macht aber mal einen Punkt, ihr zwei«, schaltete sich Ballantine ein.

»Ich will Ihnen sagen, wo er hingehört«, schnappte Thomas und bohrte George den Zeigefinger in die Brust. »Er gehört auf die Krankenstation, für den Fall, daß man etwas gegen sein immunologisches Problem tun kann. Nachdem er bereits eine interstitielle plasmazelluläre Lungenentzündung hatte, bestehen die besten Aussichten, daß er tot ist, ehe er überhaupt lebensgefährliche Schwierigkeiten mit dem Herzen bekommt.«

George schlug die Hand des anderen beiseite. »Wie ich schon sagte, Sie haben das Recht auf eine eigene Meinung. Ich indes halte Mr. Washington für ein ausgezeichnetes Lehrbeispiel.«

»Gutes Lehrbeispiel«, höhnte Thomas. »Der Mann ist ein Fall für den Medizinmann, nicht für die Chirurgie, also sollte er auch nicht jemand, der es nötiger braucht, eins der ohnehin schon knappen Betten in der Herzchirurgie wegnehmen. Geht das nicht in Ihren Dickschädel? Wegen derartiger alberner Entscheidungen muß ich meine eigenen Patienten auf die lange Bank schieben, Patienten, denen auf der Krankenstation nicht geholfen werden kann und die wirklich nützliche Mitglieder unserer Gesellschaft sind.«

Wieder schlug George die Hand von seiner Brust. »Nehmen Sie Ihren Finger weg«, schnappte er.

»Gentlemen«, sagte Ballantine und schob sich zwischen die Kontrahenten.

»Ich bin nicht sicher, ob Thomas mit dem Wort was anfangen kann«, sagte George.

»Hören Sie zu, Sie kleiner Scheißer«, fauchte Thomas, schob Ballantine beiseite und packte George bei der Hemdbrust. »Mit Ihren Fällen, die Sie bloß an Land ziehen, um Ihren sogenannten Lehrplan auszufüllen, machen Sie unser gesamtes Programm lächerlich.«

George Sherman stieg die Röte ins Gesicht. »Sie sollten besser mein Hemd loslassen, und zwar sofort!«

»Genug«, rief Ballantine und zerrte so lange an Thomas, bis dieser seine Hand sinken ließ.

»Unsere wichtigste Aufgabe ist es, Leben zu retten«, sagte George durch zusammengepreßte Zähne, »nicht zu beurteilen, wessen Leben mehr wert ist. Diese Entscheidung liegt allein bei Gott.«

»Haargenau«, sagte Thomas. »Sie sind so dämlich, daß Sie nicht einmal begreifen, daß Sie sich genau solche Entscheidungen anmaßen. Das Problem dabei ist nur, daß Ihre Entscheidungen zum Himmel stinken. Jedesmal, wenn Sie mir OP-Zeit vorenthalten, wird ein potentiell gesunder Mensch zum Tode verurteilt.«

Damit machte er auf dem Absatz kehrt und verließ den Saal.

George holte tief Luft, dann rückte er sein zerknittertes Hemd zurecht. »Himmel, dieser Kingsley ist wirklich ein Schwein!«

»Er ist ziemlich arrogant«, stimmte Ballantine ihm zu.

»Aber er ist eben auch ein verdammt guter Chirurg. Sind Sie in Ordnung?«

»Keine Sorge«, antwortete George. »Aber ich muß zugeben, ich hätte ihm beinahe eine geknallt. Ich glaube, der wird uns noch einigen Ärger machen. Ich hoffe, er schöpft keinen Verdacht.«

»In dieser Hinsicht kann uns seine Arroganz nur von Nutzen sein.«

»Bis jetzt haben wir Glück gehabt. Haben Sie übrigens sein Zittern bemerkt?«

»Nein«, sagte Ballantine überrascht. »Welches Zittern?«

»Er hat es ab und an. Mir ist es ungefähr vor einem Monat zum erstenmal aufgefallen, hauptsächlich, weil er bisher immer so unerschütterlich und ruhig war. Selbst heute bei seinem Vortrag habe ich es bemerkt.«

»Viele Leute sind nervös, wenn sie vor einer größeren Gruppe sprechen müssen.«

»Ja, mag sein«, sagte George. »Aber als ich mit ihm über den Tod von Wilkinson gesprochen habe, war es dasselbe.«

»Von Wilkinson möchte ich jetzt lieber nicht reden«, meinte Ballantine und blickte sich in dem inzwischen fast leeren Hörsaal um. Er lächelte einem Bekannten zu. »Thomas ist vielleicht bloß etwas überdreht.«

»Vielleicht«, sagte George ohne große Überzeugung. »Trotzdem glaube ich, daß wir mit dem noch Ärger haben werden.«

Cassi zog sich für ihren Besuch bei Patricia mit solcher Sorgfalt an, als wären sie sich noch nie vorher begegnet. Nach langem Zaudern wählte sie einen dunkelblauen Wollrock zu einer Jacke in derselben Farbe und eine ihrer hochgeschlossenen weißen Blusen. Gerade als sie gehen wollte, bemerkte sie den schauderhaften Zustand ihrer Fingernägel und begann, dankbar für den Aufschub, den alten Lack zu entfernen und neuen aufzutragen. Als die Nägel trocken waren, beschloß sie, daß ihr Haar so nicht bleiben konnte, also nahm sie alle Kämme und Nadeln heraus und arrangierte es neu.

Erst als ihr überhaupt kein Grund mehr einfiel, aus dem sie den Besuch noch weiter aufschieben konnte, verließ sie das Haus und überquerte den Hof. Es war schneidend kalt. Cassi konnte ihren Atem in der Luft zerfasern sehen. Sie klingelte an Patricias Tür, aber niemand kam, um zu öffnen. Sie stellte sich auf Zehenspitzen und äugte durch ein kleines Fenster in der Tür, konnte jedoch nur ein paar Treppenstufen erspähen. Sie klingelte noch einmal; jetzt kam ihre Schwiegermutter die Treppe herunter und trat an das kleine Fenster.

»Was ist los, Cassandra?« rief sie.

Verblüfft von der Tatsache, daß Patricia nicht einfach öffnete, brachte Cassi im ersten Moment kein Wort über die Lippen. Unter den gegebenen Umständen war ihr nicht danach, den Anlaß ihres Besuches so ohne weiteres herauszubrüllen. Schließlich ertönte das Schnappen mehrerer Riegel, und die Tür wurde geöffnet. Einen Moment lang musterten die beiden Frauen einander mißtrauisch.

»Ja?« fragte Patricia schließlich.

»Entschuldigen Sie die Störung«, begann Cassi, ließ dem Anfang dann aber nichts mehr folgen.

»Sie stören mich nicht«, sagte Patricia.

»Dürfte ich wohl einen Moment hereinkommen?« fragte Cassi.

»Warum nicht?« sagte Patricia und schickte sich an, die Treppe wieder hinaufzusteigen. »Seien Sie so nett und schließen Sie die Tür.«

Cassi war froh, den kalten, feuchten Morgen aussperren zu können. Dann folgte sie Patricia die Treppe hinauf und stand plötzlich in einer kleinen, verschwenderisch mit rotem Samt und weißen Spitzen eingerichteten Wohnung.

»Sie haben es ja herrlich hier«, sagte sie.

»Danke«, erwiderte Patricia. »Rot ist die Lieblingsfarbe meines Sohns.«

»Ach?« entfuhr es Cassi, die immer überzeugt gewesen war, Thomas hätte eine Vorliebe für Blau.

»Ich verbringe viel Zeit hier«, sagte Patricia. »Ich wollte es Ihnen so gemütlich wie möglich machen.«

»Das ist Ihnen auch gelungen«, bestätigte Cassi. In einer Ecke bemerkte sie einen Teddybär, ein Schaukelpferd, ein Kinderauto und anderes Spielzeug.

Patricia folgte ihrem Blick und erklärte: »Damit hat Thomas als Kind immer gespielt. Ich finde es sehr dekorativ, Sie nicht?«

»Doch, durchaus«, sagte Cassi. Sie fand, daß dem Spielzeug zwar ein gewisser Charme zu eigen war, daß es in dieser luxuriösen Umgebung jedoch etwas fehl am Platze wirkte.

»Wie wär's mit einer Tasse Tee?« schlug Patricia vor.

Cassi erkannte, daß Patricia genauso verlegen zu sein schien wie sie selbst. »Gern«, sagte sie und fühlte sich schon etwas wohler in ihrer Haut.

Im Gegensatz zum Wohnzimmer war die Küche kärglich eingerichtet: weiße Metallschränke, ein alter Kühlschrank und ein kleiner Gasherd. Patricia setzte einen Teekessel auf und holte ein Porzellanservice hervor, das sie auf ein Holztablett stellte.

»Milch oder Zitrone?« erkundigte sie sich.

»Milch.«

Während Cassi ihre Schwiegermutter dabei beobachtete, wie sie nach einem Milchkännchen suchte, wurde ihr klar, wie wenig Besuch die alte Dame bekam. Mit einem Anflug von Schuldgefühl fragte sie sich, warum es ihnen nicht gelungen war, Freunde zu werden. Sie versuchte, die Rede auf ihr Problem zu bringen, aber die Kluft, die seit jeher zwischen ihnen bestanden hatte, ließ sie verstummen. Erst als sie sich wieder im Wohnzimmer befanden und hinter vollen Teetassen saßen, vermochte sie sich ein Herz zu nehmen.

»Ich bin hier, weil ich mit Ihnen über Thomas sprechen wollte«, begann sie.

»Das haben Sie bereits gesagt«, antwortete Patricia freundlich. Die alte Dame strahlte jetzt echte Wärme aus. Der Besuch schien ihr Spaß zu bereiten.

Cassi seufzte und setzte ihre Teetasse auf dem Couchtisch ab. »Ich mache mir Sorgen um ihn. Ich habe das Gefühl, er verlangt zuviel von sich und...«

»Das hat er schon als Kleinkind getan«, unterbrach Patricia. »Vom Tag seiner Geburt an stand er unter Dampf. Und ich sage Ihnen, man brauchte vierundzwanzig Stunden am Tag, um ihn unter Aufsicht zu halten. Schon bevor er laufen konnte, war er sein eigener Boß und tat, was er wollte. Eigentlich sogar schon vom Tag meiner Rückkehr aus der Klinik an...«

Während sie Patricias Geschichten zuhörte, begriff Cassi, wie sehr Thomas für seine Mutter immer noch im Mittelpunkt ihrer Welt stand. Jetzt verstand sie endlich auch, warum Patricia darauf beharrte, hier in seiner Nähe zu leben, selbst wenn sie anderswo mehr Gesellschaft haben konnte. Als sie einmal innehielt, um einen Schluck von ihrem Tee zu nehmen, fiel Cassi wieder auf, wie ähnlich Thomas seiner Mutter sah. Ihr Gesicht war schmaler und zierlicher, wies aber die gleiche aristokratische Linienführung auf.

Als Patricia die Tasse wieder absetzte, lächelte Cassi und sagte: »Klingt, als hätte Thomas sich nicht sehr verändert seit damals.«

»Ich glaube nicht, daß er sich überhaupt geändert hat«, sagte Patricia, ehe sie mit einem kleinen Lachen hinzufügte: »Er ist sein Leben lang derselbe kleine Junge geblieben. Er hat schon immer viel Aufmerksamkeit gebraucht.«

»Ich hatte gehofft, daß Sie ihm vielleicht jetzt auch helfen können«, sagte Cassi.

»Ach?« fragte Patricia.

Cassi konnte geradezu mit ansehen, wie die neu gewonnene Intimität wieder dem alten Argwohn wich. Aber sie ließ sich nicht einschüchtern. »Thomas hört auf Sie und ...«

»Natürlich hört er auf mich. Ich bin seine Mutter. Worauf wollen Sie eigentlich hinaus, Cassandra?«

»Ich habe Anlaß zu der Vermutung, daß Thomas Drogen nimmt«, antwortete Cassi. Es war eine Erleichterung, endlich darüber reden zu können. »Tatsächlich habe ich diesen Verdacht schon seit einiger Zeit, war aber immer der Hoffnung, das Problem könnte vielleicht von selbst verschwinden.«

Die blauen Augen ihrer Schwiegermutter wurden kalt. »Thomas hat noch nie in seinem Leben Drogen genommen.«

»Patricia, bitte verstehen Sie mich doch. Ich will nicht etwa an ihm herummäkeln. Ich mache mir Sorgen, und ich dachte, daß Sie mir vielleicht helfen könnten.«

»Wenn Thomas meine Hilfe braucht, dann sollte er selbst kommen und mich darum bitten. Immerhin hat er Sie mir vorgezogen.«

Patricia erhob sich. Soweit es sie betraf, war das kurze Tête-à-tête vorbei. Darum also geht es, dachte Cassi. Patricia war immer noch eifersüchtig, daß ihr kleiner Junge groß genug geworden war, sich eine Frau zu suchen.

»Thomas hat mich Ihnen nicht vorgezogen, Patricia«, sagte Cassi ruhig. »Er war nur auf der Suche nach einer anderen Form der Beziehung.«

»Wenn die Beziehung dermaßen anders ist, wo sind denn dann die Kinder?«

Cassi spürte, wie ihre Willensstärke sich aufzulösen begann. Auf das Thema Kinder reagierte sie ausgesprochen sensibel und emotional, weil Frauen, die von klein auf an

Diabetes litten, immer vor dem Risiko einer Schwangerschaft gewarnt wurden. Sie blickte in ihre Teetasse und erkannte, daß sie gar nicht erst hätte herkommen sollen, um mit ihrer Schwiegermutter zu reden.

»Es wird nie Kinder geben«, sagte Patricia und beantwortete damit ihre eigene Frage. »Und ich weiß auch, warum nicht. Wegen Ihrer Krankheit. Sie sollten wissen, daß es für Thomas eine Tragödie ist, kinderlos bleiben zu müssen. Und er hat mir erzählt, daß ihr in letzter Zeit in getrennten Betten schlaft.«

Cassi hob den Kopf, entsetzt, daß Thomas Dritten derartig intime Details anvertraute. »Ich weiß, daß Thomas und ich unsere Probleme haben«, sagte sie. »Aber darum geht es jetzt nicht. Ich habe Angst, daß er an einer Droge namens Dexedrine hängt, und das wahrscheinlich schon eine ganze Weile. Obwohl er sie nur nimmt, um noch mehr arbeiten zu können, besteht die Gefahr, daß es ihm eines Tages schadet. Ihm und seinen Patienten.«

»Wollen Sie behaupten, mein Sohn sei ein Süchtiger?« schnappte Patricia.

»Nein«, antwortete Cassi, unfähig, sich genauer zu erklären.

»Nun, das will ich auch hoffen«, sagte Patricia. »Eine Menge Leute nehmen hin und wieder eine Tablette. Und bei Thomas ist das ja wohl auch verständlich. Immerhin ist er aus seinem eigenen Bett vertrieben worden. Ich glaube, eure Beziehung ist das wahre Problem.«

Cassi hatte nicht mehr die Kraft, sich zu wehren. Sie saß nur schweigend da und fragte sich, ob Patricia wohl recht haben mochte.

»Außerdem bin ich der Meinung, Sie sollten jetzt gehen«, sagte Patricia und langte über den Tisch, um Cassis Tasse an sich zu nehmen.

Ohne ein weiteres Wort stand Cassi auf, ging die Treppe hinunter und trat ins Freie.

Patricia sammelte das Geschirr ein und trug es in die Küche.

Sie hatte Thomas klarzumachen versucht, daß es ein Fehler wäre, das Mädchen zu heiraten. Wenn er nur auf sie gehört hätte.

Wieder im Wohnzimmer, griff sie nach dem Telefon und rief bei Thomas in der Praxis an. Da er gerade unabkömmlich war, hinterließ sie, er möge so schnell wie möglich seine Mutter anrufen.

Unpraktischerweise lagen Thomas Kingsleys Patienten über alle drei Stockwerke der chirurgischen Abteilung verstreut. Im Anschluß an die Große Konferenz hatte er den Fahrstuhl zum Achtzehnten genommen und sich dann hinuntergearbeitet. Normalerweise hielt er seine Samstagsvisiten vor der Konferenz und vor den Besuchsstunden ab, doch diesmal war er erst spät in die Klinik gekommen und verlor dementsprechend viel Zeit damit, besorgten Familien Trost zuzusprechen. Sie folgten ihm aus dem Zimmer und umringten ihn auf dem Flur, bis er ihnen das Wort abschnitt und sich dem nächsten Patienten widmen konnte, nur um wiederum von dessen Verwandten aufgehalten und mit Fragen überhäuft zu werden.

Es war eine Erleichterung, als er endlich die Intensivstation erreichte, wo Besuch nur in Ausnahmefällen erlaubt war. Als er die Tür aufstieß, fiel ihm wieder der bedauerliche Zwischenfall mit George Sherman ein. Er war überrascht, enttäuscht von sich selbst, so verständlich seine Reaktion auch gewesen sein mochte.

Auf der Intensivstation untersuchte er die drei Patienten, die er am Vortag operiert hatte. Alle drei waren in guter Verfassung und konnten bereits auf die künstliche Ernährung verzichten. EKG, Blutdruck und alle anderen Lebenszeichen waren stabil und normal. Mr. Campbell hatte ein paarmal Anzeichen leichter Herzrhythmusstörungen gezeigt, was aber schließlich von einem aufgeweckten Praktikanten auf Blähungen zurückgeführt und behoben worden war. Thomas ließ sich den Namen des jungen Mannes geben, um ihm bei nächster Gelegenheit seine Anerkennung auszusprechen.

Als er an das Bett von Mr. Campbell trat, begrüßte der Patient ihn mit einem schwachen Lächeln. Dann wollte er etwas sagen. Thomas beugte sich zu ihm hinunter. »Ich habe Sie nicht verstanden, Mr. Campbell«, sagte er.

»Ich muß urinieren«, sagte Mr. Campbell leise.

»Sie haben einen Katheter in Ihrer Blase«, sagte Thomas.

»Ich muß trotzdem urinieren«, sagte Mr. Campbell.

Thomas nickte und ging weiter. Sollten die Pfleger sich mit Mr. Campbell herumstreiten.

Im nächsten Bett lag ein wahrhaft bedauernswerter Fall, eine von Ballantines Katastrophen. Der Patient hatte während der Operation infolge eines Embolus einen Gehirnschlag erlitten und war jetzt nicht mehr als lebendes Gemüse, das gänzlich von künstlicher Beatmung abhing, infolge der hervorragenden Pflege, die im Memorial geboten wurde, aber praktisch eine unbegrenzte Lebenserwartung hatte.

Thomas spürte eine Berührung an der Schulter. Er drehte sich um und war überrascht, George Sherman gegenüberzustehen.

»Thomas«, begann George. »Ich denke, es ist gesund, daß wir verschiedener Meinung sind, und sei's nur, damit wir gezwungen sind, unsere eigenen Positionen zu überdenken. Aber wir sollten daraus keine Feindschaft werden lassen.«

»Mein Benehmen ist mir außerordentlich peinlich«, sagte Thomas, was aus seinem Mund beinahe einer Entschuldigung gleichkam.

»Ich bin selbst ein wenig hitzig geworden«, gab George zu. Er blickte auf das Bett, an dem Thomas stehengeblieben war. »Der arme Mr. Harwick. Wo wir schon von Bettenknappheit gesprochen haben – das hier könnten wir auch gebrauchen.«

Thomas konnte sich eines Lächelns nicht enthalten.

»Das Dumme ist nur«, fügte George hinzu, »daß Mr. Harwick uns noch eine ganze Weile erhalten bleiben wird, wenn nicht...«

»Wenn was nicht?« fragte Thomas.

»Wenn wir nicht den Stöpsel herausziehen, wie man so sagt«, meinte George mit einem Lächeln.

Thomas wandte sich zum Gehen, aber George hielt ihn am Arm fest. Thomas fragte sich, warum der Mann ihn dauernd anfassen mußte.

»Sagen Sie«, fragte George, »hätten Sie den Mut, den Stöpsel zu ziehen?«

»Nicht ohne mich vorher mit Rodney Stoddard beraten zu haben«, sagte Thomas sarkastisch. »Und wie steht's mit Ihnen, George? Sie würden doch fast alles tun, um mehr Betten zur Verfügung zu haben.«

George lachte und ließ seine Hand sinken. »Wir haben alle unsere kleinen Geheimnisse, nicht wahr? Ich hätte nie damit gerechnet, daß Sie das mit Rodney bringen. Sie haben Humor, das muß ich sagen.« Er versetzte Thomas zum Abschied noch einen seiner kleinen Klapse, ehe er den Schwestern zuwinkte und davonmarschierte.

Thomas sah ihm nach, ehe er noch einmal auf Mr. Harwick hinunterblickte und dabei über Georges Bemerkung nachdachte. Von Zeit zu Zeit wurde ein Patient von den Maschinen genommen, die ihn am Leben erhalten hatten, aber weder Ärzte noch Schwestern gestanden das jemals ein.

»Dr. Kingsley?«

Thomas blickte auf. Neben ihm stand einer der Pfleger und sagte: »Ihr Auftragsdienst ist am Apparat.«

Nach einem letzten Blick auf Ballantines Patienten ging

Thomas in den Kontrollraum, wobei er sich fragte, wie man Ballantine dazu bringen konnte, seine schwierigen Fälle an andere Operateure abzutreten. Er war überzeugt, diese »unvorhergesehenen« und »unvermeidlichen« Tragödien wären nicht passiert, wenn er den Eingriff durchgeführt hätte.

Er griff nach dem bereitliegenden Hörer und meldete sich mit unverhülltem Ärger. Wenn der Auftragsdienst nach ihm suchte, bedeutete das fast immer schlechte Neuigkeiten. Doch diesmal sagte die Telefonistin nur, daß er so schnell wie möglich seine Mutter anrufen solle.

Erstaunt entsprach er ihrem Wunsch. Seine Mutter versuchte ihn nie in der Klinik zu erreichen, es sei denn, etwas Wichtiges war vorgefallen.

»Entschuldige, daß ich dich störe«, sagte Patricia.

»Was gibt's denn?« wollte Thomas wissen.

»Es geht um deine Frau.«

Eine Pause entstand. Thomas spürte, wie seine Geduld sich in Luft aufzulösen begann. »Mutter, ich habe zufälligerweise ziemlich viel zu tun.«

»Deine Frau hat mir heute morgen einen Besuch abgestattet.«

Einen flüchtigen Moment lang befürchtete Thomas, daß Cassi mit seiner Mutter über seine Impotenz gesprochen haben könnte. Dann wurde ihm klar, wie absurd der Gedanke war. Aber die nächsten Worte seiner Mutter hatten eine noch alarmierendere Wirkung.

»Sie deutete an, du könntest so was wie ein Süchtiger sein. Dexedrine, sagte sie, glaube ich.«

Er war so wütend, daß er kaum zu sprechen vermochte. »Was hat sie sonst noch gesagt?« stammelte er schließlich.

»Ich denke, das reicht wohl, oder nicht? Sie sagte, du könntest zu einer Gefahr für deine Patienten werden. Ich habe dich vor diesem Mädchen gewarnt, aber du wolltest ja nicht auf mich hören. O nein, du wußtest ja immer alles besser...«

»Ich muß heute abend mit dir sprechen«, sagte er und unterbrach die Verbindung, indem er die Gabel mit dem Zeigefinger hinunterdrückte.

Dann stand er nur da, umklammerte den Hörer und versuchte, seinen Zorn unter Kontrolle zu bringen. Natürlich nahm er hin und wieder eine Pille, jeder tat das. Wie konnte Cassi es wagen, ihn zu verraten und damit zu seiner Mutter zu rennen? Drogenmißbrauch! Du meine Güte, eine Pille ab und zu hieß doch noch nicht, daß er ein Süchtiger war.

Spontan wählte er Doris Stratfords Privatnummer. Ganz außer Atem meldete sie sich nach dem dritten Klingelzeichen.

»Wie wär's, wenn ich dir ein wenig Gesellschaft leisten würde?« fragte Thomas.

»Wann?« erkundigte sich Doris enthusiastisch.

»In ein paar Minuten. Ich bin noch in der Klinik.«

»Das wäre hinreißend«, sagte Doris. »Ich bin froh, daß du mich noch erwischt hast. Ich war gerade auf dem Weg nach oben.«

Thomas legte auf. Er verspürte einen Anflug von Furcht. Was war, wenn ihm bei Doris dasselbe passierte wie gestern nacht bei Cassi? Wohl wissend, daß es besser war, nicht allzu viele Gedanken darauf zu verschwenden, brachte er eilig den letzten Teil seiner Visite hinter sich.

Doris wohnte in der Bay State Road, ein paar Blöcke von der Klinik entfernt. Während des kurzen Fußmarsches mußte Thomas immer wieder daran denken, was Cassi ihm angetan hatte. Warum wollte sie ihn nur derart provozieren? Es ergab doch nicht den geringsten Sinn. Glaubte sie wirklich, er würde es nicht herausfinden? Vielleicht versuchte sie, sich auf irgendeine völlig unlogische Weise an ihm zu rächen. Thomas seufzte. Die Ehe mit Cassi war nicht so traumhaft, wie er es sich vorgestellt hatte. Er hatte gedacht, sie würde ihm eine Stütze sein, ein Schatz, der sein

Leben bereicherte. So wie jeder von ihr geschwärmt hatte, war er überzeugt gewesen, daß sie etwas ganz Besonderes sein müsse. Sogar George war nach ihr verrückt gewesen und hatte sie nach ein paar Verabredungen schon heiraten wollen.

Er drückte einen Klingelknopf. Die Stimme seiner Sprechstundenhilfe, unterlegt von statischen Geräuschen, begrüßte ihn aus der Sprechanlage. Er stieg die Treppe hinauf und hörte, wie ihre Wohnungstür geöffnet wurde.

»Was für eine nette Überraschung«, rief Doris, als er den ersten Absatz erreicht hatte. Sie trug eine knapp bemessene Jogginghose und ein ebenso knapp sitzendes T-Shirt, das kaum den Nabel bedeckte. Das Haar fiel ihr offen bis auf die Schultern; es wirkte überaus kräftig und glänzend.

Während sie ihn hineinführte und die Tür hinter ihm schloß, blickte er sich in dem kleinen Appartement um. Er war schon seit Monaten nicht mehr hier gewesen, aber viel hatte sich nicht verändert. Das Wohnzimmer war winzig, die Couch gegenüber dem Kamin im Vergleich dazu riesig. Auf dem Kaffeetisch standen zwei Gläser und eine Karaffe. Das einzige Fenster ging auf die Bucht hinaus. Doris lehnte sich gegen Thomas und ließ ihre Hände seinen Rücken hinauf und hinunter wandern. »Wie wär's mit einem kleinen Diktat?« neckte sie ihn. Seine Befürchtungen, auch ihr vielleicht nicht genügen zu können, waren wie weggewischt.

»Es ist doch wohl nicht zu früh für ein bißchen Spaß, oder?« fragte Doris und preßte sich an ihn, um seine Erregung besser spüren zu können.

»Weiß Gott nicht«, rief Thomas, zog sie auf die Couch und riß ihr die Kleider vom Leib, erfüllt von ekstatischer Erregung und Erleichterung angesichts der Reaktion seines Körpers. Während er in sie hineinstieß, sagte er sich, daß das Problem, mit dem er gestern nacht konfrontiert worden war, in Cassi seine Ursache hatte, nicht in ihm. Er dachte gar nicht mehr daran, daß er ja heute noch eine Percodan nehmen mußte.

Die Schwestern auf der chirurgischen Intensivstation wußten aus Erfahrung, daß Probleme, vor allem ernste Probleme, sich auf unheimliche Weise fortzupflanzen pflegten. Die Nacht hatte einen schlechten Anfang genommen, als kurz vor halb zwölf das Herz eines elfjährigen Mädchens, das am gleichen Tag an der Milz operiert worden war, stillzustehen schien. Glücklicherweise hatte es seine Tätigkeit fast sofort wieder aufgenommen, so daß kein größerer Schaden entstanden war. Allerdings waren die Schwestern erstaunt gewesen, wie viele Ärzte auf ihren Notruf reagiert hatten. Zeitweise schienen sie geradezu übereinander zu stolpern.

»Ich frage mich, was die alle um diese Zeit noch hier zu suchen haben«, meinte Andrea Bryant, die diensthabende Oberschwester. »Seit seiner Assistenzzeit habe ich Dr. Sherman am Samstagabend nicht mehr in der Klinik gesehen.«

»Vielleicht müssen heute mehr Notfälle im OP versorgt werden als normalerweise«, sagte ihre Kollegin Trudy Bodanowitz.

Andrea schüttelte den Kopf. »Ich habe erst vor kurzem mit der Nachtschwester dort gesprochen, und sie sagte, sie hätten nur zwei Notfälle, einen Herzinfarkt und eine gebrochene Hüfte.«

»Dann weiß ich's auch nicht«, sagte Trudy und warf einen Blick auf ihre Armbanduhr. »Möchtest du heute als erste Pause machen?«

Die beiden Schwestern saßen im Kontrollraum und beschäftigten sich mit dem Papierkrieg, den der vorübergehende Herzstillstand mit sich gebracht hatte. Ihre Aufgabe bestand nicht darin, sich dem einen oder anderen bestimmten Patienten zu widmen, sondern den reibungslosen Ablauf der Stationsroutine zu gewährleisten und den Kontrollraum rund um die Uhr besetzt zu halten.

»Ich bin nicht sicher, ob wir uns heute überhaupt eine Pause gönnen können«, sagte Andrea und ließ ihren Blick über den riesigen U-förmigen Kontrolltisch schweifen. »Sieh dir nur mal das Chaos hier an. Es gibt nichts Schlimmeres als einen Herzstillstand kurz nach Schichtwechsel.«

Der Kontrollraum der Intensivstation konnte sich, was die komplizierte Elektronik betraf, durchaus mit dem Cockpit einer Boeing 747 messen. Ein Monitor neben dem anderen spielte den Schwestern die Herzstromkurven aller Patienten auf der Station vor. Die meisten darunter hatten einen gewissen Spielraum, so daß ein Alarm erst ausgelöst wurde, wenn die Werte sich zu weit von der Norm entfernten. Während sich die beiden Schwestern noch miteinander unterhielten, veränderte sich eine der EKG-Kurven. Kritische Minuten lang wurde die vorher regelmäßige Kurve immer sprunghafter, ohne daß sie es merkten. Dann ging der Alarm los.

»Verdammter Mist«, sagte Trudy, während sie zu dem piepsenden Monitor hochblickte. Sie stand auf und gab dem Apparat einen Schlag mit der Hand, weil sie hoffte, daß es sich nur um ein elektronisches Versagen handelte. Sie starrte auf die anormale EKG-Kurve und schaltete auf eine andere Leitung, immer noch in der Hoffnung, der Alarm könnte auf einen technischen Fehler zurückzuführen sein.

»Wer ist das?« fragte Andrea und spähte durch das Kontrollfenster, um zu sehen, ob eine der Schwestern hektische Betriebsamkeit entfaltete.

»Harwick«, antwortete Trudy.

Andreas Blick sprang rasch zu dem Bett des von Dr. Ballantine operierten Patienten. Es war keine Schwester da, die sich um ihn gekümmert hätte, aber das konnte durchaus mit rechten Dingen zugehen. Mr. Harwicks Zustand war über die letzten Wochen außergewöhnlich stabil gewesen.

»Ruf den zuständigen Arzt«, sagte Trudy. Mr. Harwicks

EKG wurde zusehends schwächer. »Sieh dir das an, gleich steht sein Herz still.« Sie deutete auf den Monitor, wo Mr. Harwicks EKG die typischen Veränderungen aufwies, die einem Herzstillstand vorausgehen.

»Soll ich einen Notruf rausschicken?« fragte Andrea.

Die beiden Frauen blickten sich an.

»Dr. Ballantine hat extra gesagt ›keinen Notruf‹«, antwortete Trudy.

»Ich weiß«, sagte Andrea.

»Es macht mich immer ganz krank«, sagte Trudy und blickte wieder zu dem EKG-Monitor hinauf. »Ich wünschte, sie würden uns nicht in so eine Lage bringen. Es ist einfach nicht fair.«

Während Trudy noch zu dem Schirm hinaufblickte, wurde die Herzstromkurve zu einer flachen Linie, nur noch gelegentlich von einem schwachen Piepston unterbrochen. Mr. Harwick war tot.

»Ruf den zuständigen Arzt«, sagte Trudy wütend. Sie verließ den Kontrollraum und trat an Mr. Harwicks Bett. Der Respirator pumpte immer noch Luft in seine Lungen und saugte sie wieder ab, so daß es aussah, als lebte er noch.

»Gibt einem nicht gerade blindes Vertrauen in die Kunst der Chirurgen«, sagte Andrea und legte den Hörer wieder auf die Gabel.

»Ich frage mich, was da schiefgelaufen ist«, sagte Trudy. »Er war so stabil.«

Dann stellte sie den Respirator aus. Das Zischen hörte auf, Mr. Harwicks Brust fiel in sich zusammen und bewegte sich nicht mehr.

Andrea verschloß die Infusionsflasche. »Wahrscheinlich ist es besser so«, sagte sie. »Jetzt kann sich die Familie darauf einstellen und anschließend das Leben weitergehen lassen.«

5

Zwei Wochen waren vergangen, seit Thomas von Cassis Besuch bei seiner Mutter erfahren hatte. Obwohl der anschließende Streit nur kurz gedauert hatte, war daraus eine fast unerträgliche Spannung entstanden. Selbst Thomas war seine wachsende Abhängigkeit von Percodan aufgefallen, aber irgend etwas mußte er schließlich nehmen, um seine Angst zu besänftigen.

Als er jetzt den Gang entlangeilte, weil er im Begriff stand, zu spät zur monatlichen Exituskonferenz zu kommen, spürte er, wie sein Puls raste.

Die Konferenz hatte bereits begonnen, und der Chefarzt der Chirurgie schilderte den ersten Fall, ein Traumaopfer, das kurz nach der Einlieferung in die Notaufnahme gestorben war. Der diensthabende Arzt und sein Assistent hatten die Warnzeichen übersehen, die darauf hindeuteten, daß der Beutel, der das Herz umgab, verletzt worden war und sich mit Blut füllte. Da keiner der privaten Fachärzte betroffen war, konnten die Anwesenden alle Schuld genüßlich auf das Hauspersonal schieben.

Wenn einer der privaten Fachärzte für den Fall zuständig gewesen wäre, hätte die Diskussion einen völlig anderen Verlauf genommen. Zwar wären dieselben Punkte vorgetragen worden, aber nur um dem Verantwortlichen gleich anschließend zu versichern, daß ein Hämatoperikard schwer zu diagnostizieren sei und er das Menschenmögliche getan habe.

Thomas hatte schon frühzeitig begriffen, daß die Exituskonferenz mehr dazu diente, Schuldgefühle zu begraben, als Sühne zu leisten, es sei denn, der Missetäter war ein

Praktikant. Ein Laie mochte vielleicht zu der Annahme neigen, einer solchen Konferenz fiele eine Art Wächterfunktion zu, aber leider Gottes war dem nicht so, wie Thomas zynisch bemerkte. Der nächste Fall war dafür der beste Beweis.

Dr. Ballantine stieg aufs Podium, um vom Tod Herbert Harwicks zu berichten. Nachdem er geendet hatte, las ein beleibter Pathologe hastig die Ergebnisse der Autopsie vor und zeigte ein paar Dias vom Gehirn des Verstorbenen, das in keinem guten Zustand mehr gewesen war.

Anschließend wurde über den Exitus von Mr. Harwick diskutiert, aber niemand ließ anklingen, daß Harwicks Trauma im OP vielleicht eine Folge von Dr. Ballantines Unfähigkeit sein könnte. Die allgemeine Einstellung der Anwesenden hätte sich mit den Worten »Wer bin ich, daß ich den ersten Stein werfen soll« zusammenfassen lassen. Was Thomas dabei so krank machte, war, daß niemand sich an einen ähnlichen Fall zu erinnern schien, den Dr. Ballantine vor sechs Monaten präsentiert hatte. Luftembolie war eine gefürchtete Komplikation, die sich gelegentlich ergab, egal, was man tat, aber die Tatsache, daß sie bei Ballantine immer häufiger passierte, wurde stets totgeschwiegen.

Ebenso erstaunlich war – zumindest soweit es Thomas betraf –, daß kein Wort über die Umstände des Todes auf der Intensivstation verloren wurde. Nach seinen Informationen war der Zustand des Patienten bis zu dem plötzlichen Herzstillstand lange Zeit stabil gewesen. Thomas blickte sich im Publikum um und rätselte, warum keiner der Anwesenden den Mund aufmachte.

»Wenn sonst niemand mehr etwas sagen möchte«, meinte Ballantine, »sollten wir uns meiner Meinung nach dem nächsten Fall zuwenden. Unseligerweise sitze ich noch immer auf der Anklagebank.« Ein dünnes Lächeln geisterte über sein Gesicht. »Der Name des Patienten war Bruce Wilkinson. Er war weiß, zweiundvierzig Jahre alt und hatte eine Herzattacke erlitten. Darüber hinaus gab es Anzeichen für fokal beeinträchtigte Coronarzirkulation, was ihn als geeigneten Kandidaten für eine dreifache Bypassoperation erscheinen ließ.«

Thomas richtete sich auf. Er konnte sich noch gut an Wilkinson und die Nacht erinnern, in der er versucht hatte, ihn wieder ins Leben zurückzuholen. Die beinahe surrealistische Szene stand klar und deutlich vor seinem geistigen Auge.

Ballantine leierte ein Detail nach dem anderen herunter, viel zu viele, als daß man Lust gehabt hätte, ihm zu folgen. Dem Chirurgen neben Thomas fiel das Kinn herunter, und sein tiefes, regelmäßiges Atmen mußte bis zum Podium zu hören sein. Endlich kam Ballantine zum Ende und sagte: »Mr. Wilkinson erholte sich außerordentlich gut, bis zu der Nacht, die auf den vierten postoperativen Tag folgte. In jener Nacht starb er.«

Ballantine blickte von seinen Papieren auf. Im Gegensatz zu dem Ausdruck, den sein Gesicht getragen hatte, als über den vorangegangenen Fall diskutiert worden war, zeigte er jetzt eine geradezu herausfordernde Miene, wie um zu sagen: »Jetzt versucht mal, hier auch einen Kunstfehler zu finden.«

Ein schlanker, gutgekleideter Pathologe erhob sich von seinem Platz in der ersten Reihe und trat hinter das Podium. Nervös justierte er das kleine Mikrophon und beugte sich darüber, weil er wohl glaubte, direkt hineinsprechen zu müssen. Ein schrilles elektronisches Pfeifen war die Folge, und er zuckte mit einer entschuldigenden Geste zurück.

Jetzt erkannte Thomas den Mann. Es war Cassis Freund Robert Seibert.

Kaum hatte Robert begonnen, die Ergebnisse der Autopsie vorzutragen, war seine Nervosität spurlos verschwunden. Er war ein guter Redner, besonders im Vergleich zu Ballantine, und er hatte sein Material so gegliedert, daß nur die signifikanten Punkte herausgehoben werden mußten. Er führte eine Reihe von Dias vor und wies darauf hin, daß sich in Wilkinsons Luftröhre keinerlei Verstopfung gefunden hatte, obwohl der Patient zum Zeitpunkt seines Todes tiefblau angelaufen sein sollte. Als nächstes zeigte er eine Mikrofotografie, aus der hervorging, daß es im Lungenbereich keinerlei alveolare Probleme gegeben hatte. Auch eine Lungenembolie lag nicht vor, wie eine weitere Reihe von Dias erkennen ließ. Noch mehr Mikrofotografien zeigten, daß es keinen Beweis für eine abnorme Drucksteigerung in der linken oder rechten Arterie kurz vor dem Exitus gegeben hatte. Anschließend gab es eine letzte Serie von Bildern, die bewiesen, daß alle Nähte fachgerecht angelegt worden waren und auch keinerlei Anzeichen auf eine unbemerkte Infarzierung des Herzmuskels oder eine erst kurz zurückliegende Herzattacke hindeuteten.

Die Lichter wurden wieder angeschaltet.

»All dies zeigt...«, sagte Robert und legte eine Pause ein, als arbeitete er auf einen Effekt hin, »daß in diesem Fall nicht die geringste Todesursache vorlag.«

Das Publikum reagierte mit Überraschung. Eine solche Äußerung hatte niemand erwartet. Es gab sogar ein paar Lacher sowie die Frage eines Orthopäden, ob es sich um einen dieser Fälle gehandelt hätte, die in der Leichenhalle wieder zum Leben erwacht seien, was noch mehr Gelächter hervorrief. Robert grinste.

»Wahrscheinlich ein Schlaganfall«, sagte jemand hinter Thomas.

»Kein schlechter Gedanke«, meinte Robert. »Ein Schlaganfall, der die Atmung zum Stillstand gebracht hat, während das Herz weiterhin Blut ohne Sauerstoff pumpte. Das würde eine starke Zyanose zur Folge haben, aber es hätte auch eine Schädigung des Hirnstamms mit sich gebracht. Wir haben das gesamte Gehirn Millimeter für Millimeter abgesucht und nichts gefunden.«

Das Publikum lauschte jetzt schweigend. Robert wartete auf weitere Kommentare, aber es kamen keine mehr.

Darauf beugte er sich vor und sagte direkt ins Mikro: »Mit Ihrer Erlaubnis möchte ich Ihnen gern noch ein Dia zeigen.«

Geschickt hatte er das Publikum in seinen Bann gezogen. Thomas ahnte plötzlich, was jetzt kommen würde.

Robert löschte das Licht und schaltete den Projektor ein. Das Dia zeigte eine Zusammenstellung der Daten von siebzehn verschiedenen Fällen: Alter, Geschlecht und Krankengeschichte.

»Ich interessiere mich bereits seit einiger Zeit für Fälle wie Mr. Wilkinson«, sagte Robert. »Wie Sie erkennen können, handelt es sich nicht um einen isoliert zu sehenden Exitus. Allein während der letzten anderthalb Jahre habe ich selbst mit vier solcher Fälle zu tun gehabt. Als ich im Archiv nachzuforschen begann, bin ich auf dreizehn weitere Fälle in den letzten zehn Jahren gestoßen. Es wird Ihnen aufgefallen sein, daß jeder der hier Aufgeführten sich einem Eingriff am Herzen unterzogen hatte. In keinem der Fälle konnte eine konkrete Todesursache gefunden werden. Ich habe dieses Syndrom PPT genannt, Plötzlicher Postoperativer Tod.«

Die Lichter gingen wieder an.

Ballantines Gesicht war dunkelrot geworden. »Was glauben Sie eigentlich, was Sie da tun?« fauchte er Robert an.

Unter anderen Umständen hätte Thomas für Robert ein gewisses Mitgefühl empfunden. Ein unerwarteter Vortrag paßte nicht in das dürre Protokoll seiner Exituskonferenz.

Thomas ließ seinen Blick durch den Raum schweifen und bemerkte so manches wütende Gesicht. Die alte Geschichte – Ärzte mochten es nicht besonders, wenn man ihr Können in Frage stellte. Und es widerstrebte ihnen, sich gegenseitig zu überwachen.

»Wir sind nicht hier, um uns in Pathologie weiterzubilden«, schnappte Ballantine. »Sparen Sie sich Ihre Thesen für die Große Konferenz.«

»Ich dachte, es würde vielleicht etwas Licht auf den Fall von Mr. Wilkinson werfen ...«

»Sie dachten«, wiederholte Ballantine sarkastisch. »Nur zu Ihrer Information, Sie sind hier als Gutachter. Hatten Sie vor, mit der von Ihnen präsentierten Liste sogenannter plötzlicher postoperativer Todesfälle irgend etwas Besonderes zum Ausruck zu bringen?«

»Nein«, gab Robert zu.

Obwohl Thomas es vorzog, bei solchen Konferenzen seinen Mund zu halten, mußte er eine Frage stellen: »Entschuldigen Sie, Robert«, rief er. »Wurde bei allen siebzehn Fällen diese tiefe Blaufärbung festgestellt?«

Nichts kam Robert im Moment mehr zupaß als eine Frage aus dem Publikum. »Nein«, sagte er ins Mikrophon. »Nur bei fünf.«

»Das bedeutet doch, daß die physiologische Todesursache nicht bei allen dieselbe gewesen sein kann.«

»Das stimmt«, sagte Robert. »Sechs hatten kurz vorher heftige Krampfanfälle.«

»Wahrscheinlich infolge einer Luftembolie«, sagte einer der anderen Chirurgen.

»Das glaube ich nicht«, entgegnete Robert. »Zum einen ereigneten sich diese Krampfanfälle erst drei oder vier Tage nach der Operation. Eine derartige Verzögerung wäre nur schwer zu erklären. Darüber hinaus hat sich bei der Untersuchung des Gehirns keinerlei Luft angefunden.«

»Vielleicht ist sie absorbiert worden«, sagte ein anderer Arzt.

»Wenn genug Luft da gewesen wäre, um plötzliche Krampfanfälle mit anschließendem Exitus zu verursachen«, meinte Thomas, »dann hätte sie sich hinterher auch noch feststellen lassen.«

»Was ist mit den Chirurgen?« rief der Mann hinter

Thomas. »Gab es welche, die öfter beteiligt waren als andere?«

»Acht der Fälle«, sagte Robert, »gehörten Dr. George Sherman.«

Überall brach lautes Getuschel aus. George sprang wütend auf die Füße, während Ballantine Robert vom Podium drängte.

»Wenn sonst niemand mehr etwas sagen möchte ...«, rief Ballantine in den Raum.

George meldete sich zu Wort. »Ich denke, Dr. Kingsleys Kommentar war außerordentlich zwingend. Indem er darauf hingewiesen hat, daß bei all diesen Fällen verschiedene Todesursachen vorgelegen haben müssen, hat er auch anklingen lassen, daß kein Grund besteht, eine Verbindung zwischen den Fällen herzustellen.« Er warf Thomas einen fragenden Blick zu.

»Exakt«, sagte Thomas. Es wäre ihm lieber gewesen, George untergehen zu lassen wie einen Stein, aber er fühlte sich zu einer Antwort verpflichtet. »Ich dachte zuerst, Robert hätte die Fälle zueinander in Beziehung gesetzt, weil er in ihrem Tod gewisse Gemeinsamkeiten sah, aber das scheint ja nicht zuzutreffen.«

»Die Basis der gemeinsamen Beziehung«, schaltete sich Robert ein, »liegt darin, daß alle diese Patienten, besonders die in den letzten Jahren gestorbenen, sich auf bestem Weg befanden, wieder gesund zu werden, und daß es keinen anatomischen oder physiologischen Grund für ihren Tod gab.«

»Korrektur«, sagte George. »Die Pathologie hat die Todesursache lediglich nicht feststellen können.«

»Das läuft aufs gleiche hinaus«, meinte Robert.

»Nicht ganz«, widersprach George. »Die pathologische Abteilung eines anderen Krankenhauses wäre vielleicht in der Lage gewesen, etwas herauszufinden. Ich denke, diese Fälle sagen eher etwas über Sie und Ihre Kollegen aus als über irgend etwas anderes. Und anzudeuten, daß es bei einer solchen Serie operativer Tragödien nicht mit rechten Dingen zugegangen sein könnte, ist geradezu verantwortungslos.«

»Hört, hört«, rief ein Fußchirurg und begann zu klatschen. Rasch verließ Robert das Podium. Die Atmosphäre im Raum war ziemlich gespannt.

»Die nächste Exituskonferenz findet in einem Monat, am siebenten Januar, statt«, sagte Ballantine, schaltete das Mikrophon aus und sammelte seine Papiere zusammen. Er verließ das Podium ebenfalls und gesellte sich zu Thomas.

»Sie scheinen den Burschen zu kennen«, sagte er. »Wer, zum Teufel, ist das?«

»Sein Name ist Robert Seibert«, sagte Thomas. »Er ist im zweiten Jahr.«

»Dem Kerl schneide ich die Eier ab, und dann stelle ich sie mir in Formalin auf den Schreibtisch. Was glaubt dieses kleine Stück Scheiße denn, wer er ist? Kommt hier herauf und brummt herum wie eine sokratische Viehbremse!«

George Sherman trat zu ihnen, genauso erregt wie Ballantine.

»Ich habe seinen Namen«, sagte er mit einem drohenden Unterton, als enthülle er ein düsteres Geheimnis.

»Wir wissen schon, wie er heißt«, sagte Ballantine. »Er ist erst im zweiten Jahr.«

»Hervorragend«, sagte George. »Wir müssen uns also nicht nur mit irgendwelchen Feld-Wald-und-Wiesen-Philosophen herumschlagen, sondern auch noch mit Klugscheißern aus der Pathologie, die noch feucht hinter den Ohren sind.«

»Ich habe gehört, daß es letzten Monat auch in einem der Katheterräume einen Todesfall gegeben hat«, sagte Thomas, »in der Röntgenologie. Wie kommt es, daß darüber nicht gesprochen worden ist?«

»Ach, Sie meinen Sam Stevens«, sagte George nervös,

wobei er Robert Seibert, der gerade den Raum verließ, böse Blicke nachschleuderte. »Da der Tod während der Katheterisierung eingetreten ist, wollten die Medizinmänner ihn bei ihrer eigenen Exituskonferenz behandeln.«

Während Thomas die beiden vor Wut kochenden Ärzte betrachtete, fragte er sich, was sie wohl sagen würden, wenn er ihnen erzählte, daß Cassi auch an dieser sogenannten PPT-Studie beteiligt gewesen war. Er hoffte, daß sie es im Interesse aller Betroffenen nie erfahren würden. Darüber hinaus hoffte er, daß Cassi vernünftig genug war, ihre Zusammenarbeit mit Robert nicht fortzusetzen. Das einzige, was dabei herauskommen konnte, war Ärger.

Cassi lag in einem völlig abgedunkelten Untersuchungsraum flach auf dem Rücken und fühlte sich so ungemütlich wie selten zuvor in ihrem Leben. Sie empfand zwar keine wirklichen Schmerzen, stand aber dicht davor, während Dr. Martin Obermeyer, der Direktor der Ophthalmologie, ihr mit einem grellen Lichtstrahl direkt ins linke Auge leuchtete. Schlimmer als die Unbequemlichkeit war ihre Angst davor, was der Arzt wohl sagen würde. Cassi wußte, daß sie ihr Problem mit dem linken Auge mehr als vernachlässigt hatte. Sie hoffte verzweifelt, daß Dr. Obermeyer irgend etwas Tröstliches sagte, während er sie untersuchte, aber er hüllte sich in unheilvolles Schweigen.

Immer noch ohne eine Silbe richtete er den Lichtstrahl auf ihr gesundes Auge. Der Strahl kam aus einem Apparat, den der Arzt, an einem Lederriemen befestigt, vor der Stirn trug, nicht unähnlich der Lampe eines Bergarbeiters, aber etwas komplizierter. Schon in ihrem linken Auge war Cassi die Intensität des Lichts sehr stark erschienen, aber als der Arzt den Strahl auf das rechte lenkte, wirkte es fast unbegreiflich, daß er nicht noch mehr Schaden anrichten sollte, als bereits vorlag.

»Bitte, Cassi«, sagte Dr. Obermeyer, hob den Strahl an

und musterte sie unter den Okularen des Apparats hindurch. »Bitte halten Sie die Augen still.« Neuerlich senkte er den Lichtstrahl in ihre Pupillen.

Tränen stiegen Cassi in die Augen, und sie konnte spüren, wie sie überflossen und zu beiden Seiten des Gesichts hinunterliefen. Sie fragte sich, wie lange sie die Prozedur noch aushalten konnte. Unfreiwillig klammerte sie sich an die Kanten des Untersuchungstisches. Gerade in dem Moment, in dem sie glaubte, keine Sekunde mehr stilliegen zu können, erlosch das Licht, aber selbst nachdem Dr. Obermeyer die Lampe an der Decke wieder eingeschaltet hatte, vermochte Cassi nur undeutlich zu sehen. Verschwommen sah sie, wie sich der Arzt an seinen Schreibtisch setzte und zu schreiben begann.

Es beunruhigte sie, daß er so zurückhaltend war. Offensichtlich hatte er Anlaß, verärgert zu sein.

»Darf ich mich aufsetzen?« fragte sie zögernd.

»Ich weiß nicht, warum Sie mich überhaupt konsultieren«, sagte Dr. Obermeyer, »wenn Sie meinen Ratschlägen doch nicht Folge leisten.« Der Augenarzt sprach, ohne sich zu ihr umzudrehen.

Cassi richtete sich auf und schwang die Beine über die Kante des Tisches. Ihr rechtes Auge erholte sich langsam von dem Schock des grellen Lichts, aber ihr Gesichtsfeld blieb infolge der Tropfen zur Erweiterung der Pupillen immer noch leicht verschwommen. Einen Moment lang starrte sie auf Dr. Obermeyers Rücken und verdaute seine Bemerkung. Sie hatte schon damit gerechnet, daß er verärgert sein würde, weil sie ihren letzten Termin abgesagt hatte, war aber nicht darauf vorbereitet gewesen, daß es so schlimm sein könnte.

Erst als er mit dem Schreiben aufgehört und das Krankenblatt geschlossen hatte, wandte er sich Cassi wieder zu. Er saß auf einem niedrigen Stuhl mit Rollen, und jetzt schob er sich auf sie zu.

Von ihrem Platz auf dem Untersuchungstisch konnte sie den schimmernden Fleck auf dem Kopf des Arztes sehen, wo sein Haar sich zu lichten begann. Mit seinen groben Gesichtszügen und der tiefen Kerbe mitten auf der Stirn war er nicht gerade ein Adonis, trotzdem aber im großen und ganzen nicht unattraktiv. Sein Gesicht strahlte Intelligenz und Aufrichtigkeit aus.

»Ich denke, ich sollte offen mit Ihnen sein«, begann er. »Es gibt keine Anzeichen dafür, daß sich das Blutgerinnsel in ihrem linken Auge auflösen würde. Tatsächlich scheint es sogar, als wäre neues Blut hinzugekommen.«

Cassi versuchte, sich ihren Schreck nicht anmerken zu lassen. Sie nickte, als diskutierten sie über einen fremden Patienten.

»Ich kann die Netzhaut noch immer nicht sehen«, fuhr Dr. Obermeyer fort. »Deswegen weiß ich auch nicht, woher das Blut stammt oder ob wir es mit einer behandelbaren Schädigung zu tun haben.«

»Aber der Ultraschalltest ...«, begann Cassi.

»Hat gezeigt, daß die Netzhaut sich noch nicht gelöst hat, jedenfalls im Moment; aber er kann nicht klären, woher das Blut kommt.«

»Vielleicht sollten wir noch etwas abwarten.«

»Wenn die Blutung sich bis jetzt nicht aufgelöst hat, ist es sehr unwahrscheinlich, daß sie überhaupt von selbst verschwindet. In der Zwischenzeit könnten wir aber die einzige Behandlungsmöglichkeit, die uns noch bleibt, verlieren. Cassi, ich muß einfach die Rückseite Ihres Auges sehen können. Wir kommen um eine Vitrektomie nicht herum.«

Cassi senkte den Blick. »Das hat wohl nicht noch einen Monat oder so Zeit?«

»Nein«, sagte Dr. Obermeyer. »Cassi, ich habe diese Sache auf Ihr Betreiben ohnehin schon länger hinausgeschoben, als ich wollte. Dann haben Sie Ihren letzten Termin abgesagt. Ich bin nicht sicher, ob Sie wirklich verstehen, was hier auf dem Spiel steht.«

»Doch, das weiß ich schon«, widersprach Cassi. »Es kommt mir zur Zeit nur einfach ungelegen.«

»Eine Operation kommt für niemand je gelegen«, sagte Dr. Obermeyer, »außer für den Chirurgen. Lassen Sie mich einen Termin festsetzen, damit wir diese Geschichte hinter uns bringen.«

»Ich muß erst mit Thomas darüber sprechen«, sagte Cassi.

»Was?« fragte Dr. Obermeyer überrascht. »Sie haben ihm noch nichts davon erzählt?«

»Doch, doch«, antwortete Cassi rasch. »Wir haben nur über den Zeitpunkt noch nicht gesprochen.«

»Und wann können Sie mit Thomas über den Zeitpunkt reden?« fragte Dr. Obermeyer resigniert.

»Bald. Wahrscheinlich schon heute abend. Ich melde mich morgen wieder bei Ihnen, das verspreche ich.« Sie rutschte vom Untersuchungstisch und versuchte, sich wieder zu beruhigen.

Als sie die Tür der Praxis von Dr. Obermeyer hinter sich schloß, verspürte sie eine Welle der Erleichterung. Tief im Inneren wußte sie, daß er recht hatte; sie sollte sich der Vitrektomie unterziehen. Aber es würde schwierig werden, es Thomas beizubringen. Am Ende des fünften Stocks im Behandlungsgebäude, demselben, in dem auch Thomas seine Praxis hatte, blieb sie stehen. Sie trat ans Fenster und starrte auf die Dezemberstadt mit ihren unbelaubten Bäumen und düsteren, dichtgedrängten Backsteinhäusern.

Ein Ambulanzwagen raste die Commonwealth Avenue hinunter, das Rundumlicht auf dem Dach blitzte. Cassi schloß das rechte Auge, und das Bild verwandelte sich in eine helle Fläche, auf der nichts mehr zu erkennen war. In einem Anfall von Panik öffnete sie das Auge wieder, um der Welt die Rückkehr in ihren Kopf zu gestatten. Sie mußte etwas tun. Sie mußte mit Thomas sprechen, trotz der Schwierigkeiten, die sie seit ihrem Besuch bei Patricia hatten.

Heute wünschte sie sich, jener Samstag vor zwei Wochen hätte nie stattgefunden. Oder wenigstens, daß Patricia Thomas nicht angerufen hätte. Aber natürlich wäre das zuviel verlangt gewesen. Sie hatte damit gerechnet, daß er kochend vor Wut nach Hause kam, aber nicht, daß er überhaupt nicht kommen würde. Um zehn Uhr dreißig hatte sie sich endlich dazu durchgerungen, seinen Auftragsdienst anzurufen. Da erst hatte sie erfahren, daß Thomas in den OP gerufen worden war, ein Notfall. Sie hatte eine Nachricht für ihn hinterlassen und bis zwei Uhr morgens gewartet, ehe sie endlich mit einem Buch in der Hand eingeschlafen war. Thomas war erst am Sonntagnachmittag nach Hause gekommen, und statt sie anzubrüllen, hatte er sich geweigert, überhaupt mit ihr zu reden. Mit bewußt zur Schau gestellter Ruhe nahm er seine Kleider und zog in das Gästezimmer neben seinem Arbeitsraum um.

Für Cassi war dieses schweigende Strafgericht eine unerträgliche Belastung. Das wenige, was sie miteinander redeten, drehte sich um Belanglosigkeiten. Am schlimmsten war es während der Mahlzeiten, und verschiedentlich gab Cassi vor, Kopfschmerzen zu haben, um nicht mit Thomas und seiner Mutter im gleichen Zimmer essen zu müssen.

Nach einer guten Woche war Thomas endlich explodiert, und zwar wegen einer Banalität. Cassi hatte ein Waterford-Glas auf den gefliesten Küchenboden fallen lassen, wo es zersprungen war. Thomas war in die Küche gestürmt und hatte zu brüllen begonnen, wobei er Cassi als Verräterin beschimpfte und sie anklagte, hinter seinem Rücken gegen ihn zu intrigieren. Wie konnte sie es wagen, zu seiner Mutter zu gehen und ihn des Drogenmißbrauchs zu bezichtigen?

»Natürlich nehme ich hin und wieder eine Tablette«,

sagte er und senkte seine Stimme endlich wieder auf normale Zimmerlautstärke. »Entweder damit ich einschlafen oder damit ich nach einer Nacht ohne Schlaf meiner Pflicht nachkommen kann. Zeige mir einen einzigen Arzt, der sich nie aus seinem eigenen Medikamentenschrank bedient hat!« Mit dem ausgestreckten Zeigefinger unterstrich er seine Vorwürfe.

Da sie selbst hin und wieder eine Valium genommen hatte, lag es gar nicht in Cassis Absicht, ihm zu widersprechen. Davon abgesehen wußte sie instinktiv, daß es besser war, den Mund zu halten und ihn seinen Ärger artikulieren zu lassen.

Als er sich wieder halbwegs unter Kontrolle hatte, fragte er, warum in Gottes Namen sie denn unbedingt zu Patricia gehen mußte. Gerade sie hätte doch wissen müssen, wie sehr seine Mutter dauernd an ihm herumnörgelte, auch ohne daß man ihr eine solche Waffe in die Hand gab.

Cassi versuchte zu erklären. Sie sagte, daß sie, als sie zufällig auf das Dexedrine gestoßen war, große Angst gehabt habe und fälschlicherweise der Meinung gewesen sei, daß Patricia ihm bei einem solchen Problem am besten helfen könnte. »Und ich habe nie gesagt, du wärst ein Süchtiger.«

»Meine Mutter behauptet das Gegenteil«, schnappte Thomas. »Wem soll ich denn jetzt glauben?« Angewidert warf er die Hände in die Luft.

Cassi antwortete nicht, obwohl sie versucht war, zu bemerken, daß er nach zweiundvierzig Jahren mit Patricia eigentlich wenigstens über diesen Punkt Klarheit haben müßte. Statt dessen entschuldigte sie sich für die Schlüsse, die sie angesichts der Tablette gezogen hatte, und – schlimmer noch – dafür, daß sie mit ihrem Problem zu seiner Mutter gerannt war. Unter Tränen erklärte sie ihm, wie sehr sie ihn liebe, und war sich dabei durchaus der Tatsache bewußt, daß sie lieber einen möglichen Drogenabhängigen zum Mann hatte, als wieder allein leben zu müssen. Sie wollte, daß alles zwischen ihnen wieder normal wurde. Wenn es damit angefangen hatte, daß ihm die ständigen Klagen über ihre Krankheit zuviel geworden waren, dann würde sie ihn eben in Zukunft mit diesem Thema verschonen. Aber nun zwang ihr Auge sie zu einem Rückzieher. Die Ankunft eines weiteren Ambulanzwagens brachte Cassi wieder in die Gegenwart zurück. So sehr sie sich auch wünschte, Thomas nie wieder zu verärgern, diesmal hatte sie keine Wahl. Sie konnte sich nicht einfach dieser Operation unterziehen, ohne ihm davon zu erzählen, selbst, wenn sie irgendwoher den Mut dazu nehmen sollte. Von entsetzlichen Vorahnungen erfüllt, drückte sie den Fahrstuhlknopf. Sie befand sich auf dem Weg zu Thomas, und sie wußte, daß sie jetzt gleich mit ihm reden mußte, denn wenn sie erst zu Hause waren, würde sie den Mut nicht mehr aufbringen.

Während sie zum dritten Stock hinunterfuhr, versuchte sie, alle Gedanken abzuschalten, um nicht doch noch anderen Sinnes zu werden. Sie stieß die Tür zur Praxis ihres Mannes auf. Glücklicherweise saßen keine Patienten mehr im Wartezimmer. Wie üblich blickte Doris nur kurz von ihrer Schreibmaschine auf, gerade lang genug, um Cassis Gegenwart zur Kenntnis zu nehmen, ehe sie wieder an ihre Arbeit zurückkehrte.

»Ist Thomas da?« fragte Cassi.

»Ja«, antwortete Doris, ohne mit dem Tippen innezuhalten. »Er hat gerade den letzten Patienten bei sich.«

Cassi setzte sich auf die roséfarbene Couch. Sie konnte nicht lesen, weil sie wegen der Tropfen immer noch alles verschwommen sah. Da Doris sich nicht um sie kümmerte, machte es Cassi nichts aus, die Sprechstundenhilfe ungeniert zu betrachten. Ihr fiel auf, daß sie das Haar jetzt anders trug. Ohne den strengen Knoten sah sie weit besser aus.

Auf einmal ging die Tür auf, und der Patient verließ das Sprechzimmer. Strahlend vor guter Laune grinste er Doris an und sagte: »Ist das nicht herrlich? Der Doktor hat gesagt, ich bin wieder ganz gesund. Ich kann tun und lassen, was ich will.«

Er fuhr in seinen Mantel und sagte zu Cassi: »Dr. Kingsley ist einfach der Größte. Machen Sie sich nicht die geringsten Sorgen, junge Frau.« Er bedankte sich bei Doris, warf ihr eine Kußhand zu und verschwand.

Cassi seufzte, als sie sich erhob. Sie wußte, daß Thomas ein hervorragender Arzt war. Sie wünschte nur, er würde sich ihr mit der gleichen Anteilnahme widmen wie seinen Patienten.

Als sie das Sprechzimmer betrat, sprach er gerade in sein Diktaphon. »Noch einmal herzlichen Dank, Komma, Michael, Komma, für diesen interessanten Fall, Punkt. Wenn ich dir bei der weiteren Behandlung irgendwie von Nutzen sein kann, Komma, ruf mich jederzeit an. Punkt. Absatz. Mit herzlichen Grüßen, Komma, Ende des Diktats.«

Er schaltete die Maschine ab und schwang in seinem Stuhl herum. Er betrachtete Cassi mit genau berechneter Gleichgültigkeit. »Und was beschert mir heute das Vergnügen deines Besuchs?« fragte er.

»Ich komme gerade vom Augenarzt«, sagte Cassi, um Fassung bemüht.

»Wie schön für dich«, sagte Thomas.

»Ich muß mit dir sprechen.«

»Dann faß dich bitte kurz«, sagte Thomas mit einem Blick auf seine Armbanduhr. »Ich muß mich noch um einen Patienten kümmern, der einen kardiogenen Schock erlitten hat.«

Cassi spürte, wie sie den Mut zu verlieren begann. Sie brauchte ein Zeichen, daß Thomas sich nicht aufregen würde, wenn sie wieder einmal von ihrer Krankheit anfing, aber Thomas strahlte nichts als aggressive Gleichgültigkeit aus. Es war, als wollte er sie dazu provozieren, eine angenommene unsichtbare Linie zu überschreiten.

»Nun?« fragte er.

»Er mußte meine Pupillen erweitern«, zäumte Cassi das Pferd von hinten auf. »Der Zustand des linken Auges hat sich verschlechtert. Ich wollte dich fragen, ob wir heute nicht etwas eher nach Hause fahren können.«

»Ich fürchte, das wird nicht gehen«, sagte Thomas und stand auf. »Höchstwahrscheinlich muß der Patient, zu dem ich jetzt gehe, sofort operiert werden.« Er schlüpfte aus seinem weißen Jackett und hängte es an den Haken an der Tür zum Untersuchungszimmer. »Vielleicht muß ich sogar die ganze Nacht in der Klinik bleiben.«

Über ihr Auge verlor er kein Wort. Cassi wußte, daß sie endlich ihre eigene Operation zur Sprache bringen mußte, aber sie konnte nicht. Statt dessen sagte sie: »Du hast schon die letzte Nacht in der Klinik verbracht. Du verlangst dir zuviel ab, Thomas. Du brauchst mehr Freizeit.«

»Ein paar von uns müssen nun mal was tun«, sagte Thomas. »Wir können nicht alle in der Psychiatrie arbeiten.« Er zog sein Anzugjackett an, kehrte an den Schreibtisch zurück und ließ die Kassette aus dem Diktaphon springen.

»Ich weiß nicht, ob ich mit diesem Auge überhaupt fahren kann«, unternahm Cassi einen weiteren Versuch. Auf die herabsetzende Bemerkung über die Psychiatrie ging sie erst gar nicht ein.

»Du hast zwei Möglichkeiten«, sagte Thomas. »Entweder wartest du, bis die Wirkung der Tropfen nachläßt, und fährst dann nach Hause oder du bleibst die Nacht über in der Klinik. Tu, was dir am besten erscheint.« Mit diesen Worten ging er auf die Tür zu.

»Warte«, rief Cassi mit trockenem Mund. »Ich muß mit dir reden. Glaubst du, ich sollte mich einer Vitrektomie unterziehen?«

Da, es war heraus. Cassi blickte an sich hinunter und bemerkte, daß sie die Hände rang. Verlegen löste sie sie voneinander und wußte dann nicht mehr, wohin damit.

»Ich bin überrascht, daß du mich immer noch um meine Meinung bittest«, sagte Thomas. Sein schmales Lächeln hatte sich in nichts aufgelöst. »Unglücklicherweise bin ich kein Augenarzt. Ich habe nicht die leiseste Ahnung, ob du eine Vitrektomie vornehmen lassen sollst oder nicht. Deswegen habe ich dich zu Obermeyer geschickt.«

Cassi spürte, wie er wütend zu werden begann. Es war genauso, wie sie befürchtet hatte. Sie brauchte bloß über ihr Auge zu sprechen, und schon wurde ihr Verhältnis schlechter.

»Davon abgesehen«, sagte Thomas, »gibt es eigentlich keine bessere Zeit, um über diese Geschichte zu reden? Ich habe da oben jemand liegen, der gerade im Begriff ist zu sterben. Das Problem mit deinem Auge hast du schon seit Monaten, und ausgerechnet, wenn ich mitten in einem Notfall stecke, tauchst du auf und willst es mit mir diskutieren. Mein Gott, Cassi, denk doch hin und wieder auch mal an andere, ja?«

Thomas riß die Tür auf, trat hindurch und war verschwunden.

Cassi dachte, daß er in mancher Hinsicht ja durchaus recht hatte. In seiner Praxis die Sprache auf dieses Thema zu bringen, war wirklich nicht gerade passend. Sie wußte, daß er die Wahrheit sagte, wenn er ihr erklärte, daß »da oben« jemand im Begriff sei zu sterben.

Mit zusammengebissenen Zähnen marschierte sie aus dem Büro. Doris tat, als konzentriere sie sich völlig auf ihre Tipperei, aber Cassi war sicher, daß sie gelauscht hatte. Auf dem Weg zum Fahrstuhl beschloß Cassi, noch einmal nach Clarkson Zwei zurückzugehen. Dort würde sie wenigstens nicht auf unnötige Gedanken kommen. Außerdem konnte sie jetzt ohnehin noch nicht fahren, und zwar für eine ganze Weile. Als sie die Abteilung betrat, dauerte die Nachmittagskonferenz noch an. Sie hatte sich den Rest des Tages freigenommen, und war auch nicht in der Stimmung, jetzt der Gruppe gegenüberzutreten. Sie fürchtete, ihre mühsam aufrechterhaltene Fassung zu verlieren und in Tränen auszubrechen, sobald sie unter Freunden war.

Dankbar für die unerwartete Gelegenheit, ihr Büro zu erreichen, ohne daß sie von jemand bemerkt wurde, schlüpfte sie rasch hinein und schloß die Tür hinter sich. Sie trat um den schmucklosen Schreibtisch aus Metall und Bakelit, der fast die ganze Länge des Zimmers einnahm, herum und ließ sich auf den alten Drehstuhl dahinter sinken. Sie hatte versucht, den kleinen Raum mit ein paar hellen Drucken französischer Impressionisten aufzuheitern, aber der Effekt war gleich Null. Mit seiner grellen Neonleiste an der Decke wirkte der Raum immer noch wie eine Verhörzelle.

Sie stützte den Kopf in die Hände und versuchte zu denken, aber immer wieder kam sie auf ihre Probleme mit Thomas zurück. Sie war beinahe erleichtert, als sie von einem scharfen Klopfen an der Tür aus ihren Gedanken gerissen wurde. Bevor sie etwas sagen konnte, wurde die Klinke heruntergedrückt und William Bentworth trat ein.

»Würde es Ihnen etwas ausmachen, wenn ich mich eine Minute setze, Doktor?« fragte Bentworth mit völlig untypischer Höflichkeit.

»Nein«, antwortete Cassi überrascht, daß der Colonel sie von sich aus im Büro aufsuchte. Er trug eine weitgeschnittene dunkle Hose, ein kariertes Hemd und schwarze Schuhe, die glänzten, als hätte er gerade noch draufgespuckt und sie dann mit dem Taschentuch poliert.

Er lächelte. »Darf ich rauchen?«

»Ja«, sagte Cassi. Es wäre ihr lieber gewesen, er hätte aufs Rauchen verzichtet, aber sie kam wohl nicht umhin, dieses Opfer zu bringen. Manche Menschen brauchten alle nur möglichen Hilfsmittel, damit sie sich öffnen und sprechen konnten. Nicht selten war der Vorgang des Zigarettenanzündens eine erhebliche Stütze. Bentworth lehnte sich zurück und lächelte. Zum erstenmal wirkten seine strahlend blauen Augen freundlich und warm. Er war ein gutaussehender Mann mit breiten Schultern, kräftigem dunklem Haar und scharfgeschnittenen Gesichtszügen.

»Ist mit Ihnen alles in Ordnung, Doktor?« fragte er und beugte sich wieder vor, um ihr Gesicht genauer in Augenschein zu nehmen.

»Ich kann nicht klagen. Warum fragen Sie?«

»Sie wirken etwas verstört.«

Cassi warf einen Blick auf die Monet-Reproduktion gegenüber von ihrem Schreibtisch, ein kleines Mädchen mit seiner Mutter in einem Kornfeld. Sie versuchte sich zu konzentrieren. Es ängstigte sie ein wenig, daß ein Patient so scharfsichtig sein konnte.

»Vielleicht fühlen Sie sich schuldig«, schlug Bentworth vor und achtete darauf, den Rauch von Cassi wegzublasen.

»Und warum sollte ich mich schuldig fühlen?« fragte sie.

»Weil Sie mir absichtlich aus dem Weg gegangen sind, wie ich glaube.«

Cassi erinnerte sich an Jacobs Bemerkung über die Unbeständigkeit psychiatrischer Grenzfälle und versuchte, das derzeitige Benehmen des Colonels seiner früheren Weigerung, mit ihr zu sprechen, gegenüberzustellen.

»Und ich weiß auch, warum Sie mir aus dem Weg gegangen sind«, fuhr Bentworth fort. »Ich glaube, Sie haben Angst vor mir. Es tut mir leid, daß dem so ist. Ich bin lange in der Armee gewesen und daran gewöhnt, Befehle zu geben, deswegen wirke ich manchmal wahrscheinlich etwas anmaßend.«

Zum erstenmal in Cassis kurzer psychiatrischer Karriere geschah es, daß sich etwas, wovon sie in der Fachliteratur gelesen hatte, zwischen ihr und einem ihrer Patienten abspielte. Sie wußte, ohne auch nur eine Sekunde daran zu zweifeln, daß Bentworth sie zu manipulieren versuchte.

»Mr. Bentworth ...«, begann sie. »Colonel Bentworth«, korrigierte der Offizier mit einem Lächeln. »Wenn ich Sie Doktor nenne, ist es nur vernünftig, daß Sie mich Colonel nennen. Als Zeichen gegenseitigen Respekts.«

»Einverstanden«, sagte Cassi. »Tatsächlich ist es aber so gewesen, daß bisher immer Sie sich geweigert haben, einer Sitzung mit mir zuzustimmen. Wenn Sie sich erinnern, habe ich mehrmals versucht, einen Termin mit Ihnen auszumachen, aber Sie haben stets behauptet, schon eine andere Verabredung zu haben. Da ich den Eindruck hatte, daß Sie mehr von Gruppentherapie als von einer privaten Sitzung halten, habe ich keinen stärkeren Druck ausgeübt. Wenn Sie zu einer Sitzung bereit sind, dann lassen Sie uns einen Termin machen.«

»Ich würde mich liebend gern mit Ihnen unterhalten«, sagte Bentworth. »Wie wär's denn gleich jetzt? Ich habe Zeit. Und Sie?«

Cassi beabsichtigte nicht, den Manipulationen des Colonels so schnell zum Opfer zu fallen, denn es würde sich letzten Endes nicht positiv auf ihr Verhältnis auswirken. Sie war im Augenblick ganz und gar nicht vorbereitet, und trotz seines neuerlichen Charmes jagte Bentworth ihr Angst ein.

»Wie würde es Ihnen morgen früh passen?« fragte sie. »Gleich nach der Belegschaftskonferenz?«

Colonel Bentworth stand auf und drückte seine Zigarette in dem Aschenbecher auf Cassis Schreibtisch aus. »In Ordnung. Ich freue mich schon darauf. Und ich hoffe, das, was Ihnen Sorgen bereitet, wendet sich noch zum Guten für Sie.«

Nachdem er gegangen war, sog Cassi die verräucherte Luft ein und stellte sich den Colonel in einer Ausgehuniform vor.

Zweifellos wäre er galant und feurig, und der Gedanke, daß ein solcher Mann psychische Probleme haben könnte, würde geradezu absurd erscheinen. Da sie über die Schwere seines Leidens informiert war, fand sie es verwirrend, daß es sich so leicht verbergen ließ.

Bevor sie auch nur dazu kam, sich Notizen zu machen, wurde ihre Tür erneut geöffnet. Maureen Kavenaugh trat ein und setzte sich. Sie war vor etwa einem Monat mit schweren, periodisch auftretenden Depressionen eingewiesen worden. Als ihr Mann sie anläßlich eines Besuchs mehrfach geohrfeigt hatte, war sie wieder in tiefe Niedergeschlagenheit verfallen. Sie außerhalb ihres Zimmers zu sehen, war ungefähr so überraschend wie der freiwillige Besuch von Colonel Bentworth. Cassi fragte sich, ob den Patienten heute irgendeine Wunderdroge ins Essen gemischt worden war.

»Ich habe den Colonel in Ihr Büro gehen sehen«, sagte Maureen. »Ich dachte, Sie hätten gesagt, daß Sie heute nachmittag nicht da wären.« Ihre Stimme klang flach und teilnahmslos.

»Ich hatte es auch nicht vorgehabt«, sagte Cassi.

»Nun, wo ich schon mal hier bin, kann ich einen Moment mit Ihnen reden?« fragte Maureen schüchtern.

»Natürlich«, sagte Cassi.

»Gestern, als wir uns unterhalten haben...« Maureen hielt inne, und ihre Augen füllten sich mit Tränen.

Cassi schob der Frau einen Karton mit Papiertaschentüchern zu.

»Sie... Sie haben mich gefragt, ob ich gern meine Schwester sehen würde.«

Maureen sprach so leise, daß sie kaum zu verstehen war. Cassi nickte rasch, wobei sie sich fragte, was in der jungen Frau wohl vorgehen mochte. Seit ihrem Rückfall hatte sie an nichts besonderes Interesse gezeigt, obwohl Cassi sie mit Elavil behandelte. Bei der Belegschaftskonferenz war verschiedentlich der Vorschlag gemacht worden, es mit Elektroschocks zu versuchen, aber Cassi hatte sich dagegen ausgesprochen, weil sie glaubte, daß Elavil und begleitende therapeutische Sitzungen ausreichten. Was Cassi erstaunte, war Maureens Fähigkeit zu begreifen, was mit ihr vorging. Allerdings gaben ihr die Einblicke in das Kräftespiel ihrer Krankheit nicht automatisch auch die Macht, sie zu beeinflussen.

Maureen war sich ihrer feindseligen Einstellung gegenüber ihrer Mutter, die sie und ihre jüngere Schwester sitzengelassen hatte, als sie noch Kleinkinder gewesen waren, durchaus bewußt, ebenso der Eifersucht auf ihre jüngere, hübschere Schwester, die gleichfalls weggelaufen war und geheiratet hatte. Allein auf sich gestellt, hatte Maureen sich aus schierer Verzweiflung in die Ehe mit einem völlig indiskutablen Mann geflüchtet.

»Glauben Sie, meine Schwester würde mich besuchen kommen?« fragte sie schließlich mit tränennassem Gesicht.

»Vorstellen könnte ich es mir«, sagte Cassi. »Aber Gewißheit haben wir erst, wenn Sie sie gefragt haben.«

Maureen putzte sich die Nase. Ihr Haar war strähnig und mußte dringend gewaschen werden. Allen Medikamenten zum Trotz verlor sie weiter an Gewicht. Ihr Gesicht war eingefallen.

»Ich habe Angst, sie zu fragen«, gestand Maureen. »Ich glaube nicht, daß sie kommen würde. Warum sollte sie? Ich bin es doch gar nicht wert. Es ist alles so sinnlos.«

»Allein die Tatsache, daß Sie an Ihre Schwester denken, ist schon ein gutes Zeichen«, sagte Cassi sanft.

Maureen seufzte tief. »Ich kann mich nicht entscheiden. Wenn ich sie anrufe und frage, und sie sagt nein, dann wird alles noch schlimmer. Ich möchte gern, daß jemand anderer das Gespräch für mich führt. Würden Sie mir diesen Gefallen tun?«

Cassi schreckte auf. Sie dachte an ihre eigene Entschlußlosigkeit Thomas gegenüber. Maureens Abhängigkeit und

Hilflosigkeit erschienen ihr nur zu vertraut. Auch sie wollte, daß jemand anders ihr sämtliche Entscheidungen abnahm. Cassi versuchte, sich wieder zu konzentrieren.

»Ich weiß nicht, ob gerade ich die Richtige bin, um Ihre Schwester anzurufen«, sagte sie. »Aber wir können darüber reden. Ansonsten halte ich es für eine gute Idee, wenn Sie Ihre Schwester treffen. Warum unterhalten wir uns nicht morgen noch einmal in Ruhe darüber? Ich glaube, Sie haben um zwei sowieso einen Termin.«

Maureen nickte und nahm sich noch eine Handvoll Papiertaschentücher, ehe sie ging, wobei sie die Tür offenließ.

Cassi saß eine Zeitlang einfach nur da und starrte ins Leere. Sie hatte das sichere Gefühl, daß in dieser Identifikation mit einer ihrer Patientinnen ein Zeichen ihrer Unerfahrenheit zu sehen war.

»Hallo, wieso waren Sie nicht bei der Konferenz?« Joan Widiker steckte ihren Kopf zur Tür herein.

Cassi blickte auf, antwortete aber nicht.

»Was ist los?« erkundigte sich Joan. »Sie sehen etwas mitgenommen aus.« Sie trat in Cassis Büro und schnüffelte. »Außerdem wußte ich gar nicht, daß Sie rauchen.«

»Tue ich auch nicht«, sagte Cassi. »Das war Colonel Bentworth.«

»Er hat Sie von sich aus aufgesucht?« Joans Augenbrauen fuhren in die Höhe. »Sie machen sich ja besser, als Sie denken.« Sie nahm Cassi gegenüber Platz. »Ich dachte, es interessiert Sie vielleicht, daß Jerry Donovan und ich kürzlich miteinander ausgegangen sind. Haben Sie schon mit ihm gesprochen?«

Cassi schüttelte den Kopf.

»Es war kein besonders gelungener Abend. Alles, was er wollte ...« Joan unterbrach sich mitten im Satz. »Cassi, was ist los mit Ihnen?«

Tränen rannen Cassi über die Wangen. Genau wie sie befürchtet hatte, hielt ihre Selbstkontrolle freundlicher Zuwendung nicht stand. Schließlich gab sie es auf, barg das Gesicht in den Händen und weinte ganz offen.

»So schlimm war Jerry Donovan auch wieder nicht«, sagte Joan in der Hoffnung, Cassi vielleicht ein wenig aufheitern zu können. »Davon abgesehen, habe ich seinem Drängen ja gar nicht nachgegeben. Ich bin immer noch Jungfrau.«

Cassis Körper wurde von Schluchzen geschüttelt. Joan trat um den Tisch herum und legte ihrer Freundin einen Arm um die Schulter. Einige Sekunden lang sagte sie kein Wort. Als Psychiater reagierte sie nicht so negativ wie die meisten Laien auf Tränen. Nach der Heftigkeit von Cassis Ausbruch zu schließen, war dieser dringend notwendig gewesen.

»Es tut mir leid«, sagte Cassi und griff nach einem Papiertaschentuch, genau wie zuvor Maureen. »Das wollte ich nicht.«

»Hörte sich an, als hätten Sie's nötig gehabt. Möchten Sie darüber reden?«

Cassi holte tief Luft. »Ich weiß nicht. Es scheint alles so sinnlos.« Kaum hatte sie das Wort ausgesprochen, fiel Cassi wieder ein, daß Maureen dasselbe Wort gebraucht hatte.

»Was ist so sinnlos?« fragte Joan.

»Alles.«

»Zum Beispiel?« fragte Joan herausfordernd.

Cassi ließ die Hände von ihrem tränenverschmierten Gesicht sinken. »Ich war heute beim Augenarzt. Er wollte operieren, aber ich weiß nicht, ob ich soll oder nicht.«

»Was sagt denn Ihr Mann dazu?« fragte Joan.

»Das ist ein weiteres Problem.« Im selben Moment, in dem sie das gesagt hatte, bereute Cassi es schon wieder. Sie wußte, daß Joan, sensibel und intelligent, wie sie war, sich schnell ihr eigenes Bild machen würde. Im Hinterkopf konnte sie hören, wie Thomas sie tadelte, weil sie wieder einmal über ihre gesundheitlichen Probleme gesprochen hatte.

Joan ließ Cassis Schulter los. »Ich glaube, Sie brauchen jemand, mit dem Sie reden können. Schließlich leite ich den Beratungsdienst der Abteilung. Und davon abgesehen kann sich meine Honorare wirklich jeder leisten.«

Cassi brachte ein schwaches Lächeln zustande. Instinktiv wußte sie, daß sie Joan vertrauen konnte. Sie brauchte jemand, der ihr den richtigen Weg zeigte, den sie allein nicht zu finden vermochte.

»Ich weiß nicht, ob Sie eine Ahnung davon haben, wie der Zeitplan meines Mannes aussieht«, begann sie. »Er arbeitet härter als jeder, den ich kenne. Man könnte fast glauben, er wäre noch als Assistenzarzt angestellt. Gestern hat er die ganze Nacht in der Klinik verbracht. Heute abend wird er ebenfalls hier bleiben. Er hat kaum Zeit für sich selbst ...«

»Cassi«, unterbrach Joan sie fest. »Ich falle Ihnen nicht gern ins Wort, aber warum hören Sie nicht einfach auf, Entschuldigungen zu finden. Haben Sie mit Ihrem Mann über diese Operation gesprochen oder nicht?«

Cassi seufzte. »Vor einer Stunde habe ich versucht, ihn darauf anzusprechen, aber es war weder der rechte Ort noch die rechte Zeit.«

»Jetzt hören Sie mir mal zu«, sagte Joan. »Ich maße mir selten ein Urteil an, aber wenn es darum geht, eine Augenoperation mit seinem Ehemann zu besprechen, gibt es einfach keine falsche Zeit und keinen falschen Ort.«

Cassi versuchte, diese Bemerkung zu verdauen. Sie war nicht sicher, ob sie auch so dachte oder nicht.

»Was hat er gesagt?« fragte Joan.

»Er sagte, er sei kein Augenarzt.«

»Ah, er will sich aus der Verantwortung stehlen.«

»Nein«, sagte Cassi leidenschaftlich. »Er hat sogar dafür gesorgt, daß ich zum besten Ophthalmologen überhaupt gehe.«

»Trotzdem scheint es mir eine ziemlich gefühllose Reaktion zu sein.«

Cassi blickte auf ihre Hände hinunter und dachte, daß Joan zu intelligent für sie war. Sie konnte sich des Eindrucks nicht erwehren, daß Joan bei diesem Gespräch mehr in Erfahrung bringen würde, als ihr, Cassi, lieb wäre.

»Cassi«, fragte Joan jetzt, »ist zwischen Ihnen und Thomas eigentlich alles in Ordnung?«

Cassi spürte, wie ihre Augen sich erneut mit Tränen zu füllen begannen. Sie versuchte sie aufzuhalten, hatte aber nur begrenzten Erfolg.

»Das ist auch eine Antwort«, meinte Joan teilnahmsvoll. »Wollen Sie mir nicht reinen Wein einschenken?«

Cassi biß sich auf die Unterlippe. »Wenn meine Ehe mit Thomas zerbrechen würde«, sagte sie mit zitternder Stimme, »dann wüßte ich nicht, ob ich weiterleben könnte. Ich glaube, dann hätte alles keinen Sinn mehr. Ich brauche ihn so sehr.«

»Das merkt man Ihnen an. Und außerdem habe ich das Gefühl, daß Sie nicht wirklich über Ihr Problem reden wollen. Stimmt's?«

Cassi nickte. Sie war hin und her gerissen zwischen ihrer Furcht vor Thomas und dem Schamgefühl, das es ihr bereitete, Joans Freundschaftsangebot zurückzuweisen.

»Okay«, sagte Joan. »Aber bevor ich gehe, möchte ich Ihnen noch einen Rat geben. Vielleicht ist es anmaßend von mir, das zu sagen, und ganz sicher ist es nicht sehr professionell, aber ich finde, Sie sollten Ihre Abhängigkeit von Thomas ein wenig reduzieren. Irgendwie scheinen Sie von sich nicht die Meinung zu haben, die Sie eigentlich haben sollten. Und eine derartige Abhängigkeit kann einer Beziehung auf lange Sicht schweren Schaden zufügen. So, ich glaube, jetzt reicht's mit den unerbetenen Ratschlägen.«

Joan öffnete die Tür, drehte sich aber noch einmal um. »Sagten Sie, Ihr Mann bliebe heute nacht in der Klinik?«

»Ich glaube, er hat Bereitschaftsdienst«, sagte Cassi, noch völlig mit Joans Bemerkung über ihre Abhängigkeit beschäftigt. »Da übernachtet er dann meistens hier, um hinterher nicht noch fünfundvierzig Minuten lang unterwegs sein zu müssen.«

»Na, großartig!« rief Joan aus. »Warum kommen Sie dann heute abend nicht mit zu mir? Ich habe ein Sofabett im Wohnzimmer, und der Kühlschrank ist voll bis oben hin.«

»Und um Mitternacht wüßten Sie über meine intimsten Geheimnisse Bescheid«, sagte Cassi nur halb im Scherz.

»Ehrenwort, daß ich nicht in Sie dringen werde«, sagte Joan.

»Trotzdem, ich kann nicht. Ich weiß Ihr Angebot wirklich zu schätzen, aber immerhin besteht ja die Möglichkeit, daß Thomas nicht zu operieren braucht und vielleicht nach Hause kommt. Unter den gegebenen Umständen möchte ich dann gern da sein. Vielleicht können wir uns aussprechen.«

Joan lächelte teilnahmsvoll. »Sie haben's nicht leicht. Nun, falls Sie es sich noch anders überlegen, rufen Sie mich an. Ich verlasse die Klinik frühestens in einer Stunde.« Diesmal ging sie wirklich.

Cassi starrte auf den Monet und überlegte, ob es sinnvoll war, in ihrem Zustand zu fahren. Allerdings konnte sie jetzt schon bedeutend besser sehen; die Wirkung der Tropfen ließ dank der Tränen endlich nach.

Thomas spürte das Zittern seiner Hände, als er die Tür zu seiner Praxis öffnete und das Licht anknipste. Der Uhr auf dem Schreibtisch seiner Sprechstundenhilfe zufolge war es halb sieben. Die Dunkelheit vor dem Fenster trug keinerlei Erinnerung mehr an die Sommernächte, in denen es oft bis halb zehn hell blieb. Er schloß die Tür und streckte den Arm aus. Es erschreckte ihn zu sehen, wie seine sonst so sichere Hand vibrierte. Wie konnte Cassi nur ständig weiter Druck auf ihn ausüben, wo er doch ohnehin schon so angespannt war?

Er trat an seinen Schreibtisch, öffnete die zweite Schublade von oben und holte eins seiner kleinen Plastikdöschen heraus. Der kindersichere Verschluß und seine eigene Erregung machten es fast unmöglich, das Döschen zu öffnen. Nur mit Mühe konnte er sich davon abhalten, es auf den Boden zu schmeißen und mit dem Absatz daraufzutreten. Endlich gelang es ihm, eine der gelben Pillen herauszubekommen. Trotz des bitteren Geschmacks schob er sie sich auf die Zunge und ging in den kleinen Waschraum, der immer noch nach Doris' Parfüm roch.

Er verzichtete auf ein Glas und beugte sich vor, um direkt aus dem Hahn zu trinken. Anschließend ging er zurück ins Sprechzimmer und nahm am Schreibtisch Platz. Seine Angst schien zuzunehmen. Wieder riß er die Schublade auf und kramte das Döschen hervor. Diesmal gelang es ihm nicht, den Verschluß zu öffnen. Wütend schmetterte er es auf den Schreibtisch, was lediglich zu einem schmerzenden Daumen und einer Kerbe in der Tischplatte führte.

Er schloß die Augen und mahnte sich, nicht die Beherrschung zu verlieren. Als er die Augen wieder öffnete, erinnerte er sich, daß man die beiden Pfeile in eine Reihe bringen mußte, wenn man das Döschen öffnen wollte.

Aber er verzichtete dann doch auf die zweite Pille. Stattdessen beschwor sein Geist das Bild von Laura Campbell herauf. Es gab keinen Grund, aus dem er allein bleiben mußte. *Ich wünschte, ich könnte irgend etwas für Sie tun,* hatte sie gesagt. *Was immer Sie wollen.* Er wußte, daß er ihre Telefonnummer bei den Unterlagen über ihren Vater hatte, um sie im Notfall schnell erreichen zu können. Und handelte es sich jetzt etwa nicht um einen Notfall? Thomas lächelte. Darüber hinaus gab es eine Menge Möglichkeiten, seine Absichten zu verbergen, falls er ihr Angebot mißdeutet haben sollte.

Er fand Mr. Campbells Mappe und wählte rasch Lauras Nummer, wobei er hoffte, daß die junge Frau zu Hause war. Bereits beim zweiten Klingeln hob sie ab.

»Hier spricht Dr. Kingsley. Es tut mir leid, wenn ich Sie störe.«

»Ist irgend etwas mit Vater?« fragte sie besorgt.

»Nein, nein«, beruhigte Thomas sie sofort. »Ihrem Vater geht es gut. Es tut mir sehr leid, daß er Gelbsucht bekommen hat – eine dieser unglückseligen Komplikationen. Ich wünschte, wir hätten sie vorhersehen können, aber in ein paar Tagen sollte eigentlich alles wieder im Lot sein. Wie auch immer, der Anlaß, aus dem ich anrufe, ist die in absehbarer Zeit bevorstehende Entlassung Ihres Vaters. Ich dachte, vielleicht möchten Sie, daß wir vorher noch einmal über den Fall sprechen.«

»Unbedingt«, meinte Laura. »Sie brauchen mir bloß zu sagen, wann es Ihnen paßt.«

Thomas drehte die Telefonschnur in der freien Hand hin und her. »Tja, das ist der Grund, aus dem ich gerade jetzt anrufe. Sie können sich vermutlich vorstellen, wie mein Zeitplan aussieht. Aber zufälligerweise warte ich auf eine Operation und bin allein in meiner Praxis. Ich dachte, vielleicht hätten Sie Lust vorbeizukommen.«

»Können Sie mir noch dreißig Minuten geben?« fragte Laura.

»Ich denke schon«, sagte Thomas. Er wußte, daß er jede Menge Zeit hatte.

»Ich bin in einer halben Stunde bei Ihnen.«

»Ach, noch was«, sagte Thomas. »Um ins Behandlungsgebäude zu gelangen, müssen Sie durch die Klinik gehen. Hier werden die Türen bereits um sechs Uhr abgesperrt.«

Er legte auf. Jetzt fühlte er sich schon viel besser. Die Angst war Erregung gewichen. Er legte das Pillendöschen wieder in die Schublade zurück. Dann rief er im Herzkatheterlabor an, um sich nach dem Patienten im kardiogenen Schock zu erkundigen. Wie er vermutet hatte, wartete der Patient noch immer auf die Katheterisierung. Was auch immer die Untersuchung ergeben mochte, Thomas hatte schätzungsweise noch einige Stunden Zeit.

Er empfing Laura an der Tür zum Sprechzimmer und bat sie herein. Er war angenehm berührt, daß sie auch diesmal ein dünnes, enganliegendes Seidenkleid trug. Es war von hellem Beige und entsprach fast der Farbe ihrer Haut. Unter dem Stoff zeichneten sich schwach die Konturen ihres Höschens ab.

Einen Moment lang überlegte er, wie er seine Worte wählen sollte, damit es nicht zu einer peinlichen Situation kam, falls er sie mißverstanden hatte. Schließlich entschied er sich, ihr noch einmal zu erklären, daß ihr Vater schon bald entlassen werden könne. Dann brachte er die Rede auf die langfristige Nachversorgung und, im Rahmen der Beschränkungen, die ihr Vater sich noch einige Zeit auferlegen müsse, auf das Thema Sex.

»Ihr Vater hat mich vor der Operation danach gefragt«, sagte er und beobachtete ihre Miene genau. »Ich weiß, daß Ihre Mutter vor ein paar Jahren gestorben ist, und wenn Ihnen das Thema daher nicht angenehm ...«

»Ganz und gar nicht«, sagte Laura mit einem Lächeln. »Ich bin ein erwachsener Mensch.«

»Natürlich«, sagte Thomas und ließ seine Augen über ihr Kleid schweifen. »Das ist nicht zu übersehen.«

Laura lächelte erneut und strich sich das lange Haar von der Schulter.

»Auch ein Mann wie Ihr Vater hat noch sexuelle Bedürfnisse«, sagte Thomas.

»Als Arzt sind Sie darüber sicher besser als die meisten anderen Menschen informiert«, sagte Laura und beugte sich vor. Sie trug keinen Büstenhalter.

Thomas stand auf und trat um den Schreibtisch. Es gab für ihn jetzt keinen Zweifel mehr, daß Laura nicht gekommen war, um über ihren Vater zu sprechen. »Ich bin vor allem deswegen so gut darüber informiert, weil ich selbst eine Frau mit einem chronischen, kräfteverschleißenden Leiden habe.«

Laura lächelte. »Wie ich schon sagte, ich wünschte, ich könnte etwas für Sie tun.« Sie stand auf und ließ sich gegen ihn sinken. »Fällt Ihnen vielleicht irgend etwas ein?«

Thomas führte sie in den schwach beleuchteten Untersuchungsraum. Langsam half er ihr aus dem Kleid, ehe er sich selbst auszog und seine Kleider sorgfältig zusammengelegt auf einem Stuhl deponierte. Er drehte sich zu ihr um und war erfreut, sein Glied voll erigiert vorzufinden. »Wie finden Sie das?« fragte er mit leicht ausgebreiteten Armen.

»Umwerfend«, sagte Laura heiser und zog ihn an sich.

Nachdem sie sich solche Gedanken wegen der Heimfahrt gemacht hatte, war Cassi froh, daß sie völlig ereignislos verlief. Der gefährlichste Teil war der kurze Fußmarsch von der Garage zum Haus gewesen. Sie hatte vergessen, wie schnell es jetzt im Dezember dunkel wurde.

Schwarz ragte das Haus in den Nachthimmel, die Fenster schimmerten wie polierter Onyx. In der Diele fand Cassi einen Zettel von Harriet mit Anweisungen für das Aufwärmen des Abendessens. Immer wenn Harriet hörte, daß Thomas nicht nach Hause kommen würde, machte sie schon früher Feierabend. So widerborstig die alte Haushälterin auch sein konnte, heute abend wäre es Cassi lieber gewesen, nicht allein sein zu müssen.

Sie ging durchs Haus und schaltete überall die Lichter an, um die Räume etwas fröhlicher wirken zu lassen. Um diese Jahreszeit fand sie das weitschweifige Bauwerk mit seinen höhlenartigen Räumlichkeiten besonders kalt. Die Heizung sollte eigentlich für gemütliche Temperaturen sorgen, aber Cassi konnte ihren Atem sehen, als sie durch die hohl nachhallenden Flure ging.

Nur ihr Frühstückszimmer im ersten Stock war angenehm warm, beinahe behaglich. Im Badezimmer befand sich ein elektrischer Boiler, den sie anschaltete, ehe sie ihren Blutzucker untersuchte und sich die übliche Dosis Insulin injizierte. Dann ging sie unter die Dusche.

Sie versuchte, nicht soviel nachzudenken. Ihr Gefühlsausbruch hatte nichts genutzt – außer, daß sie sich leer und ausgebrannt vorkam. Sie wußte, daß Joan recht hatte, was ihre Abhängigkeit betraf, und sie erinnerte sich wieder daran, wie sie sich mit Maureen Kavenaugh identifiziert hatte. Genau wie ihre Patientin fühlte sie sich hoffnungslos, eingeschüchtert und verängstigt. Sie fragte sich, ob ihr ebenfalls die Fähigkeit fehlte, ihr Leben zu beeinflussen, obwohl sie die Probleme erkannte. Und dann, in einem Anfall plötzlichen Entsetzens, begriff sie, wie sehr sie sich in den letzten Stunden selbst verleugnet hatte.

Einer der Gründe, aus denen sie vermutet hatte, Thomas könnte Drogen nehmen, waren seine Pupillen gewesen. Mehr als nur einmal in den letzten Wochen waren sie bis auf Stecknadelkopfgröße zusammengeschrumpft. Aber Dexedrine erweiterte die Pupillen! Es waren ganz andere Drogen, die zu verengten Pupillen führten – Drogen, an die Cassi nicht einmal zu denken wagte.

Sie stand im Schlafzimmer und spürte, wie ihre Handflächen feucht wurden. Sie wußte nicht, ob es vom Insulin herrührte oder von dem Schreck der plötzlichen Erkenntnis. Langsam ging sie den Korridor zum Arbeitszimmer ihres Mannes hinunter.

Sie schaltete das Licht an und blickte sich in dem leeren Zimmer um. Sie entsann sich der Konsequenzen ihres letzten Besuchs und wäre am liebsten weggerannt. Aber sie blieb.

Das Medizinschränkchen im Badezimmer sah genauso

aus wie vor zwei Wochen: chaotisch. Es enthielt nichts, was geeignet gewesen wäre, ihren Verdacht zu erhärten. Auf Händen und Knien suchte Cassi den Boden unter dem Waschbecken ab. Nichts. Als nächstes kam der Handtuchschrank an die Reihe. Wieder nichts. Ein wenig erleichtert ging Cassi ins Arbeitszimmer zurück. Außer dem Schreibtisch und dem Ledersessel gab es darin noch das Couchbett, flankiert von zwei niedrigen Tischchen mit Lampen darauf, ein Kniekissen, eine ganze Wand voller Bücherregale, ein Spirituosenschränkchen und einen alten Sekretär mit Klauenfüßen. Auf dem Boden lag ein großer Perserteppich.

Cassi trat an den Schreibtisch, ein imposantes Möbel, das früher einmal dem Großvater ihres Mannes gehört hatte. Als sie ihre Hand ausstreckte und die kühle Platte berührte, hatte sie dasselbe Gefühl wie als Kind, wenn sie im Schlafzimmer ihrer Eltern herumstöberte. Sie zuckte mit den Schultern und zog die mittlere Schublade auf. Ihr Blick fiel auf ein Plastikschälchen mit Gummibändern, Büroklammern und anderem Krimskrams. Sie zog die Schublade bis zum Anschlag heraus und spähte unter den Papierstapel im Hintergrund. Auch hier nichts Ungewöhnliches. Befriedigt wollte Cassi die Schublade gerade wieder zuschieben, als sie eine Tür ins Schloß fallen hörte. Sie warf einen Blick aus dem Fenster und bemerkte die erleuchteten Fenster von Patricias Wohnung über der Garage. Sie hatte den Wagen gar nicht gehört, was aber nicht sonderlich überraschend war. Bei heruntergelassenen Sturmfenstern fanden nur wenige Geräusche den Weg von draußen herein. Die Garagentür war geschlossen. Hatte sie selbst dafür gesorgt? Sie konnte sich nicht daran erinnern. Eine Sekunde später erklangen Schritte in der Diele. Eisiger Schreck fuhr Cassi in die Glieder. Offenbar war Thomas doch nach Hause gekommen. Wenn er sie nach dem Zwischenfall mit Patricia wieder in seinem Arbeitszimmer vorfinden würde, konnte sie sich ausmalen, was passierte. Von Panik erfüllt blickte sie sich um, suchte einen Fluchtweg. Aber bevor sie sich auch nur bewegen konnte, wurde schon die Tür geöffnet.

Es war Patricia. Ungläubig starrten die Frauen einander an, eine überraschter als die andere.

»Was tun Sie hier?« fragte Patricia schließlich.

»Dieselbe Frage wollte ich Ihnen auch gerade stellen«, gab Cassi von ihrem Platz hinter dem Schreibtisch zurück.

»Ich habe das Licht hier gesehen und nahm an, Thomas wäre endlich nach Hause gekommen. Als seine Mutter habe ich schließlich das Recht, ihn hin und wieder zu sehen.«

Cassi nickte geistesabwesend, als wäre sie derselben Meinung. Tatsächlich war es ihr eine Quelle steten Ärgers gewesen, daß Patricia einen Hausschlüssel besaß und herüberkam, wann immer ihr der Sinn danach stand.

»Das war meine Erklärung«, sagte Patricia. »Jetzt möchte ich gern Ihre hören.«

Cassi wußte, daß sie einfach antworten sollte, dies sei ihr Haus und sie könne jeden Raum betreten, wann immer sie wolle, aber ihre Schuldgefühle waren so stark, daß sie kein Wort herausbrachte.

»Ich glaube, ich weiß schon Bescheid«, sagte Patricia verächtlich. »Und ich muß sagen, es macht mich wütend. In seinen Sachen herumzuschnüffeln, während er in der Klinik um Menschenleben ringt! Was für eine Frau sind Sie eigentlich?«

Patricias Frage hing in der Luft wie statische Elektrizität. Cassi versuchte gar nicht erst zu antworten. Sie hatte sich diese Frage in letzter Zeit selbst das eine oder andere Mal gestellt.

»Ich denke, Sie sollten diesen Raum sofort verlassen«, verlangte Patricia Kingsley scharf.

Cassi erhob keine Einwände. Mit gesenktem Kopf ging sie an ihrer Schwiegermutter vorbei und aus dem Zimmer.

Patricia folgte ihr und schloß die Tür. Ohne einen Blick zurück stieg Cassi die Treppe hinunter und in die Küche. Sie hörte die Haustür ins Schloß fallen und nahm an, daß Patricia gegangen war. Natürlich würde sie Thomas erzählen, daß sie Cassi in seinem Arbeitszimmer entdeckt hatte. Es war unvermeidlich.

Mit Abscheu betrachtete sie das Essen, das Harriet auf dem Herd stehengelassen hatte, aber sie wußte, daß sie eine gewisse Menge Kalorien zu sich nehmen mußte, um das Insulin in ihrem Körper auszubalancieren. Während sie die aufgewärmte Mahlzeit hinunterwürgte, beschloß sie, noch einmal ins Arbeitszimmer zu gehen und die Suche zu Ende zu bringen. Nachdem sie bereits ertappt worden war, hatte sie nichts mehr zu befürchten, außer vielleicht das Ergebnis.

Natürlich bestand immer noch die Möglichkeit, daß Thomas plötzlich auftauchte, aber sie würde einfach auf das Motorengeräusch des Porsche achten. Um sich nicht noch einmal mit Patricia auseinandersetzen zu müssen, zog sie die schweren Vorhänge zu und benutzte eine Taschenlampe, wie ein richtiger Einbrecher. Sie fing gleich mit dem Schreibtisch an und arbeitete sich Schublade für Schublade voran. Es dauerte nicht lange. Schon in der zweiten Schublade von oben entdeckte sie in einer Briefpapierschachtel eine Sammlung von Tablettendöschen, einige davon waren leer, aber die meisten noch voll. Alle schienen vom selben Arzt verschrieben worden zu sein, einem gewissen Dr. Allan Baxter. Kein Verschreibungsdatum lag länger als drei Monate zurück.

Außer dem Dexedrine fanden sich noch zwei andere Präparate, und Cassi steckte von jedem eine Pille ein. Dann arrangierte sie alles wieder so, wie sie es vorgefunden hatte, und schloß die Schublade. Sie schaltete die Taschenlampe aus, öffnete die Vorhänge und ging rasch in ihr Zimmer. Als sie ihr *Chemie für Mediziner* aufschlug und die Pillen mit den entsprechenden Abbildungen verglich, erkannte sie, daß ihr Verdacht berechtigt gewesen war. »O Gott!« entfuhr es ihr. Dexedrine gegen Übermüdung war eine Sache, aber Psychodrogen wie Percodan und Talwin etwas ganz anderes.

Zum zweitenmal an diesem Tag brach Cassi in Tränen aus. Diesmal versuchte sie gar nicht erst, ihre Schluchzen zu unterdrücken. Sie warf sich aufs Bett und weinte hemmungslos.

Trotz des Zwischenspiels mit Laura beschloß Thomas, das geplante Rendezvous mit Doris einzuhalten. Er fand es enttäuschend genug, daß der Patient, dessentwegen er in der Klinik geblieben war, bei der Herzkatheterisierung einen zweiten Infarkt erlitten hatte und nicht operiert werden konnte.

Doris öffnete ihm im selben Moment, in dem er auf den Klingelknopf drückte. Als er den zweiten Stock erreicht hatte, sah er sie scheu den Kopf aus der Tür strecken. Als sie ihn eintreten ließ, begriff er, warum sie sich versteckt hatte. Sie trug ein durchsichtiges schwarzes Leibchen, das vorne verschnürt war und keilförmig zwischen ihren Beinen verschwand. Es bedeckte ungefähr die gleiche Fläche wie ein einteiliger Badeanzug.

»Glenlivet mit Perrier«, sagte sie, reichte ihm ein volles Glas und preßte sich an ihn, ehe er auch nur die Zeit gefunden hatte, seinen Mantel abzulegen.

Als Doris sich in die Küche zurückzog, rief Thomas die Telefonvermittlung des Memorial an. Er hinterließ die Nummer, unter der er zu erreichen war, und erklärte, daß sie ausschließlich für den diensthabenden Arzt in der Herzchirurgie bestimmt sei. Sie durfte auf keinen Fall jemand anderem gegeben werden, und wenn eine Frage auftauchte, sollte der Diensthabende persönlich anrufen.

6

»Ich muß los«, meinte Clark Reardon. »Meine Alte hat mir gesagt, ich sollte nicht wieder so spät kommen.«

»Tja, war schön, dich zu sehen, Mann«, sagte Jeoffry. »Danke, daß du gekommen bist. Weiß das wirklich zu schätzen!«

»Keine Ursache«, sagte Clark und erhob sich von dem Metallstuhl, den er sich an Jeoffry Washingtons Bett gerückt hatte. Er hob die Hand und wartete, bis Jeoffry die seine ausgestreckt hatte, ehe er freundschaftlich einschlug.

»Und wann kommst du endlich hier raus, Mann?« fragte er.

»Bald, schätze ich. Vielleicht in ein paar Tagen. Ich bin nicht ganz sicher. Sie verpassen mir immer noch diese Infusionen.« Jeoffry hob den linken Arm und deutete auf den gewundenen Plastikschlauch. »Gleich nach der Operation hatte ich eine Entzündung in den Beinen. Zumindest hat Dr. Sherman das behauptet. Also haben sie mir Antibiotika verabreicht. Ein paar Tage lang ging's mir verdammt schlecht, aber jetzt fühle ich mich schon wieder besser. Das Beste, was mir bisher passierte, war, daß sie den verdammten Herzmonitor rausgeschafft haben. Ich sage dir, das Piepsen von der Mutter hat mich einfach verrückt gemacht.«

»Wie lange liegst du eigentlich schon hier?«

»Neun Tage.«

»Das ist doch gar nicht so schlimm.«

»Von diesem Ende aus betrachtet nicht. Aber ich kann dir sagen, am Anfang hatte ich ganz schön Schiß. Na ja, ich konnte es mir nicht aussuchen. Sie haben mir gesagt, daß ich sterben würde, wenn ich mich nicht operieren ließe. Was soll man da schon machen?«

»Nichts! Ich seh' dich morgen abend und bring' dir die Bücher mit, die du haben wolltest. Sonst noch was?«

»Wie wär's mit 'n bißchen Gras?«

»Du spinnst wohl, was?«

»Hab nur 'n Witz gemacht.«

Clark winkte Jeoffry von der Tür aus noch einmal zu, ehe er sich umdrehte und den Gang entlangging.

Jeoffry blickte sich in seinem Zimmer um. Er war froh, daß er hier bald herauskam. Das andere Bett war leer. Sein Zimmergenosse war heute morgen entlassen worden, und noch hatten sie keinen neuen dazugelegt. Jeoffry litt ein wenig darunter, so allein zu sein, besonders jetzt, nachdem Clark gegangen war und es nichts mehr gab, worauf er sich freuen konnte. Jeoffrys Meinung nach war ein Krankenhaus kein Ort, wo man einen Menschen allein lassen sollte. Es gab zu viele beängstigende Prozeduren, denen man sich unterziehen muß, und zu viele seelenlose Maschinen.

Jeoffry schaltete den Miniaturfernseher an, der am Fußende des Betts stand. Etwa gegen Ende der zweiten Comedy-Show erschien Miss De Vries, die schwammige Nachtschwester. Sie tat so, als hätte sie etwas Leckeres für ihn zu essen, und verlangte, daß er die Augen schloß und den Mund öffnete. Er gehorchte, wobei ihm ziemlich klar war, worauf der ganze Zauber hinauslief, und natürlich hatte er recht: Es war ein Thermometer.

Zehn Minuten später kehrte sie zurück, nahm das Thermometer wieder an sich und verabreichte ihm dafür eine Schlaftablette. Er nahm die Tablette und spülte sie mit Wasser aus einem Glas vom Nachttisch neben dem Bett hinunter, während die Schwester das Thermometer ablas.

»Habe ich Temperatur?« fragte Jeoffry.

»Jeder hat Temperatur«, sagte Miss De Vries.

»Wie konnte ich das nur vergessen«, seufzte Jeoffry,

denn er hatte diese Antwort nicht zum erstenmal erhalten. »Also gut, habe ich Fieber?«

»Ich bin nicht befugt, diese Frage zu beantworten«, sagte Miss De Vries.

Jeoffry konnte nie verstehen, warum die Schwestern ihm nicht sagen wollten, ob er Temperatur – Pardon, Fieber – hatte oder nicht. Immer sagten sie, das müsse der Doktor entscheiden, was absolut verrückt war. Schließlich handelte es sich um seinen Körper.

»Was ist mit diesem Infusionsschlauch hier?« fragte Jeoffry, als die Schwester sich wieder zurückziehen wollte. »Wann kommt der endlich heraus, damit ich mal wieder richtig duschen kann?«

»Darüber weiß ich nichts.« Sie winkte ihm zu, bevor sie verschwand.

Jeoffry verdrehte den Kopf und blickte zu der IV-Flasche hinauf. Einen Moment lang beobachtete er den regelmäßigen Fall der Tropfen in die kleine Kammer. Er seufzte und wandte sich wieder dem Fernsehapparat und den Abendnachrichten zu. Es würde eine echte Erleichterung sein, wenn sie ihm diese Leine endlich abnahmen.

Als das Telefon zum erstenmal klingelte, fuhr Thomas hoch und wußte einen Herzschlag lang nicht, wo er sich befand. Beim zweiten Klingeln drehte sich Doris zu ihm um und fragte: »Willst du drangehen, oder soll ich?« Ihre Stimme war heiser vom Schlaf. Sie stützte sich auf den linken Ellenbogen.

Thomas betrachtete sie im Halbdunkel. Sie sah grotesk aus mit ihrem dicken Haar, das vom Kopf abstand, als hätte man ihr einen 1000-Volt-Stoß durch den Körper gejagt. Anstelle der Augen hatte sie schwarze Löcher. Er brauchte einen Moment, bis er sich erinnern konnte, wer sie überhaupt war.

»Ich gehe schon«, sagte Thomas und erhob sich taumelnd. Sein Kopf fühlte sich an wie ein Mühlstein.

»Es steht in der Ecke beim Fenster«, sagte Doris und ließ sich wieder in die Kissen fallen.

Thomas tastete sich an der Wand entlang, bis er die offene Tür zum Wohnzimmer erreicht hatte, wo das Fenster zur Straße mehr Licht hereinließ.

»Dr. Kingsley, hier spricht Peter Figman«, sagte der diensthabende Arzt der Herzchirurgie, als Thomas abnahm. »Ich hoffe, ich störe Sie nicht, aber Sie hatten hinterlassen, daß man Sie informieren solle, wenn jemand in den OP kommt. Wir haben hier eine Stichwunde in der Brustgegend, die innerhalb der nächsten Stunde operiert wird.«

Thomas lehnte sich gegen den kleinen Telefontisch. Die Kälte im Raum half ihm, sich zu orientieren. »Wie spät ist es?«

»Kurz nach ein Uhr morgens.«

»Danke. Ich bin in ein paar Minuten bei Ihnen.«

Als Thomas aus dem Hauseingang trat, drang der eisige Dezemberwind ihm sofort bis auf die Knochen. Er schlug den Kragen hoch, zog den Kopf ein und trabte in Richtung Krankenhaus los. Alle paar Sekunden trieb ein Windstoß Papierfetzen und Staub auf ihn zu, und er mußte sich umdrehen und einige Schritte rückwärts gehen. Er war erleichtert, als er um die Ecke bog und den Gebäudekomplex des Boston Memorial sehen konnte.

Als er sich dem Haupteingang näherte, passierte er die Parkgarage zur Linken. Die Betonhalle war dem Zugriff der Elemente offen preisgegeben. Tagsüber war sie bis auf den letzten Platz besetzt, jetzt hingegen fand sich nur hier und dort ein vereinzeltes Fahrzeug. Als er einen Blick zu seinem Porsche hinüberwarf, bemerkte er einen anderen bekannten Wagen: Der blaugrüne Mercedes 300 Turbo Diesel gehörte George Sherman!

Thomas konsultierte seine Armbanduhr. Es war Viertel nach eins. Was hatte George um diese Zeit in der Klinik zu suchen?

Er begab sich auf direktem Weg zum OP und zog sich um. Als er eine der OP-Schwestern traf, fragte er sie, ob George Sherman heute nacht einen Fall gehabt hätte.

»Nicht daß ich wüßte«, sagte die Schwester. »Wir hatten hier die ganze Nacht keinen Brustfall, mit Ausnahme der Stichwunde, um die Sie sich gerade kümmern.«

Vor Operationssaal 18 stand Peter Figman und wusch sich die Hände. Er war ein schlanker junger Mann mit einem Babygesicht, der aussah, als müßte er sich noch nicht einmal regelmäßig rasieren. Thomas hatte ihn schon mehrmals gesehen, aber noch nie mit ihm gearbeitet. Er stand in dem Ruf, intelligent zu sein, sichere Hände zu haben und seinen Beruf zu lieben.

Sobald er Thomas erblickte, weihte er ihn in die Begleitumstände des Falls ein. Der Patient war während eines Hockeyspiels im Boston Garden niedergestochen worden, hielt sich aber gut, obwohl es anfangs in der Notaufnahme etwas Probleme mit dem Blutdruck gegeben hatte. Man hatte acht verschiedene Blutkonserven bereitgestellt, ihm aber noch keine gegeben. Die ursprüngliche Annahme, die Klinge könnte eine der Hauptschlagadern verletzt haben, hatte sich nicht bestätigt.

Während Thomas dem Bericht lauschte, nahm er eine der grünen Gesichtsmasken aus der Schachtel in dem Regal über dem Waschbecken. Er zog die etwas altmodischeren Masken, die von einem Band im Nacken und einem hinter dem Kopf gehalten wurden, den neuen mit nur einem elastischen Band für den Hinterkopf vor. Heute nacht allerdings entglitt ihm immer wieder eins der beiden Bänder. Dann rutschte ihm die Maske selbst aus der Hand und fiel zu Boden. Thomas stieß einen lautlosen Fluch aus und griff nach einer anderen.

Erstaunt stellte Peter Figman fest, daß die Hand seines älteren Kollegen zitterte. »Sind Sie in Ordnung, Dr. Kingsley?«

Die Hand noch in der Schachtel, wandte Thomas Peter langsam den Kopf zu. »Was soll das heißen, ob ich in Ordnung bin?«

»Ich dachte, vielleicht geht es Ihnen nicht gut«, meinte Peter eingeschüchtert.

Thomas riß die Maske aus der Schachtel und nahm dabei noch eine weitere mit, die ins Waschbecken fiel. »Und was bringt Sie auf den Gedanken, es könnte mir vielleicht nicht gut gehen?«

»Ich weiß nicht, nur so ein Gedanke eben«, antwortete Peter ausweichend. Er bereute es schon, überhaupt etwas gesagt zu haben.

»Nur zu Ihrer Information, ich fühle mich hervorragend«, sagte Thomas und unternahm nicht den geringsten Versuch, seinen Ärger zu verbergen. »Aber es gibt etwas, das ich bei keinem Praktikanten dulde, mit dem ich arbeite, und das ist Unverschämtheit.«

»Ich verstehe«, sagte Peter, nur zu bereit, das Thema abzuschließen.

Thomas ließ den jungen Arzt am Waschbecken stehen und stieß die Tür zum OP auf. Du meine Güte, dachte er, können diese Kinder sich denn nicht mehr vorstellen, wie das ist, wenn man aus tiefstem Schlaf gerissen wird? Jeder zittert hin und wieder, bis er hellwach ist, oder nicht?

Im OP herrschte hektische Betriebsamkeit. Der Patient stand bereits unter Narkose, die Assistenzärzte präparierten seine Brust für den Eingriff. Thomas nahm die Röntgenbilder in Augenschein. Als er mit dem Rücken zum Raum stand, hob er eine Hand. Das Zittern war kaum zu bemerken. Er hatte schon heftigere Anfälle gehabt. Mit einiger Befriedigung stellte er sich vor, wie er Figman in die Mangel nehmen würde, wenn er turnusmäßig in der Herzchirurgie hospitieren mußte.

Thomas plazierte sich im Hintergrund des Operationssaals und beobachtete sorgfältig, wie das Team an die Arbeit ging. Er war bereit, einzuspringen, falls er gebraucht werden sollte, aber Peter Figman schien ein technisch sauberer Operateur zu sein. Nach ein paar Minuten fragte Thomas die anderen Praktikanten, ob sie an einen möglichen Hämatoperikard gedacht hatten, aber keiner der Anwesenden, nicht einmal Peter, war auf den Gedanken gekommen, den Patienten daraufhin zu untersuchen, obwohl erst bei der letzten Exituskonferenz über einen solchen Fall gesprochen worden war. Als Thomas den Eindruck gewonnen hatte, daß es sich um einen Routinefall handelte und keine Komplikationen zu erwarten waren, stand er auf, streckte sich und ging zur Tür. »Ich bin draußen, falls irgendwas schiefgehen sollte. Ihr leistet gute Arbeit.«

Kaum hatte sich die Tür des Operationssaals hinter ihm geschlossen, blickte Peter Figman auf und flüsterte: »Ich glaube, Dr. Kingsley hat heute abend einen über den Durst getrunken.«

»Das scheint mir auch«, sagte einer der anderen Praktikanten.

Thomas war auf seinem Stuhl im OP von einer plötzlichen Schläfrigkeit übermannt worden. Aus Angst, womöglich vor aller Augen einzunicken, hatte er den Saal verlassen. Draußen holte er mehrmals tief Luft. Er konnte sich beim besten Willen nicht mehr erinnern, wieviel Scotch er bei Doris getrunken hatte. In Zukunft mußte er vorsichtiger sein.

Unglücklicherweise hielten sich im Casino zwei Schwestern auf, die gerade Kaffeepause hatten, so daß er sich nicht wie geplant auf der Couch ausstrecken konnte, sondern mit einer der Liegen im Umkleideraum vorliebnehmen mußte. Als er an einem Fenster vorbeiging, bemerkte er, daß in einem der Büros im Sherington-Gebäude noch Licht brannte. Er zählte die Fenster des entsprechenden Stockwerks von hinten ab und stellte fest, daß es sich um Ballantines handelte. Er warf einen Blick auf die Uhr über der Kaffeemaschine. Es war beinahe zwei Uhr morgens! Hatte der Hausmeister vielleicht einfach vergessen, das Licht auszuschalten?

»Entschuldigen Sie«, rief er den beiden Schwestern zu, »ich bin im Umkleideraum, für den Fall, daß ich im OP gebraucht werde. Würde eine von Ihnen so freundlich sein, mich zu wecken, wenn ich einschlafe?«

Als er die Schwingtür zum Umkleideraum aufstieß, fragte er sich, ob das Licht in Ballantines Büro etwas mit der Tatsache zu tun hatte, daß George Shermans Wagen in der Parkgarage stand. Der mögliche Zusammenhang bereitete Thomas Unbehagen.

Die fensterlose Nische mit den beiden Pritschen lag nicht völlig im Dunkeln. Das Licht aus dem Casino fiel über den kurzen Gang bis in den Umkleideraum. Wie üblich waren die Liegen frei. Thomas hatte den Verdacht, daß er der einzige war, der sie je benutzte.

Er griff in die Tasche seines Chirurgenkittels und fand die kleine gelbe Pille, die er dort verstaut hatte. Geschickt brach er sie in zwei Hälften. Die eine schob er sich in den Mund, um sie auf der Zunge zergehen zu lassen. Die andere steckte er wieder in die Tasche, für den Fall, daß er sie später vielleicht brauchte. Als er die Augen schloß, fragte er sich, wie lange es wohl dauern würde, bis man ihn wieder weckte.

Um Viertel vor drei Uhr morgens schien das Treppenhaus des Memorial eher zu einem gigantischen Mausoleum als zu einem Krankenhaus zu gehören. Der lange vertikale Schacht funktionierte fast wie ein Kamin, und von irgendwoher im Innern des riesigen Gebäudes brachte der Luftzug das dunkle Wimmern des kalten Winterwinds mit sich. Als die Gestalt, die sich vorsichtig durch das Treppenhaus bewegte, die Tür zum achtzehnten Stock öffnete, zischte die Luft hinein wie in ein Vakuum.

Der Mann trug den üblichen weißen Krankenhauskittel und hatte daher keine Angst, daß man ihn sehen könnte, obwohl es ihm lieber war, wenn er unbemerkt blieb. Bevor er die Tür hinter sich zufallen ließ, überprüfte er sorgfältig, ob der Korridor in seiner ganzen Länge menschenleer war. Schließlich trat er auf den Gang hinaus.

Mit einer Hand in der Tasche seines weißen Kittels bewegte sich der Mann rasch und lautlos über den Flur auf Jeoffry Washingtons Zimmer zu. Vor der Tür blieb er stehen und wartete einen Moment. Im Schwesternzimmer herrschte Stille. Alles was er hören konnte, waren die gedämpften Piepstöne der Herzmonitore und das Zischen der Respiratoren.

In Sekundenschnelle hatte der Mann die Zimmertür geöffnet und wieder hinter sich geschlossen. Der Raum war dunkel bis auf einen schmalen Lichtstreifen, der aus dem Badezimmer fiel; die Tür war nur angelehnt. Sobald seine Augen sich an das Zwielicht gewöhnt hatten, zog der Mann die Hand aus der Kitteltasche. Seine Finger hielten eine Injektionsnadel. Er schob die Kappe der Nadel in die andere Tasche und bewegte sich flink auf das Bett zu. Dann erstarrte er.

Das Bett war leer!

Jeoffry Washington gähnte so heftig, daß ihm das Wasser in die Augen schoß und seine Kieferknochen knackten. Er schüttelte den Kopf und warf die drei Wochen alte Ausgabe der Time auf den niedrigen Tisch. Er saß im Aufenthaltsraum der Patienten gegenüber dem Behandlungszimmer. Er stand auf und schob seinen Infusionsständer vor sich her, als er auf das halbdunkle Schwesternzimmer losging. Er hatte gehofft, daß ein kleiner Spaziergang über den Flur ihm helfen würde, müde zu werden, aber vergebens. Er war noch so munter, als wenn er sich die ganze Zeit im Bett herumgewälzt hätte.

Pamela Breckenridge sah ihn durch die offene Tür auftauchen, genau wie schon in den beiden Nächten vorher. Um Geld zu sparen, brachte sie sich ihr Essen von zu Hause mit, statt in die Cafeteria zu gehen, und Jeoffry erschien immer dann, wenn sie zu essen anfangen wollte.

»Könnte ich wohl noch eine Schlaftablette haben?« fragte er.

Pamela schluckte den Bissen, den sie im Mund hatte, hinunter und beauftragte eine der praktischen Schwestern, Jeoffry noch eine Dalmane zu geben. Dr. Sherman hatte ein Einsehen gehabt und *1 x rep.* hinter seine ursprüngliche Verordnung geschrieben.

Jeoffry nahm die Tablette und den Papierbecher mit Wasser, den die Schwester ihm über den Tresen reichte, so nonchalant entgegen, als stünde er an einer Bar. Er schluckte die Tablette hinunter und trank den Becher aus. Gott, was hätte er jetzt nicht alles für ein paar Züge Gras gegeben. Er bedankte sich und trat gemächlich seinen Rückweg an.

Je weiter er sich vom Schwesternzimmer entfernte, desto dunkler war der Gang. Mit jedem Schritt wurde der Schatten, den er vor sich auf den Vinylboden warf, größer. Die Stange des Infusionsständers ließ ihn aussehen wie einen Propheten, der seinen Stab umklammerte. Er öffnete die Tür, schob den Ständer ins Zimmer und stieß die Tür mit dem Fuß ins Schloß. Wenn er überhaupt Schlaf finden wollte, brauchte er völlige Dunkelheit.

Er baute den Ständer neben dem Bett auf, setzte sich auf die Matratzenkante und wollte gerade die Füße hochschwingen, als er einen leisen Schrei ausstieß.

Wie ein Geist tauchte eine weißgekleidete Gestalt aus dem Badezimmer auf.

»Mein Gott!« sagte Jeoffry und atmete hörbar aus. »Sie haben mir aber einen ganz schönen Schrecken eingejagt.«

»Leg dich hin, bitte.« Jeoffry gehorchte sofort. »Um diese Zeit hätte ich Sie nie erwartet.«

Er sah zu, wie der Besucher eine Spritze aus der Tasche zog und den Inhalt in seine IV-Flasche injizierte. Er schien einige Schwierigkeiten zu haben, denn die Flasche schlug wiederholt gegen den Ständer.

»Was geben Sie mir denn da?« fragte Jeoffry, unsicher, ob er überhaupt fragen sollte, aber seine Neugier war stärker als die Hemmungen.

»Vitamine.«

Jeoffry fand, daß es eine komische Zeit sei, um mit Vitaminen versorgt zu werden, aber andererseits war ein Krankenhaus ja auch ein komischer Ort.

Sein Besucher gab es endlich auf, die Nadel durch den Boden der Infusionsflasche stechen zu wollen, und widmete sich jetzt der Injektionskanüle an dem Gummischlauch nahe Jeoffrys Handgelenk. Hier ging es viel leichter; problemlos glitt die Nadel durch die Gummikappe der Kanüle. Jeoffry sah zu, wie der Kolben rasch hinuntergedrückt wurde und die Flüssigkeit im Schlauch in die Kammer über seinem Kopf zurücksteigen ließ. Er spürte einen leichten Schmerz, führte ihn aber auf den gestiegenen Druck in der Infusionsflasche zurück.

Aber der Schmerz ließ nicht nach. Im Gegenteil, er wurde stärker. Viel stärker!

»Mein Gott!« schrie Jeoffry. »Mein Arm! Es tut so verdammt weh!«

Weiße Hitze begann sich seinen Arm hochzufressen. Der Besucher packte Jeoffrys Arm, um ihn stillzuhalten, und öffnete den Tropfverschluß der IV-Flasche, so daß sich die Flüssigkeit in einem steten Strom in seinen Körper ergoß.

Der Schmerz, den Jeoffry vorher schon für unerträglich gehalten hatte, wurde noch schlimmer. Wie geschmolzene Lava breitete er sich in seiner Brust aus. Mit der freien Hand versuchte er, seinen Besucher zu packen.

»Rühr mich nicht an, du schwuler Scheißkerl!« Trotz seiner Schmerzen ließ Jeoffry los. Auf einmal hatte er Angst. Etwas Schreckliches geschah mit ihm. Verzweifelt versuchte er seinen Arm aus dem Griff des Eindringlings zu befreien.

»Was machen Sie mit mir?« keuchte er. Er wollte schreien, aber eine Hand preßte sich brutal auf seinen Mund und ließ ihn verstummen.

In diesem Moment durchlief der erste Krampf Jeoffrys Körper. Er bäumte sich im Bett auf, die Augen verdrehten sich, bis die Pupillen im Kopf verschwunden waren. Innerhalb weniger Sekunden steigerte sich das Tempo der Zukkungen zu einem regelrechten epileptischen Anfall, der das Bett erzittern ließ. Der Eindringling ließ Jeoffrys Arm los und rückte das Bett von der Wand, damit es aufhörte zu klirren. Dann warf er einen Blick auf den Korridor und rannte zurück zum Treppenhaus.

Jeoffry wand sich in lautlosen Krämpfen, bis sein Herz, das begonnen hatte, unregelmäßig zu schlagen, einen Moment lang flimmerte und schließlich ganz aussetzte. Bereits nach wenigen Minuten hörte auch sein Gehirn auf zu funktionieren. Nur der Körper fuhr fort zu zucken, bis die Muskeln ihren Vorrat an Sauerstoff verbraucht hatten.

Thomas hatte das Gefühl, gerade erst die Augen geschlossen zu haben, als die Schwester sich über ihn beugte und ihn wachrüttelte. Benommen drehte er sich herum und blickte in das lächelnde Gesicht der jungen Frau.

»Sie werden im OP gebraucht, Dr. Kingsley.«

»Bin sofort da«, sagte er.

Er wartete, bis die Schwester sich wieder entfernt hatte, dann schwang er die Füße auf den Boden. Sein Kopf wurde nur allmählich klarer. Manchmal hatte er das Gefühl, daß es schlimmer sei, nur kurz zu schlafen, als überhaupt keinen Schlaf zu bekommen. Er taumelte zu seinem Schrank, suchte nach einer Dexedrine und spülte sie mit Wasser aus der Trinkfontäne hinunter. Dann schlüpfte er in einen frischen Chirurgenkittel, aber nicht ohne die halbe Tablette aus der Tasche des alten in den neuen hinüberzuretten.

Als er vor Operationssaal 18 eintraf, hatte das Dexedrine seinen Kopf von aller Müdigkeit befreit. Er beschloß, mit dem Händewaschen zu warten, bis er wußte, was eigentlich los war.

Die Praktikanten standen um den anästhesierten Patienten herum, ihre behandschuhten Hände ruhten auf dem Rand des Operationstisches. Die Szene sah nicht sehr verheißungsvoll aus.

»Was ist ...« Thomas räusperte sich, denn seine Stimme war noch heiser vom Schlaf. »Was ist los?«

»Sie hatten recht, was den Hämoperikard betraf«, sagte Peter voller Respekt. »Das Messer hat den Herzbeutel durchstoßen und die Oberfläche des Herzens gestreift. Es war zwar kein Blut ausgetreten, aber wir haben uns gefragt, ob wir den Riß nähen sollen.«

Thomas ließ sich von der Springschwester einen Stuhl bringen und stellte ihn hinter Peter, von wo aus er einen guten Blick in die Wundöffnung werfen konnte. Peter trat zur Seite und deutete auf den Riß.

Erleichtert sah Thomas, daß es sich nur um einen unbedeutenden Schnitt handelte, der alle wichtigen Blutgefäße verfehlt hatte.

»Lassen Sie ihn, wie er ist«, sagte er. »Die Naht könnte mehr Probleme verursachen, als sie nützt.«

»In Ordnung«, sagte Peter.

»Lassen Sie den Herzbeutel ebenfalls offen«, riet Thomas. »Auf diese Weise vermeiden wir eventuelle Schwierigkeiten mit der Tamponade in der postoperativen Phase. Sollte es noch zu Blutungen kommen, wird der Schnitt wie ein Abfluß wirken.«

Eine Stunde später begab sich Thomas von der Klinik in seine Praxis. Als Folge der Aufputschtablette fühlte er sich unangemessen frisch und munter, und seine Gedanken kreisten immer wieder um Ballantine und Sherman. Ganz offenbar hatten sie eine Art Geheimkonferenz angesetzt, und während er sich fragte, was sie wohl im Schilde führen mochten, spürte er, wie seine Angst zurückkehrte. Er wußte auch, daß er nun keinen Schlaf mehr finden würde, es sei denn, er nahm eine weitere Tablette.

Normalerweise versetzte ihm eine einzige Dexedrine nicht einen derartigen Energiestoß, aber wahrscheinlich lag es an seiner allgemeinen Erschöpfung. Er holte ein Percodan aus seinem Schreibtisch. Dann rief er Doris an, denn er fürchtete, am nächsten Morgen womöglich zu verschlafen. Er mußte das Telefon lange klingeln lassen. Im Geiste zeichnete er den komplizierten Weg von ihrem Bett zum Telefon nach. Er fragte sich, warum sie sich keinen Nebenanschluß legen ließ. Als sie endlich abhob, sagte er: »Hör zu, du mußt morgen um halb sieben in der Praxis sein.«

»Aber das ist ja schon in drei Stunden«, protestierte sie.

»Mein Gott, du brauchst mir nicht zu sagen, wie spät es ist«, schrie Thomas. »Glaubst du, das weiß ich nicht? Aber ich habe um halb acht meine erste von drei Bypassoperationen, und ich möchte, daß du herkommst und mich weckst, verstanden?«

Er knallte den Hörer auf die Gabel. »Selbstsüchtiges Miststück«, sagte er, während er sein Kopfkissen mit wütenden Schlägen zurechtklopfte.

7

Blinzelnd öffnete Cassi die Augen. Die Uhr zeigte kurz nach fünf, und draußen war es noch dunkel. Sie hatte noch zwei Stunden Zeit zum Schlafen.

Eine Weile lag sie reglos im Bett und lauschte. Zuerst dachte sie, ein Geräusch gehört zu haben, aber nach einiger Zeit war ihr klar, daß sie von einem Vorgang in ihrem Kopf geweckt worden war. Das klassische Symptom für eine Depression.

Zuerst versuchte sie, sich einfach auf die andere Seite zu drehen und sich die Decke über den Kopf zu ziehen, aber sie merkte schnell, daß sie damit keinen Erfolg haben würde. Sie konnte nicht wieder einschlafen. Also beschloß sie aufzustehen, obwohl ihr klar war, daß sie dann den ganzen Tag über zu nichts zu gebrauchen sein würde. Und dabei waren Thomas und sie am Abend noch zu den Ballantines eingeladen.

Das Haus war eiskalt, und sie zitterte, als sie in ihren Morgenrock fuhr. Im Badezimmer schaltete sie den Boiler ein und stellte sich unter die Dusche.

Während sie das heiße Wasser über ihren Körper laufen ließ, erinnerte sich Cassi widerstrebend an den Grund für ihre Depression – die Medikamente, die sie im Schreibtisch ihres Mannes gefunden hatte. Und Patricia würde es sich natürlich nicht nehmen lassen, ihren Sohn darüber zu informieren, daß sie Cassi in seinem Arbeitszimmer beim Herumstöbern beobachtet hatte. Thomas würde keine Sekunde brauchen, um zu erraten, was sie gesucht hatte.

Cassi stellte die Dusche ab und versuchte, zu einem Entschluß zu kommen. Sollte sie zugeben, die Drogen gefunden zu haben, und ihn solcherart mit der Wahrheit konfrontieren? War das Vorhandensein der Tabletten überhaupt ein ausreichender Anklagepunkt? Konnte es nicht eine andere Erklärung für die Plastikdöschen in seiner Schublade geben? Letzteres bezweifelte Cassi allerdings, wenn sie an die häufig so stark verengten Pupillen ihres Mannes dachte. So sehr sie sich danach sehnte, etwas anderes glauben zu können, war es doch mehr als wahrscheinlich, daß Thomas selbst die Pillen nahm. Wie viele, wußte sie nicht. Ebensowenig wußte sie, inwieweit sie selbst schuld daran war.

Vielleicht sollte sie Hilfe suchen, aber bei wem? Sie hatte nicht die geringste Ahnung. Patricia kam ganz offensichtlich nicht in Frage, und wenn sie sich an eine Behörde wandte, war die Karriere ihres Mannes so gut wie beendet. Was sie auch tat, sie konnte nicht gewinnen. Cassi war so niedergeschlagen, daß sie nicht einmal heulen konnte. Was immer sie auch unternahm oder unterließ, es würde Ärger geben. Großen Ärger. Und sie war sich im klaren, daß nichts Geringeres auf dem Spiel stand als ihre Ehe.

Es kostete sie mehr Kraft als je zuvor, sich zu Ende anzuziehen und die lange Fahrt zur Klinik durchzustehen. Kaum hatte sie ihre Leinentasche auf den Schreibtisch fallen lassen, steckte Joan schon den Kopf zur Tür herein. »Na, geht's besser heute?« fragte sie gutgelaunt.

»Nein«, antwortete Cassi müde und ausdruckslos.

Joan spürte sofort, wie deprimiert ihre Freundin war. Vom Standpunkt des Psychiaters aus betrachtet, ging es Cassi noch schlechter als am letzten Nachmittag. Joan trat ins Büro und schloß die Tür hinter sich. Cassi war zu schwach, um Einwände zu erheben.

»Sie kennen doch den alten Aphorismus über den kranken Doktor«, sagte Joan. »Wer darauf besteht, sich selbst zu behandeln, wird herausfinden, daß er einen Idioten als Patienten hat. Und das gilt genauso für den emotionalen

Bereich. Sie gefallen mir ganz und gar nicht. Eigentlich wollte ich mich dafür entschuldigen, daß ich Ihnen gestern mit meinem Senf auf den Wecker gegangen bin, aber wenn ich Sie jetzt so ansehe, glaube ich, daß ich recht hatte. Cassi, was ist los mit Ihnen?«

Cassi war wie gelähmt.

Jemand klopfte an die Tür.

Joan öffnete und sah sich einer tränenüberströmten Maureen Kavenaugh gegenüber.

»Tut mir leid, Dr. Kingsley-Cassidy hat im Moment keine Zeit«, sagte sie und schloß die Tür wieder, ehe Maureen etwas sagen konnte.

»Setzen Sie sich, Cassi!«

Cassi setzte sich. Die Idee, sich herumkommandieren zu lassen, hatte etwas rundum Verlockendes.

»Okay«, fuhr Joan fort, »raus damit, was ist los? Ich weiß, das Problem mit Ihrem Auge belastet Sie, aber das kann noch nicht alles sein.«

Einmal mehr erkannte Cassi, wie verführerisch der Druck des Psychiaters auf den Patienten sein konnte. Sprich dich aus! Joan erweckte Vertrauen, daran gab es keinen Zweifel. Und Cassi konnte jemanden brauchen, dem sie vertrauen durfte. Wenn sie es sich genau überlegte, sehnte sie sich geradezu verzweifelt danach, ihre Last mit jemandem teilen zu können. Sie brauchte Joans Scharfblick, ihre Unterstützung.

»Ich glaube, Thomas nimmt Drogen«, sagte sie so leise, daß Joan sie kaum verstehen konnte. Cassi suchte im Gesicht ihrer Freundin nach Anzeichen des Entsetzens, fand aber keine. Joans Miene veränderte sich nicht im geringsten.

»Was für Drogen?« fragte sie.

»Dexedrine, Percodan und Talwin, von mehr weiß ich nicht.«

»Talwin ist unter Ärzten sehr beliebt«, sagte Joan. »Wieviel nimmt er denn?«

»Ich weiß nicht. Soweit mir bekannt ist, haben seine Operationen bisher noch nicht darunter gelitten. Er arbeitet so hart wie immer.«

Joan nickte. »Weiß Thomas, daß Sie davon wissen?«

»Er weiß, daß ich einen Verdacht habe, zumindest, was das Dexedrine betrifft. Von den anderen weiß er nichts. Im Moment jedenfalls noch nicht.« Wieder fragte sie sich, wie lange es wohl dauern würde, bis Patricia ihren Sohn darüber informierte, daß Cassi in seinem Arbeitszimmer herumgeschnüffelt hatte!

Joan sagte: »Unglücklicherweise ist dieses Phänomen gar nicht so selten. Es gibt eine Menge Literatur darüber; Sie sollten sich einmal damit beschäftigen. Allerdings ist es im allgemeinen so, daß die Ärzte selbst sich nicht so gern damit auseinandersetzen. Ich lasse Ihnen ein paar Fotokopien machen. Hat Thomas sich sonst irgendwie auffällig verändert, ist er unberechenbar, unzuverlässig oder sprunghaft geworden?«

»Nein«, sagte Cassi. »Wie ich schon sagte, er arbeitet härter als je zuvor. Aber er hat mir gegenüber einmal zugegeben, daß die Arbeit ihm nicht mehr soviel Freude bereitet wie früher. Außerdem scheint er mir in letzter Zeit nicht mehr sonderlich tolerant zu sein.«

»Tolerant in welcher Hinsicht?«

»In jeder Hinsicht. Menschen gegenüber, mir gegenüber. Sogar seiner Mutter gegenüber, die mehr oder weniger bei uns lebt.«

Joan verdrehte die Augen, sie konnte einfach nicht anders.

»Es ist nicht so schlimm«, sagte Cassi.

»Klar«, meinte Joan zynisch.

Ein paar Sekunden lang schwiegen beide und sahen sich nur an. Dann fragte Joan vorsichtig: »Wie sieht es denn mit Ihrer Ehe aus?«

»Was meinen Sie?« fragte Cassi ausweichend zurück.

Joan räusperte sich. »Wer Drogen nimmt, hat nicht selten Phasen von Impotenz und sucht dann verstärkt Bestätigung außerhalb der Ehe.«

»Thomas hat keine Zeit für außereheliche Bestätigungen«, antwortete Cassi ohne Zögern.

Joan nickte. »Wissen Sie, Ihr Hinweis auf die niedrige Frustrationsschwelle Ihres Mannes und die Tatsache, daß er zur Zeit wenig Freude an seiner Arbeit findet, ist vielsagend. Eine Menge Chirurgen sind ziemlich narzißtisch und lassen auch noch einige Nebenmerkmale dieser Störung erkennen.«

Cassi antwortete nicht, fand aber, daß der Gedanke einigen Sinn ergab.

»Na, wie auch immer, vielleicht denken Sie mal drüber nach«, sagte Joan. »Es ist eine interessante Vorstellung, daß sein Erfolg für Thomas ein Problem sein könnte. Narzißtische Männer brauchen die Arbeitsstruktur und das ständige Feedback, das man zum Beispiel während seiner chirurgischen Praktikantenzeit mit ihrem Konkurrenzdruck vorfindet.«

Cassi nickte und sagte: »Er hat tatsächlich einmal gesagt, daß es niemanden mehr gäbe, an dem er sich messen könne.«

In diesem Augenblick klingelte ihr Telefon. Als Cassi den Hörer abhob und sich meldete, stellte Joan erfreut fest, daß sie bereits weniger deprimiert zu sein schien. Tatsächlich trat sogar ein Lächeln auf Cassis Züge, als sie Robert Seiberts Stimme erkannte.

Cassi faßte sich kurz. Nachdem sie aufgelegt hatte, erklärte sie, daß Robert im siebten Himmel sei, weil er schon wieder einen PPT-Fall vorliegen hatte.

»Na, wunderbar«, meinte Joan sarkastisch. »Falls Sie vorhaben, mich zur Autopsie einzuladen – nein, danke.«

Cassi lachte. »Ich habe eben selbst abgelehnt. Ich muß mich den ganzen Vormittag um meine Patienten kümmern, aber ich habe Robert versprochen, mich beim Mittagessen mit ihm über das Ergebnis der Autopsie zu unterhalten.« Sie warf einen Blick auf ihre Armbanduhr. »Du lieber Himmel, ich verpasse noch die Belegschaftskonferenz.«

Die Konferenz verlief komplikationslos. Es hatte keine nächtlichen Katastrophen und auch keine Neuzugänge gegeben. Tatsächlich konnte der diensthabende Arzt berichten, daß er neun Stunden ungestörten Schlafs zu verzeichnen hatte, was jedermann mit Neid und Eifersucht erfüllte. Cassi erhielt Gelegenheit, über Maureens Schwester zu referieren, und man einigte sich darauf, daß Cassi Maureen ermutigen sollte, selbst mit ihrer Schwester Kontakt aufzunehmen. Wenn möglich, sollte sie versuchen, die Schwester allen Risiken zum Trotz in den Behandlungsprozeß einzubeziehen.

Außerdem beschrieb Cassi die klar zutage liegende Verbesserung im Zustand von Colonel Bentworth einschließlich seiner Versuche, sie selbst zu manipulieren. Letzteres fand Jacob Levine besonders interessant, warnte Cassi aber vor voreiligen Schlüssen. »Denken Sie daran, Borderlinefälle sind unberechenbar«, sagte er und nahm seine Brille ab, um damit auf Cassi zu deuten und seinen Worten zusätzlichen Nachdruck zu verschaffen.

Da es keine neuen Probleme zu diskutieren gab, wurde die Konferenz vorzeitig abgebrochen. Cassi lehnte eine Einladung zu einer Tasse Kaffee ab, weil sie nicht zu spät zu ihrem Termin mit Colonel Bentworth kommen wollte. Als sie in den Gang zu ihrem Büro bog, wartete er bereits vor der Tür.

»Guten Morgen«, sagte Cassi, so fröhlich sie konnte, und trat ein. Der Colonel folgte ihr schweigend und setzte sich. Eigenartig verlegen nahm sie hinter ihrem Schreibtisch Platz. Sie wußte nicht, warum, aber irgendwie steigerte der Colonel ihre berufliche Unsicherheit noch, besonders wenn er sie mit diesen durchdringenden blauen Augen anstarrte, die sie, wie sie jetzt zum erstenmal bemerkte, an die von Thomas erinnerten. Sie hatten beide diesen verwirrenden Türkis-Ton in den Pupillen.

Auch heute wirkte Bentworth ganz und gar nicht wie ein Patient. Er war tadellos gekleidet und schien seine alte selbstbewußte und befehlsgewohnte Aura wiedergefunden zu haben. Der einzige sichtbare Hinweis darauf, daß es sich um dieselbe Person handelte, die Cassi vor einigen Wochen aufgenommen hatte, waren die heilenden Brandwunden an seinem linken Unterarm.

»Ich weiß nicht, wie ich anfangen soll«, sagte er.

»Vielleicht könnten Sie damit beginnen, daß Sie mir verraten, warum Sie Ihre Meinung so plötzlich geändert haben. Bis jetzt waren Sie immer gegen private Sitzungen.«

»Wollen Sie die Wahrheit hören?«

»Das ist immer der beste Weg«, antwortete Cassi.

»Nun, die Wahrheit ist, daß, ich übers Wochenende Ausgang haben möchte.«

»Aber solche Entscheidungen werden doch üblicherweise in der Gruppe getroffen.«

Gruppentherapie war zur Zeit die Behandlungsmethode, auf die Behtworth am besten ansprach.

»Das stimmt«, sagte der Colonel, »aber diese verdammten Scheißkerle wollen mich nicht gehen lassen. Sie könnten sie überstimmen, das weiß ich.«

»Und warum sollte ich Leute überstimmen wollen, die Sie besser kennen als ich?«

»Die kennen mich überhaupt nicht«, rief Bentworth und schlug mit der flachen Hand auf die Schreibtischplatte.

Die plötzliche Bewegung jagte Cassi Angst ein, aber sie sagte nur ruhig: »Das bringt Sie auch nicht weiter.«

»Jesus Christus!« sagte Bentworth. Er stand auf und ging vor Cassis Schreibtisch hin und her. Als sie nicht reagierte, ließ er sich wieder auf seinen Stuhl fallen. An seiner Schläfe pochte eine kleine Ader.

»Manchmal denke ich, es wäre leichter, einfach aufzugeben«, sagte er.

»Warum waren die Mitglieder Ihrer Gruppe der Meinung, Sie sollten keinen Wochenendausgang erhalten?« fragte Cassi. Das einzige, worauf sie bei Bentworth vorbereitet war und worauf sie nicht hereinfallen würde, war manipulatives Benehmen.

»Ich weiß nicht«, sagte der Colonel.

»Aber Sie müssen doch eine Ahnung haben.«

»Sie können mich nicht ausstehen, reicht Ihnen das? Sie sind nichts anderes als ein Haufen Scheißkerle. Proleten, verdammt noch mal.«

»Das klingt nicht gerade freundlich.«

»Natürlich nicht, ich hasse sie.«

»Es sind Leute wie Sie und ich, Leute mit Problemen.«

Bentworth reagierte nicht sofort, und Cassi versuchte sich daran zu erinnern, was sie über den Umgang mit Borderlinefällen gelesen hatte. Die tatsächliche Ausübung ihres Berufs schien viel komplizierter als seine begriffliche Definition. Sie wußte, daß ihre Aufgabe darin bestand, der ganzen Sache eine Art Gerüst zu geben, aber im Zusammenhang mit der gegenwärtigen Sitzung gesehen, wußte sie nicht genau, was das eigentlich bedeutete.

»Das Komische ist, daß ich sie hasse und gleichzeitig brauche«, sagte Bentworth kopfschüttelnd, als sei er von seiner eigenen Äußerung überrascht. »Ich weiß, das klingt verrückt, aber ich hasse es, allein zu sein. Es ist das Schlimmste, was mir passieren kann. Wenn ich allein bin, fange ich an zu trinken, und wenn ich anfange zu trinken, drehe ich durch. Ich kann nichts dafür.«

»Wie kommt das?« fragte Cassi.

»Ich kriege regelmäßig irgendwelche Anträge. Unausweichlich. Irgend so ein Schwuler sieht mich und hält mich für seinesgleichen, also geht er auf mich zu und macht mich an. Und am Ende schlage ich den Kerl zu Klump. Das habe ich in der Armee gelernt, wie man jemand mit seinen Händen halb umbringt.«

Cassi erinnerte sich daran, gelesen zu haben, daß der psychotische Grenzfall genau wie der Narziß den Drang verspürt, sich gegen Homosexuelle zu wehren. Homosexualität konnte ein fruchtbares Thema sein, was künftige Sitzungen anging, aber im Moment wollte sie nicht in Bereiche vorstoßen, die so viele Emotionen auslösten.

»Was ist mit Ihrem Beruf?« fragte Cassi, um das Thema zu wechseln.

»Wenn Sie die Wahrheit wissen wollen, ich bin's leid, in der Armee zu sein. Am Anfang hat mir die Konkurrenzsituation gefallen, aber jetzt, wo ich Colonel bin, ist der Reiz verflogen. Ich bin arriviert. Und General werde ich nicht, weil zu viele Leute auf mich eifersüchtig sind. Es gibt keine Herausforderung mehr. Immer wenn ich ins Büro gehe, empfinde ich eine ungeheure Leere und frage mich, was das alles überhaupt soll.«

»Eine ungeheure Leere?« wiederholte Cassi leise.

»Ja, Leere. Dasselbe Gefühl, wie wenn ich mehrere Monate mit der gleichen Frau gelebt habe. Am Anfang ist es leidenschaftlich, aufregend, aber mit der Zeit stellt sich wieder diese Leere ein. Die Luft ist raus. Ich weiß nicht, wie ich es sonst erklären sollte.«

Cassi biß sich auf die Unterlippe.

»Die ideale Beziehung zu einer Frau«, fuhr Bentworth fort, »sollte nur einen Monat dauern. Dann müßte sie sich, puff, in Rauch auflösen, und eine andere müßte ihren Platz einnehmen. Das wäre perfekt.«

»Aber Sie waren doch verheiratet.«

»Stimmt, war ich. Hat genau ein Jahr lang gehalten. Ich hätte die Braut beinahe umgebracht. Die ganze Zeit nichts als Gemecker.«

»Leben Sie momentan mit jemand zusammen?«

»Nein. Deswegen bin ich ja hier. Einen Tag, bevor sie

mich aufgegriffen haben, ist sie abgehauen. Ich kannte sie erst ein paar Wochen, aber sie hat einen anderen Typen kennengelernt und ist verduftet. Deswegen will ich am Wochenende auch Ausgang haben. Sie hat immer noch einen Schlüssel zu meiner Wohnung. Ich befürchte, daß sie sich an meinen Sachen vergreift.«

»Warum rufen Sie nicht einen Freund an und bitten ihn, das Schloß auszuwechseln?« fragte Cassi.

»Ich habe niemanden, dem ich vertrauen kann«, sagte Bentworth und stand auf. »Hören Sie, darf ich nun am Wochenende raus, oder machen wir den ganzen Zirkus hier für nichts und wieder nichts?«

»Ich bringe die Sache bei der nächsten Belegschaftskonferenz zur Sprache«, sagte Cassi. »Wir werden darüber diskutieren.«

Bentworth beugte sich über den Schreibtisch. »Das einzige, was ich während der Zeit hier in der Klinik gelernt habe, ist, daß Psychiater mich ankotzen. Sie halten sich für so ungeheuer intelligent, dabei sind sie alles andere als das. Sie sind noch viel verrückter als ich.«

Cassi hielt seinem Blick stand und bemerkte, wie kalt seine Augen geworden waren. Der Gedanke ging ihr durch den Kopf, daß man Colonel Bentworth in eine Anstalt einweisen sollte. Dann fiel ihr ein, daß man das ja schon getan hatte.

Cassi klopfte an den Türrahmen von Roberts winzigem Büro. Er blickte von dem Binokulartubus seines Mikroskops auf und verfiel in ein breites, ansteckendes Grinsen. Dann sprang er so heftig auf, daß sein Stuhl bis zur Wand rollte und dort gegen einen Aktenschrank prallte. Sie umarmten sich.

»Du siehst niedergeschlagen aus«, sagte Robert. »Was ist los?«

Cassi senkte den Blick. Sie hatte in den letzten Stunden

genug geredet. »Ich bin nur etwas erschöpft. Irgendwie hatte ich mir den Beruf des Psychiaters immer etwas leichter vorgestellt.«

»Dann solltest du vielleicht wieder in die Pathologie zurückkehren«, schlug Robert vor und holte ihr einen Stuhl. Er beugte sich vor und legte ihr die Hände auf die Knie. Bei jedem anderen Mann hätte sie sich gegen eine solche Geste verwahrt, bei Robert aber wirkte sie tröstlich.

»Was kann ich dir anbieten? Kaffee? Orangensaft? Sonst irgend etwas?«

Cassi schüttelte den Kopf. »Ich wünschte, du könntest mir was geben, damit ich nachts ruhig schlafe. Ich bin völlig kaputt, und dabei muß ich heute abend noch auf eine Party bei Dr. Ballantine in Manchester.«

»Wundervoll«, gurrte Robert. »Was wirst du anziehen?«

Ungläubig rollte Cassi mit den Augen. »Darüber habe ich noch gar nicht nachgedacht.«

Robert, der sich mit Cassis Garderobe ganz gut auskannte, machte ihr mehrere Vorschläge, bis Cassi ihn schließlich unterbrach und darauf hinwies, daß sie wegen der Autopsie hergekommen sei, nicht um seinen Rat in Modefragen einzuholen.

Robert tat, als sei er verletzt, und sagte: »Du kommst immer bloß wegen der Arbeit. Es gab mal eine Zeit, da waren wir noch Freunde.«

Cassi streckte die Hand aus, um Robert einen leichten Stups zu versetzen, aber er entwischte ihr, indem er sich mit den Füßen abstieß und auf seinem Stuhl davonrollte. Sie lachten. Cassi seufzte und merkte, daß sie sich besser fühlte als seit Stunden. Robert wirkte wie ein Stärkungsmittel.

»Hat dein Mann dir erzählt, daß er mir auf der letzten Exituskonferenz das Leben gerettet hat?«

»Nein«, sagte Cassi überrascht. Sie hatte Robert gegenüber nie erwähnt, daß Thomas ihn nicht mochte, aber bei den wenigen Gelegenheiten, wo sie sich begegnet waren, hatte es ihm nicht entgehen können.

»Ich habe einen großen Fehler gemacht. Irgendein verrückter Vogel hatte mir gezwitschert, daß die Herzchirurgen überglücklich sein würden, etwas über PPT zu erfahren, und ich beschloß, ihnen schon vorab ein paar Einblicke zu gewähren. Wie sich herausstellte, war es ungefähr das Schlimmste, was ich tun konnte. Ich hätte mir eigentlich denken können, daß ihr Ego eine solche Studie immer nur als Kritik auffassen würde. Wie auch immer, als ich mit meinem Vortrag fertig war, ging Ballantine auf mich los, bis Thomas ihn mit einer intelligenten Frage unterbrach. Das provozierte weitere Fragen, und die Katastrophe konnte in letzter Sekunde abgewendet werden. Am nächsten Morgen hat mir der Direktor der Pathologie ganz schön Feuer unterm Hintern gemacht. Ich schätze, George Sherman hat ihn gebeten, mich aufs Abstellgleis zu schieben.«

Cassi war beeindruckt und dankbar. Sie wunderte sich, daß Thomas kein Wort von seiner Intervention gesagt hatte, bis ihr wieder einfiel, daß sie ja kaum mehr miteinander sprachen.

»Vielleicht muß ich einige der häßlichen Dinge, die ich über Thomas gesagt habe, zurücknehmen«, fügte Robert hinzu.

Ein ungemütliches Schweigen folgte. Gerade jetzt wollte Cassi sich nicht in eine Diskussion über ihre Gefühle verwickeln lassen.

»Nun denn«, sagte Robert und rieb sich begeistert die Hände, »an die Arbeit! Wie ich dir schon am Telefon verraten habe, sieht mir alles nach einem neuen PPT-Fall aus.«

»Auch zyanotisch wie der letzte?« fragte Cassi.

»Nein«, antwortete Robert. »Komm mit, ich zeig's dir.«

Er sprang auf und zog Cassi aus seinem Büro und in eine der Autopsiekammern. Ein junger hellhäutiger Schwarzer lag auf dem Untersuchungstisch aus rostfreiem Stahl. Der bei Autopsien übliche Y-Schnitt war nachlässig vernäht und mit Pflastern zugeklebt worden.

»Ich habe sie gebeten, die Leiche noch nicht wegzuräumen, damit du dir etwas ansehen kannst«, sagte Robert. Seine Stimme hallte in dem gekachelten Raum.

Er ließ Cassi los und schob Jeoffry Washington den Daumen in den Mund, um den Unterkiefer herunterzuziehen. »Schau, hier!«

Die Hände im Rücken gefaltet, beugte sich Cassi vor und warf einen Blick in den Mund des Toten. Die Zunge sah aus wie Hackfleisch.

»Er muß wie verrückt darauf herumgekaut haben«, sagte Robert. »Alles läßt auf einen epileptischen Anfall schließen.«

Cassi richtete sich wieder auf. Ihr war ein wenig übel von dem, was sie gesehen hatte. Wenn es sich wirklich um einen PPT-Fall handelte, dann um den bisher jüngsten.

»Ich glaube, der hier ist an Arhythmie gestorben«, sagte Robert, »aber sicher weiß ich das erst, wenn ich sein Gehirn untersucht habe. Weißt du, wenn ich solche Geschichten sehe, dann gehe ich nicht gerade beruhigt an meine eigene Operation.« Er streifte Cassi mit einem Seitenblick.

»Wann ist es denn soweit?« fragte Cassi.

Robert lächelte. »Du hast mir ja nie geglaubt, daß ich es wirklich tun würde, aber jetzt kannst du mal sehen. Morgen werde ich aufgenommen. Und du?«

»Das steht noch nicht fest«, sagte Cassi ausweichend.

»Du drückst dich wieder mal«, warf Robert ihr vor. »Warum läßt du dich nicht auch morgen oder übermorgen einweisen, dann können wir uns gegenseitig im Genesungszimmer besuchen.«

Cassi wollte Robert nichts davon erzählen, wie schwer es war, die Sache mit Thomas zu besprechen. Widerstrebend wandte sie ihre Aufmerksamkeit wieder der Leiche zu.

»Wie alt?« fragte sie mit einer auf Jeoffry Washington gemünzten Handbewegung.

»Achtundzwanzig.«

»Sie werden immer jünger. Und seit dem letzten Fall sind erst zwei Wochen vergangen.«

»Du sagst es.«

»Weißt du, je länger ich darüber nachdenke, desto verwirrender finde ich diese Fälle.«

»Was meinst du, warum ich so dahinter her bin?« fragte Robert.

»Wenn man bedenkt, wie viele es inzwischen sind und daß sie immer häufiger auftreten, fällt es immer schwerer, einfach nur an einen Zufall zu glauben.«

»Ganz deiner Meinung«, sagte Robert. »Seit dem letzten Fall werde ich den Verdacht nicht los, daß diese Todesfälle enger miteinander in Verbindung stehen, als wir ahnen. Die einzige Schwierigkeit dabei ist, daß wir ein spezielles Bindeglied brauchen, und wie dein Mann schon sehr richtig gesagt hat, sind fast alle Todesfälle physiologisch verschieden. Die Fakten passen nicht zu meiner Theorie.«

Cassi trat um den Tisch herum auf Jeoffrys rechte Seite. Sie streckte die Hand aus und strich über den linken Vorderarm der Leiche. »Sieht das nicht leicht geschwollen aus?«

Robert beugte sich vor. »Ich weiß nicht. Wo?«

»Hier. Hing der Patient am Tropf?«

»Ich glaube. Er hatte eine Venenentzündung und wurde deswegen mit Antibiotika versorgt.«

Cassi hob Jeoffrys linken Arm hoch und untersuchte die Stelle, wo die Injektionsnadel gesteckt hatte. Sie war gerötet und geschwollen. »Nur interessehalber, wie wär's, wenn man ihm ein Stück der Vene entnehmen würde, in der die IV-Nadel gesteckt hat?«

»Ich tue alles, was du willst, wenn du mich dann öfter hier besuchst.«

Vorsichtig, als könnte der Tote es noch spüren, ließ Cassi den Arm wieder auf den Tisch sinken. »Weißt du zufällig, ob alle PPT-Fälle intravenös ernährt worden sind?«

»Ich habe keine Ahnung, aber das läßt sich ja herausfinden«, sagte Robert. »Ich kann mir ungefähr vorstellen, worauf du hinaus willst, und es gefällt mir nicht.«

»Der andere Vorschlag, den ich zu machen hätte, wäre, daß man die physiologischen Sterbevorgänge unter dem mechanischen Aspekt vergleicht und nach Gemeinsamkeiten sucht. Du weißt schon, was ich meine.«

»Ich weiß, was du meinst«, bestätigte Robert. »Vielleicht kann ich das sogar heute noch erledigen. Und ich besorge dir das Stück Vene, aber du mußt mir versprechen, dann auch heraufzukommen und es dir anzusehen. Einverstanden?«

»Einverstanden«, sagte Cassi.

Als Cassi auf dem Gang vor der Pathologie den Fahrstuhlknopf drückte, wurde ihr auf einmal bewußt, daß sie sich vor der gleich stattfindenden Sitzung mit Maureen Kavenaugh fürchtete. Maureens Depression würde zweifellos auch auf ihre eigene abfärben, und die Tatsache, daß sie – wie Joan ihr erklärt hatte – allen Grund hatte, niedergeschlagen zu sein, machte die Symptome nicht erträglicher.

Die Tatsache, daß ihr die bevorstehende Sitzung unangenehm war, zwang sie, sich einzugestehen, daß sie als Psychiaterin gezwungen sein würde, ihre eigenen Werturteile zu überdenken. Auf anderen Gebieten der Medizin konnte man sich auf die Krankheitserscheinungen konzentrieren, wenn man an einen Patienten geriet, den man nicht mochte. In der Psychiatrie war das unmöglich.

Glücklicherweise war Maureen noch nirgendwo zu sehen, als Cassi ihr Büro erreichte. Sie wußte schon, daß es ihr schwerfallen würde, sich auf Maureen zu konzentrieren, weil Roberts Bemerkung über seine Operation sie wieder an ihre eigene erinnert hatte. Sie wußte, daß Robert recht hatte. Nach einem kurzen Zögern wählte sie die Nummer von Thomas' Praxis.

Leider befand er sich gerade im Operationssaal. »Ich weiß auch nicht, wie lange es noch dauern wird«, sagte Doris. »Aber er hat mich gebeten, für heute nachmittag alle Termine abzusagen, so daß es wahrscheinlich spät werden wird.«

Cassi bedankte sich und legte auf. Sie starrte auf den Monet-Druck an der Wand, ohne ihn zu sehen. Konnte man das schon als sprunghaft bezeichnen, wenn jemand seine Termine absagte? Nein, eigentlich nicht. Ganz offenbar hatte er seinen Terminplan nur geändert, weil er nicht wußte, wie lange er operieren mußte.

Ein Klopfen unterbrach ihre Gedanken. Maureens freudloses Gesicht erschien im Türrahmen.

»Kommen Sie herein«, sagte Cassi, so fröhlich sie konnte. Sie vermutete, daß die nächste Stunde ein hervorragendes Beispiel dafür abgeben würde, wie der Blinde einen Blinden zu führen versuchte.

Es war Doris, nicht Thomas, die Cassi mitten am Nachmittag anrief, um ihr mitzuteilen, daß Dr. Kingsley sich um Punkt sechs Uhr am Haupteingang des Krankenhauses mit ihr treffen würde. Sie wies darauf hin, daß Dr. Kingsley wegen der Party am Abend auf Pünktlichkeit bestehe. Cassi wartete also um kurz vor sechs schon im Foyer, aber Thomas war nirgendwo zu sehen. Als die Uhr über dem Informationsstand zwanzig nach sechs zeigte, begann sie sich zu fragen, ob sie die Nachricht vielleicht falsch verstanden hatte.

Der Eingang wimmelte von Leuten, die teils gingen, teils kamen. Bei denen, die gingen, handelte es sich fast ausschließlich um Angestellte, sie schwatzten und lachten, froh darüber, daß der Arbeitstag endlich zu Ende war. Die Ankömmlinge waren in erster Linie Besucher in gedämpfter

Stimmung, die sich eingeschüchtert vor der Auskunft anstellten, um sich nach Zimmernummern und Stationen zu erkundigen.

Während Cassi die Leute beobachtete, verging die Zeit, und als sie neuerlich auf die Uhr blickte, war es schon fast halb sieben. Da beschloß sie, Thomas in der Praxis anzurufen, aber gerade, als sie auf die Telefonzelle zugehen wollte, sah sie seinen Kopf über der Menge auftauchen. Er sah mindestens so müde aus, wie Cassi sich fühlte. Sein Gesicht war überschattet, was sich bei näherem Hinsehen als unregelmäßiger Bartwuchs herausstellte, als hätte er sich am Morgen nicht sorgfältig genug rasiert. Auch seine Augen wiesen rote Ringe auf.

Da sie nicht wußte, in welcher Stimmung er war, hielt Cassi den Mund. Als sie merkte, daß er weder beabsichtigte, mit ihr zu reden, noch stehenzubleiben, hakte sie sich einfach bei ihm ein und ließ sich zu der rasch kreisenden Drehtür mitziehen.

Draußen klatschte ihnen eine Mischung aus Regen und Schnee entgegen. Die Flocken schmolzen, sobald sie den Erdboden berührten. Cassi warf sich die Tasche über die Schulter, schützte ihr Gesicht mit dem Unterarm und stolperte hinter Thomas auf die Parkgarage zu.

Als sie die Garage erreicht hatten, blieb er stehen, drehte sich endlich zu ihr um und sagte: »Scheußliches Wetter.«

»Jetzt bezahlen wir für den schönen Herbst«, meinte Cassi – froh darüber, daß Thomas keine schlechte Laune zu haben schien. Vielleicht hatte Patricia ihm gar nichts von ihrem Besuch in seinem Arbeitszimmer erzählt.

Der Motor des Porsche erzeugte in der Garage donnernden Widerhall. Während Thomas die Armaturen im Auge behielt, legte Cassi ihren Sicherheitsgurt an. Sie war stark versucht, ihn aufzufordern, sich ebenfalls anzuschnallen, aber in Erinnerung an seine Reaktion beim letzten Mal zog sie es vor zu schweigen.

Kaum begann es zu schneien, kam der Verkehr in Boston mehr oder weniger zum Erliegen. Als Cassi und Thomas in östlicher Richtung den Storrow Drive entlangfuhren, mußten sie praktisch an jeder Ampel eine Ewigkeit warten. Obwohl Cassi sich gern unterhalten hätte, hatte sie Angst, das Schweigen zu brechen.

»Hast du heute was von Robert Seibert gehört?« fragte Thomas schließlich.

Cassis Kopf flog herum. Thomas hielt seine Augen immer noch auf die Straße gerichtet, obwohl der Wagen in einem Meer roter Bremslichter festsaß. Er wirkte wie hypnotisiert von dem Klick-Klack der Scheibenwischer.

»Ich habe mit ihm gesprochen, ja«, gab Cassi, von der Frage überrascht, zu. »Woher wußtest du das?«

»Ich habe gehört, daß einer von George Shermans Patienten gestorben ist. Offenbar hat niemand damit gerechnet, und ich habe mich gefragt, ob dein Freund Robert immer noch an seiner komischen Serie arbeitet.«

»Und wie«, sagte Cassi. »Ich habe ihn nach der Autopsie besucht, und bei der Gelegenheit hat Robert mir erzählt, wie du ihn bei der Exituskonferenz gerettet hast. Ich finde, das war sehr nett von dir, Thomas.«

»Es lag nicht in meiner Absicht, nett zu sein«, antwortete Thomas. »Ich wollte wissen, was er zu sagen hatte. Aber es war idiotisch von ihm, sich so aufzuführen, und ich bin immer noch der Meinung, daß er einen Tritt in den Hintern verdient.«

»Ich glaube, den hat er auch bekommen«, sagte Cassi.

Mit leisem Lächeln steuerte Thomas den Wagen auf die Ausfahrt zur Schnellstraße, als der Stau sich auflöste.

»War dieser letzte Fall auch geeignet, seinen Verdacht zu erregen?« erkundigte er sich, während er das Tempo bis auf neunzig steigerte und die langsamer vor ihm fahrenden Wagen mit der Lichthupe antrieb.

»Ich hatte schon den Eindruck«, antwortete Cassi und

umklammerte unfreiwillig ihre Oberschenkel. Sie hatte immer Angst, wenn Thomas fuhr. »Aber er hat das Gehirn noch nicht genauer untersucht. Er glaubt, daß der Patient Krampfanfälle hatte, bevor er starb.«

»Es war also nicht so wie bei seinem letzten Fall?«

»Nein. Aber er glaubt, daß die Ausgangssituationen sich ähneln.« Mit vollem Bedacht hielt sie ihre eigene Rolle bei der Diskussion geheim. »Die meisten der Patienten sind, besonders in den letzten Jahren, erst gestorben, nachdem die postoperativen Gefahren längst überwunden schienen. Unter anderem kam Robert heute der Gedanke, daß all diese Patienten eventuell noch am Tropf hingen, als der Tod eintrat. Robert überprüft das jetzt. Immerhin könnte es von Bedeutung sein.«

»Warum? Glaubt er etwa, daß irgendetwas bei diesen Todesfällen nicht mit rechten Dingen zugegangen sein könnte?« fragte Thomas schockiert.

»Ich vermute, er hat daran gedacht«, meinte Cassi. »Schließlich gab es diesen Fall in New Jersey, wo eine Reihe von Patienten mit so etwas wie Curare vergiftet wurde.«

»Das stimmt, aber sie starben alle auf die gleiche Weise.«

»Tja«, sagte Cassi. »Ich schätze, Robert hat das Gefühl, alle Möglichkeiten berücksichtigen zu müssen. Ich weiß, das alles klingt schrecklich, und es wird ihm sicherlich nicht helfen, seine Besorgnis bezüglich seiner eigenen Operation zu lindern, die kurz bevorsteht.«

Cassi hoffte, mit dieser Bemerkung einen eleganten Übergang gefunden zu haben, damit endlich ihre Operation zur Sprache käme.

»Um was für eine Operation geht es denn bei Robert?«

»Er läßt sich seine eingeklemmten Weisheitszähne ziehen. Und da er als Kind an Gelenkrheumatismus gelitten hat, muß er vorher mit Antibiotika behandelt werden, prophylaktisch.«

»Ich verstehe«, sagte Thomas. »Es wäre blöd von ihm,

es nicht zu tun. Obwohl ich sagen muß, daß er eine leichte Neigung zum Selbstmord hat. Nur so kann ich mir seine Vorstellung bei der Exituskonferenz erklären. Cassi, ich möchte ganz sichergehen, daß du die Finger von dieser sogenannten PPT-Studie läßt, vor allem, wenn das Ganze auf irgendwelche absurden Vorwürfe hinauslaufen sollte. Ich habe auch ohne das schon genug Probleme.«

Cassi beobachtete den fliesenden Verkehr, während der Porsche einen Wagen nach dem anderen überholte. Der monotone Rhythmus der Scheibenwischer schien sie zu lähmen, während sie den Mut aufzubringen versuchte, von ihrer eigenen Operation anzufangen. Sie hatte sich vorgenommen, das Thema zur Sprache zu bringen, sobald sie den gelben Wagen vor ihnen überholt hatten, aber der gelbe Wagen war längst hinter ihnen.

Dann der langsam fahrende grüne Bus. Aber sie ließen auch den grünen Bus hinter sich, und Cassi hatte noch immer nichts gesagt. Endlich ließ sie den Mut sinken und hoffte, daß Thomas von sich aus darauf zu sprechen kommen würde.

Die Spannung laugte sie aus. Der Gedanke, auf Ballantines Party gehen zu müssen, gefiel ihr immer weniger. Sie verstand nicht, warum ausgerechnet Thomas unbedingt hingehen wollte. Er haßte die Klinikmafia. Plötzlich kam ihr der Gedanke, er könnte vielleicht ihretwegen gehen. Wenn das stimmte, so war es einfach lächerlich. Alles, woran sie denken konnte, waren saubere Laken und ihr gemütliches Bett. Bei der nächsten Überführung, beschloß sie, würde sie ihn darauf ansprechen.

»Möchtest du wirklich auf diese Party heute abend?« fragte sie vorsichtig, als die Überführung dann über sie hinwegglitt.

»Warum fragst du?« Thomas riß den Wagen scharf zur Seite und gab Gas, um einen Wagen zu überholen, der seine Lichthupensignale ignoriert hatte.

»Wenn du nur meinetwegen gehst«, sagte Cassi, »ich bin völlig erledigt und würde viel lieber zu Hause bleiben.«

»Verdammt noch mal!« brüllte Thomas und schlug mit den Händen auf das Steuer. »Mußt du immer nur an dich selber denken! Ich habe dir schon vor Wochen gesagt, daß alle Dekane und das gesamte Direktorium da sein werden. Irgend etwas geht in der Klinik vor, was vor mir geheimgehalten wird, etwas Ungewöhnliches. Aber vermutlich hältst du das nicht für besonders wichtig, oder?«

Während Thomas vor Wut rot anlief, sank Cassi auf ihrem Sitz zusammen. Sie hatte das Gefühl, daß sie sagen konnte, was sie wollte, eins war schlimmer als das andere.

Thomas verfiel in brütendes Schweigen. Er fuhr jetzt noch rücksichtsloser und beschleunigte auf hundertzwanzig, während sie der gewundenen Straße durch die Salzdünen folgten. Trotz des Sicherheitsgurts wurde Cassi in jeder der scharfen Kurven auf ihrem Sitz hin und her geschleudert. Sie war erleichtert, als er endlich herunterschaltete, bevor sie in die Einfahrt zu ihrem Grundstück bogen.

An der Haustür hatte Cassi sich mit der Party abgefunden. Sie entschuldigte sich dafür, daß sie nicht verstanden hatte, worauf es ihm ankam, und sagte sanft: »Du siehst selbst ziemlich erschöpft aus.«

»Herzlichen Glückwunsch! Ich weiß dein Vertrauen zu würdigen«, antwortete Thomas sarkastisch und stieg die Treppe hinauf.

»Thomas«, rief Cassi verzweifelt, als sie merkte, daß er ihre Besorgnis als Beleidigung aufgefaßt hatte. »Kann unser Verhältnis denn nicht wieder anders werden?«

»Ich dachte, du wolltest es so haben.«

Cassi versuchte ihm zu widersprechen.

»Bitte, mach mir jetzt keine Szene!« schrie Thomas. Dann fügte er etwas ruhiger hinzu: »Wir fahren in einer Stunde. Wenn hier einer schrecklich aussieht, dann bist du das. Dein Haar ist das reinste Chaos. Ich hoffe, du hast vor, noch etwas dagegen zu tun, ehe wir gehen.«

»Ja«, sagte Cassi. »Thomas, ich möchte nicht, daß wir dauernd streiten. Es macht mir angst.«

»Ich habe jetzt keine Lust, mich mit dir auf eine Diskussion einzulassen«, sagte Thomas scharf. »Sieh zu, daß du in einer Stunde fertig bist.«

Er betrat sein Arbeitszimmer und ging direkt ins Bad, wobei er leise vor sich hinmurmelte. Wie selbstsüchtig Cassi doch war! Er hatte sie genau über die Party ins Bild gesetzt und ihr erklärt, warum sie so wichtig für ihn war, aber sie hatte es bequemerweise vergessen, weil sie sich so müde fühlte! »Warum muß ich mir das eigentlich alles gefallen lassen?« fragte er halblaut, während er sich mit der Hand über die Bartstoppeln fuhr.

Er holte sein Rasierzeug hervor, wusch sich das Gesicht und schäumte es ein. Cassi wurde allmählich mehr als nur eine Quelle steter Irritation. Sie wurde zu einer Belastung. Erst diese Geschichte mit ihrem Auge, dann das Gezeter, weil er hin und wieder eine Tablette nahm, und jetzt auch noch ihre Beschäftigung mit dieser provozierenden Arbeit von Robert Seibert.

Mit kurzen, unregelmäßigen Strichen zog er sich das Rasiermesser über das Gesicht. Er hatte das Gefühl, daß mittlerweile wirklich jeder gegen ihn war, sowohl in der Klinik als auch zu Hause. Bei der Arbeit hatte er es in erster Linie mit George Sherman zu tun, der ihm mit seiner Lehrscheiße das Wasser abzugraben versuchte. Allein der Gedanke daran frustrierte ihn dermaßen, daß er sein Rasiermesser mit aller Kraft in die Duschkabine schleuderte. Klirrend prallte es von den gekachelten Wänden ab und blieb in der Nähe des Abflusses liegen.

Er ließ das Messer, wo es war, und ging unter die Dusche. Das fließende Wasser beruhigte ihn im allgemeinen, und auch heute fühlte er sich nach ein paar Minuten schon wesentlich besser. Während er sich abtrocknete, hörte er, wie die Tür zu seinem Arbeitszimmer geöffnet wurde. Er nahm an, daß es Cassi war, und machte sich daher nicht die Mühe nachzusehen, aber als er im Bad fertig war und die Tür öffnete, fand er Patricia in seinem Sessel sitzend vor.

»Hast du mich nicht hereinkommen hören?« fragte sie.

»Nein«, sagte Thomas. Es war leichter zu flunkern. Er trat auf den kleinen Schrank unter dem Bücherregal zu, in dem er einige seiner frischen Sachen aufbewahrte.

»Ich kann mich noch an die Zeit erinnern, als du mich zu diesen Krankenhauspartys mitgenommen hast«, sagte Patricia klagend.

»Du bist herzlich eingeladen«, sagte Thomas.

»Nein. Wenn du wirklich gewollt hättest, daß ich mitkomme, hättest du mich von selbst aufgefordert, statt zu warten, bis ich frage.«

Thomas hielt es für besser, gar nicht erst zu antworten. Es war immer besser, nichts zu sagen, wenn Patricia wieder mal in »verletzter« Stimmung war.

»Gestern abend habe ich Licht in deinem Arbeitszimmer gesehen und dachte schon, du wärst endlich einmal nach Hause gekommen. Doch statt dessen habe ich nur Cassi vorgefunden.«

»In meinem Arbeitszimmer?« wollte Thomas wissen.

»Sie stand genau hinter deinem Schreibtisch«, sagte Patricia.

»Was hat sie da gemacht?«

»Ich weiß nicht. Ich habe sie nicht gefragt.« Patricia erhob sich mit einem selbstzufriedenen Ausdruck. »Ich habe dir ja gesagt, mit der wird es noch Ärger geben. Aber nein! Du wußtest es natürlich besser.« Sie schlenderte aus dem Raum und zog sacht die Tür hinter sich zu.

Thomas warf die für die Party ausgewählte Kleidung auf das Sofa und ging zum Schreibtisch. Als er die Schublade mit den Drogen aufzog, war er erleichtert, die Tablettendöschen vorzufinden, wie er sie versteckt hatte – hinter dem Briefpapier.

Aber auch so trieb Cassi ihn an den Rand des Wahnsinns. Er hatte ihr zehnmal gesagt, sie sollte die Finger von seinen Sachen lassen. Er spürte, wie er zu zittern begann. Instinktiv nahm er zwei Tabletten aus seinem Vorrat: Ein Percodan gegen die Kopfschmerzen, die er hinter seinen Augen wahrzunehmen begann, und eine Dexedrine, um wieder etwas wacher zu werden. Wenn er schon zu dieser Party ging, dann wollte er wenigstens munter sein.

Auf der Fahrt nach Manchester spürte Cassi sofort, daß sich die Laune ihres Mannes um hundert Prozent verschlechtert hatte. Sie hatte Patricia ins Haus kommen hören und nahm an, daß sie Thomas besucht hatte. Es war nicht sonderlich schwer zu erraten, was sie ihm erzählt haben mochte. Nachdem Thomas ohnehin nicht gerade bester Laune gewesen war, hätte sie kaum einen schlechteren Zeitpunkt wählen können.

Cassi hatte sich alle Mühe gegeben, das Beste aus ihrer Erscheinung zu machen. Nachdem sie ihre abendliche Insulindosis zu sich genommen hatte – etwas mehr als sonst, weil Zucker in ihrem Urin aufgetaucht war –, hatte sie geduscht und sich das Haar gewaschen. Dann hatte sie eins der von Robert vorgeschlagenen Kleider angezogen. Es war aus dunkelbraunem Samt, mit Puffärmeln und einer enggeschnürten Taille, so daß sie wirkte, als käme sie geradewegs aus dem Mittelalter.

Thomas äußerte sich nicht zu ihrem Aussehen. Tatsächlich sagte er überhaupt nichts. Er fuhr, genauso wie auf dem Weg von der Klinik nach Hause, rücksichtslos und schnell. Sie wünschte, sie hätte eine enge Freundin, an die sie sich wenden könnte – jemand, dem sie wirklich etwas bedeutete, aber sie hatte praktisch überhaupt keine Freundinnen oder Freunde. Einen Moment lang dachte sie an ihre letzte

Sitzung mit Colonel Bentworth. Dann hielt sie den Atem an. Daß sie sich mit Maureen Kavenaugh identifizierte, war eine Sache, aber ihren eigenen Mann mit einem psychotischen Borderlinefall zu vergleichen, eine ganz andere. Um sich abzulenken, starrte Cassi aus dem Fenster. Es war eine feuchte, dunkle und abschreckende Nacht.

Das Haus der Ballantines lag mit der Vorderseite zum Ozean, genau wie das von Thomas. Aber damit hörten die Gemeinsamkeiten auch schon auf. Das Heim des Klinikdirektors war ein riesiges Herrenhaus aus Stein, das sich bereits seit mehr als hundert Jahren im Besitz der Familie befand. Um sich die Erhaltung des Gebäudes weiter leisten zu können, hatte Dr. Ballantine etwas von seinem Grundbesitz an einen Bauträger verkauft, aber da die ursprüngliche Länderei so riesig gewesen war, konnte man auch jetzt weit und breit noch kein anderes Haus sehen. Man hatte den Eindruck, mitten auf dem Lande zu sein.

Als sie aus dem Wagen stiegen, bemerkte Cassi an Thomas ein leichtes Zittern. Seine Bewegungen schienen nicht ganz so sicher wie sonst. O Gott, was hatte er jetzt schon wieder genommen? Kaum waren sie im Haus, änderte sich sein Benehmen schlagartig. Erstaunt registrierte Cassi, wie schnell er seinen Ärger hinuntergeschluckt zu haben schien und sich wieder charmant und animiert gab. Wenn er sich nur etwas von diesem Charme auch für sie aufheben würde. Sie beschloß, daß sie ihn nun getrost sich selbst überlassen konnte, und begab sich auf die Suche nach etwas Eßbarem. Sie durfte nicht zu lange damit warten, denn schließlich war schon einige Zeit vergangen, seit sie ihr Insulin genommen hatte. Das Eßzimmer lag rechts von ihr; sie gab sich einen Ruck und steuerte auf die offene Tür zu.

Thomas war bester Laune. Wie er erwartet hatte, waren die meisten Kuratoren und Dekane der Universität da. Er interessierte sich besonders für den Vorsitzenden des Verwaltungsrats; dieser stand inmitten der Gruppe, zu der sich Thomas gleich nach der Ankunft gesellt hatte. Er griff nach einem weiteren Scotch und wollte sich gerade einen Weg durch die Menge bahnen, als Ballantine auf ihn zutrat.

»Ah, da sind Sie ja, Thomas.« Er hatte schon einen über den Durst getrunken, und die Ringe unter seinen Augen wirkten riesig, was ihm noch mehr als sonst das Aussehen eines Bassets gab. »Schön, daß Sie es noch geschafft haben.«

»Großartige Party«, sagte Thomas.

Ballantine blinzelte ihm übertrieben heftig zu. »Ob Sie's glauben oder nicht, am alten Boston Memorial ist wirklich was los. Meine Güte, ist das alles aufregend!«

»Wovon reden Sie eigentlich?« fragte Thomas und trat einen Schritt zurück, denn Dr. Ballantine hatte die Angewohnheit, jedes »T« mit einem Sprühnebel feiner Speicheltröpfchen zu begleiten, sobald er ein paar Drinks auf den Grund gegangen war.

Der Direktor trat näher heran. »Ich würde es Ihnen gern sagen, aber ich kann nicht«, flüsterte er. »Jedenfalls im Moment noch nicht. Aber Sie sollten sich noch einmal überlegen, ob Sie nicht doch zu uns kommen wollen. Haben Sie schon über mein Angebot nachgedacht?«

Thomas spürte, wie er die Geduld zu verlieren begann. Im Moment hatte er nicht die geringste Lust, über Ballantines Lieblingsthema zu sprechen; es interessierte ihn viel mehr, was er mit den Worten »am alten Boston Memorial ist wirklich etwas los« gemeint haben mochte. Das klang ganz und gar nicht beruhigend. Jede Änderung des Status quo bedeutete im allgemeinen nichts als Ärger. Plötzlich fiel ihm wieder ein, daß er um zwei Uhr morgens noch Licht in Ballantines Büro gesehen hatte.

»Was haben Sie eigentlich gestern nacht noch so spät im Büro gemacht?«

Ballantines glückliche Miene bewölkte sich. »Warum wollen Sie das wissen?«

»Reine Neugier«, antwortete Thomas.

»Aus heiterem Himmel ist das eine ziemlich eigenartige Frage«, sagte Dr. Ballantine.

»Ich war gestern nacht noch im OP. Ich habe Ihr erleuchtetes Fenster vom Casino aus gesehen.«

»Muß wohl die Putzfrau gewesen sein«, sagte Ballantine. Er warf einen Blick in sein zu drei Viertel geleertes Glas. »Sieht aus, als säße ich gleich auf dem trockenen.«

»Außerdem habe ich Shermans Wagen in der Garage gesehen«, fuhr Thomas fort. »Seltsamer Zufall, nicht wahr?«

»Ach«, meinte Ballantine mit einem abschätzigen Zucken der freien Hand. »George hat schon länger als einen Monat Ärger mit seiner Karre. Irgend etwas mit der elektrischen Anlage. Kann ich Ihnen noch einen Drink bringen? Ihr Glas ist auch gleich leer.«

»Warum nicht?« meinte Thomas. Er war sicher, daß Ballantine log. Kaum hatte der Direktor sich auf die Bar zugeschoben, nahm Thomas seine Suche nach dem Vorsitzenden des Verwaltungsrats wieder auf. Es schien ihm wichtiger als je zuvor, herauszufinden, was am Memorial vorging.

Cassi hielt sich eine Weile in der Nähe des Buffets auf, aß und unterhielt sich mit den anderen Frauen. Als sie überzeugt war, genug Kalorien zu sich genommen zu haben, um das Insulin auszugleichen, beschloß sie, sich jetzt wieder um Thomas zu kümmern. Sie hatte keine Ahnung, was für Drogen er heute genommen hatte, und war daher etwas nervös. Auf einmal stand George Sherman neben ihr und sagte mit einem warmen Lächeln: »Du siehst wie üblich hinreißend aus.«

»Du siehst auch nicht gerade schlecht aus, George«,

sagte Cassi. »Im Smoking gefällst du mir viel besser als in deinem alten Kordsamtsakko.«

George lachte verlegen. »Ich wollte mich mal erkundigen, wie es dir in der Psychiatrie gefällt. Ich war ganz überrascht, als ich hörte, daß du die Abteilungen gewechselt hast. In mancher Hinsicht beneide ich dich.«

»Sag mir jetzt bloß nicht, du wärst der Psychiatrie auch nur annähernd wohlgesonnen. Dann müßte ich nämlich meine ganzen Vorurteile über Chirurgen umschmeißen.«

»Nach der Geburt meines jüngeren Bruders hat meine Mutter eine schwere Depression durchlitten. Ich bin überzeugt davon, daß ihr Psychiater ihr das Leben gerettet hat. Damals hätte ich mich beinahe selbst darauf spezialisiert, aber ich glaube nicht, daß ich sehr erfolgreich gewesen wäre. Es erfordert eine Sensibilität, die ich nicht habe.«

»Unsinn«, sagte Cassi, »natürlich hast du die nötige Sensibilität. Ich glaube eher, daß dir die dauernde Untätigkeit auf die Nerven gehen würde. In der Psychiatrie sind es die Patienten, die die Arbeit leisten müssen.«

George schwieg einen Moment, und als Cassi ihn genauer in Augenschein nahm, kam ihr plötzlich der Gedanke, ihn mit Joan zu verkuppeln. Sie waren beide so nette Menschen.

»Wärst du interessiert, eine attraktive neue Bekannte von mir kennenzulernen?« fragte sie unschuldig.

»Ich bin immer daran interessiert, attraktive Frauen kennenzulernen. Obwohl die wenigsten dir das Wasser reichen können.«

»Ihr Name ist Joan Widiker. Sie macht gerade ihr drittes Jahr in der Psychiatrie.«

»Einen Moment«, meinte George, »ich bin nicht sicher, daß ich mich so einer gewachsen fühle. Sie stellt mir womöglich ein paar knallharte Fragen, wenn ich meine Peitschen und Ketten heraushole. Ihr gegenüber wäre ich wahrscheinlich noch gehemmter, als ich es dir gegenüber war. Erinnerst du dich noch an unser erstes Rendezvous?«

Cassi lachte. Wie hätte sie das vergessen können? In seiner Ungeschicklichkeit hatte George ihr während des Essens einen Stoß gegen die Hand versetzt, so daß ihr eine Gabel voll Linguini Alfredo in den Schoß gefallen war, und bei dem Versuch, den Schaden mit einer Serviette wieder zu beheben, hatte er auch noch ihr Glas Chianti classico umgestoßen.

»Ich möchte nicht undankbar wirken«, sagte George. »Ich weiß es zu schätzen, daß du an mich denkst, und ich verspreche dir, Joan anzurufen. Aber ich wollte mit dir auch noch über ein etwas ernsteres Thema sprechen.«

Cassi straffte sich unwillkürlich, weil sie keine Ahnung hatte, was jetzt kommen würde.

»Als Arzt und Kollege mache ich mir große Sorgen um Thomas.«

»Ach?« sagte Cassi leichthin.

»Er arbeitet einfach zu hart. Seinen Beruf zu lieben, ist eine Sache, aber davon besessen zu sein, eine ganz andere. Ich beobachte so was nicht zum erstenmal. Oft macht ein Arzt jahrelang neunhundert Meilen in der Stunde, und dann ist er ganz plötzlich ausgebrannt. Ich sage dir das alles, weil ich dich bitten möchte, daß du auf Thomas Einfluß nimmst, ihn vielleicht dazu überredest, einmal Urlaub zu machen. Der Mann ist angespannt wie eine Spiralfeder. Einigen Gerüchten zufolge soll er sich in letzter Zeit immer wieder mit Schwestern und Patienten herumstreiten.«

Georges Worte ließen Cassi wieder die Tränen in die Augen steigen. Sie biß sich auf die Lippen, sagte aber nichts.

»Wenn du ihn dazu bringen könntest, daß er mal ein paar Tage ausspannt, würde ich mich gern in der Zwischenzeit um seine Patienten kümmern, falls es nötig sein sollte.«

Überrascht stellte er fest, daß sie dicht davor stand, loszuheulen. Sie wandte sich ab und verbarg ihr Gesicht. Er legte ihr die Hand auf die Schulter und sagte: »Ich wollte dich nicht aufregen.«

»Schon gut«, sagte Cassi, während sie versuchte, sich wieder unter Kontrolle zu bringen. »Ich bin okay.«

»Dr. Ballantine und ich haben uns lange über Thomas unterhalten«, sagte George. »Wir möchten gern helfen. Wir glauben beide, daß jemand, der so hart arbeitet wie er, irgendwann einen hohen Preis, einen zu hohen, dafür bezahlen muß.«

Cassi nickte, als verstünde sie. Dankbar drückte sie Georges Hand.

»Wenn es dir nicht angenehm ist, mit mir darüber zu reden, solltest du vielleicht mal mit Dr. Ballantine sprechen. Er schwört Stein und Bein auf Thomas. Möchtest du die Durchwahl des Direktors in der Klinik?«

Cassi wich Georges anteilnehmendem Blick aus und griff in ihre Handtasche, um Block und Bleistift herauszuholen. Als sie den Kopf hob, blieb ihr beinahe das Herz stehen. Sie fand sich Auge in Auge mit Thomas, der sie von der Tür her anstarrte, ohne zu blinzeln. Sie kannte ihn gut genug, um zu erkennen, daß er vor Wut kochte. Plötzlich fühlte sich Georges Hand auf ihrer Schulter fürchterlich schwer an.

Sie entschuldigte sich rasch, aber als sie wieder zur Tür hin überblickte, war Thomas verschwunden.

Seit seiner ersten College-Liebe, als einer seiner Zimmergenossen sich mit seiner Freundin verabredet hatte, war Thomas nicht mehr so wütend gewesen. Kein Wunder, daß George sich immer so komisch benahm. Er hatte seine Affäre mit Cassi wieder aufleben lassen, und Cassi war so stillos, ihr Interesse vor allen Kollegen ihres Mannes zu demonstrieren. In seinem Magen machte sich die Angst als kalter Knoten bemerkbar, und seine Hand zitterte so heftig, daß er beinahe seinen Drink verschüttet hätte. Er kippte ihn rasch hinunter und trat dann durch die französischen Türen auf die Veranda. Die scharfe Brise vom Ozean tat ihm gut.

Hektisch durchsuchte er seine Taschen nach einer Pille. Der Abend war von Anfang an schiefgelaufen. Ein Kurator, der bereits einige Abstecher zur Bar hinter sich hatte, war stehengeblieben, um Thomas zum neuen Lehrprogramm der Klinik zu gratulieren. Als Thomas ihn nur verständnislos angestarrt hatte, war der Mann, eine rasche Entschuldigung auf den Lippen, aus dem Zimmer geeilt. Thomas selbst befand sich gerade auf der Suche nach Ballantine, um eine Erklärung zu verlangen, als er Cassi gesehen hatte.

Gott, was war er für ein Idiot! Jetzt, wo er darüber nachdachte, konnte es nicht den geringsten Zweifel geben, daß George und Cassi ein Verhältnis hatten. Kein Wunder, daß sie sich nie beklagte, wenn er nachts im Hospital blieb. Gnadenlos folterte er sich selbst mit der Vorstellung, daß sie sich zu allem Überfluß auch noch in seinem Hause trafen. George Sherman in seinem Schlafzimmer! Beinahe hätte er laut aufgeheult vor Wut.

Er warf einen Blick über die Schulter und bemerkte ein Pärchen im Türrahmen. Er hatte plötzlich Angst, sie könnten über die Affäre Bescheid wissen. Offenbar redeten sie über ihn. Er schob sich eine weitere Pille in den Mund, schluckte sie und ging wieder hinein, um sich noch einen Drink zu genehmigen.

Cassi suchte Thomas überall. Entschuldigungen murmelnd, bahnte sie sich einen Weg durch die Gästeschar im Wohnzimmer. Gerade wollte sie einen Blick in die Bar werfen, als sie sich plötzlich Dr. Obermeyer gegenübersah.

»Was für eine Überraschung!« rief er. »Meine schwierigste Patientin!«

Cassi lächelte nervös. Ihr fiel ein, daß sie Obermeyer versprochen hatte, ihn heute anzurufen.

»Wenn mich nicht alles täuscht, wollten Sie mir heute wegen Ihrer Operation Bescheid geben«, sagte der Augenarzt. »Haben Sie mit Thomas gesprochen?«

»Können wir das nicht morgen früh in Ihrer Praxis regeln?« fragte Cassi ausweichend.

»Vielleicht sollte ich direkt mit Ihrem Mann sprechen«, meinte Dr. Obermeyer. »Ist er hier?«

»Nein«, sagte Cassi. »Ich meine, ja, er ist hier, aber ich glaube nicht, daß jetzt der richtige Zeitpunkt...«

Ein entsetzlicher Schrei ließ den Raum erzittern, unterbrach Cassi mitten im Satz und ließ auch sämtliche anderen Unterhaltungen verstummen. Alle blickten verwirrt umher – alle bis auf Cassi. Sie hatte die Stimme erkannt. Es war Thomas! Sie rannte zum Eßzimmer, aber noch ehe sie dort eintraf, hörte sie einen weiteren Schrei, gefolgt von dem Klirren zerbrechenden Glases.

Cassi bahnte sich einen Weg durch die Gäste und sah Thomas vor dem Buffet stehen, das Gesicht rot angelaufen vor Wut, eine Handvoll zerbrochener Teller zu seinen Füßen. George Sherman stand neben ihm und starrte ihn entgeistert an, in der einen Hand einen Drink, in der anderen eine Karotte.

Vor Cassis Augen klopfte George Thomas mit der Karotte auf den Oberarm und sagte: »Thomas, Sie haben das völlig falsch verstanden.«

Thomas schlug George die Karotte aus der Hand und schrie: »Fassen Sie mich nicht an! Und fassen Sie auch meine Frau nie wieder an, verstanden?«

»Aber Thomas«, sagte George hilflos.

Cassi warf sich zwischen die beiden Männer. »Was ist denn los mit dir, Thomas?« fragte sie und packte seinen Arme »Nimm dich doch zusammen!«

»Ich mich zusammennehmen?« wiederholte er. »Ich denke, das stünde dir besser an als mir.«

Mit einem höhnischen Lächeln schüttelte er Cassis Hand

ab und stürmte auf die Haustür zu. Ballantine, der in der Küche gewesen war, rief seinen Namen und lief hinter ihm her.

Cassi entschuldigte sich bei George und eilte ebenfalls zur Tür, wobei sie den Kopf gesenkt hielt, um den neugierigen Blicken der anderen Gäste auszuweichen. In der Zwischenzeit hatte Thomas seinen Mantel gefunden und sagte wütend zu Ballantine: »Es tut mir schrecklich leid, daß es soweit kommen mußte, aber herauszufinden, daß ein Kollege eine Affäre mit der eigenen Frau hat, ist nicht gerade ein Vergnügen.«

»Das ... kann ich nicht glauben«, sagte Ballantine. »Sind Sie sicher?«

»Und ob ich sicher bin!« Thomas riß die Tür auf, als Cassi bei ihm war und neuerlich nach seinem Arm griff.

»Thomas, was soll denn das alles?« fragte sie und stand kurz davor, in Tränen auszubrechen.

Er antwortete nicht; statt dessen schüttelte er ihre Hand mit solcher Heftigkeit ab, daß sie beinahe das Gleichgewicht verloren hätte und zu Boden gestürzt wäre.

»Thomas, sprich doch mit mir. Was ist geschehen?«

Er stürmte bereits die Treppe hinunter. Auf der untersten Stufe hatte sie ihn eingeholt. »Thomas, wenn du gehst, komme ich mit. Laß mich nur schnell meinen Mantel holen.«

Thomas blieb abrupt stehen. »Ich will dich nicht bei mir haben. Warum bleibst du nicht einfach hier und genießt deine Affäre?«

Verwirrt blickte Cassi ihm nach, als er sich wieder in Bewegung setzte. »Meine Affäre? Aber das ist doch deine Affäre. Ich wollte heute abend gar nicht herkommen!«

Thomas antwortete nicht. Cassi raffte den Rocksaum ihres langen Kleides und lief hinter ihm her. Als sie den Porsche erreicht hatte, zitterte sie am ganzen Körper, aber sie wußte nicht, ob aus Angst oder vor Kälte.

»Warum benimmst du dich nur so?« schluchzte sie. »Ich mag ja einiges sein, aber ich bin kein Idiot«, schnappte Thomas und schlug ihr die Wagentür gegen die Beine. Der Motor röhrte auf.

»Thomas, Thomas!« Cassi klopfte mit einer Hand gegen das Fenster und versuchte mit der anderen, die Tür zu öffnen. Thomas ignorierte sie und gab Gas. Wenn sie sich nicht durch einen Sprung in Sicherheit gebracht und die Tür losgelassen hätte, wäre sie zu Boden gerissen worden. Stumm und wie betäubt sah sie den Porsche die lange Auffahrt hinunterjagen.

Gedemütigt kehrte sie zum Haus zurück. Vielleicht konnte sie sich in einem der oben gelegenen Zimmer verstecken, bis sie ein Taxi bekam. Als sie in die Diele trat, sah sie mit Erleichterung, daß die anderen Gäste sich längst wieder in ihr Gespräch vertieft hatten und den Drinks zusprachen. Nur George und Dr. Ballantine warteten an der Tür auf sie.

»Es tut mir so leid«, sagte Cassi verlegen.

»Machen Sie sich darüber keine Gedanken«, sagte Dr. Ballantine. »Ich habe gehört, George hat sich schon mit Ihnen unterhalten. Wir sorgen uns um Thomas und sind der Meinung, er arbeitet zuviel. Wir haben Pläne, deren Ausführung ihm etwas von seiner Belastung nehmen wird. Es hat sich allerdings noch keine Gelegenheit ergeben, mit ihm darüber zu sprechen, weil er in letzter Zeit immer so leicht erregbar ist.«

George und er wechselten einen Blick.

»Stimmt«, bestätigte George. »Ich glaube, dieser unselige Zwischenfall ist der beste Beweis dafür.«

Cassi war zu verwirrt, um in irgendeiner Weise reagieren zu können.

»Wie ich höre, hat George Ihnen meine Durchwahl in der Klinik gegeben«, fuhr Ballantine fort. »Ich unterhalte mich gern mit Ihnen, Cassi, wann Sie wollen. Warum schauen

Sie nicht gleich morgen herein? Und in der Zwischenzeit genießen Sie die Party noch ein wenig. Oder möchten Sie lieber, daß einer meiner Jungen Sie nach Hause fährt?«

»Ich möchte lieber nach Hause«, sagte Cassi und wischte sich mit dem Handrücken über die Augen.

»Gut«, sagte Ballantine. »Einen Moment nur.« Er wandte sich ab und stieg die Treppe zum ersten Stock hinauf.

»Es tut mir leid«, sagte Cassi zu George, als sie allein waren. »Ich weiß nicht, was in Thomas gefahren ist.«

George schüttelte den Kopf. »Cassi, wenn er wüßte, wie ich wirklich für dich empfinde, hätte er allen Grund, eifersüchtig zu sein. So, jetzt versuch mal wieder zu lächeln. Ich habe dir gerade ein Kompliment gemacht.«

Er blieb bei ihr und bedachte sie mit einem zärtlichen Lächeln, bis Ballantines Sohn erschien und den Wagen holte.

Cassi hatte nicht die geringste Ahnung, was sie erwartete, als sie den Schlüssel in der Haustür umdrehte. Sie war überrascht, daß das Licht im Wohnzimmer brannte. Wenn Thomas zu Hause und nicht im Krankenhaus war, hätte er sich normalerweise eigentlich in seinem Arbeitszimmer eingeschlossen. Nervös eilte sie durch die Empfangshalle, wobei sie versuchte, ihr Haar so weit wie möglich in Ordnung zu bringen.

Aber es war nicht Thomas, der sie erwartete, sondern ihre Schwiegermutter.

Sie saß in einem mächtigen Ohrensessel, ihr Gesicht lag im Schatten. Von oben drang das Geräusch einer Toilettenspülung herunter.

Keine der beiden Frauen brach das Schweigen. Endlich, nach einer Ewigkeit, stand Patricia auf, die Schultern vorgebeugt, als hätte sie eine schwere Last zu tragen. Ihr Gesicht war eingefallen, die Falten um ihren Mund tiefer als sonst. Sie ging auf Cassi zu und blickte ihr in die Augen.

Cassi hielt dem Blick stand.

»Ich bin entsetzt«, sagte Patricia. »Wie konnten Sie uns das nur antun? Wenn er wenigstens nicht mein einziges Kind wäre, dann täte es vielleicht nicht so weh.«

»Wovon reden Sie eigentlich?« wollte Cassi wissen.

»Und dann auch noch ausgerechnet mit einem seiner Kollegen«, fuhr Patricia fort. »Ein Mann, der fortwährend versucht, seine Position zu untergraben. Wenn Sie schon ein Verhältnis haben mußten, warum dann nicht mit einem Fremden?«

»Ich habe gar kein Verhältnis«, sagte Cassi verzweifelt. »Das ist doch absurd. Thomas ist nicht mehr er selbst in letzter Zeit.«

Sie suchte im Gesicht ihrer Schwiegermutter nach einem Zeichen des Verstehens, aber Patricia stand nur stocksteif da und betrachtete sie mit einer Mischung aus Trauer und Zorn.

Cassi streckte ihr die Arme entgegen. »Bitte«, flehte sie. »Thomas ist sehr krank. Wollen Sie ihm nicht helfen?«

Patricia reagierte nicht.

Cassi ließ die Arme sinken. Schleppend ging die Mutter ihres Mannes zur Tür und aus dem Raum. Sie schien seit ihrer letzten Begegnung um zehn Jahre gealtert. Wenn sie nur zuhören würde. Aber Cassi war klar, daß Patricia sich eher von einer Lüge das Herz brechen ließ, als sich mit der weit schrecklicheren Wahrheit der Drogensucht ihres Sohnes auseinanderzusetzen. So sehr sie Thomas auch immer kritisierte, sie würde nie ernsthaft in Erwägung ziehen, daß etwas Grundlegendes mit ihm nicht stimmen könnte.

Noch lange, nachdem sie die Haustür hatte ins Schloß fallen hören, blieb Cassi im Halbdunkel des Wohnzimmers sitzen. In den letzten achtundvierzig Stunden hatte sie mehr Tränen vergossen als in den zwanzig Jahren davor. Wie konnte Thomas nur annehmen, sie hätte ein Verhältnis? Die Idee war einfach lächerlich.

Mit schweren Schritten stieg sie schließlich die Treppe

hinauf, um ihren Mann zu suchen. Es war unmöglich, in dieser Situation einfach nur ins Bett zu gehen. Sie mußte versuchen, mit ihm zu reden. Einen Moment lang zögerte sie vor der Tür zum Arbeitszimmer. Dann klopfte sie sacht.

Er antwortete nicht.

Sie klopfte wieder, diesmal lauter. Als noch immer keine Antwort erfolgte, drückte sie die Klinke hinunter. Die Tür war abgesperrt. Entschlossen, mit ihm zu reden, nahm Cassi den Weg durch das Gästezimmer und das beide Räume verbindende Bad.

Er saß in seinem Lieblingssessel und starrte blicklos vor sich hin. Sein Ausdruck änderte sich bei ihrem Eintreten nicht im geringsten, obwohl er sie gehört haben mußte. Ein schwaches Lächeln hing an seinen Mundwinkeln. Selbst als Cassi niederkniete und seine Hand an ihre Wange preßte, bewegte er sich nicht.

»Thomas«, rief sie leise.

Endlich senkte er den Blick auf ihr Gesicht.

»Thomas, ich habe nie etwas mit George gehabt. Seit wir uns kennengelernt haben, bin ich dir immer treu geblieben. Ich liebe dich. Bitte, laß mich dir helfen.«

»Ich glaube dir nicht«, sagte er, unfähig die Worte richtig zu artikulieren. Dann verdrehten sich seine Augen, und er verlor das Bewußtsein, während Cassi noch immer seine Hand hielt. Sie klappte das Sofabett auf und versuchte, ihn aus seinem Stuhl zu bewegen, aber er rührte sich nicht. Sie blieb eine Weile einfach nur bei ihm sitzen, ehe sie in ihr Schlafzimmer ging, um vielleicht ein wenig Schlaf zu finden.

8

Am nächsten Morgen war Cassi schon wach und angezogen, ehe der Wecker im Arbeitszimmer losging. Er klingelte ausdauernd. Besorgt lief sie den Gang hinunter und öffnete die Tür. Thomas saß noch genauso in seinem Sessel, wie sie ihn in der Nacht verlassen hatte.

»Thomas«, sagte sie und schüttelte ihn sacht.

»Wa-was?« ächzte er.

»Es ist Viertel vor sechs. Mußt du heute morgen nicht operieren?«

»Ich dachte, wir wollten zu Ballantines Party gehen«, murmelte er.

»Thomas, das war gestern abend. O Gott, vielleicht solltest du in der Klinik anrufen und dich krank melden. Du hast dir noch nie freigenommen. Komm, ich rufe Doris an und frage, ob sie deine Operationen nicht verschieben kann.«

Thomas rappelte sich auf. Er schwankte und mußte sich an der Sessellehne abstützen.

»Nein, es geht mir bestens.« Seine Artikulation war immer noch leicht verschwommen. »Und wo sie mir jetzt auch noch die OP-Stunden gekürzt haben, würde ich die verlorene Zeit nie wieder aufholen. Einige der für diesen Monat vorgesehenen Patienten haben ohnehin schon viel zu lange gewartet.«

»Dann laß doch jemand anderen die ...«

Thomas hob seine rechte Hand so abrupt, daß Cassi dachte, er wollte sie schlagen, aber statt dessen stürzte er ins Badezimmer und knallte die Tür hinter sich zu. Kurz darauf hörte sie, wie die Dusche aufgedreht wurde. Als er nach unten kam, schien er in besserer Verfassung. Wahrscheinlich weil er ein paar Dexedrine genommen hat, dachte Cassi.

Rasch trank er ein Glas Orangensaft und eine Tasse Kaffee, ehe er sich auf den Weg zur Garage machte. »Selbst wenn ich es schaffe, heute abend nach Hause zu kommen, wird es spät werden«, sagte er über die Schulter. »Du nimmst also am besten deinen eigenen Wagen.«

Cassi saß noch lange nachdenklich am Küchentisch, ehe auch sie die lange Fahrt in die Klinik antrat. Zum erstenmal, dachte sie, mache ich mir nicht nur um Thomas Sorgen, sondern auch um seine Patienten. Er ist nicht mehr in der Verfassung zu operieren.

Als sie das Boston Memorial erreichte, hatte sie sich entschlossen, gleich nach der Belegschaftskonferenz drei Dinge in Angriff zu nehmen. Sie würde sich einen Termin für die Augenoperation geben lassen, einen entsprechenden Urlaubsantrag einreichen und mit Dr. Ballantine über Thomas sprechen. Schließlich war die Klinik von dem Problem genauso betroffen wie ihre Ehe.

Die Konferenz war gerade zu Ende, und bevor Joan die Gelegenheit hatte, sich nach ihrem Befinden zu erkundigen, murmelte Cassi hastig, daß sie einen Termin beim Augenarzt hätte, und eilte den Flur hinunter. Dr. Obermeyer kam sofort aus seinem Sprechzimmer, als er hörte, daß Cassi da sei. Er hatte sich nicht einmal die Zeit genommen, seine Bergarbeiterlampe abzusetzen.

»Sind Sie zu einer Entscheidung gekommen?« fragte er.

Cassi nickte. »Ich möchte es gern so schnell wie möglich hinter mich bringen«, sagte sie. »Je schneller, desto besser, sonst überlege ich es mir womöglich wieder anders.«

»Ich habe gehofft, daß Sie das sagen würden«, antwortete Dr. Obermeyer. »Tatsächlich habe ich mir sogar schon die Freiheit genommen, Sie für übermorgen als eine Art Notfall einzuschieben. Paßt Ihnen das?«

Cassi spürte, wie ihr Mund trocken wurde, aber sie nickte gehorsam.

»Hervorragend«, sagte Dr. Obermeyer mit einem Lächeln. »Machen Sie sich wegen der Formalitäten keine Sorgen, wir erledigen das für Sie. Ihr Bett ist ab morgen für Sie reserviert.«

»Wie lange werde ich danach nicht arbeiten können?« fragte Cassi. »Ich muß den Leuten in der Psychiatrie ja schließlich irgend etwas sagen.«

»Das hängt davon ab, was wir finden, aber ich schätze, acht bis zehn Tage.«

»So lange?« fragte Cassi und überlegte, was das wohl für ihre Patienten bedeuten würde.

Auf dem Rückweg vom Behandlungsgebäude beschloß sie, Dr. Ballantine anzurufen, bevor der Mut sie wieder verließ. Er kam selbst an den Apparat und sagte, daß er sie in einer halben Stunde empfangen könnte, da er heute nicht in den OP müsse.

Nachdem sie ihren Krankenurlaub beantragt hatte, unternahm sie noch einen Abstecher in die Pathologie, um die Zeit bis zu ihrer Verabredung mit Ballantine totzuschlagen. Sie konnte Robert von ihrer Operation erzählen, außerdem fühlte sie sich in seiner Gegenwart immer so sicher. Aber als sie die Tür zu seinem Büro öffnete, war niemand da, und einer seiner Mitarbeiter sagte ihr, daß Robert zum Essen gegangen sei – wahrscheinlich seine letzte Mahlzeit für eine ganze Woche, denn er sollte am Nachmittag operiert werden.

Erst beim Aufzug erinnerte sie sich wieder an Jeoffry Washington. Sie kehrte um und bat den Techniker um die entsprechenden Dias. Er hatte keine Schwierigkeiten, die Schachtel zu finden, mußte ihr aber erklären, daß erst die Hälfte der Bilder fertig sei. Im allgemeinen brauchte man für einen Fall mindestens zwei Tage, und er schlug Cassi vor, morgen wiederzukommen, dann sei alles fertig. Cassi sagte, sie interessiere sich nur für die Ergebnisse der Venenuntersuchung, und vielleicht wären die schon vorhanden.

Die Dias, die sie brauchte, waren nicht nur fertig, sie standen sogar ganz am Anfang in der Schachtel. Es handelte sich um sechs Aufnahmen, die mit Jeoffrys Autopsienummer und den Worten *Linke Vena basilaris* beschriftet waren.

Cassi nahm an Roberts Mikroskop Platz und korrigierte die Brennweite, bis sie das Dia genau erkennen konnte. Als erstes bemerkte sie ein winziges, in sich zusammengefallenes, ringförmiges Gebilde vor dem Hintergrund schmutzigrosigen Gewebes. Selbst in der schwachen Vergrößerung fiel Cassi etwas Eigenartiges auf. Bei genauerem Hinsehen entpuppte es sich als ein weißer Niederschlag an der Innenseite der Vene. Die Außenseite sah dagegen vollkommen normal aus. Cassi fragte sich, ob die kleinen weißen Flokken bei der Präparation der Venenprobe entstanden sein konnten. Sie untersuchte die restlichen Dias und fand auf allen mit einer Ausnahme denselben Niederschlag.

Cassi trug die Schachtel ins Labor zurück und zeigte dem Techniker, was sie entdeckt hatte. Er war genauso verblüfft wie sie. Sie beschloß, Robert über ihre Entdeckung in Kenntnis zu setzen, sobald sie seine Zimmernummer herausgefunden hatte. Dann warf sie einen Blick auf die Uhr und stellte fest, daß es Zeit war, Ballantine aufzusuchen.

Er saß an seinem Schreibtisch und verzehrte ein Sandwich. Er fragte Cassi, ob seine Sekretärin ihr etwas aus der Cafeteria holen sollte, aber sie schüttelte den Kopf. In Anbetracht der Sache, die sie gleich zur Sprache bringen wollte, war sie nicht sicher, ob sie je wieder Appetit verspüren würde.

Sie fing damit an, daß sie sich für die Szene entschuldigte, die Thomas auf der Party verursacht hatte, aber Ballantine schnitt ihr das Wort ab und versicherte, die Party sei ein großer Erfolg gewesen und bestimmt könne sich niemand mehr an den kleinen Zwischenfall erinnern. Cassi wünschte, ihm glauben zu können; unglücklicherweise wußte sie aber, daß die Leute gerade solche skandalösen Auftritte in sehr lebendiger Erinnerung behielten.

»Ich habe heute morgen schon mit Thomas gesprochen«, sagte Ballantine. »Wir sind uns begegnet, bevor er in den OP gegangen ist.«

»Was für einen Eindruck hatten Sie von ihm?« fragte Cassi. Vor ihrem geistigen Auge sah sie Thomas bewußtlos in seinem Ledersessel liegen, dann, wie er ins Badezimmer getaumelt war.

»Er wirkte vollkommen in Ordnung. Schien ausgesprochen guter Laune zu sein. Es hat mich gefreut zu sehen, daß alles wieder normal war.«

Entsetzt merkte Cassi, wie ihr die Tränen in die Augen stiegen. Sie hatte sich fest versprochen, es nicht soweit kommen zu lassen.

»Aber, aber«, sagte Dr. Ballantine. »Jeder schlägt mal über die Stränge, wenn er unter starkem Streß steht. Sie sollten den gestrigen Zwischenfall nicht überbewerten. So wie Thomas sich in die Arbeit stürzt, ist das völlig verständlich. Vielleicht nicht entschuldbar, aber verständlich. Meine Mitarbeiter haben mich darüber informiert, daß er ungewöhnlich viele Abende und Nächte in der Klinik verbringt. Sagen Sie, meine Liebe, bei Ihnen zu Hause ist er doch wie immer, oder?«

»Nein«, antwortete Cassi und blickte auf ihre Hände, die unbeweglich im Schoß lagen. Nachdem sie erst mal angefangen hatte, gab ein Wort das andere. Sie erzählte Dr. Ballantine von der Reaktion ihres Mannes auf die anstehende Operation und bekannte, daß ihre Ehe schon seit einiger Zeit beträchtlichen Belastungen ausgesetzt gewesen sei, obwohl sie nicht glaubte, daß die Ursache in ihrer Krankheit liege. Thomas hatte schon vor der Hochzeit darüber Bescheid gewußt, und mit Ausnahme der Augengeschichte hatte sich ihr Zustand nicht verändert. Sie konnte es sich nicht vorstellen, daß ihre gesundheitliche Verfassung als Erklärung für seine Stimmung ausreichte. Sie hielt inne und begann vor Angst zu schwitzen.

»Ich glaube, in Wirklichkeit liegt das Problem darin, daß er zu viele Pillen nimmt. Ich meine, eine Menge Leute nehmen hin und wieder eine Dexedrine oder eine Schlaftablette, aber Thomas übertreibt es vielleicht.« Sie schwieg und warf einen Blick auf Ballantines Gesicht.

»Etwas in der Art ist mir auch zu Ohren gekommen«, sagte Ballantine beiläufig. »Einer der Praktikanten hat auf dem Flur eine Bemerkung darüber gemacht, daß Dr. Kingsleys Hände gezittert hätten. Ich stand zufällig hinter ihm. Was genau nimmt Thomas denn nun eigentlich?«

»Dexedrine, um sich aufzuputschen, und Percodan und Talwin, um schlafen zu können.«

Dr. Ballantine schlenderte zum Fenster und starrte in das Casino direkt gegenüber. Dann räusperte er sich und kehrte an seinen Schreibtisch zurück. Seine Stimme hatte nichts von ihrer Wärme verloren. »Der ungehinderte Zugang zu Medikamenten und Drogen aller Art kann für einen Arzt eine große Versuchung darstellen, besonders, wenn er so überarbeitet ist wie Thomas.« Er ließ sich in seinen Stuhl sinken. »Aber das ist nur ein Aspekt der Geschichte. Viele Ärzte haben darüber hinaus noch das Gefühl, daß ihnen, die sich tagtäglich der Sorgen und Nöte anderer Menschen annehmen, selbst etwas Hilfe zustände, wenn sie ihrer bedürfen. In Form von Alkohol oder Tabletten. All das ist leider nur zu bekannt. Und da sie zu dünkelhaft sind, um sich an einen anderen Arzt zu wenden, verschreiben sie sich Medikament und Dosierung gleich selbst.«

Cassi war ungeheuer erleichtert, daß Dr. Ballantine die Sache mit solcher Gelassenheit aufnahm. Zum erstenmal seit Tagen fühlte sie sich wieder etwas optimistischer.

»Ich glaube, am wichtigsten ist jetzt, daß wir unser Wissen für uns behalten«, sagte er. »Es könnte sowohl Ihrem Gatten als auch der Klinik schaden, wenn darüber geklatscht würde. Ich werde versuchen, mit Thomas zu sprechen, und zwar so diplomatisch wie möglich, damit wir die Angelegenheit wieder unter Kontrolle bekommen, ehe sie uns völlig aus der Hand gleitet. Ich erlebe so was nicht zum erstenmal, Cassi, und kann Ihnen versichern, daß die Schwierigkeiten Ihres Mannes leicht zu überwinden sind. Er hat nur den Preis bezahlt, der allen Chirurgen früher oder später abverlangt wird.«

»Wegen seiner Patienten machen Sie sich keine Sorgen?« fragte Cassi. »Ich meine, haben Sie ihn kürzlich mal operieren sehen?«

»Nein«, antwortete Dr. Ballantine, »aber ich wäre der erste, dem es zu Ohren käme, wenn in dieser Hinsicht etwas nicht stimmen würde.«

Cassi fragte sich, ob das der Wahrheit entsprach.

»Ich kenne Thomas jetzt seit siebzehn Jahren«, sagte Ballantine. »Glauben Sie mir, es würde mir auffallen, wenn etwas wirklich nicht stimmte.«

»Wie wollen Sie ihn denn auf das Thema bringen?« fragte Cassi.

Ballantine zuckte mit den Schultern. »Ich werde mir etwas einfallen lassen, je nach Situation.«

»Sie werden ihm doch nicht sagen, daß ich mit Ihnen gesprochen habe, oder?«

»Natürlich nicht«, versicherte Dr. Ballantine.

In der Hand einen Strauß Iris, den sie im Blumenladen des Krankenhauses gekauft hatte, ging Cassi im achtzehnten Stock einen langen Gang hinunter, bis sie Zimmer 1847 erreicht hatte. Die Tür stand halb offen. Cassi klopfte und spähte hinein. Es war ein Einbettzimmer, und die Gestalt in dem Bett hatte sich die Decke bis zu den Augen hochgezogen. Sie schien vor Entsetzen zu zittern.

»Robert«, lachte Cassi. »Was um alles in der Welt ...«

Robert schlug die Decke zurück und sprang, angetan mit Pyjama und Morgenrock, aus dem Bett. »Ich habe dich kommen sehen«, gestand er, ehe er die Blumen mißtrauisch beäugte und fragte: »Sind die für mich?«

Cassi reichte ihm den kleinen Strauß. Robert arrangierte die Blumen liebevoll in einem Wasserkrug, den er anschließend auf den Nachttisch stellte. Es waren nicht die ersten. Auf jeder freien Stellfläche blühte und grünte es.

»Sieht aus wie bei einer Beerdigung«, meinte Robert.

»Diese Art Witze mag ich ganz und gar nicht«, sagte Cassi und umarmte ihn. »Zu viele Blumen kann man gar nicht kriegen. Du hast eben einen Haufen Freunde.« Sie setzte sich an das Fußende des Betts.

»Ich habe noch nie als Patient im Krankenhaus gelegen«, sagte Robert und zog sich einen Stuhl heran, als wäre er der Besucher. »Es gefällt mir nicht. Man fühlt sich so verwundbar.«

»Man gewöhnt sich daran«, sagte Cassi. »Glaub mir, ich kenne mich da aus.«

»Das Problem ist, daß ich zuviel weiß«, sagte Robert. »Ich kann dir gar nicht sagen, was ich für eine Angst habe. Gott sei Dank konnte ich den Anästhesisten überreden, mir die doppelte Dosis Schlafmittel zu bewilligen. Sonst kriege ich die ganze Nacht kein Auge zu.«

»In ein paar Tagen wirst du dich fragen, wie du dich jemals so aufregen konntest.«

»Du hast leicht reden, du bist angezogen wie immer.« Er hielt sein Handgelenk hoch, an dem ein Namensschild aus Plastik befestigt war. »Ich bin zu einer statistischen Größe geworden.«

»Vielleicht hilft es dir, wenn ich dir sage, daß dein Mut auf mich abgefärbt hat. Ich bin morgen an der Reihe.«

Roberts Miene wurde ernst und teilnahmsvoll. »Jetzt komme ich mir wie ein Idiot vor. Du hast eine Augenoperation vor dir, und ich mache wegen ein paar Zähnen Theater.«

»Narkose ist Narkose«, meinte Cassi.

»Ich glaube, deine Entscheidung war richtig«, sagte Robert. »Und ich habe das Gefühl, daß deine Operation ein voller Erfolg wird.«

»Und wie stehen deine Chancen?« scherzte Cassi.

»Tja ... fünfzig zu fünfzig vielleicht«, antwortete Robert lachend. »He, ich muß dir etwas zeigen.«

Er stand auf und ging zum Nachttisch. Er griff nach einer Mappe und nahm an Cassis Seite auf dem Bett Platz. »Mit Hilfe eines Computers habe ich alle Daten, die wir von unseren PPT-Fällen haben, miteinander in Bezug gesetzt und dabei einige interessante Punkte herausgefunden. Erst mal hingen tatsächlich alle Patienten, wie du vermutet hast, am Tropf. Darüber hinaus waren in den letzten beiden Jahren immer häufiger Patienten betroffen, deren physischer Zustand sich längst stabilisiert hatte. Anders ausgedrückt, der Tod kam völlig unerwartet.«

Cassi nickte.

»Ich habe mit den Daten dann ein wenig herumgespielt und sie alle noch mal eingegeben, mit Ausnahme des Faktors Operation. Daraufhin hat der Computer noch ein paar andere Fälle ausgespuckt, einschließlich eines gewissen Sam Stevens. Er starb völlig überraschend bei einer Herz-Katheterisierung. Er war etwas zurückgeblieben, ansonsten aber in ausgezeichneter körperlicher Verfassung.«

»Hing er am Tropf?« fragte Cassi.

»Ja«, antwortete Robert.

Schweigend tauschten sie einen langen Blick.

»Schließlich und endlich«, sagte Robert, »gab der Computer zu verstehen, daß mehr Männer betroffen waren als Frauen. Und seltsamerweise schien sich darunter eine ungewöhnliche Zahl von Homosexuellen zu befinden. Jedenfalls soweit die beschränkten Informationen zu diesem Punkt einen derartigen Rückschluß zulassen.«

Cassi blickte auf und streifte Robert mit einem Seitenblick. Sie hatten nie ausführlich über dieses Thema geredet, und Cassi verspürte auch jetzt kein großes Bedürfnis danach.

»Ich war heute morgen in der Pathologie«, sagte sie, um das Thema zu wechseln. »Dich habe ich zwar verpaßt, aber dafür konnte ich einen Blick auf die Dias von Jeoffry Washington werfen. Als ich mir die Venenteile um die Einstichstelle der Infusionsnadel genauer angesehen habe, ist mir an der Innenseite ein weißer Niederschlag aufgefallen. Zuerst dachte ich, es könnte sich um Kunststoff handeln, aber er fand sich auf allen Teilen bis auf einen. Glaubst du, das könnte von Bedeutung sein?«

Robert schürzte die Lippen. »Nein«, meinte er schließlich. »Wenigstens klingelt bei mir nichts. Das einzige, was mir dazu einfällt, ist, daß ein solcher Niederschlag entsteht, wenn man einer Bikarbonatlösung versehentlich Calcium beimischt, aber das wäre dann in der Infusionsflasche zu sehen, nicht in der Vene. Ich nehme an, der Niederschlag könnte zwar auch in die Vene geraten, aber er wäre in der Flasche so unübersehbar, daß jeder ihn bemerken würde. Vielleicht fällt mir was ein, wenn ich die Dias betrachte. Doch jetzt genug von diesem morbiden Zeug. Erzähl mir von der Party gestern abend. Was hast du angezogen?«

Cassi faßte sich so kurz wie möglich. Natürlich bestand die Wahrscheinlichkeit, daß Robert so oder so von irgendeinem Klatschmaul darüber informiert werden würde, was sich auf der Party ereignet hatte, aber sie wollte es nicht selbst zur Sprache bringen. In gewisser Hinsicht war sie ohnehin überrascht, daß er sich noch gar nicht zu ihren geröteten Augen geäußert hatte. Sonst zeigte er sich immer so aufmerksam. Aber vermutlich – und verständlicherweise –

war er vollauf mit seiner bevorstehenden Operation beschäftigt. Ehe sie der Versuchung nachgeben konnte, ihn auch noch mit ihren eigenen Schwierigkeiten zu behelligen, versprach sie, am nächsten Tag wieder hereinzuschauen, und ging.

Larry Owen fühlte sich wie eine zum Zerreißen gespannte Klaviersaite. Thomas Kingsley war an diesem Morgen später als üblich erschienen und hatte ihn vor versammelter Mannschaft heruntergeputzt, weil die Brust des ersten Patienten noch nicht geöffnet war. Obwohl Owen die Prozedur in Rekordzeit nachgeholt hatte, war Thomas damit noch lange nicht zufriedengestellt; an allem nörgelte er herum. Der Schnitt war miserabel angelegt, die Schwestern reichten ihm die Instrumente nicht richtig, die Assistenten standen ihm im Weg herum, und der Anästhesist war »völlig unfähig«. Wie es der Zufall wollte, geriet Thomas tatsächlich an einen fehlerhaften Nadelhalter, den er mit solcher Wucht gegen die Wand schmetterte, daß er entzweibrach.

Larry Owen erlebte solcherlei Unbill nicht zum erstenmal. Was ihn dagegen wirklich aufbrachte, war die Art, wie Thomas operierte. Vom ersten Moment an konnte kein Zweifel daran bestehen, daß er völlig erschöpft war. Die Fehler, die ihm unterliefen, wären nicht einmal einem Anfänger passiert. Am schlimmsten aber war das unkontrollierbare Zittern. Zuzusehen, wie Thomas sich mit einer rasiermesserscharfen Nadel über das Herz beugte und das Instrument zu dem winzigen Stück Rosenvene zu lenken versuchte, das er an das Blutstammgefäß nähen wollte, hätte beinahe Owens eigenes Herz stillstehen lassen.

Vage hatte er gehofft, das Zittern würde im Verlauf des Vormittags vielleicht vergehen. Statt dessen war es nur schlimmer geworden.

»Wollen Sie, daß ich dieses Stück annähe?« fragte Larry

verschiedentlich. »Ich kann von meinem Platz aus etwas besser sehen.«

»Wenn ich Ihre Hilfe brauche, werde ich Sie darum bitten«, lautete jedesmal die Antwort.

Irgendwie brachten sie die ersten beiden Fälle mit halbwegs passabel angenähten Umgehungswegen hinter sich, und die Patienten konnten wieder von der Herz-Lungen-Maschine genommen werden. Aber Larry wagte nicht, an den dritten Fall zu denken, einen Mann von achtunddreißig Jahren mit zwei kleinen Kindern. Er hatte die Brust des Patienten geöffnet und wartete darauf, daß Thomas aus dem Casino zurückkehrte. Er schwitzte heftig. Als Thomas schließlich durch die Tür des OP platzte, verknotete sich Larrys Magen vor Angst.

Anfangs ging alles einigermaßen gut, obwohl Thomas immer noch stark zitterte und seine Frustrationsschwelle eher niedriger zu sein schien als vorher. Das Team, obwohl bereits ermüdet von den beiden vorangegangenen Fällen, versuchte alles, um ihm nicht in die Quere zu kommen. Larry fiel dabei die schwierigste Rolle zu, denn er mußte soviel wie möglich vorausahnen und die unkoordinierten Bewegungen des Chirurgen lenken, ohne daß Thomas sich dagegen wehrte. Der eigentliche Ärger aber begann erst, als sie anfingen, die Umgehungen anzunähen. Larry konnte einfach nicht zusehen, wie Thomas den zitternden Nadelhalter auf das Herz zuführte, und wandte den Kopf ab.

»Verdammt noch mal!« brüllte Thomas.

Entsetzt sah Larry, daß Thomas sich die Nadel in den eigenen Zeigefinger gestochen hatte und nun seine Hand zurückzog, wobei er auch noch einen der Katheter herausriß, die das Blut des Patienten zur Herz-Lungen-Maschine leiteten. Als hätte jemand einen Wasserhahn aufgedreht, füllte sich die Wunde mit Blut. In Sekundenschnelle waren die sterilen Tücher durchweicht, das Blut tropfte auf den Boden.

Verzweifelt stieß Larry seine Hand in die Wunde und tastete blindlings nach der Klammer, mit der die Naht an der Vena cava verschlossen war. Glücklicherweise fand er sie auf den ersten Griff und lockerte sie mit einem heftigen Ruck. Der Blutverlust ging zurück.

»Wenn ich ein besseres Team gehabt hätte, wäre das gar nicht erst passiert«, schnauzte Thomas, riß sich die Nadel aus dem Finger und ließ sie zu Boden fallen. Er trat vom Operationstisch zurück und begutachtete seine verletzte Hand.

Es gelang Larry, das Blut aus der Wunde abzusaugen. Während er den Katheter der Herz-Lungen-Maschine wieder einsetzte, überlegte er fieberhaft, was er nun tun sollte. Thomas war absolut nicht mehr in der Lage, weiterzuoperieren; ihm das zu sagen hätte aber bedeutet, beruflichen Selbstmord zu riskieren. Schließlich traf er eine Entscheidung. Er konnte die Anspannung einfach nicht mehr ertragen. Nachdem er das Operationsfeld gesichert hatte, ging er zu Thomas, der sich gerade von der Springschwester ein Paar neuer Handschuhe reichen ließ.

»Entschuldigen Sie, Dr. Kingsley«, sagte er mit aller Autorität, zu der er fähig war, »Sie haben einen anstrengenden Tag hinter sich. Es tut mir leid, daß wir nicht mehr auf Draht waren. Sie sind erschöpft, und ich übernehme ab hier. Sie brauchen sich keine neuen Handschuhe anzuziehen.«

Einen Augenblick lang dachte Larry, Thomas würde ihm eine Ohrfeige verpassen, aber er zwang sich, fortzufahren. »Sie haben Tausende solcher Operationen durchgeführt, Dr. Kingsley. Niemand wird es Ihnen vorwerfen, wenn Sie eine davon nicht zu Ende führen.«

Thomas begann zu zittern. Dann riß er sich zu Larrys Erstaunen und Erleichterung die Handschuhe von den Fingern und stürmte aus dem OP.

Larry seufzte und wechselte einen Blick mit der Springschwester.

»Ich bin gleich wieder da«, sagte er an das Team gerichtet. Ohne Handschuhe oder Kittel auszuziehen, verließ er den Raum, in der Hoffnung, daß einer der anderen Herzchirurgen in der Nähe war. Als er George Sherman aus OP 6 kommen sah, nahm er ihn beiseite und berichtete ihm leise, was sich zugetragen hatte.

»Gehen wir«, sagte George nur. »Und ich möchte nirgendwo auch nur ein Sterbenswörtchen darüber hören, kapiert? So was kann jedem von uns einmal widerfahren, und wenn etwas davon an die Öffentlichkeit dringen würde, wäre das eine Katastrophe, nicht nur für Dr. Kingsley, auch für die Klinik.«

»Ich weiß«, sagte Larry.

Thomas konnte sich nicht erinnern, jemals so wütend gewesen zu sein. Wie konnte Larry es wagen, ihm zu sagen, er sei zu müde, um die Operation zu Ende zu führen? Das Ganze war ein einziger Alptraum gewesen. Gerade die ständige Angst vor einer solchen Katastrophe hatte ihn dazu gebracht, hin und wieder eine Tablette zu nehmen, damit er einschlafen konnte. Er war absolut in der Lage, den Eingriff zu beenden, und wenn er nicht so unter Cassis Untreue gelitten hätte, wäre er kaum auf Larry's Ansinnen eingegangen. Im Casino riß er den Hörer vom Telefon und rief Doris an, um sicherzugehen, daß es keine Notfälle gab. Dann ließ er seine Nachmittagspatienten auf einen anderen Termin verlegen, denn es war schon spät, und er konnte den Gedanken, jetzt noch Sprechstunde zu halten, nicht ertragen. Doris wollte schon wieder auflegen, als ihr gerade noch rechtzeitig einfiel, daß Ballantine angerufen und Thomas gebeten hatte, auf einen Sprung bei ihm vorbeizuschauen.

»Was wollte er?« fragte Thomas.

»Das hat er nicht gesagt«., antwortete Doris. »Ich habe ihn gefragt, ob es um etwas Bestimmtes ginge, für den Fall, daß du ein Krankenblatt mitnehmen müßtest oder so, aber er meinte, er wollte sich nur mit dir unterhalten.«

Thomas erklärte der diensthabenden Schwester, daß er in Dr. Ballantines Büro zu finden sei, falls ein Anruf für ihn käme. Um sich wieder zu fangen und die Kopfschmerzen zu bekämpfen, die seit einiger Zeit immer schlimmer wurden, nahm er ein Percodan aus seinem Schrank und schluckte es. Dann zog er sich einen weißen Kittel über und machte sich auf den Weg, wobei er sich fragte, was Ballantine wohl von ihm wollte. Er konnte sich nicht vorstellen, daß der Direktor ihn zu sich rief, um über den Zwischenfall auf der Party zu sprechen, und ganz bestimmt hatte es nichts mit dem Streit eben im OP zu tun. Wahrscheinlich ging es um die Abteilung im allgemeinen. Er entsann sich der Bemerkung des Kurators am vergangenen Abend und nahm an, daß Ballantine nun endlich die Katze aus dem Sack lassen wollte. Es war nicht auszuschließen, daß der alte Mann daran dachte, in den wohlverdienten Ruhestand zu treten, und nun die Frage der Nachfolge regeln wollte.

»Danke, daß Sie die Zeit gefunden haben, hereinzuschauen«, sagte Dr. Ballantine, sobald Thomas sich gesetzt hatte. Er schien sich nicht ganz wohl in seiner Haut zu fühlen.

»Thomas«, begann er endlich, »ich denke, wir sollten offen miteinander sein. Ich versichere Ihnen, daß nichts von dem, worüber wir hier sprechen, aus diesem Raum gelangen wird.«

Thomas schlug die Beine übereinander, sein rechter Fuß begann rhythmisch zu wippen.

»Mir ist zu Ohren gekommen, daß Sie Tabletten nehmen.«

Der Fuß hielt schlagartig mit seiner nervösen Bewegung inne. Die schwachen Kopfschmerzen wurden plötzlich wieder zu einem hämmernden Inferno. Ansonsten zuckte Thomas mit keiner Wimper, obwohl er an seiner Wut zu ersticken glaubte.

Ballantine fuhr fort: »Sie sollen wissen, daß es sich dabei keinesfalls um ein ungewöhnliches Problem handelt.«

»Und was für Tabletten sind das, die ich angeblich nehme?« fragte Thomas, wobei es ihm nur mit äußerster Kraft gelang, sich zu beherrschen.

»Dexedrine, Percodan und Talwin«, sagte Dr. Ballantine. »Was jeder in so einem Fall nehmen würde.«

Mit schmalen Augen musterte Thomas Dr. Ballantines Gesicht. Er haßte den väterlichen Ausdruck darauf. Die Ironie, von diesem unfähigen Hanswurst gerichtet zu werden, trieb ihn an den Rand des Wahnsinns. Gott sei Dank begann das Percodan, das er vorhin genommen hatte, allmählich zu wirken.

»Ich wüßte gern, wer Ihnen diese absurde und lächerliche Lüge zu Gehör gebracht hat«, gelang es ihm so ruhig wie möglich zu sagen.

»Das spielt keine Rolle. Worauf es ankommt –«

»Für mich spielt es eine Rolle«, unterbrach Thomas Ballantine. »Wenn jemand derart böswillige Verleumdungen in die Welt setzt, sollte er dafür zur Verantwortung gezogen werden. Lassen Sie mich raten: George Sherman.«

»Ganz und gar nicht«, erwiderte Ballantine. »Was mich aber an etwas anderes erinnert: ich habe mich mit George über den bedauerlichen Zwischenfall gestern abend unterhalten. Ihre Anschuldigungen waren ihm absolut schleierhaft.«

»Jede Wette«, sagte Thomas sarkastisch, »alle Welt weiß, daß George Cassi heiraten wollte, bevor sie mich kennengelernt hat. Und dann war ich selbst so dumm, ihnen die beste Gelegenheit zu geben, indem ich so viele Abende in der Klinik verbracht habe ...«

»Das hört sich nicht gerade nach hieb- und stichfesten

Beweisen, an«, sagte Ballantine. »Meinen Sie nicht, daß Sie vielleicht überreagieren?«

»Absolut nicht«, schnappte Thomas und hätte beinahe auf den Boden gestampft. »Sie haben sie doch selbst auf Ihrer Party zusammen gesehen.«

»Alles, was ich gesehen habe, war eine sehr schöne junge Frau, die nur Augen für ihren Mann hatte. Sie können sich glücklich preisen, Thomas. Cassi ist ein ganz besonderer Mensch.«

Thomas war versucht, aufzustehen und zu gehen, aber Ballantine fuhr fort.

»Ich glaube, daß Sie sich selbst zu hart rannehmen, Thomas. Sie arbeiten zu viel. Du meine Güte, was wollen Sie denn eigentlich beweisen? Ich kann mich gar nicht mehr daran erinnern, wann Sie das letztemal einen Tag freigenommen haben.«

Thomas wollte ihm ins Wort fallen, aber Ballantine brachte ihn mit einer Handbewegung zum Schweigen.

»Jeder braucht mal Urlaub. Darüber hinaus haben Sie auch eine Verpflichtung gegenüber Ihrer Frau. Ich habe zufällig erfahren, daß Cassi sich einer Augenoperation unterziehen muß. Finden Sie nicht, daß sie Anspruch auf einen Teil Ihrer Zeit hat?«

Thomas war jetzt relativ sicher, daß Ballantine mit Cassi gesprochen hatte.

So unglaublich es klang, sie mußte mit ihren Räuberpistolen auch zu ihm gerannt sein. Nicht genug, daß sie seine Mutter gegen ihn aufhetzen wollte, sie hatte sich auch mit seinem Chef in Verbindung gesetzt. Plötzlich wurde ihm klar, daß sie ihn zerstören konnte. Sie konnte die Karriere ruinieren, die er sein ganzes Leben lang aufgebaut hatte.

Glücklicherweise war sein Selbsterhaltungstrieb stärker als sein Zorn. Er zwang sich, kalt und logisch zu denken, während Ballantine seinen Vortrag mit den Worten: »Ich möchte Ihnen vorschlagen, daß Sie endlich einmal Urlaub nehmen« beendete.

Thomas wußte, daß dem Direktor nichts lieber gewesen wäre, als ihn aus dem Haus zu haben, während das Lehrpersonal ihm seine OP-Zeit kürzte, aber er brachte es tatsächlich fertig zu lächeln.

»Schauen Sie«, sagte er ruhig, »ich glaube, das Ganze hat sich etwas verselbständigt. Vielleicht habe ich wirklich zu hart gearbeitet, aber nur, weil gar so viel zu tun war. Was nun Cassandras Auge angeht, so ist es ganz selbstverständlich, daß ich ihr mehr Zeit widmen werde, sobald sie sich operieren läßt. Aber es ist wirklich allein Obermeyers Aufgabe, ihr zu sagen, was sie bezüglich Ihrer Netzhaut tun oder lassen soll.«

Ballantine wollte etwas sagen, aber Thomas ließ ihn nicht zu Wort kommen.

»Ich habe Ihnen zugehört, jetzt müssen Sie mich auch meinen Standpunkt vertreten lassen. Kommen wir zu diesen Tabletten, die ich angeblich im Übermaß nehme. Sie wissen, daß ich keinen Kaffee trinke, weil er mir nicht bekommt, und deswegen schlucke ich hin und wieder eine Dexedrine, zugegeben. Die Wirkung, das wissen Sie, ist nicht anders als die von Kaffee, außer daß man das Zeug nicht mit Milch oder Sahne verdünnen kann. Ich weiß, daß sich mit Tablettenkonsum gewisse gesellschaftliche Implikationen verbinden, besonders wenn eskapistische Gründe vorliegen, aber ich greife nur gelegentlich zu einer Pille, um effektiver arbeiten zu können. Auch Percodan oder Talwin nehme ich von Zeit zu Zeit. Seit meiner Kindheit habe ich einen Hang zur Migräne. Ich bekomme sie nicht oft, aber wenn, dann ist Percodan oder Talwin das einzige, was hilft. Mal das eine, mal das andere. Und ich will Ihnen noch etwas sagen: Ich würde mich freuen, wenn Sie oder jemand anderer sich mal mit meiner Verschreibungspraxis beschäftigen würden, denn dann würden Sie sofort sehen, wieviel ich verschreibe und wem.«

Thomas lehnte sich zurück und verschränkte die Arme. Er zitterte noch immer und wollte nicht, daß es Ballantine auffiel.

»Nun«, sagte Ballantine mit offensichtlicher Erleichterung, »das klingt ja ganz vernünftig.«

»Sie wissen so gut wie ich«, meinte Thomas, »daß jeder von uns hin und wieder eine Tablette nimmt.«

»Stimmt«, gab Ballantine zu. »Problematisch wird es nur, wenn ein Arzt die Kontrolle über die Dosis verliert, die er zu sich nimmt.«

»Aber das wäre dann ja Drogenmißbrauch«, wandte Thomas ein. »Ich habe nie mehr als zwei in vierundzwanzig Stunden genommen, und das auch nur, wenn ich Migräne hatte.«

»Ich muß Ihnen sagen, daß ich sehr erleichtert bin«, sagte Dr. Ballantine. »Offen gestanden, war ich etwas beunruhigt. Sie arbeiten wirklich zu hart, und ich bin immer noch der Meinung, Sie sollten sich ein paar Tage freinehmen.«

Das glaube ich dir aufs Wort, dachte Thomas.

»Und ich möchte, daß Sie wissen«, fuhr Ballantine fort, »wie sehr wir alle in der Abteilung Sie schätzen. Wir wollen nur das Beste für Sie. Selbst wenn uns in absehbarer Zeit einige Änderungen ins Haus stehen sollten, betrachte ich Sie immer noch als Eckpfeiler unseres Betriebs.«

»Das ist ja beruhigend«, sagte Thomas. Beiläufig fügte er hinzu: »Ich nehme an, es war Cassandra, die sich wegen der Tabletten an Sie gewandt hat?«

»Es spielt wirklich keine Rolle, von wem der Hinweis kam«, sagte Ballantine und erhob sich. »Besonders jetzt, wo es Ihnen gelungen ist, meine Bedenken zu zerstreuen.«

Thomas war inzwischen hundertprozentig sicher, daß Cassi die Übeltäterin gewesen war. Sie mußte in seine Schreibtischschubladen geschaut und die Döschen gefunden haben. Er stand auf, die Hände geballt. Er wußte, daß er jetzt eine Zeitlang allein sein mußte. Er dankte Ballantine für seine Besorgnis, verabschiedete sich und verließ rasch das Büro.

Ballantine starrte ihm einen Moment lang nach. Er hatte jetzt ein besseres Gefühl, war aber noch nicht vollständig beruhigt. Die Szene auf der Party ließ ihm keine Ruhe, und dann waren da noch diese hartnäckigen Gerüchte, die sich in der letzten Zeit unter dem Personal ausbreiteten. Er wollte keinen Ärger mit Thomas. Nicht jetzt. Das konnte alles zerstören. Die Tür zum Wartezimmer flog auf. Doris ließ den Roman, in dem sie gerade las, rasch in eine offene Schublade fallen und schloß sie dann mit einer lautlosen, oft geübten Bewegung. Als sie sah, daß es Thomas war, griff sie nach dem Block mit den telefonischen Nachrichten und kam hinter ihrem Schreibtisch hervor. Sie war den ganzen Nachmittag allein in der Praxis gewesen und freute sich, ein anderes menschliches Wesen zu sehen.

Thomas benahm sich, als gehörte sie zur Einrichtung. Er ging einfach an ihr vorbei, ohne sie auch nur wahrzunehmen. Sie streckte die Hand aus, um ihn festzuhalten, griff aber zu kurz, und er bewegte sich auf sein Sprechzimmer zu wie ein Schlafwandler. Doris folgte ihm.

»Thomas, Dr. Obermeyer hat angerufen und ...«

»Ich will nichts hören«, schnappte er.

Wie eine sturmerprobte Vertreterin schob Doris einen Fuß in die Tür. Sie dachte nicht daran, sich abwimmeln zu lassen, bevor sie ihre telefonischen Nachrichten losgeworden war.

»Raus hier«, brüllte er. Sie zuckte erschrocken zurück. Krachend fiel die Tür ins Schloß.

Thomas tobte. Alles, was er während des qualvollen Gesprächs mit Ballantine heruntergeschluckt hatte, stieg jetzt wieder in ihm hoch. Seine Augen suchten nach einem Gegenstand, an dem er seine Wut auslassen konnte. Er griff nach einer kleinen Vase, die ihm Cassi kurz nach ihrer Verlobung geschenkt hatte, und schmetterte sie zu Boden. Der

Anblick der Scherben tat gut. Er ging zum Schreibtisch, öffnete die zweite Schublade und riß das Percodandöschen heraus, wobei mehrere der Tabletten auf die Schreibtischplatte fielen. Er schob sich eine davon in den Mund, sammelte den Rest wieder ein und ging zum Waschbecken, um sich ein Glas Wasser zu holen.

Anschließend verstaute er das Tablettendöschen wieder in der Schublade und schloß sie. Langsam beruhigte er sich, konnte Cassis Verrat aber noch immer nicht verwinden. Begriff sie nicht, daß seine Operationen das einzige waren, was ihn wirklich interessierte? Wie konnte sie auch nur versuchen, seine Karriere zu zerstören? Erst seine Mutter, der einzige Mensch auf Erden, der ihn wirklich aufzuregen vermochte; dann George Sherman und jetzt auch noch der Direktor der Abteilung. Er würde ihr das nicht durchgehen lassen. Und wie hatte er sie einst geliebt, zu Beginn ihrer Ehe! So süß war sie gewesen, so zerbrechlich und so hingebungsvoll. Was war nur in sie gefahren? Er würde nicht zulassen, daß sie ihn um den Preis seiner Arbeit brachte. Er würde …

Auf einmal fragte er sich, ob Ballantine sich über all das nicht vielleicht sogar freute. Vielleicht steckten die beiden unter einer Decke, Sherman und Ballantine, um an seinem Stuhl zu sägen. Irgend etwas Seltsames ging in der Klinik vor.

Neuerlich stieg Furcht in ihm auf. Er mußte etwas tun … aber was?

Erst ganz langsam, dann aber immer schneller, bildeten sich die ersten Vorstellungen. Und auf einmal wußte er, was er tun konnte. Nein, was er tun mußte.

Noch immer ein wenig beunruhigt von der Unterhaltung mit Thomas Kingsley, beschloß Dr. Ballantine, dem OP-Trakt einen Besuch abzustatten und George Sherman zu suchen. Sherman war vielleicht nicht so genial wie Kingsley, aber er war ebenfalls ein hervorragender Chirurg und ein Administrator, wie man ihn sich besser nicht wünschen konnte. Das Personal bewunderte ihn, und Ballantine erwog ernsthaft, George für den freiwerdenden Posten des Direktors vorzuschlagen, wenn er selbst zurücktrat. Eine ganze Zeitlang hatte das Kuratorium Druck ausgeübt, damit er Thomas ganz auf die Seite der Universität zog und ihn später als Nachfolger präsentieren konnte, aber inzwischen hatte er seine Zweifel, selbst wenn Kingsley überhaupt gewollt hätte.

Leider operierte George noch. Ballantine war überrascht und hoffte, daß es keinen Ärger gegeben hatte. Seines Wissens hatte George nur am Morgen einen Fall gehabt, und zwar schon um sieben Uhr dreißig. Die Tatsache, daß er sich mitten am Nachmittag immer noch im OP aufhielt, war alles andere als beruhigend.

Ballantine beschloß, die Zeit mit einem Besuch bei Cassi auf Clarkson Zwei zu überbrücken. Selbst wenn er noch nicht hundertprozentig beruhigt war, wollte er ihr doch schon mit einem vorläufigen Bericht etwas von ihrer Sorge nehmen. In all den Jahren am Boston Memorial hatte Ballantine noch nie einen Fuß in die Psychiatrie gesetzt, und als die schwere Feuertür hinter ihm zufiel, war ihm, als hätte er eine gänzlich neue Welt betreten.

In mancher Hinsicht hatte Clarkson Zwei nicht die geringste Ähnlichkeit mit einem Krankenhaus. Die Abteilung erinnerte eher an ein zweitklassiges Hotel. Als Ballantine durch die Empfangshalle schritt, vernahm er atonales Klaviergeklimper und den Ton irgendeiner geistlosen Fernsehshow. Es gab keines der Geräusche, die er mit einem normalen Klinikbetrieb verband, weder das Zischen eines Respirators noch das charakteristische Klirren von Infusionsflaschen. Aber am meisten irritierte ihn, daß alle ganz normale Straßenkleidung trugen, womit es unmöglich wurde, Ärzte von Patienten zu unterscheiden.

Der einzige Ort, der ihm halbwegs vertraut erschien, war das Schwesternzimmer. Dr. Ballantine trat ein.

»Kann ich Ihnen helfen?« fragte eine große elegante Farbige, auf deren Namensschild schlicht Roxanne stand.

»Ich bin auf der Suche nach Dr. Kingsley-Cassidy«, sagte Ballantine verlegen.

Bevor Roxanne antworten konnte, steckte Cassi schon ihren Kopf durch die Tür zum angrenzenden Raum. »Dr. Ballantine, was für eine Überraschung!«

Ballantine war von ihrer zerbrechlichen Schönheit erneut wie bezaubert. Thomas mußte verrückt sein, so viele Nächte in der Klinik zu verbringen.

»Kann ich einen Moment mit Ihnen sprechen?« fragte er.

»Natürlich. Wollen wir uns in mein Büro setzen?«

»Es geht auch hier«, sagte Ballantine und deutete in den leeren Aktenraum neben dem Schwesternzimmer.

Cassi schob einige der Ordner beiseite. »Ich bin gerade dabei, ein paar Notizen über meine Patienten zusammenzufassen, damit die anderen Ärzte wissen, woran sie sind, während ich mich operieren lasse.«

Ballantine nickte. »Ich wollte Ihnen nur kurz persönlich Bericht erstatten. Ich habe mich eben mit Thomas unterhalten, und ich muß sagen, das Gespräch war sehr fruchtbar. Er hat zugegeben, hin und wieder eine Dexedrine zu nehmen, um sich wachzuhalten. Was die Schmerzmittel angeht, so hat er mir glaubwürdig versichert, daß er sie nur wegen seiner Migräne nimmt.«

Cassi antwortete nicht. Sie war sicher, daß Thomas seit seiner Kindheit keine Kopfschmerzen mehr gehabt hatte.

»Nun«, sagte Ballantine mit gezwungener Jovialität, »auf alle Fälle sollten Sie jetzt erst einmal an Ihr Auge denken und sich nicht den Kopf über Thomas zerbrechen. Er war sogar bereit, uns Einblick in seine Verschreibungspraxis zu geben.« Ballantine stand auf und klopfte Cassi auf die Schulter.

»Ich hoffe doch sehr, Sie haben recht«, sagte Cassi seufzend. »Natürlich habe ich recht«, meinte Ballantine, enttäuscht über das offensichtliche Fehlschlagen seiner Bemühungen.

»Sie haben ihm doch nichts von unserer Unterhaltung erzählt?« erkundigte sich Cassi rasch, ehe Ballantine seine Intervention allzusehr bereuen konnte.

»Natürlich nicht. Wie auch immer, die Eifersucht Ihres Mannes läßt keinen Zweifel daran, daß er Sie verehrt. Was mehr als verständlich ist.« Ballantine lächelte.

»Danke, daß Sie sich die Mühe gemacht haben, herüberzukommen«, sagte Cassi.

»Nicht der Rede wert«, erwiderte Ballantine und verabschiedete sich mit einem Winken. Als er auf die Feuertür zuging, fragte er sich, wie jemand freiwillig Psychiater werden konnte. Er war froh, Clarkson Zwei den Rücken kehren zu können.

Er stieg in den Fahrstuhl und schüttelte den Kopf. Er haßte es, in die Familienprobleme anderer Leute verwickelt zu werden. Da versuchte er, den beiden Kingsleys zu helfen, um Cassi zu beruhigen, und sie schien nicht einmal zuhören zu wollen. Zum erstenmal begann er an Cassis Objektivität zu zweifeln.

Er verließ den Fahrstuhl und beschloß, es jetzt noch einmal bei George Sherman zu versuchen.

George stand im Casino, umgeben von Schwestern und Praktikanten. Als er Ballantines Blick auffing, entschuldigte er sich und folgte dem Direktor auf den Flur hinaus.

»Ich hatte heute morgen eine eigenartige Unterhaltung mit Kingsleys Frau«, kam Ballantine gleich zur Sache. »Ich dachte, sie sei gekommen, um sich für den Zwischenfall gestern abend auf der Party zu entschuldigen, aber darum ging es gar nicht. Sie machte sich Sorgen, daß Thomas vielleicht zu viele Pillen schluckt.«

George öffnete den Mund, schloß ihn aber wieder, ohne etwas zu sagen. Die Praktikanten hatten ihm gerade berichtet, wie Kingsley sich am Morgen im OP benommen hatte, bevor er abgelöst worden war. Wenn er das dem Direktor erzählte, würde Thomas mehr als nur ein bißchen Ärger kriegen. Und es bestand ja immer noch die Möglichkeit, daß er am Abend zuvor einfach nur zu tief ins Glas geschaut hatte; immerhin war er über den Streit ziemlich aufgebracht gewesen. George beschloß, seine Gedanken für sich zu behalten, jedenfalls im Moment noch.

»Glauben Sie ihr?« fragte er.

»Ich bin nicht sicher. Ich habe Thomas darauf angesprochen, und er hatte eine gute Erklärung, wenn ich auch sagen muß, daß sein Temperament selbst für meinen Geschmack in letzter Zeit etwas zu oft mit ihm durchgeht.« Ballantine seufzte. »Sie haben immer gesagt, es läge Ihnen nichts daran, meinen Posten zu übernehmen, aber selbst wenn Kingsley sich bereit erklärte, seinen privaten Status aufzugeben, bin ich nicht sicher, daß er noch der Richtige für die Abteilung ist, wenn wir erst mit der Reorganisation fertig sind. Mit Sicherheit wird er sich gegen die neuen Patienten aussprechen, die wir in das Lehrprogramm aufnehmen wollen.«

»Stimmt«, meinte George. »Und ich kann mir auch nicht vorstellen, daß er von unserer Absicht, geistig Behinderte umsonst zu operieren, hingerissen sein wird. Selbst wenn es der beste Weg ist, Übungsmaterial für angehende Gefäßchirurgen zu beschaffen.«

»Nun, sein Standpunkt ist nicht unbedingt falsch. Diese neuen, kostspieligen Operationsmethoden sollten in erster Linie Patienten zugute kommen, deren Chancen auf eine erfolgreiche Wiedereingliederung in den Arbeitsprozeß gut stehen. Aber leider darf sich ein Praktikant nur selten an derartigen Fällen versuchen. Und wer soll letztendlich beurteilen, welcher Patient wertvoll für die Gesellschaft ist und welcher nicht. Wie Sie schon sagten, George, wir sind Ärzte, keine Götter.«

»Vielleicht beruhigt er sich ja wieder. Wenn Ihre Pläne durchkommen, werden wir ihn in unserer Mitte brauchen.«

»Hoffen wir das Beste. Ich habe ihm vorgeschlagen, doch einmal mit seiner Frau zu verreisen. Da fällt mir ein, seine Beschuldigungen, was Cassi und Sie angeht, scheinen mir ja die reinste Paranoia zu sein.«

»Leider, ja. Aber ich sage Ihnen, wenn ich nur die geringste Chance hätte, würde ich noch immer um sie kämpfen. Sie sieht nicht nur umwerfend aus, sondern ist dazu auch noch eine der liebevollsten Frauen, die ich je kennengelernt habe.«

»Bringen Sie unser Genie bloß nicht noch mehr in Rage, als Sie es ohnehin schon getan haben«, sagte Ballantine lachend. »Was meinen Sie, soll ich mir mal seine Rezeptliste ansehen?«

»Schaden kann's ja nicht. Aber es gibt auch noch andere Möglichkeiten für einen Arzt, sich in den Besitz von Drogen zu bringen«, antwortete George in Erinnerung an Kingsleys Zusammenbruch im OP.

»Am besten wäre es, er ginge bald in Urlaub und käme dann als sein altes Ich wieder zurück.«

»Richtig«, sagte George, obwohl er Kingsleys altes Ich auch nicht so besonders toll gefunden hatte.

9

Cassi war fassungslos. Sie konnte einfach nicht glauben, wie sehr Thomas sich plötzlich verändert hatte. Gegen fünf Uhr nachmittags hatte er angerufen, um ihr mitzuteilen, daß seine Operation am Abend gestrichen worden sei und er daher Zeit hätte. Er bot ihr an, sie mit dem Porsche nach Hause zu fahren, so daß sie ihren eigenen Wagen in der Garage lassen könne.

Zum erstenmal seit Monaten war das Abendessen wieder ein Vergnügen. Thomas trug wieder die Züge des Mannes, den sie geheiratet hatte. Er nahm Patricias übliche Quengeleien augenzwinkernd zur Kenntnis und war Cassi gegenüber von unverhüllter Zärtlichkeit.

Cassi war ein wenig verwirrt, gleichwohl unendlich glücklich. Es ließ sich zwar nur schwer glauben, daß er die Ereignisse des vergangenen Abends vergessen haben sollte, aber alles schien darauf hinzudeuten. Er begleitete seine Mutter zu ihrer Wohnung und kehrte dann eilig zurück, um Cassi einen Kahlua einzuschenken. Sich selbst holte er einen Cognac, ehe sie nebeneinander auf der ovalen Couch vor dem brennenden Kaminfeuer Platz nahmen.

»Ich habe heute einen Anruf von Dr. Obermeyer erhalten«, sagte er und trank einen Schluck. »Aber als ich ihn zurückrufen wollte, war er schon fort. Was geschieht denn nun mit deinem Auge?«

»Ich war heute bei ihm. Er sagte, daß ich um die Operation nicht herumkommen werde, weil ich immer noch nicht besser sehe.«

»Und wann ist es soweit?« fragte Thomas, wobei er den Cognac im Glas herumschwenkte.

»So bald wie möglich«, antwortete Cassi zögernd. Thomas schien die Neuigkeit mit Gleichmut hinzunehmen, deshalb fuhr Cassi fort: »Ich nehme an, Dr. Obermeyer wollte mit dir reden, weil er mich für übermorgen für die Operation vorgesehen hat. Es sei denn, du hättest etwas dagegen, natürlich.«

»Dagegen?« fragte Thomas. »Warum sollte ich etwas dagegen haben? Dein Augenlicht ist viel zu wichtig, um irgendein Risiko einzugehen.«

Cassi entfuhr ein Seufzer der Erleichterung. Sie war so gespannt auf seine Reaktion gewesen, daß sie den Atem angehalten hatte, ohne es zu merken. »Obwohl ich weiß, daß es sich nur um einen kleineren Eingriff handelt, habe ich eine Todesangst.«

Thomas beugte sich zu ihr und legte ihr den Arm um die Schulter. »Natürlich hast du Angst, das ist ganz normal. Aber Martin Obermeyer ist der Beste. Bei ihm bist du in guten Händen.«

»Ich weiß«, sagte Cassi mit einem schwachen Lächeln.

»Und außerdem habe ich heute nachmittag eine Entscheidung getroffen«, fuhr Thomas fort, wobei er sie an sich drückte. »Sobald Obermeyer dir grünes Licht gibt, machen wir Urlaub. In der Karibik beispielsweise. Ballantine hat mich davon überzeugt, daß mir ein paar freie Tage nicht schaden könnten, und wann ginge das eher als während deiner Rekonvaleszenz. Was hältst du davon?«

»Das klingt herrlich.« Sie wollte ihm gerade einen Kuß geben, als das Telefon klingelte.

Thomas stand auf, um an den Apparat zu gehen. Sie hoffte, daß er nicht wieder in die Klinik gerufen wurde.

»Seibert«, sagte Thomas in die Sprechmuschel, »nett, Ihre Stimme zu hören.«

Cassi beugte sich vor und stellte ihr Glas auf den Kaffeetisch. Robert hatte sie noch nie zu Hause angerufen. Das war genau die Art von Unterbrechung, die Thomas zur Raserei bringen konnte.

Aber diesmal sagte er nur ruhig: »Natürlich können Sie sie sprechen, Robert. Nein, Sie haben nicht zu spät angerufen.«

Mit einem Lächeln reichte er Cassi den Hörer.

»Ich hoffe, du bist mir nicht böse, daß ich dich zu Hause angerufen habe«, sagte Robert, »aber es ist mir gelungen, in dic Pathologie zu schleichen und einen Blick auf die Dias von Jeoffry Washington zu werfen. Als ich dann wieder in meinem Zimmer war, ist mir eingefallen, wo ich so einen Niederschlag schon einmal gesehen habe. Vor ein paar Wochen mußte ich das Opfer eines Arbeitsunfalls obduzieren. Der Mann hatte sich aus Versehen eine Schüssel konzentriertes Natriumfluorid in den Schoß gekippt. Obwohl er sich sofort abgewaschen hatte, war genug in seinen Körper eingedrungen, daß er daran gestorben ist. In seinen Venen fanden sich die gleichen weißen Ablagerungen.«

Cassi senkte die Stimme, denn sie wollte nicht, daß Thomas mithören konnte. Immerhin hatte er sie gebeten, die Finger von Roberts PPT-Theorien zu lassen. »Aber niemand verabreicht Natriumfluorid als Medikament.«

»Außer gegen Karies«, sagte Robert.

»Ja, aber nicht zur inneren Anwendung«, flüsterte Cassi. »Und schon gar nicht intravenös.«

»Stimmt«, sagte Robert, »aber weißt du, wie das Opfer dieses Arbeitsunfalls gestorben ist? An epileptischen Anfällen und akutem Herzstillstand. Kommt dir das nicht bekannt vor?«

Cassi wußte, daß sechs Patienten aus der PPT-Serie mit den gleichen Symptomen gestorben waren, aber sie sagte nichts.

Natriumfluorid war nicht das einzige, was als Verursacher in Frage kam, und es hatte keinen Sinn, überstürzte Schlußfolgerungen zu ziehen.

»Sobald ich wieder im Labor bin, werde ich diese Niederschläge analysieren«, sagte Robert, »und dann weiß ich ja, ob es sich um Natriumfluorid handelt oder nicht. Wenn doch, dann wissen wir beide, was das bedeutet, nicht wahr?«

»Ich habe so eine Ahnung«, antwortete Cassi widerstrebend.

»Es bedeutet Mord«, sagte Robert.

»Worüber habt ihr euch denn unterhalten?« erkundigte sich Thomas, als sie wieder neben ihm auf der Couch saß. »Ist Robert wieder mal auf neue Erkenntnisse in Sachen PPT gestoßen?«

Zu Cassis Überraschung schien er nur neugierig zu sein, nicht im geringsten aufgebracht. Sie beschloß, daß sie es wagen konnte, ihm ein wenig von Roberts Fortschritten zu erzählen.

»Er arbeitet noch daran«, sagte sie. »Er hatte gerade angefangen, die verschiedenen Daten miteinander zu vergleichen, da wurde er ins Krankenhaus gerufen. Der Computer hat ihn auf einige höchst interessante Punkte hingewiesen.«

»Zum Beispiel?« fragte Thomas.

»Oh, mehrere Möglichkeiten«, antwortete Cassi ausweichend. »Man kann nichts ausschließen. Ich meine, in einem Krankenhaus passiert ja so allerhand. Erinnerst du dich noch an die Curare-Affäre in New Jersey?« Cassi lachte nervös.

»Aber er denkt doch nicht etwa an Mord?« fragte Thomas.

»Nein, nein«, antwortete Cassi hastig. Es tat ihr schon leid, soviel ausgeplaudert zu haben. »Er hat lediglich bei der letzten Autopsie einen seltsamen Niederschlag entdeckt, über den er mehr herausfinden möchte.«

Thomas nickte nachdenklich. In der Hoffnung, seine gute Laune wieder herzustellen, fügte Cassi hinzu: »Er ist dir wirklich dankbar, weil du ihm bei der Exituskonferenz zu Hilfe geeilt bist.«

»Ich weiß«, meinte Thomas mit einem plötzlichen Lächeln. »Ich habe es zwar nicht ihm zuliebe getan, aber wenn er darauf besteht, es so zu sehen, soll's mir recht sein. Komm, laß uns ins Bett gehen.«

Als er sie die Treppe hinaufführte, ganz zärtliche Fürsorge, wurde ihr Blick wie magisch von seinen großen blauen Augen angezogen.

Sie erschauerte, denn was sie dort las, wußte sie nicht zu deuten.

10

Seit ihren Collegetagen war Cassi nicht mehr als Patientin in einem Krankenhaus gewesen. Wie Robert schon angedeutet hatte, handelte es sich jetzt um eine völlig andere Erfahrung. Das Wissen um all die Dinge, die passieren konnten, jagte ihr Angst ein. Da sie am Morgen mit Thomas in die Klinik gefahren war, hatte sie noch mehr als genug Zeit, bevor die Aufnahmeformalitäten beginnen konnten. Eine unfreundliche Schwester erklärte ihr, daß die zuständigen Mitarbeiter erst um zehn Uhr vormittags zum Dienst anträten. Als sie protestierend einwandte, daß über die Notaufnahme ja auch die ganze Nacht über Leute eingewiesen werden konnten, wurde ihr nur lapidar bedeutet, sich um zehn Uhr wieder einzufinden.

Nachdem sie drei unproduktive Stunden in der Bibliothek verbracht hatte, zu nervös, um sich auf etwas Anspruchsvolleres als *Psychologie heute* konzentrieren zu können, ging sie zurück in die Aufnahme. Das Personal hatte gewechselt, die unhöfliche Attitüde nicht. Statt alles so unbürokratisch wie möglich über die Bühne gehen zu lassen, bauten sie ein Hindernis nach dem anderen vor ihr auf, als handelte es sich um einen Hürdenlauf. Als erstes wurde ihr erklärt, daß sie keinen Klinikausweis besitze, und ohne den könne man sie leider nicht aufnehmen. Erst auf zweimaliges Nachfragen informierte sie eine desinteressierte Angestellte darüber, daß die Ausweise im ID-Büro im dritten Stock zu erhalten seien.

Dreißig Minuten später kehrte sie, bewaffnet mit einem neuen Klinikausweis, der verdächtig an eine Kreditkarte erinnerte, wieder ins Foyer zurück, wo sie sich mit einem weiteren, scheinbar unüberwindlichen Problem konfrontiert sah. Da sie einen Doppelnamen führte, beharrte der Computer darauf, die Nummer ihrer Heiratsurkunde haben zu müssen. Erst als auch diese Hürde endlich hinter ihr lag, wurde Cassi ein Zimmer im siebzehnten Stock zugeteilt, und eine freundliche Frau in einem grünen Kittel begleitete sie nach oben, allerdings nicht umgehend in den siebzehnten Stock, sondern in den zweiten, um eine Röntgenaufnahme von ihrer Brust machen zu lassen. Cassi sagte, daß erst vor knapp sechs Wochen im Rahmen einer Routineuntersuchung Röntgenaufnahmen von ihrer Brust gemacht worden seien und daß sie keine Lust hätte, das Ganze schon wieder über sich ergehen zu lassen. Die Röntgenstation behauptete, die Anästhesie würde niemand anästhesieren, der nicht geröntgt worden sei, und es dauerte eine weitere Stunde, bis Cassi den Leiter der Anästhesie dazu gebracht hatte, daß er Obermeyer anrief, der sich wiederum mit Jackson, dem Leiter der Röntgenstation, in Verbindung setzte.

Nachdem Jackson sich Cassis alte Bilder angeschaut hatte, rief er Obermeyer zurück, der daraufhin das gleiche beim Leiter der Anästhesie tat, auf daß dieser sich bei dem diensttuenden Röntgentechniker in Cassis Sinn verwenden möge. Die neuen Aufnahmen fielen unter den Tisch.

Der Rest der Prozedur ging vergleichsweise glatt, einschließlich des Abstechers ins Labor, wo sie sich Blut abnehmen und eine Urinprobe hinterlassen mußte. Endlich wurde Cassi in einem hellblau gehaltenen Zweibettzimmer abgeliefert.

Ihre Zimmergenossin war einundsechzig und trug einen Verband über dem linken Auge.

»Ich heiße Mary Sullivan«, sagte sie, nachdem Cassi sich vorgestellt hatte. Sie wirkte älter, als sie war, weil sie ihre Zahnprothese nicht eingesetzt hatte.

Cassi überlegte, was für einer Operation sich die Frau wohl unterzogen hatte.

»Die Netzhaut hat sich abgelöst«, sagte Mary, als könne sie Gedanken lesen. »Sie mußten das Auge herausnehmen und sie mit einem Laserstrahl wieder ankleben.«

Cassi lachte, obwohl ihr nicht danach zumute war. »Ich glaube kaum, daß man Ihnen das Auge herausgenommen hat«, sagte sie.

»Und ob. Als der Doktor mir das erstemal den Verband abnahm, habe ich alles doppelt gesehen, so daß ich sogar glaubte, sie hätten es schief wieder eingesetzt.«

Mit einem vagen Nicken begann Cassi, ihre Tasche auszupacken, Insulin und Spritzen verstaute sie sorgfältig in der Nachttischschublade. Heute abend würde sie noch ihre normale Dosis zu sich nehmen, aber ab dann durfte sie mit den Injektionen erst wieder anfangen, wenn ihr Internist, Dr. McInery, sein Einverständnis dazu gab.

Anschließend zog sie sich aus und schlüpfte in ihren Pyjama, ein ausgesprochen alberner Vorgang um diese Tageszeit, aber auch für eine derartige Verordnung gab es Gründe. Indem man den Patienten in Bettkleidung steckte, erleichterte man ihm den Übergang zur Krankenhausroutine. Auch Cassi spürte die Veränderung sofort. Jetzt war sie eine Patientin.

Erstaunt registrierte sie, wie sehr ihr nach all den Jahren im Krankenhaus ihr weißer Kittel und der damit verbundene Status fehlten. Selbst als sie nur das Zimmer verließ, hatte sie schon ein ungutes Gefühl, als täte sie etwas Verbotenes. Und als sie im achtzehnten Stock auftauchte, um Robert zu besuchen, kam sie sich wie ein Eindringling vor.

Sie klopfte an die Tür von Zimmer 1847, erhielt aber keine Antwort. Leise drückte sie die Klinke herunter und trat ein. Robert lag auf dem Rücken und schnarchte sanft vor sich hin. Unter seinem linken Mundwinkel klebte ein kleiner Tropfen getrockneten Bluts. Cassi trat ans Bett und betrachtete ihn einen Moment lang. Offenbar lag er noch im Betäubungsschlaf. Wie sich das für eine Ärztin gehörte, warf sie einen prüfenden Blick auf die Infusionsflasche. Gleichmäßig tropfte die Flüssigkeit in den Schlauch. Cassi führte ihren Zeigefinger an die Lippen und legte ihn Robert dann auf die Stirn. Auf dem Weg zur Tür bemerkte sie einen Stapel Computerausdrucke und nahm den obersten Bogen in Augenschein. Es handelte sich um die Daten der PPT-Studie, ganz wie sie erwartet hatte. Einen Moment lang erwog sie, die Ausdrucke mitzunehmen, aber der Gedanke, daß Thomas sie bei ihr finden könnte, ließ sie zögern. Später war immer noch Zeit genug.

Davon abgesehen: Wenn sie Roberts neue Theorie ernst zu nehmen gedachte, war es kaum die richtige Lektüre für die Nacht vor einer Operation.

Thomas öffnete die Tür zu seiner Praxis und durchquerte das Wartezimmer. Er nickte den Patienten einen Gruß zu und verfluchte den Architekten, weil er nicht an einen separaten Eingang gedacht hatte. Es wäre ihm lieber gewesen, wenn er ungesehen kommen und gehen konnte. Doris lächelte ihn an, als er an ihrem Schreibtisch vorbeikam, erhob sich jedoch nicht. Der gestrige Zwischenfall steckte ihr noch immer in den Knochen, und sie reichte ihm nur wortlos die Liste mit den Telefonanrufen.

Im Sprechzimmer fuhr er in den weißen Kittel, den er stets trug, wenn er Patienten empfing. Der weiße Mantel bewirkte nicht nur Respekt, sondern auch Gehorsam und manchmal sogar Ergebenheit. Die Anrufe waren auf schmalen rosafarbenen Streifen notiert, die Thomas rasch durchsah, bis er auf den von Cassi stieß. Zimmer 1740. Er runzelte die Stirn; der Raum lag direkt gegenüber dem Schwesternzimmer und gehörte zur zweiten Klasse.

Er riß den Hörer ans Ohr und wählte die Nummer von

Grace Peabody, der Leiterin der Aufnahme. »Miss Peabody«, sagte er scharf. »Ich habe gerade erfahren, daß meine Frau auf die zweite Klasse gelegt worden ist. Ich möchte gern, daß sie ein Zimmer für sich allein bekommt.«

»Ich verstehe, aber im Augenblick sind wir hier etwas überfüllt, und sie wurde gewissermaßen als halber Notfall eingewiesen.«

»Nun, ich bin sicher, Sie können ihr dennoch ein Einzelzimmer besorgen, denn mir ist wirklich sehr daran gelegen. Wenn nicht, werde ich mich mit Vergnügen an die Klinikdirektion wenden.«

»Ich werde tun, was ich kann, Dr. Kingsley«, erwiderte Miss Peabody eingeschnappt.

»Tun Sie das!« sagte Thomas und knallte den Hörer auf die Gabel.

»Verdammt!« Er haßte die Spatzengehirne, die heutzutage alle wichtigen Posten in den Krankenhäusern innehatten. Wie konnte jemand so dämlich sein, der Frau des berühmtesten Chirurgen am Boston Memorial ein Einzelzimmer zu verweigern!

Er warf einen Blick auf die Liste der wartenden Patienten, wobei er sich die Schläfen massierte. Die Kopfschmerzen wurden immer schlimmer in letzter Zeit.

Nach einem kurzen Zaudern öffnete er die zweite Schublade. Angesichts der drei Bypassoperationen, die heute bereits hinter ihm lagen, und der zwölf Patienten im Wartezimmer hatte er sich etwas Unterstützung verdient. Er nahm eine der pfirsichfarbenen Tabletten heraus und schluckte sie hinunter. Dann drückte er auf den Knopf der Gegensprechanlage und bat Doris, den ersten Patienten hereinzuschicken.

Es lief besser, als Thomas erwartet hatte. Von den zwölf Patienten waren zwei nur zur Nachuntersuchung gekommen, für die jeweils zehn Minuten benötigt wurden. Fünf weitere ließen sich schnell von der Notwendigkeit einer Bypassoperation überzeugen, und einer brauchte dringend eine neue Herzklappe. Die anderen vier Patienten waren nicht operabel und hätten gar nicht erst zu Thomas in die Praxis geschickt werden dürfen. Er wurde sie schnell wieder los. Nachdem er einige Briefe diktiert und unterzeichnet hatte, rief er noch einmal Miss Peabody an.

»Was halten Sie von Zimmer 1752?« fragte sie.

Zimmer 1752 war ein Eckraum am Ende des Ganges auf der Privatstation. Seine Fenster wiesen nach Westen und Norden, und der Blick auf den Charles River war überwältigend. Thomas hätte sich kein besseres Zimmer für Cassi wünschen können und brachte das auch zum Ausdruck. Miss Peabody legte auf, ohne sich zu verabschieden.

Anschließend zog Thomas seinen Kittel aus und das Jackett an, erklärte Doris, daß er noch einmal zurückkommen würde, und ging zum Sherington-Gebäude hinüber. Er unternahm einen Abstecher in die Röntgenabteilung, um einen Blick auf die neuentwickelten Aufnahmen zu werfen, ehe er zum siebzehnten Stock hinauffuhr. Mit einigem Erstaunen stellte er fest, daß Cassi immer noch auf 1740 lag. Er trat ein, ohne anzuklopfen.

»Warum bist du noch nicht verlegt worden?« wollte er wissen.

»Verlegt?« fragte sie verwirrt.

»Ich habe dafür gesorgt, daß du ein Einzelzimmer bekommst«, sagte Thomas leicht gereizt.

»Ich brauche kein Einzelzimmer, Thomas. Mary und ich verstehen uns prächtig.« Cassi wollte Thomas vorstellen, aber er kümmerte sich nicht mehr um sie, sondern drückte bereits heftig auf den Knopf für die Stationsschwester.

»Ich lege Wert darauf, daß meine Frau anständig behandelt wird«, sagte Thomas und war bereits halb auf dem Gang. »Wenn unsere angeblich so unersetzlichen Verwaltungskräfte einen ihrer Verwandten hier in der Klinik haben, sorgen sie auch immer dafür, daß er ein Einzelzimmer erhält.«

Es gelang ihm, binnen kürzester Zeit einen mittleren Aufruhr zu inszenieren und seine Frau in tiefste Verlegenheit zu stürzen. Sie hatte den Schwestern nicht auf die Nerven fallen wollen, solange es ihr noch gut ging, aber jetzt war die gesamte Belegschaft eine gute halbe Stunde beschäftigt, sie auf ihr neues Zimmer zu verlegen.

»Da«, sagte Thomas endlich, »das ist doch gleich viel schöner.«

Cassi mußte zugeben, daß der Raum freundlicher war. Vom Bett aus konnte sie sehen, wie die Wintersonne am Horizont versank. Obwohl ihr der ganze Aufwand mißfallen hatte, war sie doch von der Besorgnis ihres Mannes gerührt.

»Jetzt habe ich noch eine gute Nachricht für dich«, sagte er und setzte sich zu ihr auf den Bettrand. »Ich habe mit Martin Obermeyer gesprochen, und er hat gesagt, daß du spätestens in einer Woche wieder auf dem Damm bist. Also habe ich uns ein Zimmer in einem kleinen Strandhotel auf Martinique reservieren lassen. Na, wie klingt das?«

»Einfach herrlich«, antwortete Cassi beglückt. Der Gedanke, daß sie beide ganz allein Urlaub machen würden, gab soviel Anlaß zur Vorfreude, daß er das Leben verschönte, selbst wenn es aus irgendwelchen Gründen dann doch nicht klappen sollte.

Jemand klopfte an die halb offen stehende Tür und streckte den Kopf herein. Es war Joan Widiker.

»Kommen Sie rein«, sagte Cassi und machte sie mit Thomas bekannt.

»Sehr erfreut, Sie kennenzulernen«, sagte Joan. »Cassi hat mir oft von Ihnen erzählt.«

»Ganz meinerseits«, erwiderte Thomas, obwohl die junge Ärztin ihm auf Anhieb unsympathisch war. Wieder eine dieser Frauen, die ihre Weiblichkeit wie ein Ordensband an der Brust zur Schau trugen.

»Joan ist meine Kollegin in der Psychiatrie«, erklärte Cassi. »Ohne sie wäre ich am Anfang aufgeschmissen gewesen.«

»Es tut mir leid, daß ich einfach so hereingeplatzt bin«, sagte Joan, die merkte, daß sie störte. »Ich wollte Cassi eigentlich nur sagen, daß ihre Patienten gut aufgehoben sind und daß sie ihr alle die Daumen drücken. Sogar Colonel Bentworth, stellen Sie sich das mal vor, Cassi.« Sie lachte. »Die Tatsache, daß Sie unters Messer kommen, scheint eine ganz hervorragende therapeutische Wirkung auf sie auszuüben. Vielleicht sollten sich alle Psychiater hin und wieder mal operieren lassen.«

Cassi lachte. Thomas beugte sich zu ihr hinunter und gab ihr einen Kuß, dann fuhr er in seinen Mantel. »Ich muß meine Visite nachholen«, sagte er. »Morgen früh vor der Operation schaue ich noch einmal herein. Ich bin sicher, daß alles glattgehen wird. Hauptsache, du schläfst gut und machst dir nicht zuviel Sorgen.«

»Ich kann leider auch nicht bleiben«, meinte Joan, nachdem er gegangen war. »Hoffentlich habe ich Ihren Mann jetzt nicht verscheucht.«

»Thomas ist einfach wunderbar«, strahlte Cassi, ganz versessen darauf, die gute Neuigkeit loszuwerden. »Und so aufmerksam. Wir machen demnächst sogar zusammen Urlaub. Ich glaube, ich habe mich in der Tablettenfrage wirklich geirrt.«

Joan war geneigt, Cassis Objektivität in Frage zu stellen, da sie wußte, in welchem Ausmaß ihre Freundin von Thomas abhängig war. Sie behielt diese Gedanken jedoch für sich und gab Cassi nur zu verstehen, wie sehr sie sich mit ihr freue. Dann machte sie sich mit den besten Wünschen für die Operation wieder auf den Weg.

Eine Zeitlang lag Cassi einfach nur im Bett und sah zu,

wie die Farbe des Himmels sich von blassem Orange zu silbrigem Violett veränderte. Sie vermochte sich den plötzlichen Stimmungsumschwung ihres Mannes nicht zu erklären. Aber wie auch immer – sie war mehr als froh darüber.

Als die Nacht herabsank, fragte sich Cassi, wie es Robert wohl gehen mochte. Sie wollte ihn nicht anrufen, um ihn nicht zu wecken, falls er noch schlief. Statt dessen beschloß sie, rasch selbst hinaufzulaufen und nach dem Rechten zu sehen.

Angenehmerweise befand sich das Treppenhaus direkt neben ihrem Zimmer, und sie brauchte keine Minute in den achtzehnten Stock. Roberts Tür war geschlossen. Cassi klopfte leise.

Eine schläfrige Stimme sagte: »Herein.«

Robert war wach, aber noch schlapp und kraftlos.

Er versicherte Cassi, daß es ihm nie besser gegangen sei als im Moment, lediglich sein Mund fühle sich etwa so an, als ob darin zwei Stunden lang Hockey gespielt worden wäre.

»Hast du schon etwas gegessen?« fragte sie und musterte den Computerausdruck, der jetzt auf dem Nachttisch lag.

»Machst du Witze?« fragte Robert. Er hielt den Arm mit dem Infusionsschlauch hoch. »Ich bin auf Diät. Flüssiges Penicillin, mehr gibt's hier nicht zu essen.«

»Morgen komme ich an die Reihe«, sagte Cassi.

»Du wirst hingerissen sein«, versicherte Robert ihr, während ihm immer wieder die Augen zufielen.

Cassi lächelte, strich ihm über die Stirn und kehrte in ihr Zimmer zurück.

Der Schmerz war so heftig, daß Thomas beinahe laut aufgeschrien hätte. Er suchte nach seiner Unterwäsche, die Doris überall im Zimmer verstreut hatte, und war dabei mit dem nackten Fuß gegen die antike Truhe am Fußende des Betts gestoßen. Mit einem leisen Fluch knipste er das Licht an, denn jetzt war es ihm egal, ob er seine Sekretärin weckte.

Nachdem er seine Kleider beisammen hatte, schaltete er das Licht wieder aus und ging auf Zehenspitzen ins Wohnzimmer, wo er sich anzog. So leise wie möglich schlich er sich dann aus der Wohnung. Erst als er unten im Freien war, blickte er auf die Uhr: kurz vor ein Uhr morgens.

Er ging direkt ins Krankenhaus und dort in den Umkleideraum, wo er die Kleider, die er gerade angezogen hatte, gegen das grüne Chirurgengewand vertauschte. Er schlenderte den Korridor hinunter und hielt vor dem Operationssaal, der gerade in Betrieb war. Er band sich eine Maske um und stieß die Tür auf. Der Anästhesist erklärte ihm, daß der Patient im Anschluß an eine versuchte Herzkatheterisierung am Nachmittag ein Aneurysma in der Bauchhöhle entwickelt hatte.

Einer der festangestellten Unterleibschirurgen der Klinik führte die Aufsicht. Thomas gesellte sich zu ihm und fragte: »Harte Sache?«

Der Arzt drehte sich um und erkannte Thomas. »Grauenhaft. Wir wissen noch nicht einmal, wie weit hinauf die Arterienerweiterung reicht. Möglicherweise bis in die Brust. Wenn das der Fall sein sollte, wären Sie ein Geschenk des Himmels. Stehen Sie zur Verfügung?«

»Sicher«, sagte Thomas. »Ich werde mich wahrscheinlich im Umkleideraum etwas hinlegen. Lassen Sie mich ausrufen, wenn Sie mich brauchen.«

Er verließ den OP und ging zum Casino zurück. Drei Schwestern, die gerade mit ihrer Schicht fertig geworden waren, saßen an einem Tisch und tranken Kaffee. Thomas winkte ihnen zu und verschwand im Umkleideraum.

Cassi injizierte sich ihr Insulin, verspeiste ein Abendessen, ohne jeden Geschmack, duschte und sah etwas fern. Anschließend versuchte sie, etwas zu lesen, merkte aber bald, daß sie sich nicht konzentrieren konnte. Um zehn Uhr nahm sie ihre Schlaftablette, aber eine Stunde später war sie noch immer hellwach und dachte über die Schlußfolgerungen aus Roberts Entdeckung nach. Wenn sich in Jeoffry Washingtons Vene wirklich Natriumfluorid fand, dann gab es einen Mörder in der Klinik. In Anbetracht der Tatsache, daß sie morgen völlig hilflos und abgeschlagen aus dem OP kommen würde, reichte der Gedanke absolut aus, um sie am Einschlafen zu hindern. Ruhelos drehte sie sich im Dunkeln von einer Seite auf die andre, als sie plötzlich ein Geräusch vernahm. Ganz sicher war sie nicht, aber sie glaubte, es könnte sich um die Tür gehandelt haben.

Sie lag auf der linken Seite und hielt den Atem an. Obwohl keine neuen Geräusche mehr folgten, hatte sie das Gefühl, nicht allein zu sein. Sie wollte sich umdrehen und nachsehen, wurde aber von einer völlig unerklärlichen Angst gelähmt. Dann hörte sie ganz eindeutig einen Laut. Es klang, als berührte jemand ihren Nachttisch mit einem gläsernen Gegenstand. Direkt hinter ihr stand jemand.

Unter Aufbietung aller Willenskraft drehte sie sich zur Tür um. Sie starrte auf eine im Halbdunkel kaum wahrnehmbare Silhouette in Weiß und stieß einen erstickten Schrei aus. Ihre Hand tastete nach der Nachttischlampe und knipste sie an.

»Mein Gott, hast du mich erschreckt«, sagte George Sherman und preßte sich theatralisch die Hand gegen die Brust. »Cassi, du hast mich gerade zehn Jahre meines Lebens gekostet.«

Auf dem Nachttisch stand ein großer Strauß roter Rosen in einer Vase. Daneben lag ein weißer Umschlag, mit dem Wort Cassi.

»Entschuldige«, sagte Cassi, »ich glaube, wir haben uns

gegenseitig einen ganz schönen Schrecken eingejagt. Ich konnte nicht einschlafen und habe dich hereinkommen hören.«

»Hättest du bloß was gesagt! Ich dachte, du würdest schlafen, und wollte dich nicht wecken.«

»Sind die Rosen wirklich für mich?«

»Ja. Ich hatte gehofft, schon viel früher fertig zu sein, bin aber bis eben in einer Konferenz festgehalten worden. Die Blumen hatte ich schon heute nachmittag bestellt. Ich wollte ganz sichergehen, daß du sie auch erhältst.«

Cassi lächelte. »Das war sehr nett von dir, danke.«

»Ich habe gehört, du wirst morgen operiert. Ich hoffe, daß alles gut geht.« Plötzlich schien er zu bemerken, daß sie im Nachthemd vor ihm saß. Er wurde rot, wünschte ihr heiser eine gute Nacht und zog sich hastig zurück.

Cassi lächelte vor sich hin. Sie griff nach dem Umschlag und zog ein Kärtchen heraus. *Alles Gute von einem anonymen Verehrer*. Jetzt mußte Cassi lachen. George konnte so schmalzig sein. Aber sie sah ein, daß er nach der Szene auf Ballantines Party nicht unbedingt mit seinem Namen unterschreiben wollte.

Zwei Stunden später konnte sie noch immer nicht schlafen. Verzweifelt schlug sie die Bettdecke zurück und glitt aus dem Bett. Ihr Morgenmantel hing über der Stuhllehne. Sie warf ihn über und ging auf den Korridor hinaus. Vielleicht war Robert ebenfalls wach, und die Schlaflosigkeit wäre mit einer Plauderei leichter zu überbrücken.

Wenn sie sich am Nachmittag mit ihrer Aufmachung etwas deplaziert vorgekommen war, so fühlte sie sich jetzt geradezu wie ein Delinquent. Die Gänge lagen verlassen da, und im Treppenhaus heulte der Wind. Rasch begab sich Cassi zu Roberts Zimmer, wobei sie hoffte, daß keine der Schwestern sie entdecken und in den siebzehnten Stock zurückschicken würde.

Leise schlich sie in den dunklen Raum. Nur aus dem

Badezimmer, dessen Tür halb offen stand, fiel etwas Licht auf den Boden. Cassi konnte Robert nicht sehen, vernahm aber sein regelmäßiges Atmen. Lautlos trat sie an die Bettkante. Er schlief tief und fest.

Sie stand gerade im Begriff zu gehen, als ihr Blick neuerlich auf den Computerausdruck fiel. Sie nahm ihn an sich und tastete dann auf der Nachttischplatte nach dem Kugelschreiber, den sie dort am Nachmittag gesehen hatte. Ihre Finger berührten ein Wasserglas, eine Armbanduhr und schließlich den Stift. Im Badezimmer riß sie eine leere Seite aus dem Stapel, preßte sie gegen die Wand und schrieb: *Konnte nicht schlafen. Habe mir das PPT-Material ausgeliehen. Bei Statistiken fallen mir immer die Augen zu. Alles Liebe, Cassi.*

Als sie aus dem beleuchteten Badezimmer kam, hatte sie noch größere Schwierigkeiten, sich zurechtzufinden. Sie legte die Notiz neben das Wasserglas und wollte sich gerade zum Gehen wenden, als langsam die Zimmertür aufschwang.

Cassi unterdrückte einen Angstschrei. Eine weißgekleidete Gestalt trat in den Raum.

»Mein Gott, was tust du denn hier?« flüsterte Cassi. Einige der Computerbögen rutschten ihr aus der Hand.

Thomas, die Tür noch immer in der Hand, winkte Cassi ruhig zu sein. Das Licht aus dem Korridor fiel auf Roberts Gesicht, aber er regte sich nicht. Als er sicher sein konnte, daß der Patient nicht aufwachen würde, bückte sich Thomas, um Cassi beim Aufsammeln der Bogen zu helfen. Wieder fragte sie ihn flüsternd: »Was, um alles in der Welt, tust du hier?«

Thomas führte sie wortlos aus dem Raum und zog die Tür hinter sich zu. »Warum schläfst du nicht?« fragte er verstimmt. »Du wirst morgen früh operiert, hast du das vergessen? Ich habe einen Blick in dein Zimmer geworfen, um mich zu überzeugen, daß auch alles in Ordnung ist, und was finde ich? Ein leeres Bett. Es war nicht schwer zu erraten, wo du wohl sein könntest.«

»Ich fühle mich geschmeichelt, daß du dir solche Sorgen um mich machst«, antwortete Cassi lächelnd.

»Das ist keineswegs zum Lachen«, sagte Thomas streng. »Du solltest längst schlafen. Was hast du um zwei Uhr morgens hier oben zu suchen?«

Cassi hielt den Computerausdruck hoch. »Ich konnte nicht schlafen, da dachte ich, vielleicht macht Arbeit mich müde.«

»Das ist doch lächerlich«, antwortete Thomas, ergriff ihren Arm und führte sie zum Treppenhaus. »Ich kann ja verstehen, daß du nervös bist, aber ...«

»Die Schlaftablette hat nicht gewirkt«, erklärte Cassi, als sie die Stufen hinuntergingen.

»Dann hättest du um eine zweite bitten müssen. Wirklich, Cassi, so dumm kannst du doch nicht sein.«

Vor ihrem Zimmer blieb sie stehen und sah zu Thomas auf. »Du hast recht, es tut mir leid. Ich habe wieder mal nicht nachgedacht.«

»Was geschehen ist, ist geschehen«, sagte Thomas. »Du gehst jetzt ins Bett; ich besorge dir noch eine Tablette.«

Cassi sah ihm nach, wie er entschlossen den Korridor hinunterschritt, bis er das Schwesternzimmer erreicht hatte.

Dann ging sie wieder ins Bett, nachdem sie den Computerausdruck auf ihren Nachttisch gelegt, den Morgenrock über die Stuhllehne gehängt und die Hausschuhe von den Füßen gestreift hatte. Jetzt, wo Thomas da war, fühlte sie sich beschützt.

Als er mit der Tablette zurückkam, blieb er neben dem Bett stehen, und sah zu, wie sie sie hinunterschluckte. Dann öffnete er, halb im Scherz, ihren Mund und gab vor, nachschauen zu wollen, ob sie ihm auch wirklich keine Komödie vorgespielt hatte.

»Das ist eine Verletzung meiner Intimsphäre«, meinte Cassi und entzog ihm das Gesicht.

»Kinder müssen wie Kinder behandelt werden«, lachte er.

Er nahm den Computerausdruck und verstaute ihn in der untersten Schublade des Schreibtischs in der Ecke. »Genug damit für heute. Jetzt wird geschlafen.«

Er zog sich einen Stuhl ans Bett, schaltete die Nachttischlampe aus und ergriff Cassis Hand. »Versuch dich zu entspannen«, sagte er. »Denk an unseren Urlaub.« Leise beschrieb er ihr den jungfräulichen Strand, das kristallklare Wasser und die warme Tropensonne.

Cassi lauschte und genoß die Visionen. Bald schon überkam sie die Ruhe. Wenn Thomas da war, brauchte sie keine Angst zu haben. Bei vollem Bewußtsein spürte sie, wie die Tablette zu wirken begann und wie sie allmählich in tiefen Schlaf sank.

Robert war gefangen im Niemandsland zwischen Schlaf und Erwachen. Im Traum hatte er zwischen zwei Mauern gesteckt, die sich unerbittlich auf ihn zubewegten. Immer schmaler wurde der Raum, der ihm blieb. Das Atmen fiel ihm schwer. Verzweifelt versuchte er, dem Grauen zu entkommen, und erwachte.

Die erdrückenden Wände waren verschwunden, die Nebel des Traums hatten sich aufgelöst. Aber immer noch hatte Robert das Gefühl zu ersticken, als hätte jemand alle Luft aus dem Zimmer abgesaugt.

Von Panik erfüllt, versuchte er sich aufzurichten, aber sein Körper gehorchte ihm nicht. Seine Arme zuckten, suchten den Knopf für die Nachtschwester. Dann berührte seine rechte Hand eine Gestalt, die schweigend in der Dunkelheit stand. Er war nicht allein!

»Gott sei Dank«, keuchte er, als er seinen Besucher erkannte. »Irgend etwas stimmt nicht, helfen Sie mir! Ich kriege keine Luft mehr! Ich ersticke, helfen Sie mir!«

Der schweigende Besucher stieß Robert so heftig in die Matratze zurück, daß die leere Spritze in seiner Hand beinahe zerbrochen wäre. Robert richtete sich erneut auf, packte den Mann bei den Kittelaufschlägen. Seine Beine trommelten gegen das Fußende des Betts. Ein metallisches Klirren entstand. Er versuchte zu schreien, aber seine Stimme brachte nur einen heiseren, unzusammenhängenden Laut zustande. Um Robert zum Schweigen zu bringen, ehe das ganze Krankenhaus zusammenlief, beugte sich der Besucher vor und legte ihm die Hand auf den Mund. Robert riß das Knie hoch und rammte es dem Mann gegen das Kinn, so daß die gegeneinanderklirrenden Zähne beinahe die Zungenspitze durchtrennt hätten.

Der plötzliche Schmerz versetzte den Mann in Wut, und er legte sich mit seinem ganzen Gewicht auf Roberts Gesicht. Seine Hand preßte den Kopf tief in die Kissen. Roberts Beine zuckten noch ein paar Minuten lang, dann lag er still. Der Mann richtete sich auf und zog langsam seine Hand zurück, als rechnete er damit, daß Robert wieder zu schreien beginnen könne. Aber der junge Pathologe atmete nicht mehr; sein Gesicht wirkte fast schwarz im düsteren Licht.

Der Mann fühlte sich erschöpft. Er ging ins Badezimmer und spülte sich den Mund aus. Er versuchte nicht zu denken. Was er getan hatte, war für ihn richtig und notwendig gewesen; daran konnte kein Zweifel bestehen. Er gab Leben; er nahm Leben. Letzteres aber nur, um den Nährboden für Gutes in weit größerem Umfang zu schaffen.

Der Mann erinnerte sich an das erste Mal, als er für den Tod eines Patienten verantwortlich gewesen war. Es lag viele Jahre zurück und fiel in die Zeit, zu der er gerade sein erstes Jahr in der Brustchirurgie verbrachte.

Auf der Intensivstation hatte es eine regelrechte Krise gegeben; bei fast allen Patienten waren gleichzeitig Komplikationen aufgetreten. Keiner von ihnen konnte verlegt werden, so daß die gesamte Herzchirurgie praktisch zum Erliegen kam, weil niemand mehr operiert werden konnte. Jeden Tag bei der Visite ging Oberarzt Barney Kaufman von Bett zu Bett und sah nach, ob einer soweit war, daß er verlegt werden konnte, aber umsonst. Und jeden Tag kamen sie als letztes zu einem Patienten, dem Barney den Spitznamen Frank Gork gegeben hatte. Während der Operation an einer verkalkten Herzklappe hatte sich ein ganzer Schauer von Embolien gelöst, und Frank Gork, vormals Frank Segelmann, war gehirntot aus dem OP gefahren worden. Er lag bereits über einen Monat auf der Intensivstation. Die Tatsache, daß er immer noch lebte, beziehungsweise, daß sein Herz immer noch schlug und seine Nieren immer noch Urin absonderten, verdankte er allein den Schwestern und Pflegern, die ihn betreuten.

Eines Nachmittags blickte Barney Kaufman auf Frank Gork hinunter und sagte: »Mr. Gork, wir alle lieben Sie innig, aber könnten Sie nicht vielleicht in Betracht ziehen, dieses Hotel zu verlassen? Ich weiß, es ist nicht das Essen, das Sie bei uns hält.«

Alle hatten gekichert, mit Ausnahme des jungen Assistenzarztes, der noch lange auf Frank Gorks Gesicht starrte. Später am Abend war er mit einer mit Kaliumchlorid gefüllten Spritze auf der Intensivstation erschienen, und innerhalb weniger Sekunden verwandelte sich Frank Gorks Herzstromkurve mit ihrem regelmäßigen Piepsen in einen flachen grünen Strich. Der junge Praktikant hatte selbst den Notruf veranlaßt, aber das Team war bei seinen Wiederbelebungsversuchen nur halbherzig bei der Sache gewesen.

Hinterher war jeder froh und glücklich, von den Pflegern bis zum diensthabenden Chirurgen. Der junge Praktikant mußte sich zusammenreißen, damit er sich nicht mit seiner Tat brüstete. Es war so einfach gewesen, so sauber praktisch und endgültig.

Jetzt mußte er zugeben, daß die Zeiten sich geändert hatten. Die Euphorie darüber, daß er tat, was getan werden mußte, und daß es nur wenige gab, die den Mut dazu gehabt hätten, wollte sich nicht einstellen. Und doch hatte Robert Seibert sterben müssen. Es war sein eigener Fehler gewesen, sich solchermaßen auf seine sogenannten PPT-Fälle zu stürzen.

Nachdem er aus dem Badezimmer zurückgekehrt war, durchsuchte der Mann rasch das Zimmer nach irgendwelchen Unterlagen, die mit der Studie zu tun haben konnten. Als er keine finden konnte, eilte er zur Tür und öffnete sie einen Spalt.

Eine der Nachtschwestern näherte sich auf dem Gang, ein Metalltablett in den Händen. Einen entsetzlichen Moment lang fürchtete der Mann, sie könnte vielleicht nach Robert sehen wollen. Aber sie verschwand in einem anderen Zimmer, und der Korridor war leer.

Mit klopfendem Herzen schlüpfte der Mann aus Roberts Zimmer. Es wäre nicht gut, wenn man ihn auf dem Stockwerk sähe. Als Praktikant hatte er allen Grund gehabt, zu jeder Tages- und Nachtzeit auf dem Gang, in den Patientenzimmern oder auf der Intensivstation gesehen zu werden, aber inzwischen lagen die Dinge anders. Er mußte vorsichtiger sein.

Als er die Sicherheit des Treppenhauses erreicht hatte, wurde er von Panik überwältigt. Er stürzte drei Stockwerke hinunter, ohne daß er einmal stehenblieb, um nach Luft zu schnappen, und erst nach dem zwölften Stock verlangsamte er sein Tempo.

Auf dem Treppenabsatz vom fünften Stock hielt er inne, lehnte sich mit dem Rücken gegen die nackte Betonwand und wartete, bis seine pumpende Brust sich wieder beruhigt hatte. Er mußte sich zusammenreißen.

Er holte tief Luft und öffnete die Tür zum OP-Trakt. Jetzt war er in Sicherheit, aber seine Gedanken ließen ihm keine

Ruhe. Unablässig grübelte er über die PPT-Daten nach. Höchstwahrscheinlich hatte Robert noch weitere Gefahrenquellen in seinem Büro, besprochene Tonbänder und ähnliches.

Mit einem Seufzer beschloß der Mann, daß er der Pathologie am besten jetzt gleich einen Besuch abstattete, bevor Roberts Tod bekannt wurde. Danach gab es dann nur noch ein Problem – Cassi.

Er fragte sich, wieviel Robert ihr wohl erzählt haben mochte.

11

Cassi erwachte ganz plötzlich und starrte in das lächelnde Gesicht einer Labortechnikerin, die zum drittenmal ihren Namen gerufen hatte. »Sie haben aber tief geschlafen«, sagte die Technikerin, als Cassis Augen sich endlich öffneten.

Cassi schüttelte den Kopf und überlegte, warum sie sich so benommen fühlte. Dann fiel ihr die zweite Schlaftablette wieder ein.

»Ich muß Ihnen etwas Blut abnehmen«, entschuldigte sich die Technikerin.

»Okay«, meinte Cassi gleichmütig. Sie überließ der jungen Frau ihren linken Arm, denn jetzt erinnerte sie sich wieder daran, daß sie sich während der nächsten Tage nicht selbst mit Insulin versorgen durfte.

Ein paar Minuten später erschien eine Schwester und hängte eine Infusionsflasche über dem Bett auf, nachdem sie Cassi die IV-Nadel in den Arm gestochen hatte. Dann gab sie Cassi eine Tablette, die sie vor der Operation nehmen sollte.

»Versuchen Sie, sich zu entspannen«, sagte sie.

Als sie dann abgeholt und über den Gang zum Fahrstuhl gerollt wurde, hatte sie ein seltsames Gefühl der Losgelöstheit von allem, als widerführe es jemand anderem. Im Operationstrakt war ihr dann nur noch vage bewußt, was um sie herum vorging. Sie erkannte nicht einmal Thomas unter all den Pflegern, Ärzten und Schwestern, bis er sich vorbeugte und ihr einen Kuß gab.

»Bald ist alles wieder gut«, sagte er und drückte ihre Hand. »Ich bin froh, daß du dich zu dem Eingriff entschlossen hast. Es war das einzig Vernünftige.«

Dr. Martin Obermeyer erschien zu ihrer Rechten, und sie hörte, wie Thomas zu ihm sagte: »Daß Sie mir gut auf meine Frau aufpassen!«

Dann nickte sie ein und kam erst wieder zu sich, als sie den Gang zum OP hinuntergerollt wurde. Sie hatte keine Angst, überhaupt nicht.

»Ich gebe Ihnen jetzt etwas, damit Sie schön schlafen«, sagte der Anästhesist.

»Ich schlafe schon«, murmelte sie und beobachtete die Flüssigkeit, die in die Kammer der IV-Flasche über ihrem Kopf tropfte. Im nächsten Moment fielen ihr die Augen zu.

Das OP-Team arbeitete rasch und geschickt. Um acht Uhr fünf waren die Muskeln ihres Auges isoliert und umwickelt, so daß sie sich nicht mehr bewegen konnten. Anschließend durchstach Obermeyer die Sklera und führte seine feinen Messer und Sauger ein. Mittels eines Spezialmikroskops konnte er durch Hornhaut und Pupille bis auf den blutbefleckten Glaskörper sehen. Um Viertel vor neun konnte er die Netzhaut erkennen. Um Viertel nach neun hatte er die Quelle der immer wieder auftretenden Blutungen ausgemacht. Es handelte sich um eine einzelne verirrte Windung einer neuen Ader aus der optischen Linse. Mit äußerster Sorgfalt koagulierte Obermeyer die Öffnung und entfernte die Ader. Er war sehr zufrieden. Das Problem war gelöst, und er hielt die Wahrscheinlichkeit für gering, daß es je wiederkehren würde. Cassi durfte sich glücklich preisen.

Thomas beendete seinen einzigen Eingriff für heute. Die nächsten beiden hatte er bereits verschieben lassen. Erfreulicherweise war alles gut gegangen, obwohl das Annähen der Anastomosen wieder einige Schwierigkeiten bereitet hatte. Im Gegensatz zum Tag vorher war er aber in der Lage, die Operation selbst zu Ende zu führen. Kaum hatte Larry Owen begonnen, die Brust wieder zu schließen, schlüpfte Thomas schon in seinen Straßenanzug. Normalerweise wartete er, bis Larry den Patienten ins Genesungszimmer brachte, aber heute morgen war er zu nervös, um einfach nur tatenlos herumzusitzen.

»Wie kommt ihr voran?« fragte er.

»Danke, bestens«, rief Larry über die Schulter. »Wir schließen jetzt die Haut. Die Halothanzufuhr ist bereits gestoppt.«

»Gut. Ich bin zu einem Notfall gerufen worden.«

»Wir haben hier alles unter Kontrolle.«

Thomas verließ die Klinik – etwas, das er an einem Arbeitstag nur selten tat und stieg in seinen Porsche. Beim Aufheulen der kraftvollen Maschine spürte er wieder das gewisse Kribbeln in den Adern. Im Gegensatz zu den frustrierenden Vorgängen in der Klinik gab der Wagen ihm ein Gefühl unbegrenzter Freiheit. Nichts auf der Straße konnte ihm etwas anhaben. Nichts!

Er durchquerte halb Boston und ließ den Porsche dann im Halteverbot direkt vor einer großen Apotheke stehen, wobei er nicht zweifelte, daß die »Arzt-im-Einsatz«-Plakette an seiner Windschutzscheibe ihn vor einem Strafmandat bewahrte. Er betrat die Apotheke und begab sich zum Rezeptschalter.

Der Apotheker in seinem weißen Kittel blickte auf. »Was kann ich für Sie tun, Sir?«

»Ich habe vorhin wegen eines Präparats angerufen.«

»Ah ja, ich erinnere mich. Hier ist es.« Der Apotheker deutete auf einen kleinen Pappkarton.

»Soll ich Ihnen ein Rezept dafür ausstellen?« erkundigte sich Thomas.

»Nein, das wird nicht nötig sein. Zeigen Sie mir einfach Ihren Arztausweis.«

Thomas klappte seine Brieftasche auf und ließ den Apotheker einen flüchtigen Blick auf den Ausweis werfen. Der Apotheker nickte und fragte: »Darf's sonst noch was sein?«

Thomas schüttelte den Kopf. »In der Dosierung wird es bei uns nicht oft verlangt«, meinte der Apotheker.

»Kann ich mir vorstellen«, antwortete Thomas und schob sich das Päckchen unter den Arm.

Cassi erwachte aus der Betäubung und wußte einen Moment lang nicht, was Traum war und was Wirklichkeit. Sie hörte Stimmen, aber von weit her, und sie konnte nicht verstehen, was sie sagten. Endlich begriff sie, daß es sich um ihren Namen handelte. Man wollte, daß sie aufwachte.

Sie versuchte, die Augen zu öffnen, aber es ging nicht. Entsetzt wollte sie sich aufrichten, wurde aber umgehend wieder in die Kissen gedrückt.

»Ganz ruhig, es ist alles in Ordnung«, sagte eine Stimme neben ihrem Bett.

Aber es war ganz und gar nicht alles in Ordnung. Sie konnte nichts sehen. Was war geschehen? Plötzlich erinnerte sie sich wieder an die Narkose und die Operation. »Mein Gott, ich bin blind!« schrie sie und versuchte ihr Gesicht zu befühlen.

Jemand hielt ihre Hände fest.

»Ganz ruhig, ganz ruhig. Sie haben Pflaster auf den Augen.«

»Was für Pflaster?«, rief Cassi. »Warum?«

»Nur damit Sie die Augen stillhalten«, sagte die Stimme beschwichtigend. »Morgen oder übermorgen kommen sie wieder runter. Der Eingriff ist komplikationslos verlaufen. Der Doktor hat gesagt, sie können sich glücklich preisen. Er hat eine blutende Ader verkocht, und jetzt möchte er nicht, daß sie wieder aufbricht, deswegen dürfen Sie die Augen nicht bewegen.«

Cassis Angst legte sich ein wenig, aber die Dunkelheit beunruhigte sie noch immer. »Lassen Sie mich nur einen Moment etwas sehen«, bat sie.

»Das darf ich nicht, Anweisung des Arztes. Aber ich

kann Ihnen mit einer Lampe direkt ins Gesicht leuchten. Ich bin sicher, das werden Sie merken. Einverstanden?«

»Ja«, sagte Cassi. Sie hätte allem zugestimmt, um Gewißheit zu bekommen. Warum hatte vor der Operation niemand mit ihr darüber gesprochen? Sie fühlte sich, als hätte man sie im Stich gelassen.

»Ich bin wieder da«, sagte die Stimme. Cassi hörte ein Klicken und sah das Licht sofort. Mehr noch, sie nahm es gleichzeitig mit beiden Augen wahr. »Ich kann sehen«, rief sie aufgeregt.

»Natürlich können Sie das«, sagte die Stimme. »Haben Sie Schmerzen?«

»Nein«, antwortete Cassi. Das Licht wurde ausgeschaltet.

»Dann entspannen Sie sich einfach, ruhen Sie sich aus. Wir sind gleich um die Ecke, falls Sie uns brauchen sollten. Ein Wort, und wir sind da.«

Cassi gehorchte und lauschte den verschiedenen Geräuschen, die von den umhergehenden Schwestern verursacht wurden. Sie erkannte, daß sie sich im Genesungszimmer befand, und überlegte, ob Thomas sie wohl besuchen würde.

Früher als erwartet wurde Thomas mit seiner Sprechstunde fertig. Um zehn Minuten nach zwei stand nur noch ein Patient für halb drei auf der Liste. Während er wartete, warf er einen Blick auf den Plan, um nachzusehen, welcher Chirurg heute abend in der Brustchirurgie OP-Aufsicht hatte: Dr. Burgess. Thomas wählte seine Nummer. Er erklärte Burgess, daß er ohnehin die Nacht über in der Klinik bleiben würde, um Cassi nahe zu sein, und daß er daher genausogut auch den Bereitschaftsdienst übernehmen könne. Burgess versprach, sich bei Gelegenheit zu revanchieren.

Thomas legte auf. Als er feststellte, daß ihm noch immer

eine Viertelstunde blieb, beschloß er, Cassi einen Besuch abzustatten. Sie war gerade erst in ihr Zimmer gebracht worden, und er konnte nicht erkennen, ob sie wach war oder schlief. Ruhig lag sie auf dem Rücken, die Augen mit Pflastern und Watte verklebt. Ein Infusionsschlauch führte von der Flasche über ihrem Kopf in ihren linken Arm.

Leise trat Thomas zu ihr ans Bett.

»Cassi«, flüsterte er, »bist du wach?«

»Ja«, antwortete sie. »Bist du's, Thomas?«

Er tastete nach ihrer Hand. »Wie fühlst du dich, mein Liebling?«

»Ganz gut, abgesehen von diesen Pflastern. Ich wünschte, Obermeyer hätte mir vorher davon erzählt.«

»Ich habe gerade mit ihm gesprochen«, sagte Thomas. »Er hat mich angerufen, um mir mitzuteilen, daß der Eingriff besser verlaufen sei, als er sich vorgestellt hatte. Offenbar handelte es sich lediglich um eine einzige Ader. Er hat das Problem behoben, aber wegen der Größe der Ader wollte er kein Risiko eingehen, deswegen auch die Pflaster. Er hat vorher selbst nicht damit gerechnet.«

»Sie machen es mir nicht gerade leichter«, sagte Cassi.

»Das kann ich mir vorstellen.«

Thomas blieb noch zehn Minuten, dann drückte er ihr die Hand und sagte, er müsse jetzt in die Praxis zurück und sie solle soviel schlafen wie möglich. Zu ihrer großen Überraschung nickte sie tatsächlich ein und erwachte erst spät am Nachmittag.

»Cassi?« sagte jemand.

Cassi zuckte zusammen, so unerwartet drang die Stimme aus nächster Nähe an ihr Ohr.

»Ich bin's – Joan. Entschuldigen Sie, wenn ich Sie geweckt habe.«

»Macht nichts, Joan. Ich habe Sie bloß nicht hereinkommen hören.«

»Man hat mir gesagt, die Operation sei komplikationslos verlaufen«, erzählte Joan und zog sich einen Stuhl ans Bett.

»Anscheinend«, antwortete Cassi. »Allerdings wäre ich froh, wenn ich diese Pflaster nicht auf den Augen hätte.«

»Cassi«, begann Joan. »Ich muß Ihnen etwas sagen. Ich habe den ganzen Nachmittag darüber nachgedacht, ob ich es Ihnen erzählen soll oder nicht.«

»Worum geht es?« fragte Cassi besorgt. Ihr erster Gedanke war, daß einer ihrer Patienten sich umgebracht hätte. Selbstmord war eine Gefahr, mit der man auf Clarkson Zwei ständig rechnen mußte.

»Nichts Gutes.«

»Das habe ich schon am Klang Ihrer Stimme gemerkt.«

»Glauben Sie, Sie können es jetzt schon verkraften? Oder soll ich warten?«

»Sagen Sie mir schon, was los ist, sonst zerbreche ich mir nur die ganze Zeit den Kopf.«

»Nun ja, es handelt sich um Robert Seibert.«

Joan hielt inne. Sie konnte sich vorstellen, welche Wirkung die Nachricht auf ihre Freundin haben würde.

»Was ist mit Robert?« fragte Cassi sofort. »Verdammt noch mal, Joan, spannen Sie mich nicht auf die Folter.« Ganz tief drinnen wußte sie bereits, was Joan ihr sagen wollte.

»Robert ist gestern nacht gestorben«, sagte Joan. Sie beugte sich vor und griff nach Cassis Hand.

Cassi lag reglos. Minuten verstrichen: fünf, zehn. Das einzige Lebenszeichen, das sie von sich gab, war ihr schwaches Atmen und die Kraft, mit der sie Joans Hand umklammert hielt. Es war, als klammerte sie sich auf diese Weise auch an ihr eigenes Leben. Joan wußte nicht, was sie sagen sollte. »Cassi, ist alles in Ordnung?« flüsterte sie schließlich.

Auf Cassi wirkte die Nachricht wie ein Todesstoß. Sicher, jeder machte sich Sorgen, wenn er ins Krankenhaus kam, veranschlagte die Wahrscheinlichkeit zu sterben aber nicht höher als die Chance, im Lotto zu gewinnen, wenn man sich einen Schein ausfüllte. Sie bestand zwar, aber sie war so unendlich klein, daß es sich nicht lohnte, ernsthaft darüber nachzudenken.

»Cassi, ist alles in Ordnung?« fragte Joan erneut.

Cassi stöhnte. »Erzählen Sie mir, was passiert ist.«

»Genaueres weiß man noch nicht«, sagte Joan, erleichtert, daß Cassi wieder sprach. »Ganz offenbar ist er im Schlaf gestorben. Wie eine Schwester mir erzählte, hat man bei der Autopsie entdeckt, daß er ein schweres Herzleiden hatte. Ich nehme an, er hat eine Herzattacke erlitten, bin aber nicht sicher.«

»O Gott!« sagte Cassi.

»Es tut mir leid, daß ich Ihnen so schlechte Neuigkeiten bringen mußte, aber ich hatte das Gefühl, Sie sollten es wissen. Ich an Ihrer Stelle hätte es jedenfalls wissen wollen.«

»Er war so ein wunderbarer Mensch«, sagte Cassi. »Und der beste Freund, den man sich vorstellen kann.« Die Nachricht hatte sie so aus der Fassung gebracht, daß sie eine unendliche Leere verspürte.

»Kann ich irgend etwas für Sie tun?« fragte Joan teilnahmsvoll.

»Nein, danke.«

Schweigen breitete sich aus. Joan fühlte sich ausgesprochen unwohl. »Sind Sie sicher, daß es Ihnen gut geht?« fragte sie.

»Ja, danke.«

»Möchten Sie darüber sprechen, wie Sie sich fühlen?«

»Nicht jetzt«, sagte Cassi. »Im Augenblick fühle ich rein gar nichts.«

Joan spürte, daß Cassi sich zurückgezogen hatte. Jetzt bereute sie es fast, ihrer Freundin reinen Wein eingeschenkt zu haben, aber was geschehen war, war geschehen. Eine Weile blieb sie noch neben dem Bett sitzen und hielt Cassis

Hand. Dann verabschiedete sie sich und wünschte ihr eine gute Nacht.

Auf dem Rückweg warf sie einen Blick ins Schwesternzimmer, um mit der Oberschwester zu sprechen. Sie sagte, sie hätte Cassi als Freundin und nicht als Ärztin besucht, aber sie hätte das Gefühl, darauf hinweisen zu müssen, daß Cassi außerordentlich deprimiert über den Tod eines Freundes sei. Vielleicht könnten die Schwestern ein Auge auf sie haben.

Lange Zeit lag Cassi bewegungslos in ihrem Bett. Als Joan gegangen war, hatte sie keine Einwände erhoben, aber jetzt fühlte sie sich sehr einsam. Roberts Tod hatte die alte Angst, alleingelassen zu werden, wieder in ihr auferstehen lassen. Sie erinnerte sich an einen Alptraum aus ihrer Kindheit, in dem ihre Mutter sie in die Klinik zurückbrachte und gegen ein gesundes Kind eintauschte.

Von Panik ergriffen, drückte Cassi auf den Knopf für die Stationsschwester. Hoffentlich kam bald jemand und half ihr.

»Was ist denn, Frau Doktor?« fragte die Schwester, die ein paar Minuten später den Raum betrat.

»Ich habe Angst«, sagte Cassi. »Ich ertrage diese Pflaster auf den Augen nicht. Ich möchte, daß sie mir abgenommen werden.«

»Als Ärztin wissen Sie doch, daß wir das nicht dürfen. Es ist gegen die Anweisung. Ich werde Ihnen sagen, was ich tue. Ich gehe und rufe Ihren Arzt. Was halten Sie davon?«

»Es ist mir egal, was Sie tun«, sagte Cassi. »Ich will keine Pflaster auf den Augen.«

Die Schwester verschwand, und Cassi versank neuerlich in ihrer Angst. Die Zeit schleppte sich dahin. Vom Korridor drangen beruhigende Geräusche herein.

Endlich kehrte die Schwester zurück. »Ich habe mit Dr. Obermeyer gesprochen«, sagte sie munter. »Er hat mir aufgetragen, Ihnen auszurichten, daß er bald nach Ihnen sehen wird. Außerdem soll ich Ihnen sagen, daß Ihre Operation hervorragend gelaufen ist, daß Sie sich aber unbedingt Ruhe gönnen müssen. Er wollte, daß ich Ihnen noch ein Sedativum gebe. Drehen Sie sich bitte auf die Seite, danach wird es Ihnen gleich besser gehen.«

»Ich will kein Sedativum mehr. Ich will, daß die Pflaster abgenommen werden!«

»Kommen Sie schon«, drängte die Schwester und schlug Cassis Decke zurück.

Einen Moment lang schwankte Cassi zwischen Abwehr und Klagen, dann drehte sie sich widerstrebend um und erhielt die Spritze.

»So«, meinte die Schwester. »Jetzt dauert es nicht mehr lange, bis Sie sich wieder besser fühlen.«

»Was war das?« fragte Cassi.

»Das müssen Sie Ihren Arzt fragen. In der Zwischenzeit sollten Sie sich freuen, daß Sie bald wieder wohlauf sein werden. Möchten Sie, daß ich Ihnen den Fernseher einschalte?« Ohne auf eine Antwort zu warten, schaltete sie den Apparat an und verließ den Raum.

Die Stimme des Nachrichtensprechers wirkte beruhigend. Bald darauf begann auch das Sedativum zu wirken, und Cassi schlief ein. Als Dr. Obermeyer erschien und ihr noch einmal persönlich versicherte, wie zufrieden sie mit dem Operationsverlauf sein könnten, erwachte sie vorübergehend. Er sagte, sie würde in ein paar Tagen auf dem linken Auge wahrscheinlich wieder genauso gut sehen wie auf dem rechten, die nächsten Tage seien allerdings kritisch, so daß sie Geduld beweisen müsse. Darüber hinaus erklärte er, daß sie jederzeit nach ihm oder einer der Schwestern rufen könne, wenn sie wieder Angst bekäme.

Sie schlief erneut ein und erwachte erst ein paar Stunden später, weil sie flüsternde Stimmen in ihrem Zimmer hörte. Sie lauschte und erkannte eine davon. »Thomas?« fragte sie.

»Ich bin hier, Liebling.« Er griff nach ihrer Hand. »Ich habe Angst«, sagte sie und spürte, wie sie zu weinen begann. Die Tränen drangen unter den Pflastern hervor und rannen ihr die Wangen hinunter.

»Cassi, was hast du denn?«

»Ich weiß nicht.« Dann fiel ihr wieder ein, daß es wegen Roberts Tod war. Sie wollte Thomas davon erzählen, mußte aber so heftig weinen, daß sie kein Wort über die Lippen brachte.

»Du mußt dich zusammennehmen, Cassi. Es ist wichtig für dein Auge.«

»Ich fühle mich so allein.«

»Unsinn, ich bin doch bei dir. Du hast einen ganzen Hofstaat von aufmerksamen Schwestern und liegst in einem der besten Krankenhäuser der Welt. Versuch doch wenigstens, dich zu entspannen.«

»Ich kann nicht.«

»Ich glaube, du brauchst noch ein Sedativum«, sagte Thomas.

»Ich will keine Spritze mehr«, wandte sie ein.

»Ich bin der Doktor, und du bist der Patient«, sagte Thomas bestimmend, und hinterher war sie froh, daß er darauf beharrt hatte. Noch während er zu ihr sprach, versank sie in gnädigen Schlaf.

Thomas drückte den Knopf für die Stationsschwester. Als sie das Zimmer betrat, erhob er sich von der Bettkante. »Geben Sie ihr heute abend bitte zwei Schlaftabletten. Gestern nacht ist sie auf dem Gang herumgelaufen, das soll nicht wieder vorkommen.«

Die Schwester zog sich zurück, und Thomas wartete noch ein paar Minuten, um sicherzugehen, daß Cassi nicht wieder aufwachte. Als sie leise zu schnarchen begann, ging er zur Tür, zögerte einen Moment und kehrte dann um. Er öffnete die unterste Schublade des Schreibtisches. Wie er erwartet hatte, lag der PPT-Computerausdruck noch immer so da, wie er ihn hineingelegt hatte. Er nahm ihn heraus und klemmte ihn sich unter den Arm. Unter den gegebenen Umständen wollte er nicht, daß Cassi sich damit beschäftigte, kaum daß ihr die Pflaster abgenommen würden.

Nach einem letzten Blick auf seine schlafende Frau verließ er das Zimmer endgültig und schlenderte den Gang hinunter zum Schwesternzimmer, wo er nach der Oberschwester, Miss Bright, fragte.

»Ich fürchte, meine Frau ist dem Streß nicht ganz gewachsen«, sagte er entschuldigend.

Miss Bright lächelte. Von Berufs wegen hatte sie oft mit Dr. Kingsley zu tun, und sie nahm überrascht zur Kenntnis, daß er tatsächlich so was wie Verständnis für eine menschliche Schwäche aufbrachte. Zum erstenmal tat er ihr leid. Offenbar war er auch nur ein Mensch, der litt, wenn seine Frau im Krankenhaus lag.

»Wir werden gut auf sie achtgeben«, sagte sie.

»Ich bin nicht ihr Arzt, und ich möchte mich auch nicht einmischen, aber wie ich schon der Stationsschwester gesagt habe, glaube ich, daß man sie aus psychologischen Gründen unter starken Beruhigungsmitteln halten sollte.«

»Machen Sie sich keine Sorgen«, sagte Miss Bright. »Ich achte darauf.«

Cassi konnte sich nicht daran erinnern, zu Abend gegessen zu haben, obwohl die Schwester, die die Schlaftabletten gebracht hatte, ihr das Gegenteil versicherte.

»Ich kann mich überhaupt nicht daran erinnern«, sagte Cassi.

»Das ist nicht gerade ein Kompliment für die Klinikküche«, sagte die Schwester. »Und für mich auch nicht. Ich habe Sie nämlich gefüttert.«

»Was ist mit meiner Diabetes?« erkundigte sich Cassi.

»Wir haben Ihnen nach dem Essen eine kleine Extradosis Insulin gegeben, aber ansonsten ist alles hier drin.« Die

Schwester klopfte mit dem Knöchel gegen die IV-Flasche, damit Cassi hören konnte, was sie meinte. »Und hier sind Ihre Schlaftabletten.«

Pflichtschuldig streckte Cassi den Arm aus und fühlte zwei Pillen auf ihren rechten Handteller fallen. Sie schob die Pillen in den Mund und nahm das Wasserglas entgegen.

»Glauben Sie, daß Sie noch ein Sedativum brauchen?«

»Eigentlich nicht. Ich fühle mich, als hätte ich den ganzen Tag geschlafen.«

»Das ist gut für Sie. Ich schiebe den Nachttisch hierher, so.«

Die Schwester nahm Cassi das Glas ab und führte ihr die Hand über das Gitter an der Bettkante, damit sie fühlen konnte, wo sich das Glas, die Wasserkaraffe, das Telefon und der Rufknopf befanden.

»Kann ich sonst noch etwas für Sie tun?« fragte sie dann. »Haben Sie Schmerzen?«

»Nein«, antwortete Cassi. Sie war selbst überrascht, daß die Operation ihr so wenig Beschwerden bereitete.

»Soll ich den Fernseher ausschalten?«

»Nein«, sagte Cassi. Das Geräusch im Hintergrund gefiel ihr.

»Okay. Hier ist der Knopf, wenn Sie müde werden.« Die Schwester führte Cassis Hand zu dem Schalter neben dem Bett. »Schlafen Sie gut, und wenn Sie etwas brauchen sollten, rufen Sie uns.«

Nachdem die Schwester gegangen war, begann Cassi, ihre Umwelt auf eigene Faust zu erforschen. Sie streckte die Hand aus und berührte den Nachttisch. Die Schwester hatte ihn näher herangerückt, damit sie ihn leichter erreichen konnte. Mit einiger Anstrengung gelang es ihr, die Metallschublade aufzuziehen. Sie tastete nach ihrer Armbanduhr. Die Uhr war ein Geschenk von Thomas, und Cassi fragte sich, ob sie sie nicht besser in den Kliniksafe hätte legen lassen sollen. Ihre Hand berührte die Insulinphiolen und ein halbes Dutzend Spritzen. Die Uhr lag unter der Schachtel mit den Spritzen. Wahrscheinlich war der Platz sicher genug.

Als die Medizin zu wirken begann, erkannte Cassi, warum manche Leute versucht waren, Mißbrauch damit zu treiben. Die Probleme waren zwar noch da, aber in sicherer Entfernung. Sie dachte an Robert, ohne Schmerz über den Verlust zu empfinden. Sie erinnerte sich daran, wie friedlich er in seinem Bett gelegen hatte gestern nacht. Sie hoffte, daß sein Tod genauso friedlich verlaufen war.

Plötzlich wich sie entsetzt vom Abgrund des Schlafs zurück. Sie mußte einer der letzten Menschen gewesen sein, die Robert lebend gesehen hatten! Sie überlegte, um welche Zeit er wohl gestorben sein mochte. Wenn sie nur dort gewesen wäre, vielleicht hätte sie etwas tun können. Thomas hätte ihn sicherlich zu retten vermocht.

Cassi starrte in die Dunkelheit unter ihren Lidern. Langsam tauchte die Erinnerung daran auf, wie Thomas in Roberts Zimmer gekommen war, was für ein Entsetzen sie im ersten Moment bei seinem Anblick gefühlt hatte. Thomas hatte gesagt, es wäre nicht schwer gewesen, sich zu denken, wo sie sein konnte, nachdem sie nicht schlafend in ihrem Bett gelegen hatte. Diese Erklärung war ihr in jenem Augenblick zufriedenstellend erschienen, aber jetzt fragte sie sich, warum Thomas sie ausgerechnet mitten in der Nacht besuchen wollte.

Cassi versuchte sich vorzustellen, was Roberts Autopsie ergeben haben mochte, vor allem, ob er vielleicht auf eine ganz bestimmte Art gestorben war. Sie wollte nicht daran denken, aber sie fragte sich doch, ob er wohl zyanotisch gewesen war oder unter krampfhaften Zuckungen geendet hatte. Auf einmal begann sie zu fürchten, daß Robert womöglich ein Kandidat für seine eigene Studie gewesen wäre. Er hätte Fall Nummer zwanzig sein können. Was war, wenn es sich bei dem Menschen, der Robert als letzter lebendig gesehen hatte, um Thomas handelte? Was, wenn Thomas noch einmal zurückgegangen war, nachdem er Cassi in ihrem Zimmer abgeliefert hatte? Was, wenn die plötzliche Veränderung in dem Verhalten ihres Mannes gar nicht so unschuldig war, wie sie schien?

Cassi fing an zu zittern. Sie wußte, daß diese Gedanken alle Anzeichen fortgeschrittener Paranoia aufwiesen, und sie wußte auch, wie sehr solche Wahnvorstellungen dazu neigten, sich zu verselbständigen. Sie war in letzter Zeit enormen Belastungen ausgesetzt gewesen und mit Medikamenten aller Art und in riesiger Dosierung traktiert worden einschließlich der Schlaftabletten, die ihr Denkvermögen bereits zu beeinträchtigen begannen.

Dennoch hörten die quälenden Gedanken nicht auf, in ihrem Kopf zu kreisen. Unfreiwillig wurde ihr klar, daß der erste PPT-Fall sich zu derselben Zeit ereignet hatte, als Thomas an die Klinik gekommen sein mußte. Sie fragte sich, ob einer der Todesfälle sich während der Nächte ereignet hatte, in denen Thomas in der Klinik geblieben war.

Auf einmal wurde ihr klar, wie verletzlich sie in ihrer derzeitigen Lage war, allein in einem Einzelzimmer, an einer Infusionsflasche hängend, praktisch blind und vollgepumpt mit Beruhigungsmitteln. Wahrscheinlich würde sie es nicht einmal merken, wenn jemand den Raum betrat. Sie hatte nicht die geringste Möglichkeit, sich zu wehren.

Sie dachte daran, um Hilfe zu schreien, war aber wie gelähmt vor Angst. Alles in ihr zog sich zusammen, bis sie sich wie ein Knoten vorkam. Sekunden verstrichen, dann Minuten. Endlich fiel ihr der Klingelknopf wieder ein. Millimeter für Millimeter schob sie ihre Hand in seine Richtung, wobei sie jeden Herzschlag damit rechnete, daß ihre Finger einen unbekannten Feind berührten. Als sie den Plastikknopf erreicht hatte, preßte sie ihren Daumen darauf und ließ ihn nicht wieder los.

Niemand kam. Nach einer Ewigkeit nahm sie den Daumen vom Knopf, nur um ihn gleich darauf wieder zu drükken. Immer wieder. Sie flehte die Schwester an, sich zu beeilen. Jede Sekunde konnte etwas Schreckliches passieren.

»Was ist los?« fragte die Schwester kurzangebunden und zog Cassis Hand vom Klingelknopf. »Sie brauchen bloß einmal zu klingeln, und wir kommen, so schnell wir können. Sie müssen daran denken, daß Sie nicht der einzige Patient auf der Station sind, und den meisten geht es weit schlechter als Ihnen.«

»Ich möchte ein anderes Zimmer«, sagte Cassi. »Ich möchte wieder in die zweite Klasse.«

»Frau Doktor«, sagte die Schwester erschöpft, »es ist mitten in der Nacht.«

»Ich will nicht allein sein«, rief Cassi.

»In Ordnung, beruhigen Sie sich, um Himmels willen. Sobald wir mit unseren Berichten fertig sind, werde ich sehen, was ich tun kann.«

»Ich möchte mit meinem Arzt sprechen«, sagte Cassi.

»Frau Doktor, Sie wissen doch, wie spät es ist, oder nicht?«

»Das ist mir völlig egal. Ich will meinen Arzt sehen.«

»Na gut, ich lasse ihn ausrufen, aber nur wenn Sie versprechen stillzuliegen.«

Cassi ließ zu, daß die Schwester ihre Beine ergriff und sie ausstreckte. »So, jetzt geht es Ihnen doch bestimmt besser. Entspannen Sie sich, und ich rufe Dr. Obermeyer an.«

Cassis Panik ebbte etwas ab. Ihr war klar, daß sie sich völlig unvernünftig benahm, schlimmer als ihre eigenen Patienten. Der Gedanke an Clarkson Zwei erinnerte sie an Joan. Sie war der einzige Mensch, der sie verstehen und es ihr nicht übelnehmen würde, wenn sie ihn weckte. Cassi tastete herum, bis sie das Telefon fand, und hob es dann zu sich ins Bett. Sie klemmte den Hörer zwischen Schulter und Kopfkissen und wählte die Zentrale. Nachdem sie erklärt hatte, wer sie war, verband die Vermittlung sie mit Dr. Joan Widiker.

Das Telefon klingelte eine ganze Weile, und Cassi befürchtete schon, daß Joan ausgegangen sein könnte. Sie wollte gerade auflegen, als Joan endlich an den Apparat ging.

»Gott sei Dank«, sagte Cassi. »Ich bin so froh, daß Sie zu Hause sind.«

»Cassi, was ist denn?«

»Ich habe Angst, Joan.«

»Wovor haben Sie Angst?«

Cassi hielt inne. Jetzt, wo sie zu Joan darüber sprechen sollte, wurde ihr klar, wie dumm ihre Befürchtungen sich anhören mußten.

»Hat es etwas mit Robert zu tun?« fragte Joan.

»Teilweise«, gab Cassi zu.

»Cassi, jetzt hören Sie mir mal zu. Es ist ganz natürlich, daß es in Ihnen drunter und drüber geht. Ihr bester Freund ist gerade gestorben, und Sie sind frisch operiert. Sie dürfen Ihre Phantasie jetzt nicht Amok laufen lassen. Bitten Sie die Schwester um eine Schlaftablette.«

»Ich habe schon mehr als genug Medikamente bekommen.«

»Entweder zu wenig oder die falschen, scheint mir. Versuchen Sie nicht, den Helden zu spielen. Möchten Sie, daß ich Dr. Obermeyer anrufe?«

»Nein.«

»Kann ich sonst irgend etwas für Sie tun?«

»Wissen Sie, ob Robert blau angelaufen war, als man ihn gefunden hat, oder ob es Anzeichen für starke Krämpfe vor dem Exitus gab?«

»Nein, Cassi, das weiß ich nicht! Und Sie sollten sich in Ihrer Situation nicht den Kopf über solche Fragen zerbrechen. Er ist tot. Allein damit fertig zu werden, ist für Sie derzeit schon eine ganze Menge.«

»Wahrscheinlich haben Sie recht«, sagte Cassi. »Einen Moment, Joan. Da ist jemand.«

»Ich bin's, Miss Randall«, sagte die Schwester. »Dr. Obermeyer versucht, zu Ihnen durchzukommen.«

Cassi bedankte sich bei Joan und legte auf. Sofort klingelte der Apparat erneut.

»Cassi«, meldete sich Dr. Obermeyer. »Ich habe gerade einen Anruf von der Nachtschwester bekommen. Ich weiß nicht, was ich noch tun soll, um Ihnen klarzumachen, daß wirklich alles in bester Ordnung ist. Die Operation ist wie im Bilderbuch verlaufen. Ich habe nicht einmal die für Diabetiker typischen Krankheitserscheinungen gefunden, mit denen ich eigentlich gerechnet hatte. Sie sollten erleichtert sein, statt die ganze Station in Aufruhr zu versetzen.«

»Ich glaube, es liegt an diesen Pflastern über den Augen«, meinte Cassi. »Ich habe Angst davor, allein zu sein. Ich möchte gern in ein Zimmer der zweiten Klasse verlegt werden. Jetzt gleich.«

»Ich meine, da verlangen Sie ein bißchen viel von Ihrem Pflegepersonal. Vielleicht reden wir morgen noch einmal darüber, und dann will ich sehen, was sich machen läßt. Im Augenblick liegt mir mehr daran, daß Sie sich beruhigen. Ich habe die Schwester angewiesen, Ihnen noch ein Sedativum zu geben.«

»Die Schwester ist gerade hier«, sagte Cassi.

»Gut. Lassen Sie sich die Spritze geben und schlafen Sie. Ich hätte mir ja eigentlich denken können, daß es so kommen würde. Ärzte und ihre Frauen sind immer die schlimmsten Patienten. Und Sie gehören beiden Gattungen an!«

Gehorsam ließ sich Cassi noch eine Spritze verpassen. Miss Randall gab ihr einen Klaps auf die Schulter und verschwand. Wieder war Cassi allein, aber jetzt spielte es keine Rolle mehr. Innerhalb weniger Sekunden versank sie in dem künstlich herbeigeführten Schlaf wie in einer lautlosen Lawine.

Sie schreckte aus einem wilden Traum in die Höhe, noch immer verfolgt von heftigem Lärm und grellen Farben. Ein pochender Schmerz in ihrem linken Auge erinnerte sie sofort daran, daß sie sich im Krankenhaus befand.

Sie sank in die Kissen zurück und verharrte reglos, wobei sie versuchte, den Nebel, der sie umgab, zu durchdringen. Cassi achtete auf das leiseste Geräusch. Hinter den Bandagen ging der Tanz der grellen Farben immer noch weiter – wahrscheinlich eine Folge des Drucks, den sie auf die Augen ausübten.

Sie hörte nichts, mit Ausnahme der fernen, gedämpften Laute der schlafenden Klinik. Dann glaubte sie, etwas zu spüren. Sie wartete und spürte es wieder. Der Plastikschlauch ihrer IV-Anlage bewegte sich. Ihr Puls begann zu hämmern. Litt sie unter Wahnvorstellungen?

»Wer ist da?« fragte sie mit belegter Stimme.

Niemand antwortete.

Cassi hob die rechte Hand und streckte sie über die linke Seite des Bettes hinaus. Niemand da. Sie tastete nach dem Pflaster, mit dem die Infusionsnadel in ihrem Arm festgehalten wurde. Rasch fuhr sie mit dem Zeigefinger an dem Schlauch hinauf und zog leicht daran. Es war genau dasselbe Gefühl wie vorher. Jemand hatte ihren Infusionsschlauch berührt!

Cassi versuchte die in ihr aufsteigende Furcht zu bezwingen. Wo war der Klingelknopf? Ihre Finger strichen über die Nachttischplatte, berührten die Wasserkaraffe, das Telefon, das Wasserglas, aber keinen Klingelknopf. Er war nicht da! Sie bewegte ihre Hand schneller, wobei sie sich zunehmend verwundbar und isoliert fühlte. Der Klingelknopf blieb verschwunden.

Cassi wurde überwältigt von der Kraft ihrer Einbildung, erstarrte zu Eis. Jemand war in ihrem Zimmer. Sie konnte seine Gegenwart spüren. Dann nahm sie einen vertrauten Geruch wahr. Ein Eau de toilette von Yves St. Laurent.

»Thomas?« rief Cassi. Sie stützte sich auf den rechten Ellbogen und rief noch einmal: »Thomas?«

Keine Antwort.

Von einer Sekunde zur nächsten war sie in Schweiß gebadet. Ihr Herz, das schon vorher schneller geschlagen hatte, begann zu hämmern. Plötzlich wußte sie, was los war: ein Insulinschock!

Verzweifelt versuchte sie, die Finger unter die Klebestreifen rund um den Adhäsionsverband zu schieben und sich die Pflaster von den Augen zu reißen. Sogar die linke Hand, die sie bisher wegen der Infusionsnadel stillgehalten hatte, zerrte und riß an den Bandagen.

Cassi stieß einen erstickten Laut aus, den Ansatz zu einem mißglückten Schrei. Das Bett begann sich um sie zu drehen. Sie warf sich auf die Seite, gegen die Gitterstäbe. Wild um sich schlagend, suchte sie noch immer nach dem Klingelknopf. Statt dessen versetzte sie dem Nachttisch einen so heftigen Stoß, daß er umkippte. Telefon, Wasserkaraffe, Glas und Blumenvase, alles krachte zu Boden. Aber Cassi hörte es nicht. Ihr Körper zuckte im Würgegriff eines ausgewachsenen epileptischen Anfalls.

Carol White, die diensthabende Oberschwester der Station, befand sich gerade im Medikamentenraum, um eine Infusionsflasche mit Antibiotika zu füllen, als sie in der Ferne das Klirren von zerbrechendem Glas hörte. Sie zögerte einen Moment, ehe sie den Kopf durch den Türrahmen steckte und mit Lenore Randall, einer der beiden anderen Nachtschwestern, einen fragenden Blick tauschte. Gemeinsam verließen die beiden Frauen das Schwesternzimmer, um nach dem Rechten zu sehen. Beide hatten die unangenehme Vermutung, daß jemand aus dem Bett gefallen sein müsse. Bereits nach wenigen Schritten hörten sie das Klirren von Cassis Bettgestell.

Die beiden Frauen stürmten ins Zimmer. Cassi wurde

immer noch von wilden Krämpfen geschüttelt. Ihre Arme schmetterten gegen die Gitterstäbe zu beiden Seiten des Betts.

Carol, die darüber informiert war, daß Cassi an Diabetes litt, wußte sofort, was passiert war.

»Lenore, schicken Sie einen Notruf raus und bringen Sie mir eine Ampulle mit fünfzigprozentiger Glukose, eine Fünfzigkubikzentimeter-Spritze und eine neue Infusionsflasche.«

Miss Randall rannte aus dem Zimmer.

In der Zwischenzeit gelang es Carol, Cassis Arme zwischen den Gitterstäben hervorzuziehen, ehe sie versuchte, ihr einen Zungendepressor zwischen die Zähne zu schieben, was sich aber als unmöglich herausstellte. Statt dessen drehte sie die rasch fließende intravenöse Ernährung ab und konzentrierte sich darauf, Cassi daran zu hindern, daß sie ihren Kopf immer wieder gegen das obere Ende des Betts schlug.

Lenore kehrte zurück, und Carol tauschte umgehend die alte Infusionsflasche gegen die neue aus. Die alte legte sie beiseite, denn es war fast sicher, daß der behandelnde Arzt den Insulingehalt würde überprüfen wollen. Dann öffnete sie den Verschluß der neuen Flasche so weit wie möglich und zog die fünfzigprozentige Glukoselösung aus der Ampulle in die große Spritze. Als sie fertig war, zögerte sie einen Moment. Theoretisch hätte sie auf die Ankunft eines Arztes warten müssen, aber Carol hatte genügend kritische Situationen miterlebt, um zu wissen, daß unter den gegebenen Umständen Glukose als erstes ausprobiert werden sollte und daß man damit unter Garantie keinen Schaden anrichten konnte. Sie entschied sich für die Injektion. Die starke Transpiration auf Cassis Haut ließ auf einen schweren Insulinschock schließen.

Sie stieß die Nadel in den Verschluß der IV-Flasche und drückte den Kolben hinunter. Noch bevor die letzten Kubikzentimeter aus der Spritze in die IV-Flüssigkeit gedrungen waren, zeichnete sich schon eine dramatische Reaktion ab. Cassi hörte auf zu zucken und schien das Bewußtsein wiederzuerlangen. Ihre Lippen öffneten sich, und es klang, als wollte sie etwas sagen.

Aber die Besserung hielt nicht an. Cassi fiel wieder in Ohnmacht, und obwohl sie keine neuen Krämpfe erlitt, hörten die einzelnen Muskeln nicht auf zu zittern.

Als der Notarzt eintraf, berichtete Carol ihm, was sie unternommen hatte. Er untersuchte Cassi und wandte sich dann an einen seiner Assistenten: »Zapfen Sie ihr Blut ab und nehmen Sie eine Elektrolyse vor – Calcium, Blutgase und Blutzucker.« Dann nickte er dem anderen Assistenten zu und sagte: »Sie führen ein EKG durch, und zwar schnell!« Schließlich deutete er auf Miss White. »Ich brauche noch eine Ampulle Glukose.«

Während das Notarzt-Team mit der Arbeit begann, stellte Lenore den Nachttisch wieder richtig hin und kehrte die Scherben des zerbrochenen Wasserkrugs mit dem Fuß in eine Ecke.

Dann schob sie die herausgerutschte Schublade wieder in ihre Schienen. Da erst bemerkte sie mehrere leere Insulinphiolen. Entsetzt reichte sie sie Carol, die sie an den Arzt weitergab.

»Mein Gott«, sagte er, »sollte sie sich etwa mit verbundenen Augen ihr Insulin injizieren?«

»Natürlich nicht«, erklärte Carol. »Sie bekam ihren Insulinbedarf intravenös zugeführt, entsprechend dem Zuckergehalt in ihrem Urin.«

»Warum hat sie sich dann noch zusätzlich Insulin gespritzt?« fragte der Arzt.

»Keine Ahnung«, gestand Carol. »Vielleicht war sie von all den Sedativa und Tabletten so verwirrt, daß sie es ganz mechanisch getan hat.«

»Wäre sie denn dazu mit verbundenen Augen überhaupt in der Lage gewesen?«

»Warum nicht? Immerhin macht sie das seit zwanzig Jahren zweimal am Tag. Möglicherweise hat sie die falsche Dosis erwischt, aber die Injektion als solche dürfte ihr keine Schwierigkeiten bereitet haben. Davon abgesehen wäre auch noch etwas anderes denkbar.«

»Und zwar?«

»Vielleicht hat sie es absichtlich gemacht. Sie war sehr deprimiert, und ihr Mann hat gesagt, sie benähme sich etwas seltsam. Ich nehme an, Sie wissen, wer ihr Mann ist?«

Der Notarzt nickte. Der Gedanke an einen möglichen Selbstmord gefiel ihm ganz und gar nicht. Solche Fälle hatten ihm noch nie gefallen, schon gar nicht um drei Uhr morgens.

Carol reichte ihm eine weitere Spritze, die sie während der Unterhaltung mit Glukose gefüllt hatte. Der Arzt injizierte Cassi den gesamten Inhalt, und wieder verbesserte sich Cassis Befinden für ein paar Minuten, ehe sie neuerlich das Bewußtsein verlor.

»Wer ist der behandelnde Arzt?« fragte der Notarzt und griff nach einer dritten Spritze mit Glukose.

»Dr. Obermeyer, Augenklinik.«

»Rufen Sie ihn an«, sagte der Arzt. »Ich möchte mir nicht gern allein die Finger verbrennen.«

Das Telefon klingelte ausdauernd, ehe Thomas benommen die Hand ausstreckte und den Hörer abnahm. Er hatte zwei Percodan geschluckt und sich in seiner Praxis hingelegt, um ein paar Stunden Schlaf zu bekommen.

»Sie sind aber schwer aufzuwecken«, sagte die Telefonistin der Klinikzentrale gutgelaunt. »Dr. Obermeyer hat für Sie angerufen und wollte sofort durchgestellt werden, aber ich habe ihm gesagt, daß mir genaue Anweisungen vorliegen. Wollen Sie seine Nummer haben?«

»Ja!« Thomas suchte nach Papier und Bleistift.

Die Telefonistin gab ihm die Nummer. Er begann zu wählen.

Doch dann hielt er plötzlich inne.

Besorgt warf er einen Blick auf die Uhr. Um diese Zeit konnte es sich nur um Cassi handeln. Er ging in den Waschraum und spritzte sich Wasser ins Gesicht, bis er das Gefühl hatte, etwas klarer denken zu können. Dann wählte er zum zweitenmal.

»Thomas, es hat sich eine Komplikation ergeben«, sagte Dr. Obermeyer.

»Eine Komplikation?« fragte Thomas.

»Ja«, sagte Dr. Obermeyer. »Cassi hat sich selbst eine Überdosis Insulin injiziert.«

»Wie geht es ihr jetzt?« fragte Thomas.

»Sie hat sich wieder einigermaßen erholt.«

Thomas war sprachlos.

»Ich weiß, was für ein Schock das für Sie sein muß«, fuhr Dr. Obermeyer fort, »aber es wird ihr bald wieder gut gehen. Dr. McInery, ihr Internist, ist hier, und dank der schnellen Reaktion der diensthabenden Schwester ist noch mal alles glattgegangen. Trotzdem haben wir sie vorübergehend auf der Intensivstation untergebracht, nur zur Vorsicht.«

»Gott sei Dank«, sagte Thomas. Sein Verstand raste. »Ich bin gleich da.«

Binnen weniger Minuten war er auf der Intensivstation und trat an Cassis Bett.

Sie schien friedlich zu schlafen. Jemand hatte das rechte Auge vom Pflaster befreit.

»Sie schläft jetzt, aber Sie können sie ruhig wecken«, sagte eine Stimme an seiner Seite.

Thomas drehte sich um und sah Dr. Obermeyer.

»Möchten Sie gerne mit ihr sprechen?« fragte der Augenarzt und streckte die Hand aus, um Cassis Schulter zu berühren.

Thomas hielt seinen Arm fest. »Nein, danke. Lassen Sie sie schlafen.«

»Ich wußte, daß sie heute nacht etwas unruhig war«, sagte Obermeyer zerknirscht. »Deshalb habe ich ihr noch ein zusätzliches Sedativum geben lassen. Mit so was hätte ich nie im Leben gerechnet.«

»Als ich sie das letzte Mal gesehen habe, war sie völlig aufgelöst«, erklärte Thomas. »Einer ihrer Freunde ist gestern nacht gestorben, und das hat sie ziemlich mitgenommen. Ich habe es ihr verheimlichen wollen, aber eine ihrer Kolleginnen aus der Psychiatrie muß wohl so unvernünftig gewesen sein, es ihr zu erzählen.«

»Glauben Sie, es könnte sich um einen Selbstmordversuch gehandelt haben?« fragte Dr. Obermeyer.

»Keine Ahnung«, meinte Thomas. »Vielleicht war sie einfach viel zu sehr durcheinander. Sie ist schließlich ihr ganzes Leben daran gewöhnt, sich zweimal am Tag ihr Insulin zu geben.«

»Was würden Sie davon halten, einen Psychiater hinzuzuziehen?«

»Sie sind der behandelnde Arzt. Ich bin in diesem Fall nicht objektiv. Allerdings würde ich noch warten. Hier scheint sie ja in Sicherheit zu sein.«

»Ich habe das rechte Auge von seinem Pflaster befreit«, sagte Obermeyer. »Ich fürchte, die Bandagen haben ihre Angst nur noch verstärkt. Glücklicherweise hat sich ihr linkes Auge nicht wieder eingetrübt. Wenn man bedenkt, daß sie gerade einen epileptischen Anfall hatte, was so ungefähr der härteste Test ist, dem man meine Operation aussetzen konnte, so brauchen wir uns über weitere Blutungen nicht mehr den Kopf zu zerbrechen.«

»Und ihr Blutzucker?« fragte Thomas.

»Im Augenblick mehr oder weniger normal, aber wir prüfen ihn immer wieder nach, um auch kein Risiko einzugehen.«

»Nun ja, sie ist schon früher manchmal etwas nachlässig gewesen«, sagte Thomas. »Sie hat immer versucht, ihr Leiden herunterzuspielen. Aber in diesem Fall scheint mir mehr als reine Sorglosigkeit im Spiel zu sein.«

Thomas dankte Dr. Obermeyer für die gute Arbeit und ging schleppenden Schritts aus der Intensivstation. Die Schwestern am Schalter blickten auf, als er an ihnen vorbeikam.

Noch nie hatten sie Dr. Kingsley so deprimiert und besorgt gesehen.

12

Gegen fünf Uhr morgens wurde sich Cassi zum erstenmal ihrer neuen Umgebung bewußt. Sie konnte die große Wanduhr über der Tür zum Kontrollraum sehen und glaubte, im Genesungszimmer zu sein. Sie hatte furchtbare Kopfschmerzen, die sie aber auf die Operation zurückführte. Und in der Tat verspürte sie einen scharfen Schmerz im linken Auge, als sie von einer Seite auf die andere zu blikken versuchte. Sacht betastete sie die Bandage über dem Operationsfeld.

»Hallo, Frau Doktor!« sagte eine Stimme zu ihrer Linken. Langsam wandte sie den Kopf und blickte in das Gesicht einer lächelnden Schwester. »Willkommen daheim im Land der Lebenden. Sie haben uns einen ganz schönen Schrecken eingejagt.«

Verwirrt erwiderte Cassi das Lächeln. Sie starrte auf das Namensschild der Schwester. Miss Stevens, Medizinische Intensivstation. Das verwirrte sie noch mehr.

»Wie geht es Ihnen?« fragte Miss Stevens.

»Hunger«, sagte Cassi.

»Vielleicht ist Ihr Blutzucker wieder gefallen. Er geht die ganze Zeit rauf und runter wie ein Jo-Jo.«

Cassi bewegte sich und fühlte einen leichten, brennenden Schmerz zwischen den Beinen. Offenbar war sie katheterisiert worden. »Hat es bei der Operation Probleme gegeben?« fragte sie.

»Nicht bei der Operation«, sagte Miss Stevens lächelnd. »In der Nacht danach. Soweit ich informiert bin, haben Sie sich selbst eine Extradosis Insulin zu Gemüte geführt.«

»Habe ich das?« fragte Cassi. »Was für ein Tag ist heute?«

»Freitag morgen. Kurz nach fünf.« Irgendwie mußte sie einen ganzen Tag verloren haben.

»Wo bin ich?« fragte Cassi. »Das ist doch nicht das Genesungszimmer.«

»Nein, Sie sind auf der Intensivstation. Können Sie sich denn an gar nichts mehr erinnern? Sie sind hier wegen Ihres Insulinschocks.«

Vage konnte Cassi sich eines Gefühls von Angst und Entsetzen entsinnen.

Miss Stevens sagte: »Gestern morgen sind Sie operiert und dann wieder auf Ihr Zimmer verlegt worden. Es schien Ihnen ausgezeichnet zu gehen. Wissen Sie denn überhaupt nichts mehr von alldem?«

»Nein«, antwortete Cassi ohne Überzeugung, denn allmählich kristallisierten sich Bilder aus dem Nebel. Eine schreckliche Empfindung kehrte zurück, der Gedanke, eingeschlossen zu sein in ihrer eigenen Welt, verwundbar und ausgeliefert. Voller Angst – doch wovor?

»Wenn Sie wollen, bringe ich Ihnen einen Schluck Milch«, schlug Miss Stevens vor. »Und danach versuchen Sie, noch etwas zu schlafen.«

Als Cassi das nächstemal zur Uhr hochsah, war es bereits nach sieben. Thomas stand neben ihrem Bett, die Augen gerötet, das Gesicht grau vor Müdigkeit.

»Sie ist vor zwei Stunden zu sich gekommen«, erklärte Miss Stevens von der anderen Seite des Betts aus. »Ihr Blutzucker ist etwas niedrig, aber stabil.«

»Ich bin so froh, daß es dir besser geht«, sagte Thomas, als er merkte, daß sie aufgewacht war. »Ich habe dir gestern nacht einen Besuch abgestattet, aber du warst nicht ganz bei dir. Wie fühlst du dich?«

»Eigentlich ganz gut«, antwortete Cassi. Sein Parfüm berührte sie eigenartig, so als hätte der Duft von Yves St. Laurent etwas mit dem grauenhaften Alptraum zu tun. Cassi wußte, daß ein Insulinschock bei ihr immer die wildesten

Träume und Vorstellungen auslöste. Aber diesmal hatte sie das Gefühl, daß der Alptraum noch nicht vorüber war.

Ihr Herzschlag beschleunigte sich, akzentuierte die hämmernden Schmerzen in ihrem Kopf. Es fiel ihr schwer, zwischen Traum und Wirklichkeit zu unterscheiden. Als Thomas wenige Minuten später sagte: »Ich muß jetzt gehen, aber sobald ich mit der Operation fertig bin, komme ich wieder nach dir sehen«, war sie erleichtert.

Als nächstes wurde sie von Dr. Obermeyer und ihrem Internisten besucht und aus der Intensivstation entlassen. Man wollte sie wieder auf ihr Einzelbettzimmer legen, aber sie veranstaltete ein derartiges Spektakel, daß man ihr schließlich ein Bett in einem Raum mit mehreren anderen Patientinnen gegenüber vom Schwesternzimmer gab. Zwei ihrer neuen Zimmergenossinnen hatten mehrfach gebrochene Knochen und lagen im Streckverband; die dritte, ein Berg von einer Frau, war an der Gallenblase operiert worden und litt große Schmerzen.

Cassi hatte noch einen anderen, sehr dringlichen Wunsch. Sie wollte nicht mehr intravenös ernährt werden. Dr. McInery versuchte, vernünftig mit ihr zu reden. Er erinnerte sie daran, daß sie gerade erst einen Insulinschock erlitten hatte und ohne die Infusion vielleicht längst in einem irreversiblen Koma läge. Cassi lauschte höflich, blieb aber unzugänglich. Der Infusionsgeräteständer wurde entfernt.

Gegen halb vier Uhr nachmittags ging es ihr bereits sehr viel besser. Die Kopfschmerzen hatten nachgelassen, waren allerdings noch nicht ganz verschwunden. Wenig später ging die Tür auf, und Joan Widiker spazierte herein. »Ich habe gerade erst gehört, was passiert ist«, sagte sie voller Besorgnis. »Wie geht es Ihnen denn?«

»Danke, gut«, sagte Cassi, die froh darüber war, ihre Freundin zu sehen.

»Gott sei Dank! Cassi, wie konnten Sie sich nur selbst eine Überdosis Insulin geben?«

»Wenn ich das wirklich getan habe, kann ich mich jedenfalls nicht daran erinnern.«

»Sind Sie sicher?« fragte Joan. »Ich weiß noch, wie erregt Sie wegen Robert waren ...« Ihre Stimme erstarb.

»Was ist mit Robert?« fragte Cassi besorgt. Doch bevor Joan antworten konnte, machte etwas Klick in Cassis Kopf, und es war, als wäre ein fehlendes Stück in einem Puzzle an seinen Platz gerückt worden. Jetzt fiel ihr wieder ein, daß Robert in der Nacht nach seiner Operation gestorben war.

»Erinnern Sie sich nicht mehr?« fragte Joan.

Cassi schien sich in ihrem Bett verkriechen zu wollen. »Jetzt weiß ich es wieder. Robert ist tot.« Sie blickte Joan an, in den Augen der flehentliche Wunsch, daß es nicht wahr sein möge, sondern nur Teil jenes insulinverseuchten Alptraums.

»Robert ist tot«, pflichtete Joan Cassi ernst bei. »Haben Sie versucht, mit Ihrem Kummer fertig zu werden, indem Sie sich den Tatsachen entziehen wollten?«

»Ich glaube nicht«, sagte Cassi, »aber vielleicht wehre ich mich.«

Es schien doppelt grausam, eine solche Nachricht zweimal erfahren zu müssen. Hatte sie es einfach verdrängt, oder konnte der Insulinschock ihr Erinnerungsvermögen so beeinträchtigt haben?

Joan zog ihren Stuhl näher heran, damit sie sprechen konnten, ohne daß die anderen drei Patientinnen alles mithörten. »Sagen Sie, wenn Sie sich nicht selbst das zusätzliche Insulin gespritzt haben, wie ist es dann in Ihren Blutkreislauf gelangt?«

Cassi schüttelte den Kopf. »Ich trage mich nicht mit Selbstmordabsichten, falls Sie das meinen.«

»Es ist sehr wichtig, daß Sie mir die Wahrheit sagen«, beharrte Joan.

»Genau das tue ich ja«, sagte Cassi scharf. »Ich glaube

nicht, daß ich selbst mir die zusätzliche Insulindosis injiziert habe, nicht einmal im Schlaf. Ich glaube, man hat es mir gegeben.«

»Zufällig? Eine Überdosis aus Versehen?«

»Nein. Ich glaube, es geschah absichtlich.«

Joan musterte ihre Freundin mit klinischer Objektivität. Es war eine weitverbreitete Wahnvorstellung unter Patienten, daß irgend jemand im Krankenhaus ihnen Schaden zufügen wolle, aber gerade von Cassi hatte sie so was nicht erwartet. »Sind Sie sicher?« fragte sie endlich.

Cassi schüttelte den Kopf. »Nach dem, was ich durchgemacht habe, ist es schwer, noch in irgendeinem Punkt sicher zu sein.«

»Wer könnte Ihrer Meinung nach dahinterstecken?« fragte Joan.

Cassi legte die gekrümmte Hand an den Mund und flüsterte: »Ich glaube, Thomas könnte es getan haben.«

Joan war schockiert. Sie empfand alles andere als Zuneigung für Thomas, aber diese Bemerkung konnte man wirklich nur noch auf Verfolgungswahn zurückführen. Sie wußte nicht, wie sie reagieren sollte. Langsam wurde offenkundig, daß Cassi mehr brauchte als nur den Rat eines Freundes; sie brauchte die Hilfe eines Fachmanns. Nach ein paar Sekunden fragte Joan: »Wie kommen Sie darauf, daß es Thomas gewesen sein könnte?«

»Ich bin mitten in der Nacht aufgewacht und habe sein Eau de toilette gespürt.«

Wenn Joan nur den leisesten Verdacht gehabt hätte, Cassi könne schizophren sein, hätte sie nicht weiter nachgebohrt. Aber sie wußte, daß ihre Freundin ein im Grunde normaler Mensch war, der lediglich in letzter Zeit unter besonderem Streß gestanden hatte. Sie hielt es für notwendig zu verhindern, daß Cassi sich noch tiefer in dieses trügerische Denkschema verstrickte. Sie sagte: »Ich finde, das ist ein mehr als schwacher Beweis. Jeder Mensch hat manchmal Geruchsassoziationen, auch mitten in der Nacht. Ich glaube, daß Sie unter den gegebenen Umständen einfach einen Traumzustand mit der Wirklichkeit verwechselt haben.«

»Joan, das habe ich mir auch schon überlegt«, sagte Cassi.

»Außerdem«, fuhr Joan fort, indem sie Cassis Einwand ignorierte, »gehören Alpträume zum Erscheinungsbild eines Insulinschocks. Ich bin sicher, das wissen Sie besser als ich. Ich glaube wirklich, es handelt sich um nichts anderes als eine vorübergehende akute Psychose. Immerhin haben Sie ganz schönen Belastungen standhalten müssen. Es wäre daher gar nicht undenkbar, daß Sie sich in diesem Zustand selbst die Insulinspritze gegeben und im Anschluß daran alle möglichen Alpträume erlebt haben, die Ihnen jetzt als real erscheinen.«

Cassi lauschte voller Hoffnung. Schon in der Vergangenheit war es ihr nicht immer leichtgefallen, Realität und Träume unter Insulineinfluß auseinanderzuhalten. »Aber ich kann mir immer noch nicht ganz vorstellen, daß ich mir selbst eine Überdosis gegeben haben soll«, sagte sie.

»Vielleicht war es ja gar nicht als Überdosis gedacht. Möglicherweise haben Sie sich einfach nur Ihr übliches Quantum injiziert, weil Sie dachten, es wäre Zeit für die abendliche Spritze.«

Es war eine verlockende Erklärung. Eine, die sich leichter akzeptieren ließ als der Gedanke, Thomas könnte sie ermorden wollen.

»Am meisten interessiert mich im Augenblick allerdings, ob Sie sehr deprimiert sind«, sagte Joan.

»Ein bißchen schon, glaube ich, vor allem wegen Robert. Ich nehme an, ich sollte mich freuen, weil die Operation so gut verlaufen ist, aber vor diesem Hintergrund finde ich das ziemlich schwierig. Ich kann Ihnen allerdings versichern, daß ich nicht im geringsten daran denke, mich umzubringen. Sie haben mir sowieso mein ganzes Insulin weggenommen.«

»Um so besser.« Joan erhob sich – nunmehr überzeugt, daß Cassi wirklich keine selbstzerstörerischen Tendenzen aufwies. »Ich muß los, unten warten zwei Patienten auf mich. Passen Sie auf sich auf und rufen Sie mich, wenn Sie Hilfe brauchen. Versprochen?«

»Versprochen«, sagte Cassi lächelnd. Joan war eine gute Freundin und eine gute Ärztin. Man konnte ihr vertrauen.

»War das eine Nervenärztin?« fragte eine von Cassis Zimmergenossinnen, nachdem Joan fort war.

»Ja«, antwortete Cassi.

»Glaubt sie, daß Sie verrückt sind?« fragte die Frau.

Cassi überlegte einen Moment. Die Frage war nicht so dumm, wie sie klang. »Sie glaubte, daß ich sehr erregt sei«, antwortete Cassi schließlich. »Sie dachte, ich könnte versucht haben, mir etwas anzutun, während ich schlief. Wenn ich anfangen sollte, irgend etwas Eigenartiges zu tun, dann werden Sie doch die Schwestern rufen, nicht wahr?«

»Ich werde mir die Kehle aus dem Hals schreien, darauf können Sie Gift nehmen.«

Die anderen beiden Frauen stimmten enthusiastisch zu. Cassi hoffte, daß sie ihnen jetzt keinen Schrecken eingejagt hatte, aber ihr war wohler zumute, wenn sie wußte, daß ihre Zimmergenossinnen auf sie achtgeben würden. Wenn es stimmte, daß sie sich eine Überdosis gespritzt hatte, ohne es zu merken, konnte es nicht schaden, rund um die Uhr ein paar Aufpasser zu haben.

Sie schloß die Augen und fragte sich, wann Robert wohl beerdigt werden würde. Sie hoffte, rechtzeitig entlassen zu werden, damit sie daran teilnehmen konnte. Dann dachte sie an die PPT-Studie, die nun vielleicht nie weitergeführt werden würde. Als ihr der Computerausdruck wieder einfiel, beschloß sie, jemand zu bitten, ihn für sie aufzutreiben.

Sie klingelte nach der Schwester, die ihr versprach, in

dem alten Zimmer danach zu suchen. Eine halbe Stunde später kehrte sie zurück und sagte, daß niemand einen Computerausdruck gesehen hätte, weder sie noch die anderen Schwestern, obwohl sie in alle Schubladen geschaut hatten.

Vielleicht waren auch diese PPT-Daten eine Halluzination, dachte Cassi. Ihrer Erinnerung nach war sie in Roberts Zimmer gegangen, um den Computerausdruck zu holen; und anschließend war sie Thomas in die Arme gelaufen. Aber vielleicht war alles nur ein Traum gewesen. Cassi überlegte, wie sie sich Gewißheit darüber verschaffen könnte. Am einfachsten wäre es wohl, Thomas zu fragen, aber dazu hatte sie keine besonders große Lust.

Ihre drei Zimmergenossinnen bereiteten sich auf das Abendessen vor. Es war gut, nicht mehr allein zu liegen. Sie fühlte sich behütet.

Kurz vor der Brücke über die kleine Bucht in den Salzdünen hielt Thomas den Wagen an. Er schaltete den Motor aus und öffnete die Fahrertür. Mit wenigen Schritten war er auf der Brücke. Seine Schuhe entlockten den alten Holzplanken ein hohles Geräusch. Die Flut zog sich zurück, das Wasser schoß unter der kleinen Brücke hindurch und bildete schmatzende Strudel an den Stützpfeilern.

Thomas brauchte frische Luft. Die beiden Talwin, die er vor Verlassen der Praxis genommen hatte, waren praktisch ohne jeden Einfluß auf seine Stimmung geblieben. Noch nie hatte er so starke Angstgefühle gehabt wie gerade jetzt. Die Freitagnachmittagskonferenz war eine einzige Katastrophe gewesen. Und dann noch die wie ein Krebsgeschwür wuchernden Probleme mit Cassi.

Beinahe eine halbe Stunde lang blieb er auf der einsamen Brücke stehen. Die feuchte, eiskalte Brise drang ihm bis auf die Knochen, und das Unbehagen, das er dabei empfand, ermöglichte es ihm, klarer zu denken. Er mußte unbedingt etwas unternehmen. Ballantine und seine Kohorten waren auf dem besten Weg, alles zu zerstören, was er so mühsam aufgebaut hatte. Das Tablettendöschen, das er mit der rechten Hand umklammerte, schnitt ihm ins Fleisch. Er hatte vorgehabt, es ins Wasser zu schmeißen, aber statt dessen schob er es zurück in die Manteltasche.

Langsam ging es ihm besser. Er hatte eine Idee, und als die Idee Gestalt anzunehmen begann, mußte er lächeln. Schließlich brach er in lautes Lachen aus und fragte sich, warum er nicht früher darauf gekommen war. Von neuer Energie erfüllt, kehrte er zum Wagen zurück und stieg ein. Bevor er weiterfuhr, wärmte er sich die Finger über dem Gebläse.

Nachdem er den Porsche in die Garage gefahren hatte, rannte er über den Hof zum Haus. Als er den Mantel auszog, wechselte er das Pillendöschen in die Hosentasche. Dann gesellte er sich mit einem gutgelaunten Gruß zu seiner Mutter.

»Ich bin froh, daß du pünktlich bist«, sagte sie. »Harriet bringt gerade das Essen auf den Tisch.« Sie ergriff seine Hand und führte ihn ins Eßzimmer. Er wußte, daß sie ebenfalls guter Laune war, weil sie ihn für sich allein hatte; sie brachte es sogar über sich, höflich nach Cassis Zustand zu fragen, ehe sie sich von dem köstlich duftenden Schmorfleisch auf den Teller tat. Nachdem Harriet sich in die Küche zurückgezogen hatte, erkundigte Patricia sich, wie sein Tag gewesen war.

»Hat sich die Situation im Krankenhaus jetzt etwas verbessert?«

»Kaum«, antwortete Thomas, der keine Lust hatte, sich über dieses Thema zu unterhalten.

»Hast du mit George Sherman geredet?« fragte Patricia, wobei sie angewidert den Mund verzog, als sei es der Name eines ekligen Tiers.

»Mutter, ich möchte nicht über die Klinik sprechen.«

Einige Minuten verlief das Essen in Schweigen, aber Patricia konnte sich nicht beherrschen und sagte: »Du weißt doch hoffentlich, was du mit diesem Mann tun wirst, sobald du erst Direktor bist?«

Thomas ließ seine Gabel sinken. »Mutter, gibt es keine anderen Themen?«

»Es fällt mir schwer, nicht darüber zu sprechen, wenn ich sehe, wie sehr du unter alldem leidest.«

Thomas versuchte, sich wieder zu beruhigen. Er atmete tief ein und aus.

Patricia bemerkte, wie er zitterte. »Sieh dich doch an, Thomas, du bist wie eine zu straff gespannte Feder.« Sie streckte die Hand aus, um seinen Arm zu streicheln, aber er entzog sich der Berührung, indem er rasch seinen Stuhl zurückschob und aufsprang.

»Die Situation treibt mich an den Rand des Wahnsinns«, gab er schließlich zu und begann wie ein gefangener Löwe auf und ab zu gehen.

»Wann wirst du Ballantines Posten denn endlich übernehmen?« erkundigte sich Patricia.

»Gott, wenn ich das selbst wüßte«, sagte Thomas verbittert. »Je schneller, desto besser. Wenn es noch lange dauert, wird die Abteilung ein einziger Trümmerhaufen sein. Jeder scheint nichts anderes im Sinn zu haben, als das Herzgefäßprogramm, das ich mühsam aufgebaut habe, in die Binsen gehen zu lassen. Das Boston Memorial verdankt seinen Ruf allein meinen Operationen und meiner Mannschaft. Aber anstatt mich expandieren zu lassen, streichen sie mir die OP-Zeit immer mehr zusammen. Erst heute habe ich erfahren, daß meine Operationszeit erneut gekürzt worden ist. Und weißt du, warum? Weil Ballantine dafür gesorgt hat, daß das Lehrpersonal des Memorial freien Zugang zu einer großen Nervenheilanstalt im Westen des Staats erhält. Sherman ist hingefahren und kam mit der Überzeugung zurück, auf eine wahre Goldmine für die

Herzchirurgie gestoßen zu sein. Daß das geistige Durchschnittsalter der Patienten dem normaler Zweijähriger entspricht, hat er natürlich nicht gesagt. Einige darunter sind schlicht und einfach deformierte Monster. Es macht mich rasend!«

»Aber du wirst doch sicher zu den Operationen hinzugezogen werden, oder nicht?« fragte Patricia, indem sie versuchte, auch den positiven Aspekt der Angelegenheit zu sehen.

»Mutter, es handelt sich um schwachsinnige pädiatrische Fälle, und Ballantine beabsichtigt, einen Kinderherzchirurgen als vollwertiges Mitglied des Lehrkörpers einzustellen.«

»Nun, dann hast du ja mit der ganzen Geschichte nichts zu tun.«

»Doch«, schrie Thomas, »weil es mich nämlich noch mehr OP-Zeit kosten wird. Meine Patienten müssen gefährlich lange Wartezeiten in Kauf nehmen oder sich gleich woanders hinwenden.«

»Aber bestimmt wird man doch deinen Patienten den Vorrang geben, Liebes.«

»Mutter, du verstehst einfach nicht«, sagte Thomas und bemühte sich, ruhig zu sprechen. »Der Klinik ist es egal, daß ich nur Patienten akzeptiere, die neben einer guten Überlebenschance auch noch die menschliche Qualität besitzen, um deretwillen sie gerettet zu werden verdienen. Um den Ruf der Universität und des Lehrkörpers zu untermauern, würde Ballantine diesem Haufen schwachsinniger Krüppel am liebsten die gesamte OP-Zeit zur Verfügung stellen. Und ich kann nichts dagegen tun, es sei denn, ich werde Direktor der Abteilung.«

»Nun ja, Thomas«, meinte Patricia, »wenn sie dir diesen Posten nicht geben, dann mußt du einfach an ein anderes Krankenhaus gehen. Warum setzt du dich nicht wieder und ißt zu Ende?«

»Ich kann nicht einfach an ein anderes Krankenhaus gehen!«

»Thomas, beruhige dich doch.«

»Ein Herzchirurg braucht eine eingespielte Mannschaft. Geht das nicht in deinen Schädel?« Thomas schleuderte seine Serviette auf den halbleeren Teller. »Ich komme nach Hause und möchte einmal etwas Ruhe haben, und du hast nichts Besseres zu tun, als mir auf die Nerven zu fallen!«

Während seine Mutter sich noch fragte, was um Himmels willen sie getan hatte, stürmte Thomas schon aus dem Zimmer und die Treppe hinauf. Im ersten Stock konnte er die Brandung an der nahen Küste hören. Die Wellen mußten mindestens anderthalb bis zwei Meter hoch sein. Er liebte dieses Geräusch; es erinnerte ihn an seine Kindheit.

Er ging in sein Arbeitszimmer und schob sich mit zitternden Fingern ein Percodan in den Mund. Einen Moment lang erwog er, in die Stadt zurückzufahren, um Doris zu besuchen. Aber bald begann das Percodan zu wirken, und er beruhigte sich. Statt in die kalte Nacht hinauszulaufen, schenkte er sich einen Scotch ein.

13

Cassi hatte gehofft, mit der Zeit würde sie sich an die Lampe gewöhnen, aber jedesmal, wenn Dr. Obermeyer sie untersuchte, fand sie das grelle Licht genauso quälend wie vorher. Seit ihrer Operation waren fünf Tage vergangen, und von dem Insulinschock abgesehen, verlief ihre Rekonvaleszenz ruhig und ereignislos. Dr. Obermeyer hatte ihr jeden Tag einen Besuch abgestattet, einen Blick auf das linke Auge geworfen und stets gesagt, die Dinge sähen gut aus. Heute, am Tag ihrer Entlassung, hatte er sie noch einmal zu einem letzten »guten« Blick in seine Praxis bestellt.

Zu ihrer Erleichterung knipste er endlich die Lampe an seiner Stirn aus.

»Tja, Cassi, die Ader, der Sie den ganzen Ärger verdanken, ist in gutem Zustand, und es hat auch keine neuen Blutungen gegeben. Aber das brauche ich Ihnen ja nicht zu sagen, denn Ihre Sehfähigkeit hat sich ungeheuer verbessert, wie wir beide wissen. Ich möchte Sie in absehbarer Zeit noch einem Fluorescein-Test unterziehen, und irgendwann in der Zukunft werden Sie vielleicht eine Laser-Behandlung brauchen, aber aus dem Gröbsten sind Sie jedenfalls heraus.«

Cassi hatte keine Ahnung, was sich hinter dem Begriff Laser-Behandlung verbergen mochte, aber sie war so froh, das Krankenhaus verlassen zu können, daß er ihre Begeisterung nicht im mindesten zu trüben vermochte. Überzeugt, daß ihre Furcht vor Thomas allein auf Einbildung zurückzuführen und sie an ihren derzeitigen Problemen nicht ganz schuldlos war, hatte sie es eilig, nach Hause zu kommen und das leckgeschlagene Schiff ihrer Ehe wieder flottzumachen.

Nach dem Packen setzte sie sich auf die Bettkante und wartete auf Miss Stevens. Thomas hatte die Praxis für den Nachmittag geschlossen und wollte Cassi gegen eins oder halb zwei persönlich nach Hause fahren. Seit sie eingeliefert worden war, hatte er ihr soviel liebevolle Zuwendung geschenkt wie selten zuvor. Irgendwie hatte er die Zeit gefunden, sie vier- oder fünfmal am Tag zu besuchen, wobei er manchmal sogar zum Abendessen mit ihr und ihren Zimmergenossinnen geblieben war. Alle waren begeistert von ihm. Seine Urlaubspläne hatten ebenfalls Gestalt angenommen, so daß sie mit Dr. Obermeyers Segen in anderthalb Wochen in die Karibik aufbrechen würden.

Allein der Gedanke an den Urlaub beglückte Cassi über alle Maßen. Abgesehen von ihrer Hochzeitsreise nach Europa, während der Thomas in Deutschland noch einige Vorlesungen gehalten und gelegentlich operiert hatte, waren sie nie länger als drei oder vier Tage miteinander weggefahren. Sie freute sich auf Martinique wie eine Fünfjährige auf Weihnachten.

Sogar Dr. Ballantine hatte ihr während ihres Klinikaufenthalts einen Besuch abgestattet. Der Insulin-Zwischenfall schien ihn ziemlich erschüttert zu haben, und Cassi überlegte, ob er sich aufgrund ihrer Gespräche vielleicht dafür verantwortlich fühlte. Als sie das Thema zur Sprache bringen wollte, war er aber nicht bereit, darüber zureden.

Thomas indes hatte alle anderen um Längen geschlagen; ohne ihn wären die Tage in der Klinik bestimmt nicht so angenehm verlaufen. Er war so ausgeglichen gewesen, daß sie sogar den Mut gefunden hatte, mit ihm über Robert zu reden. Sie fragte ihn, ob sie ihm wirklich in der Nacht von Roberts Tod in Roberts Zimmer begegnet sei oder ob sie das nur geträumt hätte. Thomas lachte und sagte, daß er sie tatsächlich in der Nacht vor ihrer Operation dort gefunden hätte. Sie sei völlig benommen gewesen und hätte allem Anschein nach nicht gewußt, was sie eigentlich tat.

Cassi war froh zu erfahren, daß sie sich nicht alle Ereignisse jener Nacht eingebildet hatte, und obwohl manche Erinnerungen ihr noch immer vage und unklar erschienen, war sie bereit, sie in erster Linie als Ausgeburten ihrer Einbildungskraft zu betrachten. Vor allem, nachdem Joan ihr die Macht des Unbewußten klargemacht hatte.

Miss Stevens steckte ihren Kopf zur Tür herein, um zu sehen, ob Cassi fertig war. »Gut«, sagte sie, »hier ist Ihre Medizin. Die Tropfen nehmen Sie tagsüber, und wenn Sie schlafen gehen, tragen Sie diese Salbe hier auf. Ich habe für alle Fälle auch ein paar Augenpflaster eingepackt. Irgendwelche Fragen?«

»Nein«, sagte Cassi und stand auf.

Es war kurz nach elf. Sie trug ihren Koffer in die Empfangshalle und ließ ihn unter Aufsicht der Leute vom Informationsstand zurück. Da sie wußte, daß Thomas noch mindestens zwei Stunden beschäftigt sein würde, stieg sie in den Fahrstuhl und fuhr zur Pathologie hinauf. Eine der vagen Erinnerungen, über die sie mit Thomas nicht reden mochte, betraf die PPT-Studie. Sie konnte sich an irgendwelche Vergleichsdaten erinnern, aber nur ganz schwach, und sie wollte ihn auf keinen Fall merken lassen, daß sie sich noch immer für die Studie interessierte.

Im neunten Stock begab sich Cassi zu Roberts Büro. Nur daß es nicht mehr Roberts Büro war. Auf dem Schild aus rostfreiem Stahl neben der Tür stand ein neuer Name: Dr. Percey Frazer. Cassi klopfte, und eine Stimme rief: »Herein!«

Der Raum hatte sich völlig verändert. Überall stapelten sich Bücher, Fachzeitungen und Dias. Der Flur war mit zusammengeknülltem Papier bedeckt. Dr. Frazer paßte zu dem Bild, das sein Büro bot. Er hatte ungekämmtes, gekräuseltes Haar, das ohne sichtbare Trennungslinie in einen struppigen Bart überging.

»Kann ich Ihnen helfen?« fragte er, wobei ihm Cassis Überraschung angesichts der chaotischen Zustände in Roberts altem Domizil nicht entging. Seine Stimme war weder freundlich noch unfreundlich.

»Ich war eine Freundin von Robert Seibert«, sagte sie.

»Ah ja«, sagte Dr. Frazer, stieß sich von der Tischkante ab und verschränkte die Hände im Nacken. »Was für eine Tragödie, nicht wahr?«

»Wissen Sie zufälligerweise irgend etwas über seine Papiere?« erkundigte sich Cassi. »Wir haben zusammen an einem Projekt gearbeitet, und ich hatte gehofft, das Material mitnehmen zu können.«

»Davon weiß ich nicht das geringste. Als ich das Büro hier übernommen habe, war es völlig leergeräumt. Am besten sprechen Sie mit dem Direktor der Abteilung, Doktor ...«

»Ich kenne den Direktor«, unterbrach Cassi ihn. »Bis vor kurzem habe ich selbst in dieser Abteilung gearbeitet.«

»Tut mir leid, daß ich Ihnen nicht helfen kann«, sagte Dr. Frazer, zog seinen Stuhl wieder an den Schreibtisch und kehrte an seine Arbeit zurück.

Cassi wollte sich gerade zum Gehen wenden, als ihr noch etwas einfiel. »Wissen Sie zufällig, was Roberts Obduktion ergeben hat?«

»Soweit ich informiert bin, hatte er einen schweren Herzklappenfehler.«

»Und die Todesursache?«

»Davon weiß ich nichts. Ich glaube, sie warten immer noch auf das Gehirn. Vielleicht ist die Untersuchung noch nicht abgeschlossen.«

»Wissen Sie, ob er zyanotisch war?«

»Ich glaube. Aber ich bin wirklich nicht der richtige Adressat für Ihre Fragen. Ich bin neu hier. Warum erkundigen Sie sich nicht beim Direktor?«

»Sie haben recht. Danke für Ihre Geduld.« Dr. Frazer winkte ihr zu, als sie das Büro verließ und die Tür leise hinter sich schloß. Sie ging zum Büro des Direktors, aber er war zu einer Konferenz außerhalb der Stadt gefahren. Traurig beschloß Cassi, die restliche Zeit bei Thomas im Wartezimmer totzuschlagen. Der Anblick des neuen Mannes in Roberts altem Büro hatte ihr die Tatsache seines Todes mit deprimierender Endgültigkeit wieder zu Bewußtsein gebracht. Da sie gezwungen gewesen war, auf die Teilnahme an seiner Beerdigung zu verzichten, fiel es ihr manchmal nicht leicht, sich darüber klarzuwerden, daß ihr Freund wirklich tot war. Nun, dieses Problem dürfte sich damit erledigt haben.

Als sie die Tür zur Praxis öffnen wollte, stellte sie fest, daß sie verschlossen war. Ein Blick auf die Uhr, und sie wußte warum. Es war kurz nach zwölf, Doris hatte ihre Mittagspause. Ein Sicherheitsbeamter sperrte Cassi auf, und sie nahm auf dem rosa Sofa Platz. Eine Zeitlang blätterte sie in einer veralteten Ausgabe des *New Yorker,* konnte sich aber nicht konzentrieren. Dann bemerkte sie, daß die Tür zum Sprechzimmer sperrangelweit offenstand.

Das einzige, was sie während der letzten Woche effektiv verdrängt hatte, war die Tablettengeschichte. Thomas hatte sich so verändert, daß man sich ohne weiteres einreden konnte, er hätte ganz aufgehört, Drogen zu nehmen. Aber jetzt, wo sie in seiner Praxis saß, gewann ihre Neugier die Oberhand. Sie stand auf, ging am Schreibtisch der Sprechstundenhilfe vorbei und in das Sprechzimmer ihres Mannes.

Sie war noch nicht oft hier gewesen. Ihr Blick schweifte über die Fotos von Thomas und anderen berühmten Herzchirurgen auf dem Bücherregal. Sie konnte nicht umhin zu registrieren, daß kein Bild von ihr darunter war. Lediglich eins von Patricia, allerdings ein Gruppenbild mit Thomas senior und Thomas selbst, als er noch aufs College ging.

Nervös rutschte Cassi auf den Stuhl hinter dem Schreibtisch. Fast automatisch fand ihre Hand den Weg zur zweiten Schublade von oben, der gleichen, in der sie auch zu Hause die Tabletten gefunden hatte. Als sie sie herauszog, kam sie sich wie eine Verräterin vor. Thomas war die ganze letzte Woche über so wunderbar zu ihr gewesen. Und doch, da lagen sie: eine ganze Miniaturapotheke, bestehend aus Percodan, Demerol, Valium, Morphium, Talwin und Dexedrine. Hinter den Plastikdöschen entdeckte Cassi ein paar Mail-Order-Formulare eines Pharmakonzerns von jenseits der Staatsgrenze. Der Name der Firma lautete Generic Drugs Inc. Bei dem verschreibenden Arzt handelte es sich um einen Allan Baxter, M. D., derselbe Name, den sie auch auf den Präparaten zu Hause gefunden hatte.

Auf einmal hörte Cassi, wie die Tür des Wartezimmers geöffnet und wieder geschlossen wurde. Ihr Herzschlag setzte aus. Dann holte sie tief Luft, schob vorsichtig die Schublade zu und verließ hochaufgerichtet das Sprechzimmer.

»Lieber Gott!« rief Doris erschrocken. »Ich wußte gar nicht, daß Sie hier sind.«

»Ich bin vorzeitig entlassen worden«, antwortete Cassi mit einem Lächeln. »Wegen guter Führung.«

Nachdem sie sich von ihrem ersten Schreck erholt hatte, fühlte Doris sich bemüßigt, Cassi darüber zu informieren, daß sie gestern den ganzen Nachmittag damit verbracht hätte, alle Termine für heute abzusagen, damit Thomas sie nach Hause fahren konnte. Dabei schloß sie die Tür zum Sprechzimmer, nachdem sie einen Blick hineingeworfen hatte.

Cassi ignorierte Doris' Versuch, ihr ein schlechtes Gewissen einzureden, und fragte: »Wer ist Dr. Allan Baxter?«

»Dr. Baxter war ein Kardiologe, dem die angrenzende Praxis gehörte. Wir haben sie übernommen, als wir unsere

Praxis um einen zusätzlichen Untersuchungsraum erweitern mußten.«

»Wann ist er umgezogen?«

»Er ist nicht umgezogen. Er ist gestorben.« Doris nahm hinter ihrer Schreibmaschine Platz und begann, sich mit dem Material auf ihrem Schreibtisch zu beschäftigen. Ohne Cassi noch einen weiteren Blick zu schenken, sagte sie: »Wenn Sie sich setzen möchten, ich bin sicher, daß Thomas jeden Moment zurückkommen muß.«

»Ich denke, ich warte lieber in seinem Sprechzimmer.«

Der Kopf der Sprechstundenhilfe schoß hoch. »Thomas sieht es nicht gern, wenn sich jemand in seinem Sprechzimmer aufhält, während er fort ist«, protestierte sie mit Nachdruck.

»Durchaus verständlich«, antwortete Cassi. »Aber ich bin nicht irgend jemand. Ich bin seine Frau.«

Sie marschierte an dem Mahagonischreibtisch vorbei, trat ins Sprechzimmer und schloß die Tür hinter sich, wobei sie halb und halb damit rechnete, daß Doris hinter ihr herstürmte. Aber die Tür blieb geschlossen, und gleich darauf setzte das Rattern der Schreibmaschine ein.

Rasch holte Cassi eins der Bestellformulare aus der Schublade und stellte fest, daß es nicht nur mit Dr. Baxters Namen bedruckt war, sondern auch seine Nummer bei der Gesundheitsbehörde trug. Sie hob den Telefonhörer ans Ohr und rief über eine direkte Leitung nach draußen die Abteilung Drogenbekämpfung des Gesundheitsamts an. Der Sekretärin, die am anderen Ende abhob, erklärte sie, daß sie eine Frage einen bestimmten Arzt betreffend hätte.

»Ich glaube, da sprechen Sie besser mit einem unserer Inspektoren«, sagte die Sekretärin freundlich.

Cassi wurde gebeten zu warten. Ihre Hand zitterte. Binnen kurzer Zeit kam einer der Inspektoren an den Apparat. Cassi stellte sich als Ärztin am Boston Memorial vor.

Außerordentlich herzlich fragte der Inspektor, wie er ihr behilflich sein könne.

»Ich hätte nur gern eine Information«, sagte Cassi. »Und zwar habe ich mich gefragt, ob Sie in Ihrer Abteilung wohl Buch über die Verschreibungsgepflogenheiten einzelner Ärzte fuhren.«

»Das tun wir in der Tat«, sagte der Inspektor. »Wir geben alle Informationen, die im Zusammenhang mit verschreibungspflichtigen Medikamenten, Drogen oder Narkotika stehen, in einen Computer. Wenn Sie aber bestimmte Informationen über einen speziellen Arzt haben wollen, muß ich Sie enttäuschen. Die Daten unterliegen dem Datenschutzgesetz.«

»Nur Sie und andere Mitarbeiter Ihrer Behörde haben Zugang, ist das richtig?«

»Das ist richtig, Frau Doktor. Logischerweise beschäftigen wir uns erst dann mit den Verschreibungsgepflogenheiten eines bestimmten Arztes, wenn wir einen Hinweis von der Ärztekammer erhalten, demzufolge es bei diesem oder jenem zu größeren Unregelmäßigkeiten gekommen sein soll. Es sei denn, jemand stellt plötzlich ein Rezept nach dem anderen für ein bestimmtes Präparat aus. Dann spuckt uns der Computer den Namen automatisch auf den Schreibtisch.«

»Ich verstehe«, sagte Cassi. »Es besteht also keine Möglichkeit, daß Sie mir Auskunft über einen bestimmten Arzt geben.«

»Ich fürchte, nein. Wenn Sie eine spezifische Frage haben, schlage ich Ihnen vor, sich mit der Ärztekammer in Verbindung zu setzen. Ich bin sicher, Sie verstehen, warum wir solche Informationen nicht einfach herausgeben können.«

»Mir bleibt wohl nichts anderes übrig«, meinte Cassi. »Danke schön.«

Sie wollte gerade auflegen, als der Inspektor sagte: »Ich könnte Ihnen allenfalls sagen, ob ein bestimmter Arzt ordnungsgemäß registriert ist und gewissermaßen aktiv Rezepte ausstellt, aber nicht, welche Mengen oder Medikamente. Würde Ihnen das was nützen?«

»Und ob«, sagte Cassi rasch und nannte dem Inspektor Dr. Allan Baxters Nummer bei seiner Behörde.

»Bleiben Sie am Apparat«, sagte der Inspektor. »Ich gebe die Daten in den Computer.«

Während sie wartete, hörte sie, wie die Tür zur Praxis geöffnet und wieder geschlossen wurde. Dann erklang die Stimme ihres Mannes. In einem Anflug von Panik stopfte sie das Formular rasch in ihre Tasche. Der Inspektor kam wieder an den Hörer, und Thomas öffnete die Tür zum Sprechzimmer. Cassi lächelte verlegen.

»Dr. Baxter wird bei uns als praktizierender Arzt mit gültiger Nummer geführt.«

Cassi bedankte sich nicht. Sie legte einfach auf.

Auf der Heimfahrt redete Thomas fast ununterbrochen, war aber gleichzeitig rührend um Cassi besorgt. Vielleicht war er über ihre Anwesenheit in seinem Sprechzimmer verärgert, aber er ließ es sich jedenfalls nicht anmerken. Immer wieder erkundigte er sich, wie es ihr ginge und ob alles in Ordnung sei. Er hatte sogar darauf bestanden, daß sie im Klinikfoyer wartete, damit er den Wagen aus der Garage holen und sie direkt vor dem Eingang einsteigen konnte, um nicht so weit laufen zu müssen.

Obwohl sie seine Aufmerksamkeit dankbar registrierte, war Cassi in Gedanken immer noch so mit der Information aus dem Gesundheitsamt beschäftigt, daß sie selbst kaum ein Wort sagte. Sie begriff jetzt, wie es Thomas gelang, sich die Tabletten zu besorgen, ohne entdeckt zu werden. Er sorgte einfach dafür, daß Dr. Allan Baxter nicht aus dem Computer der Behörde gestrichen wurde, indem er jedes Jahr den erforderlichen Antrag – ein simples Formular – fälschte und fünf Dollar überwies. Mit dieser Nummer und einer vagen Vorstellung davon, wieviel Baxter vor seinem Tod ungefähr im Schnitt verschrieben hatte, konnte er sich jede Menge Drogen verschaffen. Wahrscheinlich mehr, als er je selbst nehmen konnte.

Und die Tatsache, daß er zu einem solchen Verschleierungsmanöver Zuflucht genommen hatte, ließ darauf schließen, daß es sich um ein größeres Problem handelte, als ihr bisher klar geworden war. In der letzten Woche hatte er sich allerdings wieder ausgesprochen normal benommen; vielleicht befand er sich schon auf dem Weg der Besserung. Bestimmt konnten sie im Urlaub ausführlich darüber sprechen.

»Ich habe schlechte Neuigkeiten«, sagte Thomas unvermittelt. Er streifte sie mit einem raschen Seitenblick, als wollte er sichergehen, daß er ihre ungeteilte Aufmerksamkeit hatte.

»Sobald du es dir zu Hause bequem gemacht hast, muß ich wieder zurück in die Klinik. Vor einer knappen Stunde habe ich einen Anruf von einem Krankenhaus auf Rhode Island bekommen. Sie schicken uns einen Notfall, der sofort operiert werden muß. Außer mir ist leider niemand verfügbar.«

Cassi antwortete nicht. Fast war sie froh darüber, daß Thomas in der Klinik bleiben würde. So konnte sie besser entscheiden, was sie jetzt tun sollte. Vielleicht konnte sie herausfinden, wie viele Tabletten Thomas tatsächlich genommen hatte. Es sei denn, er hätte wirklich aufgehört.

»Das verstehst du doch?« fragte Thomas. »Mir blieb einfach keine Wahl.«

»Ich verstehe«, sagte Cassi.

Thomas fuhr die Zufahrt hinauf, stieg aus und öffnete Cassi die Tür, was er seit ihren allerersten Verabredungen nicht mehr getan hatte. Kaum waren sie im Haus, bestand Thomas darauf, daß sie sofort in ihr Zimmer ging.

»Wo ist Harriet?« fragte Cassi.

»Sie hat sich den Nachmittag freigenommen, um ihre Tante zu besuchen«, antwortete Thomas, der mit einer Wasserkaraffe hinter ihr herging. »Aber keine Sorge, sie hat dir bestimmt etwas zu essen vorbereitet.«

Cassi war alles andere als besorgt. Sie konnte sich ihr Essen zur Not auch allein machen; das Haus wirkte nur so leer ohne die geschäftige Mrs. Summer.

»Und Patricia?«

»Ich kümmere mich um alles«, sagte Thomas. »Ich will, daß du dich ausruhst.«

Cassi lehnte sich auf der Chaiselongue zurück, und Thomas reichte ihr die psychiatrischen Bücher, deren Lektüre sie jetzt endlich nachholen konnte.

»Kann ich sonst noch etwas für dich tun?« fragte er.

Cassi schüttelte den Kopf.

Er beugte sich über sie und gab ihr einen Kuß auf die Stirn. Bevor er ging, legte er ihr eine Reisemappe in den Schoß. Sie öffnete die Mappe und fand zwei Flugtickets der American Airlines.

»Damit du etwas hast, worauf du dich freuen kannst, während ich weg bin«, sagte er. »Ich komme so schnell wie möglich wieder. Ruh dich in der Zwischenzeit schön aus.«

Cassi streckte die Arme aus und drückte ihn an sich, so fest sie konnte.

Thomas verschwand im angrenzenden Badezimmer, wobei er die Tür besonders leise zumachte. Cassi hörte die Wasserspülung. Wenig später erschien er wieder und versprach, sie anzurufen, wenn die Operation nicht allzu lange dauerte. Er warf noch einen Blick in sein Arbeitszimmer, den Salon und die Küche und war dann zum Aufbruch bereit.

Seit Cassis Rückkehr fühlte er sich besser als seit Tagen. Er freute sich sogar auf die Operation und hoffte, daß es sich um einen interessanten Fall handelte. Aber ehe er sich auf den Weg machen konnte, hatte er noch etwas zu erledigen: Er mußte seiner Mutter einen Besuch abstatten.

Er klingelte an ihrer Tür und wartete, bis sie die Treppe heruntergekommen war. Ihre Freude dauerte genau so lange, bis er ihr erzählte, daß er gleich in die Klinik zurück müsse.

»Ich bin nur da, weil ich Cassi nach Hause gefahren habe«, sagte er.

»Nun, du weißt ja, daß Harriet sich freigenommen hat. Ich hoffe, du erwartest nicht von mir, daß ich mich um sie kümmere.«

»Es geht ihr gut, Mutter. Ich möchte lediglich, daß du sie in Ruhe läßt und nicht hinübergehst und sie unnötig reizt.«

»Mach dir keine Sorgen. Ich gehe nirgendwohin, wo ich nicht erwünscht bin.«

Thomas ließ sie stehen, ohne noch ein Wort zu sagen. Ein paar Minuten später stieg er in den Porsche und ließ den Motor an, nachdem er sich die Hände an einem Lumpen abgewischt hatte, den er unter dem Vordersitz aufbewahrte. Er freute sich auf die Rückfahrt nach Boston, denn um diese Zeit gab es auf der Schnellstraße kaum Verkehr. Langsam lenkte er den starken Wagen die Zufahrt hinunter.

Erfreulicherweise war direkt neben der Kabine des Parkwächters ein Garagenplatz frei. Thomas stieg aus und rief dem alten Mann einen lauten Gruß zu. Dann betrat er die Klinik und fuhr mit dem Lift direkt in den OP-Trakt.

Der Abend kam, und Cassi blickte versonnen in das schwächer werdende Licht der winterlichen Dämmerung, ohne die Lampe einzuschalten. Die aufgewühlte See war erst blaßblau, dann dunkelgrün und schließlich metallgrau. Cassi betrachtete die Flugtickets in ihrem Schoß und hoffte, daß sie und Thomas ehrlich über seine Tablettenabhängigkeit sprechen konnten, wenn sie erst auf Martinique waren. Sie wußte, daß sie schon halb gewonnen hatte, wenn er sich seines Problems bewußt wurde. Sie schloß die Augen und stellte sich vor, wie sie am Strand spazierengingen, lange Gespräche führten und ein völlig neues Verhältnis zueinander gewannen. Noch immer erschöpft von ihren Heimsuchungen im Krankenhaus, schlief sie ein, ohne es zu merken.

Als sie wieder erwachte, herrschte tiefste Finsternis. Regen trommelte auf das Dach, und der Wind heulte ums Haus und rüttelte an den Fenstern. Wie man es von ihm erwartete, hatte das Neuenglandwetter eine weitere Kehrtwendung vollzogen. Cassi streckte die Hand aus und schaltete die Deckenlampe an. Einen Moment lang wirkte das Licht blendend hell, und sie hielt sich die Hand über das Auge, um einen Blick auf ihre Armbanduhr zu werfen. Überrascht stellte sie fest, daß es schon fast acht Uhr war. Unzufrieden mit sich selbst, stand sie auf und ging ins Badezimmer. Sie hatte es nicht gern, wenn sie sich das Insulin erst so spät geben konnte.

Die Zuckerwerte in ihrem Urin waren ein wenig gestiegen. Sie nahm ihre Medizin aus dem Kühlschrank, ging damit zum Schreibtisch und zog die Spritze auf, wobei sie äußerste Sorgfalt walten ließ. Anschließend injizierte sie sich das Insulin in den linken Oberschenkel.

Sie achtete darauf, die Nadel abzubrechen, bevor sie die Spritze in den Papierkorb warf und die Insulinphiolen wieder im Kühlschrank verstaute. Dann entfernte sie das Pflaster von ihrem linken Auge und träufelte sich die Tropfen, die ihr verschrieben worden waren, auf die Pupille. Sie war gerade auf dem Weg in die Küche, als ihr plötzlich übel wurde.

Sie blieb mitten auf der Treppe stehen, denn sie glaubte, daß der Anfall schnell vorübergehen würde. Aber das tat er nicht. Schweiß trat ihr auf die Stirn. Verwirrt, weil sie sich nicht vorstellen konnte, daß Augentropfen eine solche Wirkung haben sollten, kehrte sie in ihr Zimmer zurück und las das Etikett. Wie sie vermutet hatte, handelte es sich um ein Antibiotikum. Sie stellte das Fläschchen an seinen

Platz zurück und wischte sich die Hände ab; sie waren klatschnaß. Wenig später war sie am ganzen Körper schweißgebadet, dazu kam ein wahnsinniges Hungergefühl.

Sie wußte, daß dafür kaum die Augentropfen verantwortlich sein konnten. Es handelte sich um einen neuen Insulinschock. Zuerst dachte sie, daß sie vielleicht die Kalibrierung auf der Spritze falsch gelesen hatte, aber ein einziger Blick auf das leere Gehäuse zerstreute diesen Verdacht. Auch das Insulin war dasselbe wie sonst. Cassi schüttelte den Kopf und fragte sich, wie ihr Zuckerspiegel so plötzlich umkippen konnte.

Wie auch immer, die Ursache des Schocks war weniger wichtig als die Gegenmaßnahmen. Sie mußte sofort etwas essen. Gerade wollte sie zum zweitenmal zur Küche hinuntergehen, als ihr Herz wie wild zu schlagen begann. Der Schweiß strömte jetzt nur so über ihren Körper, und ihre Hände zitterten so sehr, daß sie nicht einmal ihren Puls zu fühlen vermochte. Im selben Moment wußte sie, daß Essen jetzt nichts mehr nützte. Von Panik ergriffen rannte sie zurück in ihr Zimmer und riß den Schrank auf. Irgendwo mußte sie doch noch ihren schwarzen Arztkoffer aus der Zeit ihrer praktischen Ausbildung haben! Verzweifelt schob sie den unnützen Krimskrams beiseite, der sich im Lauf der Jahre davor angesammelt hatte. Da war er ja!

Cassi riß den Koffer heraus, fummelte an den Verschlüssen herum, bis der Deckel aufsprang, und schüttete den Inhalt auf den Boden. Endlich fand sie den Behälter, den sie suchte – Glukose, in Wasser aufgelöst. Mit zitternden Händen zog sie eine Spritze auf und injizierte sich den Inhalt. Die Wirkung war gleich Null. Das Zittern wurde noch schlimmer, und sie merkte, wie ihr Sehvermögen sich verschlechterte.

Hektisch riß sie an den Verschlüssen von mehreren kleinen Infusionsflaschen mit fünfzigprozentiger Glukoselösung, die sich auch in dem Koffer befunden hatten. Nach einigen vergeblichen Versuchen gelang es ihr, sich selbst eine Aderpresse anzulegen. Dann stieß sie sich mit zuckenden Fingern eine Flügelnadel in eine der Venen auf ihrem linken Handrücken. Blut quoll aus dem offenen Ende der Nadel, aber sie kümmerte sich nicht darum. Sie löste die Aderpresse und schob den Schlauch der IV-Flasche auf das offene Ende der Nadel. Als sie die Flasche hoch über ihren Kopf hielt, drängte die klare Flüssigkeit das Blut langsam wieder in ihre Hand zurück und begann frei zu fließen.

Sie wartete einen Moment, bis sie sich etwas besser fühlte und ihr Sehvermögen wieder normal würde. Dann klemmte sie sich die Flasche zwischen Wange und Schulter und befestigte die Flügelnadel mit ein paar Streifen Leukoplast auf ihrer Hand. Allerdings hielten die Pflaster nicht sehr gut, weil die Haut noch feucht von ausgetretenem Blut war. Cassi nahm die Flasche wieder in die rechte Hand, lief ins Schlafzimmer, legte den Telefonhörer neben den Apparat und wählte 911. Sie hatte entsetzliche Angst, das Bewußtsein zu verlieren, ehe jemand auf ihren Notruf reagierte. Endlich wurde am anderen Ende abgehoben, und eine Stimme sagte: »Notruf 911.«

»Ich brauche einen Krankenwagen ...«, rief Cassi in den Hörer, aber die Stimme am anderen Ende unterbrach sie und rief: »Hallo, hallo!«

»Können Sie mich verstehen?« fragte Cassi.

»Hallo, hallo!«

»Können Sie mich hören?« schrie Cassi, von neuer Panik erfüllt.

Die Stimme am anderen Ende sagte etwas, das offenbar nicht für Cassi bestimmt war, dann wurde wieder aufgelegt. Cassi versuchte es noch einmal, mit demselben Ergebnis. Dann wählte sie die Nummer der Telefonvermittlung. Auch hier dasselbe. Es war zum Verrücktwerden; sie konnte die Leute hören, die Leute sie hingegen nicht.

Mit der freien Hand griff sie sich eine weitere IV-Flasche und lief auf wackeligen Beinen in das Arbeitszimmer ihres Mannes, wobei sie die erste Infusionsflasche unablässig hochhielt. Zu ihrem Entsetzen funktionierte das Telefon im Arbeitszimmer genausowenig. Sie konnte die Teilnehmer am anderen Ende vergeblich rufen hören, aber ganz offensichtlich drang ihre Stimme nicht bis zu ihnen. Sie brach in Tränen aus, legte den Hörer wieder auf und ergriff die zweite IV-Flasche.

Ihre Angst drohte überhand zu nehmen. Nur mit Mühe schaffte sie es die Treppe hinunter, ohne zu fallen. Auch die Nebenanschlüsse in der Küche und im Wohnzimmer waren kaputt.

Cassi spürte, wie sie müde zu werden begann, ungeheuer müde. Taumelnd lief sie durch die Diele zum Eingang. Ihre Schlüssel lagen auf einem kleinen Seitentisch. Sie packte den Bund mit derselben Hand wie die unbenutzte IV-Flasche. Ihr erster Gedanke war, zum nächsten Krankenhaus zu fahren – eine Strecke von etwa zehn Minuten. Solange die Infusion lief, hatte sie den Insulinschock anscheinend unter Kontrolle.

Als sie die schwere Haustür zu öffnen versuchte, mußte sie die über ihren Kopf erhobene Flasche für einen Moment aus der Hand legen. Sofort strömte Blut in den Infusionsschlauch, wich aber gleich zurück, kaum daß sie die Flasche wieder hochgehoben hatte.

Die kalte, verregnete Nacht ließ ihre Lebensgeister neu erwachen, während sie auf die Garage zulief. Die Wagentür aufzukriegen und hinter das Steuer zu kriechen, ohne die IV-Flasche sinken zu lassen, war die reinste Jonglierarbeit. Sie kippte den Innenspiegel herunter und schob den Ring der Flasche darüber. Dann drehte sie den Schlüssel im Zündschloß.

Der Anlasser leierte und leierte, aber der Motor sprang nicht an. Sie zog den Schlüssel ab und schloß die Augen.

Sie zitterte am ganzen Körper. Warum ließ sich der Wagen nicht starten? Sie versuchte es noch einmal, wieder ohne Ergebnis. Ein Blick auf die IV-Flasche zeigte ihr, daß der Inhalt fast durchgelaufen war. Mit flatternden Händen entfernte sie den Verschluß der zweiten. Selbst in der kurzen Zeit, die es dauerte, bis sie die Flaschen getauscht hatte, konnte sie schon die Wirkung spüren. Es gab keinen Zweifel, daß sie das Bewußtsein verlieren würde, sobald die Glukose zu Ende gegangen war.

Ihre einzige Chance war Patricias Telefon. Sie lief aus der Garage in den Regen hinaus, stolperte um die Ecke und drückte auf den Klingelknopf ihrer Schwiegermutter, wobei sie die ganze Zeit die Infusionsflasche über ihren Kopf hielt.

Wie bei ihrem ersten Besuch konnte sie Patricia die Treppe herunterkommen sehen. Die alte Dame ließ sich Zeit und spähte erst vorsichtig in die Nacht hinaus, ehe sie öffnete. Als sie Cassi mit der hocherhobenen IV-Flasche erblickte, schob sie rasch den Riegel zurück und riß die Tür auf.

»Mein Gott!« rief sie, als sie sah, wie blaß Cassi war. »Was ist geschehen?«

»Insulinschock«, brachte Cassi heraus. »Krankenwagen rufen.«

Wie gelähmt vor Entsetzen blockierte Patricia den Eingang. Besorgt fragte sie: »Warum haben Sie nicht vom Haupthaus aus telefoniert?«

»Ging nicht. Alle Telefone gestört. Bitte.«

Ungeschickt schob sich Cassi an Patricia vorbei. Die alte Dame wich zurück und geriet ins Stolpern. Cassi hatte keine Zeit für lange Diskussionen. Sie brauchte ein Telefon.

Patricia war empört. Selbst wenn es Cassi nicht gut ging, gab es keinen Anlaß für ein derart ruppiges Benehmen. Aber Cassi ignorierte die Vorwürfe ihrer Schwiegermutter einfach und war bereits im Wohnzimmer und am Telefon, als Patricia sie endlich einholte. Sie wählte 911 und stellte zu ihrer maßlosen Erleichterung fest, daß sie diesmal am anderen Ende verstanden werden konnte. So ruhig wie möglich nannte sie ihren Namen und ihre Adresse und erklärte, daß sie schnell einen Krankenwagen benötigte. Man versicherte ihr, daß die Ambulanz umgehend auf den Weg geschickt würde.

Erschöpft legte sie den Hörer wieder auf die Gabel, ehe sie sich auf die Couch sinken ließ. Patricia, deren Gesicht jetzt nur noch eine Studie an Verwirrung war, tat es ihr nach, und so saßen die beiden Frauen schweigend nebeneinander, bis sie die Sirene des Krankenwagens auf der Zufahrt hören konnten. Die Jahre unausgesprochener Feindschaft erstickten praktisch jede Kommunikation im Keim, aber immerhin half Patricia der inzwischen schon halb bewußtlosen Cassi die Treppe hinunter.

Als sie dann dem davonjagenden Krankenwagen auf seinem Weg durch die Salzdünen nachsah, verspürte sie einen Moment lang so etwas wie Sympathie für ihre Schwiegertochter. Langsam ging sie zurück ins Haus, stieg die Treppe hinauf und rief im Boston Memorial an: Sie fand, ihr Sohn sollte in dieser Stunde bei seiner Frau sein. Aber Thomas operierte gerade, und so hinterließ sie lediglich, er solle so schnell wie möglich zurückrufen.

Thomas blickte auf die Uhr. Es war halb ein Uhr morgens. Der Porsche raste durch die Nacht. Die diensthabende Schwester hatte Thomas von Patricias Anruf erzählt, sobald er um Viertel nach elf aus dem OP kam. Selbst über dem Röhren des Motors hörte er jetzt noch ihre schrille, vorwurfsvolle Stimme. *Wie konntest du deine Frau nur in einer solchen Situation allein lassen? Ich finde, du solltest jetzt gleich zu ihr ins Essex-General-Krankenhaus fahren!*

Am Telefon hatte ihm die verantwortliche Oberschwester keine Auskunft darüber gegeben, wie es Cassi ging. Sie hatte ihm lediglich ihre Aufnahme bestätigen können. Niemand brauchte ihn zu drängen, damit er sich beeilte. Von allen Menschen auf der Welt hatte er das größte Interesse herauszufinden, wie es um sie stand.

An der Ampel einen Block vor dem Krankenhaus verlangsamte er das Tempo, wartete aber nicht, bis sie auf Grün schaltete. Auf dem Klinikgelände riß er das Steuer so scharf herum, daß die Räder des Wagens gequält kreischten.

Um diese Zeit war der Empfang der Klinik verwaist. Ein Schild forderte Besucher auf, sich zur Notaufnahme zu begeben. Thomas sprintete den Gang hinunter, bis er ein kleines Wartezimmer und dahinter einen Raum mit einem großen Glasfenster erreichte. In dem Raum saß eine Schwester, trank Kaffee und starrte auf einen kleinen Fernsehapparat. Thomas hämmerte mit der Faust gegen das Glasfenster.

»Kann ich Ihnen helfen?« fragte die Schwester.

»Ich bin auf der Suche nach meiner Frau«, sagte Thomas. »Sie ist vor etwa drei Stunden mit einer Ambulanz hierher gebracht worden.«

»Bitte, nehmen Sie einen Moment Platz.«

»Ist sie hier?« fragte Thomas.

»Wenn Sie Platz nehmen würden, kann ich in der Zwischenzeit den Doktor holen. Ich glaube, er ist derjenige, mit dem Sie sprechen sollten.«

O Gott, dachte Thomas und setzte sich gehorsam auf einen der leeren Stühle. Er hatte keine Ahnung, was ihm bevorstehen mochte. Glücklicherweise mußte er nicht lange warten, denn wenige Minuten später erschien ein Orientale in einem zerknitterten grünen Kittel. Der Orientale blinzelte in dem grellen, fluoreszierenden Licht, stellte sich als Dr. Chang vor und sagte: »Es tut mir leid, Sir. Ihre Frau ist nicht mehr bei uns.«

Einen Moment lang dachte Thomas, der Mann wollte ihm

sagen, daß Cassi gestorben sei, aber dann fuhr Dr. Chang fort: »Sie hat die Klinik bereits wieder verlassen.«

»Was?« rief Thomas.

»Sie war selbst Ärztin«, entschuldigte sich Dr. Chang.

»Was wollen Sie damit sagen?« fragte Thomas wütend.

»Als sie eingeliefert wurde, hatte sie einen Insulinschock, infolge einer Überdosis. Wir haben ihr Zucker gegeben, und ihr Zustand hat sich wieder stabilisiert. Dann wollte sie gehen.«

»Und Sie haben es ihr erlaubt?«

»Ich wollte nicht, daß sie geht«, sagte Dr. Chang. »Ich habe mich dagegen ausgesprochen, aber sie hat darauf bestanden. Sie hat das Krankenhaus gegen den Rat des behandelnden Arztes verlassen. Ich habe ihre Unterschrift. Wenn Sie wollen, zeige ich sie Ihnen.«

Thomas ergriff Dr. Changs Arm. »Wie konnten Sie das zulassen!? Sie hat einen Schock erlitten. Sie wußte wahrscheinlich gar nicht, was sie sagte.«

»Sie war bei klarem Verstand und hat das Entlassungsformular unterschrieben. Ich konnte überhaupt nichts dagegen unternehmen. Sie sagte, sie wollte ins Boston Memorial. Ich wußte, daß sie dort in besseren Händen sein würde, da ich kein Spezialist für Diabetes bin.«

»Womit ist sie weggefahren?« fragte Thomas.

»Sie hat sich ein Taxi genommen«, sagte Dr. Chang.

Thomas rannte den Korridor in die entgegengesetzte Richtung hinunter und stürmte aus dem Krankenhaus. Er mußte sie finden! Er trat das Gaspedal voll durch. Es herrschte nur wenig Verkehr, so daß er die Straße fast für sich allein hatte. Er fuhr kurz bei sich zu Hause vorbei, ehe er nach Boston zurückraste. Gegen zwei Uhr morgens traf er wieder auf dem Gelände des Boston Memorial ein. Er parkte und lief in die Notaufnahme, die im Gegensatz zu der des Essex General auch mitten in der Nacht vollkommen überfüllt war.

»Hier ist Ihre Frau nicht durchgekommen«, erklärte ihm einer der Pfleger auf seine Frage. Er gab Cassis Namen in den Computer und teilte Thomas dann mit, daß Cassi überhaupt nicht aufgenommen worden sei. »Sie ist heute morgen erst entlassen worden.«

Thomas hatte ein eiskaltes Gefühl in der Magengrube. Wo konnte sie sein? Ob sie sich vielleicht in die Psychiatrie nach Clarkson Zwei geflüchtet hatte?

Er hatte sich nie die Mühe gemacht, darüber nachzudenken, warum, aber in der Psychiatrie fühlte er sich immer ausgesprochen unwohl. Schon das Geräusch, das die schwere Feuertür verursachte, wenn sie ins Schloß fiel, verursachte ihm ein leichtes Unbehagen. Er ging den langen, dunklen Korridor entlang. Im Gemeinschaftsraum lief der Fernseher, obwohl niemand zuschaute. Im Schwesternzimmer saß eine junge Frau und las in einer Ärztezeitschrift. Sie blickte auf und betrachtete Thomas, als wäre er ein Patient.

»Ich bin Dr. Kingsley«, sagte Thomas.

Die Schwester nickte.

»Ich suche meine Frau, Dr. Kingsley-Cassidy. Haben Sie sie gesehen?«

»Nein, Dr. Kingsley. Ich dachte, sie hätte Krankenurlaub.«

»Hat sie auch, aber ich dachte, sie könnte vielleicht trotzdem hier sein.«

»Leider nicht. Wenn ich sie sehe, sage ich ihr, daß Sie nach ihr gefragt haben.«

Thomas dankte ihr und beschloß, seine Praxis aufzusuchen, während er sich überlegte, was er noch tun konnte. Kaum hatte er die Tür des Sprechzimmers hinter sich geschlossen, ging er zum Schreibtisch und nahm eine Handvoll Talwin, die er mit einem kräftigen Schluck Scotch hinunterspülte. Er fragte sich, ob er wohl an einem Magengeschwür litt. Er verspürte einen bohrenden Schmerz direkt unter dem Brustbein, der bis zum Rücken reichte. Aber den Schmerz konnte er ertragen. Schlimmer als der Schmerz war die allgegenwärtige Angst. Er hatte das Gefühl, als könnte er jede Sekunde in tausend kleine Stücke zerspringen. Er mußte Cassi finden. Sein Leben hing davon ab.

Er zog das Telefon zu sich her. Trotz der späten Stunde rief er Dr. Ballantine an. Cassi hatte schon einmal mit ihm gesprochen; vielleicht würde sie sich auch dieses Mal wieder an ihn wenden.

Dr. Ballantine hob nach dem zweiten Klingeln ab. Seine Stimme klang verschlafen. Thomas entschuldigte sich und fragte ihn, ob er etwas von Cassi gehört hätte.

»Nein«, sagte Ballantine und räusperte sich. »Warum fragen Sie?«

»Ich weiß auch nicht«, sagte Thomas. »Sie ist ja heute entlassen worden, aber nachdem ich sie nach Hause gefahren hatte, mußte ich noch einmal in die Klinik, so daß ich nicht bei ihr bleiben konnte. Als ich aus dem OP kam, wurde mir ausgerichtet, ich möchte meine Mutter anrufen. Patricia erklärte mir, daß Cassi sich offenbar eine weitere Überdosis Insulin gespritzt hätte. Eine Ambulanz hat sie zum Essex General in unserer Nähe gefahren, aber als ich dort eintraf, hatte sie sich bereits selbst wieder entlassen. Ich habe keine Ahnung, wo sie sich befindet. Ich mache mir große Sorgen.«

»Thomas, das tut mir aufrichtig leid. Sollte sie mich anrufen, setze ich mich sofort mit Ihnen in Verbindung. Wo kann ich Sie erreichen?«

»Rufen Sie einfach die Klinik an. Ich gebe in der Zentrale Bescheid, wo man mich findet.«

Als Dr. Ballantine den Hörer auflegte, drehte seine Frau sich zu ihm um und fragte, was denn gewesen sei. Als Abteilungschef erhielt er nur selten nächtliche Notrufe.

»Es war Thomas Kingsley«, sagte Ballantine und starrte

in die Dunkelheit. »Seine Frau ist offenbar sehr durcheinander. Er fürchtet, sie könnte sich umbringen.«

»Der arme Mann«, sagte Mrs. Ballantine, während ihr Mann bereits die Decke zurückschlug und die Beine aus dem Bett schwang. »Wo gehst du hin, Liebling?«

»Nirgendwohin. Schlaf schön wieder ein.«

Dr. Ballantine fuhr in seinen Morgenrock und verließ das Schlafzimmer. Er hatte das furchtbare Gefühl, daß die Dinge sich ganz und gar nicht so entwickelten, wie sie geplant waren.

14

Cassi erwachte mit denselben heftigen Kopfschmerzen, die sie auch auf der Intensivstation gehabt hatte. Der Unterschied bestand lediglich darin, daß sie sich diesmal mit absoluter Klarheit an alles erinnerte, was in der vergangenen Nacht geschehen war. Nachdem sie das Essex General verlassen hatte, war sie ins Boston gefahren, weil sie glaubte, sich mit Dr. McInery in Verbindung setzen zu müssen. Aber als sie im Boston Memorial eingetroffen war, hatte sie das Gefühl, daß es ihr schon wieder besser ging. Sie zog sich in einen leeren Bereitschaftsraum auf Clarkson Zwei zurück und legte sich auf eine der gepolsterten Pritschen, denn sie brauchte Schlaf, bevor sie der Wahrheit ins Auge sehen konnte.

Während sie einschlief, wußte sie, daß sie jemand finden mußte, mit dem sie über Thomas sprechen konnte. Hatte er bei dem Insulinschock seine Finger im Spiel gehabt? Sie konnte sich nicht vorstellen, wie, denn schließlich hatte sie selbst sich ihre reguläre Dosis gegeben. Aber die Tatsache, daß alle Telefone mit Ausnahme von Patricias gestört waren, schien zu genau ins Spiel zu passen, um Zufall zu sein, und ihr Wagen hatte sie bisher noch nie im Stich gelassen. Was war, wenn ihre Befürchtungen bezüglich Thomas und der PPT-Fälle der Wahrheit entsprachen? Was, wenn sie nicht halluziniert hatte und er tatsächlich für Roberts Tod verantwortlich war?

Wenn ja, dann mußte er krank sein, geistig krank. Und brauchte Hilfe. Dr. Ballantine hatte gesagt, er würde tun, was er könnte, wenn Thomas einmal Rat und Unterstützung brauchen sollte. Cassi beschloß, ihm am Morgen einen Besuch abzustatten. Im Moment war sie hier in Sicherheit.

Sie unterzog ihren Urin noch einer letzten Prüfung, dann beschloß sie, schlafen zu gehen. Patricia wartete hoffentlich bis morgen früh, ehe sie Thomas alarmierte.

Als sie aufwachte, war es draußen noch dunkel, und die Korridore der Psychiatrie lagen verlassen da. Sie wusch sich, soweit die Umstände es zuließen, dann lief sie hinunter ins Labor und versuchte, einen schläfrigen Labortechniker dazu zu bringen, daß er ihr etwas Blut für einen Blutzuckertest abnahm. Der Techniker weigerte sich, weil Cassi ihren Hospitalausweis nicht bei sich hatte; also nahm sie sich das Blut selbst ab, denn sie war nicht in der Stimmung zu streiten. Sie ließ ihm die Probe da und sagte, sie käme später wieder. In der Zwischenzeit solle er tun oder lassen, was sein Gewissen ihm befehle. Anschließend begab sie sich zu Ballantines Büro und setzte sich auf eine Bank gegenüber der Tür.

Anderthalb Stunden verstrichen, bevor Ballantine erschien. Als sie ihn den Gang herunterkommen sah, stand sie auf. »Ich würde gern mit Ihnen sprechen«, sagte sie.

»Natürlich«, sagte Dr. Ballantine und sperrte die Tür auf. »Treten Sie ein.« Er benahm sich, als hätte er sie erwartet.

Cassi betrat das Büro und blickte dabei aus dem Fenster, um dem Direktor nicht in die Augen sehen zu müssen. In der Ferne schimmerte der Charles River im metallischen Licht des Wintermorgens. Sie hatte den Eindruck, daß Dr. Ballantine durch ihren Besuch beunruhigt war, obwohl sie sich nicht vorstellen konnte, warum.

»Nun, was kann ich für Sie tun?« fragte er.

»Ich brauche Hilfe«, sagte Cassi. Ballantine stand vor seinem Schreibtisch, ohne sich zu setzen. Er gab ihr nicht gerade das Gefühl, willkommen zu sein, aber sie wußte nicht, zu wem sie sonst gehen sollte.

»Und welche Art Hilfe brauchen Sie?« fragte Dr. Ballantine. »Ich bin nicht ganz sicher«, antwortete Cassi langsam. »Aber vor allem anderen muß ich Thomas dazu bringen, daß er sich einer Therapie unterzieht. Ich weiß, daß er tablettensüchtig ist.«

»Cassi«, sagte Ballantine geduldig. »Nach unserem letzten Gespräch habe ich mir die Rezeptliste Ihres Mannes angesehen. Wenn überhaupt, dann verschreibt er Narkotika eher zu vorsichtig als zu leichtsinnig.«

»Er besorgt sich die Pillen nicht unter seinem eigenen Namen«, sagte Cassi. »Aber die Drogen sind nur ein Teil der Geschichte. Ich glaube, daß Thomas krank ist. Geistig krank. Ich weiß, ich bin noch nicht lange in der Psychiatrie, aber Thomas ist definitiv krank. Ich fürchte, er betrachtet mich als Bedrohung.«

Ballantine reagierte nicht sofort. Er musterte Cassi mit Erstaunen und, zum erstenmal seit Beginn der Unterhaltung, mit Besorgnis. Seine Miene wurde weich, und er legte ihr einen Arm um die Schulter. »Ich weiß, daß Sie in letzter Zeit großen Belastungen ausgesetzt gewesen sind. Und ich glaube, das Problem überschreitet inzwischen die Grenzen meiner Zuständigkeit. Ich möchte gern, daß Sie sich hinsetzen und ein paar Minuten ausruhen. Ich finde, es gibt noch jemand anderen, mit dem Sie jetzt in erster Linie sprechen sollten.«

»Wer ist das?« fragte Cassi.

»Bitte, setzen Sie sich«, sagte Dr. Ballantine sanft. Er rückte den Ohrensessel aus der Ecke vor den Schreibtisch, so daß er zum Fenster sah. »Bitte.« Sacht nahm er Cassis Hand und nötigte sie in den Sessel. »Ich möchte, daß Sie es sich bequem machen.«

Das war der Dr. Ballantine, den Cassi in Erinnerung gehabt hatte. Er würde sich ihrer annehmen. Er würde sich um Thomas kümmern. Dankbar sank sie in die weichen Lederkissen.

»Möchten Sie einen Kaffee? Soll ich Ihnen etwas zu essen holen?«

»Ich könnte etwas zu essen vertragen«, gab Cassi zu. Sie war hungrig und vermutete, daß ihr Blutzuckergehalt sich noch im Rahmen des Erträglichen hielt.

»In Ordnung. Sie warten hier. Ich bin sicher, alles wird wieder gut werden.«

Dr. Ballantine verließ das Zimmer und schloß die Tür leise hinter sich.

Cassi fragte sich, wen er jetzt wohl anrief. Es mußte sich um eine Autoritätsperson handeln; jemand, der Einfluß auf Thomas ausüben konnte, denn auf andere würde er nicht hören. Im Geiste begann sie, ihre Geschichte zu proben. Sie hörte, wie die Tür in ihrem Rücken sich wieder öffnete; in Erwartung von Dr. Ballantine drehte sie sich um. Aber es war Thomas.

Cassi war perplex. Thomas schloß die Tür mit der Hüfte, denn in den Händen hielt er einen Teller mit Rührei und einen Milchkarton. Er war unrasiert, und sein Gesicht wirkte eingefallen und traurig. »Dr. Ballantine sagte, du könntest etwas zu essen gebrauchen«, sagte er sanft. Automatisch nahm Cassi den Teller entgegen. Sie war hungrig, aber zu schockiert, um essen zu können.

»Wo ist Dr. Ballantine?« fragte sie.

»Cassi, liebst du mich?« antwortete Thomas fast flehend mit einer Gegenfrage.

Cassi fühlte sich in die Enge getrieben. Das hatte sie ganz und gar nicht zu hören erwartet. »Natürlich liebe ich dich, Thomas, aber …«

Thomas streckte die Hand aus und legte ihr den Zeigefinger auf die Lippen. »Wenn du mich wirklich liebst, dann müßtest du eigentlich merken, daß ich Probleme habe. Ich brauche Hilfe, und ich weiß, daß es mir besser gehen wird, wenn du mir hilfst.«

Cassi wurde das Herz weich. Was war eigentlich mit ihr

los? Natürlich hatte Thomas nichts mit den schrecklichen Ereignissen der vergangenen Nacht zu tun. Seine Krankheit brachte sie noch selbst um den Verstand.

»Natürlich will ich dir helfen«, sagte Cassi mit Nachdruck. Sie hätte nicht gedacht, daß Thomas seine Probleme selbst so genau erkennen könnte.

»Ich habe Drogen genommen«, fuhr er fort, »genau wie du vermutet hast. In der letzten Woche ging es mir etwas besser, aber es ist immer noch ein Problem – ein großes Problem. Ich habe versucht, mir selbst etwas vorzumachen, aber irgendwann muß man sich der Wahrheit stellen.«

»Möchtest du wirklich dagegen ankämpfen?« fragte Cassi.

Thomas hob den Kopf. Tränen rannen ihm über die Wangen. »Um alles in der Welt, aber allein schaffe ich es nicht. Cassi, ich brauche dich an meiner Seite. Ich will, daß du mit mir kämpfst, nicht gegen mich.«

Thomas wirkte wie ein hilfloses Kind. Cassi stellte den Teller auf Ballantines Schreibtisch und ergriff seine Hände.

»Ich habe noch nie im Leben jemand um Hilfe gebeten«, sagte Thomas. »Dazu war ich immer zu stolz. Aber ich weiß, daß ich einige schreckliche Dinge getan habe. Eins führte zum anderen, und dann... Cassi, du mußt mir helfen.«

»Du brauchst psychiatrische Betreuung«, sagte Cassi und achtete genau auf seine Reaktion.

»Ich weiß«, sagte Thomas. »Ich wollte es nur nie zugeben. Ich hatte solche Angst. Und statt mich zu dieser Angst zu bekennen, habe ich noch mehr Tabletten genommen.«

Cassi starrte ihren Mann an. Es war, als hätte sie ihn nie wirklich verstanden. Sie kämpfte mit dem Drang, ihn zu fragen, ob er für ihre Insulinüberdosis verantwortlich war oder ob er etwas mit Roberts Tod zu tun hatte. Oder mit einem der anderen PPT-Fälle. Aber sie brachte es nicht über sich. Er war einfach zu niedergeschlagen.

»Bitte«, flehte er, »laß mich jetzt nicht allein. Es hat mich viel Überwindung gekostet, all das zuzugeben.«

»Du mußt in eine Heilanstalt«, sagte Cassi.

»Das ist mir klar«, meinte Thomas. »Aber auf keinen Fall das Boston Memorial.«

Cassi stand auf. »Du hast recht, das Memorial wäre keine gute Idee, dann könnten wir es gleich an die große Glocke hängen. Thomas, solange du einverstanden bist, dich ärztlich betreuen zu lassen, stehe ich auf deiner Seite. Schließlich bin ich deine Frau.«

Thomas riß sie in seine Arme und preßte sein feuchtes Gesicht gegen ihren Hals. Cassi drückte ihn fest an sich. »In Weston gibt es eine kleine psychiatrische Klinik«, sagte sie. »Das Vickers-Institut für angewandte Psychiatrie. Ich bin der Meinung, das sollten wir nehmen.«

Thomas nickte schweigend.

»Tatsächlich finde ich sogar, wir sollten jetzt gleich hinfahren. Noch heute vormittag.« Cassi schob ihn von sich, um ihm ins Gesicht sehen zu können.

Thomas hielt ihrem Blick stand. Seine Augen schienen wie bewölkt von Schmerz. »Ich tue alles, was du für richtig hältst, alles, um endlich dieser Angst Herr zu werden. Ich kann einfach nicht mehr.«

Die Ärztin in Cassi ließ alle ihre Reserven dahinschmelzen. »Thomas, du hast in letzter Zeit zuviel von dir verlangt. Der Erfolg ist dir so wichtig geworden, daß der Sieg als solcher dir mehr bedeutet hat als das Ziel. Ich glaube, das ist für einen Arzt, besonders für einen Chirurgen, nichts Ungewöhnliches. Du darfst nicht das Gefühl haben, du wärst der einzige mit diesem Problem.«

Thomas versuchte zu lächeln. »Ich bin nicht sicher, ob ich verstehe, was du meinst, aber solange du mich nicht verläßt, spielt das auch keine Rolle.«

»Ich wünschte nur, ich hätte früher begriffen.«

Cassi zog ihn erneut in ihre Arme. Sie hatte ihren Ehemann wieder, das war alles, was zählte. Natürlich würde sie zu ihm stehen. Sie wußte besser als jeder andere, was es hieß, krank zu sein.

»Alles wird gut werden«, sagte sie. »Wir besorgen dir die besten Ärzte, die besten Psychiater. Ich habe über Fälle wie deinen gelesen. Die Rehabilitationsrate liegt fast bei hundert Prozent. Man muß nur den Willen haben, wieder gesund zu werden.«

»Den habe ich«, sagte Thomas.

»Dann laß uns gehen«, sagte Cassi und nahm seine Hand.

Wie Jungverliebte gingen Cassi und Thomas Arm in Arm im frühen Morgenlicht zur Garage, ohne sich um die Menschenmenge zu kümmern, die bereits ins Boston Memorial strömte. Als sie im Wagen saßen, fragte Cassi Thomas, ob er sich gut genug fühle, um zu fahren. Thomas versicherte ihr, alles sei in Ordnung. Cassi schnallte sich an und war wie üblich versucht, ihn aufzufordern, seinen Gurt ebenfalls anzulegen, entschied sich aber dagegen. Sie hatte das Gefühl, daß seine Stimmung beim kleinsten Anlaß umschlagen und seiner alten Gereiztheit Platz machen konnte.

Thomas startete den Wagen und manövrierte ihn vorsichtig von seinem Stellplatz. Nachdem sie das automatische Tor passiert hatten, erkundigte Cassi sich, wie Dr. Ballantine Thomas so schnell gefunden hatte.

»Ich habe ihn gestern nacht angerufen, als ich dich nicht finden konnte«, sagte Thomas und hielt an einer roten Ampel. »Ich hatte das Gefühl, daß du vielleicht Kontakt mit ihm aufnehmen würdest, und habe ihn gebeten, mich in meinem Büro anzurufen, wenn er etwas von dir hörte.«

»Kam ihm das nicht etwas seltsam vor? Was genau hast du gesagt?«

Die Ampel wurde grün, und Thomas gab Gas. Sie fuhren in Richtung Storrow Drive. »Ich habe ihm lediglich gesagt, daß du schon wieder einen Insulinschock erlitten hättest.«

Cassi überlegte, wie sie sich verhalten hatte und daß ihr Betragen wohl wirklich etwas irrational gewirkt haben mußte, besonders da sie sich gegen jede Vernunft und gegen Anweisung des Arztes selbst aus dem Essex General entlassen hatte, kaum daß ihr Zustand wieder halbwegs stabil gewesen war. Und anschließend hatte sie sich auch noch versteckt.

Wie sonst auch, fuhr Thomas rücksichtslos und schnell. Als sie den Storrow Drive erreichten, wappnete Cassi sich schon für die scharfe Linkskurve, die in Richtung Weston führte. Doch statt dessen schwang Thomas das Lenkrad nach rechts herum, und sie mußte sich am Armaturenbrett festhalten, um nicht gegen ihn zu fallen.

»Thomas«, rief sie. »Das ist ja der Weg nach Hause, nicht nach Weston.«

Thomas antwortete nicht.

Cassi warf ihm einen erstaunten Blick zu. Er umklammerte das Steuer, als wollte er es zerbrechen, und die Tachonadel kletterte unaufhörlich. Cassi legte ihm die Hand, in den Nacken und begann die starren Muskelstränge zu massieren, damit er sich entspannte. Sie konnte spüren, wie er in Rage geriet.

»Thomas, was ist denn?« fragte sie und versuchte, ihre Furcht unter Kontrolle zu halten.

Auch diesmal erfolgte keine Reaktion. Thomas fuhr wie ein Roboter. Sie schossen die Zubringerstraße zur Interstate 93 hinauf, wo sie sich im Betonlabyrinth verloren. So früh am Tag gab es fast keinen Verkehr nach auswärts, und Thomas ließ dem Porsche die Zügel schießen.

Cassi wandte sich ihm zu, soweit der Sicherheitsgurt es erlaubte. Als sie ihre Hand von seinem Hals zurückzog, wußte sie nicht, wohin damit, und legte sie ihm auf den Oberschenkel. Dabei streifte sie etwas Hartes in seiner

Jackentasche. Bevor er reagieren konnte, griff sie in die Tasche und förderte eine offene Packung U 500 Insulin zutage.

Thomas riß ihr die Packung aus der Hand und schob sie wieder in die Tasche.

Cassi wandte sich ab und starrte aus dem Fenster. Ihr Verstand raste, als sie zu verstehen begann, was es mit ihrem letzten Insulinschock auf sich gehabt hatte. U 500 Insulin wurde ausgesprochen selten verschrieben, weil es fünfmal stärker war als das normale U 100 Insulin. Thomas mußte ihr Medikament durch das viel konzentriertere ersetzt haben, so daß sie sich eine fünfmal höhere Dosis injiziert hatte als sonst. Wahrscheinlich hatte er es direkt durch die versiegelte Plastikkappe der Phiolen gespritzt. Wäre ihr nicht zufällig die Glukoselösung in ihrem Arztkoffer eingefallen, dann läge sie jetzt im Koma, wenn nicht schon in der Autopsiekammer. Und der Vorfall im Krankenhaus? Also hatte sie nicht geträumt, der Geruch des St. Laurent Eau de toilette war keine Täuschung gewesen.

Aber warum? Weil sie, genau wie Robert, mit der PPT-Studie befaßt war! Plötzlich wurde ihr klar, daß Thomas ihr eben in Ballantines Büro nur etwas vorgespielt hatte, eine fürchterliche Farce. Und daß der Direktor sie für die geistig verwirrte Person gehalten haben mußte, nicht Thomas.

Sie spürte, wie ein neues Gefühl von ihr Besitz ergriff: Zorn. Einen Moment lang war sie auf sich selbst genauso wütend wie auf Thomas. Wie hatte sie nur so blind sein können?

Sie betrachtete das scharfe Profil ihres Mannes und sah es unvermittelt in einem anderen Licht. Sein Mund hatte einen grausamen Zug, und seine türkisfarbenen, weit offenen Augen waren die eines Wahnsinnigen. Sie kam sich vor, als säße sie bei einem Fremden im Wagen ... einem Mann, den sie instinktiv verabscheute.

»Du hast versucht, mich zu töten«, zischte sie und ballte die Hände zu Fäusten.

Thomas lachte so scharf, daß Cassi zusammenzuckte. »Welche Hellsichtigkeit! Hast du wirklich geglaubt, die Telefone und dein Wagen hätten rein zufällig nicht funktioniert?«

Cassi starrte auf die vorbeifliegende Landschaft. Sie mußte etwas tun! Schon blieb die Stadt hinter ihnen zurück.

»Natürlich habe ich versucht, dich zu töten«, schnappte Thomas. »Genauso wie ich mir Robert Seibert vom Hals geschafft, habe. Lieber Himmel! Hast du denn geglaubt, ich sitze da und sehe zu, wie ihr beide mein Leben zerstört?«

Cassis Kopf flog herum.

»Ich wollte nichts anderes, als solche Leute zu operieren, die es verdienen, am Leben zu bleiben«, schrie Thomas. »Keine Geisteskranken, keine Leute mit unheilbaren Krankheiten wie AIDS oder Multipler Sklerose, keine Schwulen. Wir können nicht zulassen, daß wertvolle Patienten warten müssen, während dieser Abschaum kostbare OP-Zeit und knappe Betten mit Beschlag belegt.«

»Thomas«, sagte Cassi und versuchte, ihren Zorn in den Griff zu bekommen, »ich möchte, daß du auf der Stelle umkehrst. Hast du mich verstanden?«

Thomas starrte sie mit unverhülltem Haß an. Er lächelte grausam. »Du hast doch nicht im Ernst geglaubt, daß ich freiwillig in eine Irrenanstalt gehe?«

»Es ist deine einzige Hoffnung«, sagte Cassi. Sie versuchte sich klarzumachen, daß sie mit einem Schwerkranken im Wagen saß, aber alles, was sie fühlte, war abgrundtiefer Ekel.

»Halt den Mund!« brüllte Thomas. Seine Augen traten aus den Höhlen, und sein Gesicht wurde rot vor Wut. »Ihr Psychiater seid die wirklich Verrückten, und keiner von euch wird über mich zu Gericht sitzen. Ich bin der gottverdammt beste Herzchirurg des ganzen Landes.«

Die ungezügelte Wut des Narziß neben ihr erfüllte sie mit Grausen. Sie machte sich keine Illusionen darüber, was ihr bevorstand, vor allem da jeder dachte, sie hätte sich bereits selbst zweimal eine Überdosis Insulin gespritzt.

Die Ausfahrt Somerville flog auf sie zu. Cassi wußte, daß sie etwas unternehmen mußte. Trotz der hohen Geschwindigkeit, mit der sie dahinrasten, fiel sie Thomas ins Steuer und riß es scharf nach rechts.

Thomas holte aus und versetzte ihr einen heftigen Schlag gegen den Kopf. Sie flog nach vorn und ließ das Lenkrad los, um sich vor weiteren Schlägen zu schützen. Er glaubte, sie hielte das Steuer immer noch fest, und schwang es mit aller Kraft nach links. Der Wagen geriet außer Kontrolle, schleuderte nach links und dann wieder nach rechts. Als Thomas gegensteuerte, verloren die Reifen den Kontakt zum Asphalt. Der Porsche brach seitlich aus, knallte gegen die Betonplanke und überschlug sich in einem Inferno aus splitterndem Glas und kreischendem Metall.

15

Cassi hörte jemand aus großer Ferne ihren Namen rufen. Sie versuchte zu antworten, aber es war unmöglich. Mühsam öffnete sie die Augen. Wie aus dichtem Nebel erschien Joan Widikers besorgtes Gesicht vor ihr.

Cassi blinzelte. Langsam hob sie den Blick und sah über sich ein Gewirr von Schläuchen und Infusionsflaschen. Links von ihr erklang das unablässige Piepsen eines Herzmonitors.

Sie holte tief Luft und spürte einen schmerzhaften Stich in der Brust.

»Nicht reden«, sagte Joan leise. »Es geht Ihnen gut, auch wenn es sich nicht so anfühlt.«

»Was ist passiert?« flüsterte Cassi unter großen Schwierigkeiten.

»Sie hatten einen Autounfall«, sagte Joan und strich Cassi das Haar aus der Stirn. »Nicht reden.«

Wie die Erinnerung an einen Alptraum fiel Cassi plötzlich die Autofahrt mit Thomas wieder ein. Sie entsann sich ihres Zorns, und daß sie Thomas ins Steuer gefallen war, worauf er ihr einen Schlag versetzt und sie die Hände hochgerissen hatte, um sich vor weiteren Mißhandlungen zu schützen. Aber alles, was danach geschehen war, lag wie hinter einem schwarzen Vorhang verborgen.

»Wo ist Thomas?« fragte Cassi zitternd, von neuer Angst erfüllt.

»Er wurde ebenfalls verletzt«, sagte Joan und ergriff ihre Hand, um sie zu beruhigen.

Plötzlich erfasste Cassi die Gewißheit, daß Thomas tot war.

»Er hatte seinen Sicherheitsgurt nicht angelegt«, sagte Joan.

Cassi zögerte einen Moment, dann sprach sie das Wort aus. »Tot?«

Joan nickte.

Cassis Kopf sank zur Seite. Aber während ihr die Tränen über die Wangen rannen, mußte sie wieder an ihre letzte Unterhaltung mit Thomas denken, an Robert und all die anderen. Sie erwiderte den Druck von Joans Hand und sagte: »Ich dachte, ich liebe ihn, aber Gott sei Dank…«

Epilog

Sechs Monate später

Erschöpft stieß Dr. Ballantine die Schwingtür zum Casino auf. Er hatte soeben seinen letzten Fall für den Tag abgeschlossen, und es war alles andere als einfach gewesen. Vielleicht sollte er wirklich allmählich etwas kürzertreten. Und doch operierte er noch immer gern. Er liebte dieses herrliche Gefühl des Triumphs am Ende eines erfolgreichen Eingriffs.

Er schenkte sich gerade eine Tasse dampfenden schwarzen Kaffees ein, als er eine Hand auf seiner Schulter spürte. Er drehte sich um und blickte in das grinsende Gesicht von George Sherman.

»Sie erraten nie, mit wem ich gestern zu Abend gegessen habe«, sagte George.

Ballantine musterte Dr. Sherman und sah die Müdigkeit unter dem Lächeln. Seit dem Tod von Thomas Kingsley war die Arbeitsbelastung für sie alle noch größer geworden, aber George schuftete härter als jeder andere. Unter dem enormen Druck war er sichtlich gereift. Obwohl er immer noch gern lachte und über einen unerschöpflichen Vorrat an Witzen verfügte, wirkte er zunehmend nachdenklich. Im Moment allerdings präsentierte er wieder das alte schalkhafte Grinsen.

»Also, mit wem waren Sie zum Abendessen?« fragte der Direktor.

»Cassandra Kingsley.«

Ballantines Augenbrauen fuhren in die Höhe. »Herzlichen Glückwunsch. Wie kommen Sie denn mit Ihrer einseitigen Romanze voran?«

»Ich glaube, der Widerstand schwindet dahin«, antwortete George mit einem Lächeln. »Ich habe sie dazu gebracht, daß sie im kommenden Januar mit mir in die Karibik fliegt. Sie ist wirklich ein großartiger Mensch.«

»Und was macht ihr Auge?« fragte Ballantine.

»Dem geht es gut. Die Knochenbrüche sind auch alle tadellos wieder verheilt. Am Anfang war ich nicht sicher, ob sie so schnell wieder arbeiten sollte, aber Sie kennen ja ihr Durchsetzungsvermögen, und es scheint, als wäre sie auf dem besten Weg, sich in Clarkson Zwei einen hervorragenden Namen zu machen. Ein Freund im Kollegium hat mir erzählt, sie hätte sogar das Zeug zum Oberarzt.«

»Spricht sie manchmal über Thomas?« erkundigte sich Ballantine.

»Gelegentlich. Ich werde das Gefühl nicht los, daß es an dieser Geschichte Aspekte gibt, die niemand außer ihr selbst kennt. Sie ist noch immer nicht ganz sicher, wie sie sich verhalten soll, aber meiner persönlichen Meinung nach wird sie es auf sich beruhen lassen.«

Ballantine seufzte erleichtert. »Hoffentlich. Nach unserer letzten Begegnung glaubte ich, sie davon überzeugt zu haben, daß es mehr schaden als nützen würde, wenn man den Fall Kingsley publik macht. Aber ich war nicht sicher.«

»Sie will nicht, daß der Klinik irgendwelche Nachteile entstehen«, sagte George. »Andererseits ist sie der Überzeugung, daß Leute wie Thomas nur deshalb unbehelligt sich selbst und ihre Patienten zerstören können, weil ihre Kollegen vor den Tatsachen die Augen schließen. Eine Krähe hackt der anderen kein Auge aus.«

»Das ist klar. Immerhin habe ich mich mit der Gesundheitsbehörde in Verbindung gesetzt und vorgeschlagen, daß die Meldestellen sie in Zukunft umgehend informieren sollen, wenn ein niedergelassener Arzt stirbt. So kann sich dann niemand mehr der Lizenz eines toten Kollegen bedienen.«

»Gute Idee«, meinte Sherman. »Werden sie eine entsprechende Vorschrift erlassen?«

Dr. Ballantine zuckte mit den Schultern. »Keine Ahnung. Um Ihnen die Wahrheit zu sagen, ich bin der Sache dann nicht weiter nachgegangen.«

»Wissen Sie«, sagte George, »was mich bei Thomas am meisten beschäftigt, ist, daß er so normal wirkte. Dabei muß er jede Menge Tabletten geschluckt haben. Ich frage mich, wie es passieren konnte, daß er so die Kontrolle über sich verlor. Ich nehme ja selbst hin und wieder eine Valium.«

»Ich auch«, sagte Ballantine. »Aber nicht jeden Tag mehrere, wie das bei ihm offensichtlich der Fall war.«

George schüttelte den Kopf. »Nein, nicht jeden Tag. Ich habe nie verstanden, warum er einfach nicht akzeptieren wollte, daß die ganze Abteilung früher oder später ausschließlich festangestellte Ärzte beschäftigen würde. Vielleicht haben die Pillen seinen Realitätssinn getrübt. Nach jener Sitzung mit dem Kuratorium spät in der Nacht hätte er verlangen können, was er wollte. Die Geldgeber hätten alles getan, um ihn zufriedenzustellen, selbst wenn sie nicht davon abgerückt wären, daß er seine Privatpraxis aufgibt.«

»Tja«, meinte Ballantine, »so gut Thomas als Chirurg auch war, über seine eigene Nase konnte er nicht hinaussehen. Er war so, wie ein Arzt nicht sein sollte. Er hat versucht, Gott zu spielen.«

George schwieg einen Moment lang und dachte, daß sie alle tagtäglich Entscheidungen fällten, die tief in das Leben ihrer Patienten einschnitten. »Was ist eigentlich aus der dreifachen Herzklappenverpflanzung geworden, die Sie kürzlich einmal erwähnt haben?« fragte er schließlich. »Wie haben Sie sich entschieden?«

Ballantine trank langsam einen Schluck Kaffee. »Ich werde den Fall nicht einmal zur Diskussion stellen. Die Nieren der Frau sind nicht gerade in bester Verfassung. Sie ist über sechzig Jahre alt und lebt schon ewig und drei Tage von der Wohlfahrt. Einige von Kingsleys Einwänden gegen bestimmte Lehrfälle waren gar nicht so aus der Luft gegriffen, und ich möchte nicht, daß man im Komitee auch nur über sie nachzudenken beginnt. Wenn dieser gottverdammte Philosoph von dieser Frau hört, wird er wahrscheinlich darauf bestehen, daß wir sie operieren.«

George nickte, scheinbar ganz Ballantines Meinung. Aber im Inneren wußte er, daß sie alle manchmal versucht waren, Gott zu spielen, und genau darüber zerbrach Cassi sich den Kopf. Er hatte ihr versprochen, hier einiges zu ändern, wenn er Direktor der Abteilung wurde, was bereits feststand. In Zukunft wurden Entscheidungen dieser Art ausschließlich vom Komitee getroffen, im Beisein des Philosophen.

Die beiden Männer verabschiedeten sich, und George ging in den Umkleideraum. Als er am Telefon vorbeikam, merkte er, wie er unruhig wurde. Ballantines Entscheidung über den Fall der alten Frau mit den defekten Herzklappen bereitete ihm zunehmend Kopfzerbrechen. Kurzentschlossen griff er nach dem Hörer, ließ sich die Zentrale geben und bat, Rodney Stoddard, den Philosophen, auszurufen.

Weltbild Buchverlag
– Originalausgaben –
Genehmigte Lizenzausgabe 2008
Verlagsgruppe Weltbild GmbH,
Steinerne Furt, 86167 Augsburg

2. Auflage 2009

Projektleitung: Bettina Spangler
Übersetzung: Claus Fischer
Umschlag: zeichenpool, München
Umschlagabbildung: Vladfoto, Shutterstock
Satz: Uhl und Massopust GmbH, Aalen
Gesetzt aus der Sabon 10,5/12,5 pt
Druck und Bindung: CPI Moravia Books s.r.o., Pohorelice

Gedruckt auf chlorfrei gebleichtem Papier

Printed in the EU

ISBN 978-3-89897-917-7